LES COLONNES DU CIEL

BERNARD CLAVEL

Les colonnes du ciel

★★

LA LUMIÈRE DU LAC

roman

ÉDITIONS ROBERT LAFFONT
PARIS

IL A ÉTÉ TIRÉ DE CET OUVRAGE SUR VÉLIN CHIFFON DES PAPETERIES LANA, QUARANTE EXEMPLAIRES NUMÉROTÉS DE 1 A 40 PLUS QUELQUES EXEMPLAIRES D'AUTEUR, LE TOUT CONSTITUANT L'ÉDITION ORIGINALE.

ISBN 2-221-00492-2 (éd. complète)
ISBN 2-221-00183-4 (volume 2)

Pour mes amis Dufour, Reymond, Sauter.
Fraternellement.

B.C.

Dans *La saison des loups,* nous avons fait connaissance avec quelques-uns des personnages qui, dans *La lumière du lac,* vont occuper le premier plan de l'action : Bisontin-la-Vertu, le compagnon charpentier, Pierre le charretier et sa sœur Marie (dont le mari, Joannès, vient de mourir). Ils s'apprêtaient, en compagnie d'un groupe de réfugiés comtois chassés par la guerre et la peste, à partir pour le Pays de Vaud, à travers la montagne enneigée, sous la conduite de Jacques d'Eternoz, échevin de Chapois.

Mathieu Guyon, le fossoyeur des pestiférés, a été tenté de les suivre ; mais le regard de source du Père Boissy l'a rappelé vers les loges de la Beline, vers le destin que nous lui connaissons. A Bisontin, il a confié simplement : « Tu diras à Marie et à Pierre que j'ai été obligé de retourner d'où je viens. C'est tout... Ils comprendront. »

C'était dans le terrible hiver de 1639, dans la Franche-Comté ravagée par les troupes de Richelieu.

PREMIÈRE PARTIE

LE VOYAGE D'HIVER

1

C'était le milieu de la nuit. Une nuit d'hiver plus éclatante qu'un midi de juillet. La lune à son plein faisait étinceler la blancheur du plateau. Une immensité de lumière déferlait jusqu'au corps noir d'une forêt couchée sur l'horizon où l'écrasait le scintillement du ciel. Rien n'indiquait le chemin sur ce moutonnement lent où rampaient les congères à peine soulignées par des ombres d'un vert transparent, lumineux lui aussi, mais glacé. Et pourtant, le long convoi de chars bâchés transformés en traîneaux avançait droit vers l'est où les montagnes barraient l'horizon.

Bisontin-la-Vertu allait de son long pas un peu alourdi par les toiles à sac nouées à ses chevilles et qui lui faisaient d'énormes pieds. Tous étaient comme lui et marchaient en écartant légèrement les jambes. Les chevaux semblaient beaucoup moins gênés que les hommes. Bisontin s'éloigna un peu des juments attelées en flèche et qu'il menait par la bride. Il cria :

— C'est le grand clair ! Toi, du pays d'en bas, je parie que tu n'avais jamais vu ça !

Il laissa se dévider quelques anneaux de son rire d'oiseau, puis il se tut. Lisa, la première jument, avait couché les oreilles et secoué la tête. C'est que le moindre bruit sonnait comme du métal dans ce silence sans bornes.

Pierre Mercier qui précédait Bisontin se retourna et lança :

— C'est vrai. Tu as eu raison de nous faire partir de nuit.

Sa voix porta si loin que Bisontin en fut un peu inquiet.

— Sacrebleu ! grogna-t-il entre ses dents, avec cet air tout glacé, un pet s'entendrait à trois lieues !

La buée qui sortait de la bouche des conducteurs se mêlait au souffle dur des chevaux dont les flancs et les croupes fumaient. Et cette vapeur faisait blanc sur blanc dans la blancheur du plateau déroulée sous le blanc de la lune. La bise laissait place au gel immobile. Elle avait pris de la hauteur pour continuer sa course, et c'était elle, sans doute, qui faisait ainsi brasiller les étoiles.

Bisontin se retourna. La forêt de Joux était déjà loin, mais il lui sembla qu'un léger remuement des cimes noires demeurait perceptible. Il murmura :

— Les sapins sont des arbres de colère.

De tout ce qui vivait là, bêtes, gens, forêts lointaines, ombres des chevaux, des chariots et des gens, c'était de loin le ciel le plus vivant. Un ciel comme Bisontin en avait rarement vu, lui qui s'était si souvent trouvé sur des routes en pleine nuit. Un ciel un peu fou avec cette débauche d'or tremblotant. A se demander s'il n'allait pas se mettre à neiger des étoiles ; si la terre n'allait pas se trouver soudain entraînée dans un vaste tourbillon de feu. Bien que la bise se fût hissée plus haut que le silence, il naissait de tant de lumière une musique d'où venaient à la fois et la joie et l'angoisse.

La joie, pour Bisontin, c'était celle de marcher. Après tant de journées interminables vécues dans l'éternelle pénombre des grands sapins, il retrouvait en lui cette soif de route qu'il avait connue dans ses premières années de vie errante. Cette nuit, sa canne de compagnon et sa malle-aux-quatre-nœuds se trouvaient dans la voiture, mais il marchait tout de même.

L'angoisse venait de ce qu'il n'était plus seul à marcher. Les trente personnes de ce convoi, c'était lui qui les avait décidées à partir. Le Pays de Vaud, il le connaissait. Et les Vaudois aussi avec qui il avait longtemps travaillé. C'étaient de braves gens, mais qui avaient une administration. De quel œil les hommes de police allaient-ils voir arriver pareille cohorte ? Etait-il possible de passer la frontière en un point où nul garde ne veillait ? Et la route jusque-là ? Et la route entre la frontière et la cité de Morges où Bisontin comptait se rendre ?

Pour l'heure, ce qui importait, c'était d'éviter les grands chemins. Et l'échevin de Chapois qui menait le train avec sa femme et sa nièce dans sa voiture connaissait bien le plateau et la côte de Bonnevaux jusqu'à la haute vallée du Doubs. C'était pourquoi il avait pris la tête, laissant Bisontin fermer la marche, avec sa caisse à outils dans ce dernier char, pour le cas où un accident surviendrait à l'une des voitures de queue. En tête, tout de suite derrière l'échevin, M. d'Eternoz, c'était l'attelage mené par Bobillot, le sabotier, avec son épouse et ses deux petits. Venaient ensuite les Berthier, les Favre, les Reuillot, le grand Saura et sa femme aussi renfermée qu'il était gueulard, puis le gros Manet tout seul avec son char neuf où il devait avoir encore quelques bonbonnes d'alcool enfouies sous le fourrage. Tous ceux-là étaient des paysans de Chapois. Moitié éleveurs moitié laboureurs. Venait ensuite le père Rochat, un fameux maréchal-ferrant forgeron qui avait pris dans son char Simon Muret, le vieux barbier. Puis Pierre, avec Marie et ses deux petits.

Tel était le monde dont Jacques d'Eternoz avait la charge, mais dont Bisontin-la-Vertu se sentait un peu responsable pour avoir décidé et préparé ce départ.

Le grand compagnon lança avec rage son pied empaqueté qui fit voler en poussière de lune une motte de neige.

— Bon Dieu, grogna-t-il, si ce foutu cabochard de charretier d'Aiglepierre était avec nous ! Celui-là, il connaît le haut pays comme je connais le fond de mon baluchon. Pour qu'un gaillard de son espèce décide de rester dans ce merdier de guerre, de famine et de peste, faut qu'il ait une garce dans la peau. Et une sacrée garce, encore !

Les neuf voitures qui le précédaient s'en allaient comme une grosse chenille noire sur le sol étincelant. Glissant sur les longs patins qui reliaient entre elles leurs roues immobiles, elles semblaient avancer en un monde irréel. Comme le convoi amorçait une courbe, le compagnon le vit un moment se détacher à contre-jour, posé sur ses ombres étirées pareilles à des reflets.

— Il y a des moments, fit-il, où ce qu'on voit ressemble bigrement à ce qu'on rêve.

Une descente plus vive suivie d'une montée assez raide l'obligea à tenir ferme son attelage. Puis, alors que reprenait la progression monotone sur le plateau à peine pentu, il fut soudain secoué par son rire qu'il s'efforça d'enfermer dans sa gorge.

— Ça serait une sacrée blague à leur faire !

Il venait d'imaginer soudain la tête que feraient l'échevin et les autres si, à la première halte, il leur révélait l'absence de Mathieu Guyon en annonçant qu'il avait dû tomber de voiture tout endormi dans la neige.

Mais il se repentit aussitôt de son rire. Devant lui, Pierre allait de son pas régulier. Charretier lui aussi comme Guyon, qu'était-il pour lui ? Cousin, ami ? Bisontin ne le savait même pas, mais sans doute très proche. Peut-être serait-il fort peiné par la nouvelle. Et sa sœur, cette Marie au regard brun et profond qui venait de perdre son homme, ce souffleur de verre de La Vieille Loye pour qui Bisontin avait creusé en compagnie de Guyon. Pauvre femme, avec ses deux mouflets !

Non, à cause du mal qu'il risquait de faire à ces deux-là, Bisontin ne pouvait pas plaisanter. Peut-être Pierre et Marie sauraient-ils pourquoi Guyon les avait quittés.

— Ce charretier, murmura Bisontin, c'était un rude gaillard. Certainement solide à la besogne. Un homme de métier, quoi ! Comme Bobillot ou le père Rochat. Pas un paysan... Et qui avait roulé, en plus. Qui savait que le monde ne se limite pas à quatre journaux de terre. Je l'ai pas connu longtemps, celui-là, mais tout de même, si un jour on se retrouve...

Cette espérance était trop incertaine pour lui redonner joie. Il revoyait le regard de Guyon au moment où il lui avait fait part de sa décision, et quelque chose lui disait que, même s'il s'agissait d'une femme, ce devait être grave.

— Pas une simple histoire de fesses. Peut-être du tragique... Lié à la guerre. Va savoir !

Le froid lui parut plus vif. La lumière n'était-elle pas moins belle aussi ? Il la retrouvait pourtant, telle qu'il l'avait vue ruisseler sur ce plateau, la nuit précédente, lorsque Guyon était venu l'aider à charger sa ferraille. Il retrouvait très présent l'instant où ils s'étaient regardés avec la même idée de départ en plein mitan de la nuit. Il entendit la voix du charretier.

— Tu sais... moi... J'irai pas avec vous.

Un temps passa, étonnamment vide. Puis un enfant toussa dans la voiture de Pierre. Le compagnon charpentier leva les yeux et crut voir se refermer la bâche arrière. La femme l'observait-elle ? Cherchait-elle à s'assurer que Guyon était toujours là ? Peut-être avait-elle quelque raison de s'inquiéter ?

En même temps qu'il redoutait le moment où il devrait leur annoncer la nouvelle, Bisontin se sentait talonné par le besoin de se libérer.

— C'est la curiosité qui te pousse, grogna-t-il. T'espères qu'ils vont te raconter des choses salées... Salaud de compagnon !

Il marcha encore un moment en silence, s'obligeant à observer les voitures transformées en traîneaux, les bêtes aux pieds énormes, la silhouette des conducteurs engoncés dans leurs vêtements les plus épais. La sixième voiture était menée par une femme.

— C'est le grand Saura qui se fait traîner. Plus fainéant, on trouverait pas. Enfin, comme ça, on n'entend pas sa grande gueule !

Il se retourna une fois de plus pour mesurer du regard le chemin parcouru, mais aussi avec l'espoir d'apercevoir sur la neige la silhouette de Mathieu.

Rien. La neige lumineuse de vague en vague

jusqu'à la forêt qui n'était déjà plus qu'un trait de suie entre ciel et plateau. N'y tenant plus, Bisontin lança :

— Dis donc, charretier ! Ce serait pas le moment de faire souffler les bêtes ?

Pierre parla à son cheval, puis il lança la bride sur le collier et resta sur place pour attendre Bisontin.

— Ça monte pas beaucoup, fit-il. Les bêtes peuvent aller encore. Tu vois, je viens de lâcher Bovard, il n'a pas ralenti d'un poil. Faut dire que celui-là, c'est une saprée bête !

— Et tu lui as parlé à l'oreille. T'es comme moi avec les bouts de bois, t'as des secrets.

Le garçon se mit à l'entretenir de ses chevaux et Bisontin l'écouta avec plaisir, comme il écoutait toujours ceux qui savaient parler de leur métier. Pierre compara sa tâche de charretier-forestier avec le charroi des longs parcours.

— Faut savoir habituer les bêtes, dit-il. Tu demanderas à Mathieu. Il le sait bien, lui qui fait les grandes courses.

Désignant d'un geste la voiture que menait Bisontin, il dit :

— En attendant, il en écrase, le Guyon. Après la halte, il te reprendra. Tu roupilleras un peu. Moi, j'irai plus tard. Je suis pas fatigué.

Bisontin eut le mot sur la langue pour lui annoncer que Guyon les avait quittés, mais il renonça. Plus il réfléchissait, plus il lui semblait que Pierre et sa sœur seraient affectés par ce départ. Alors, mieux valait l'annoncer à tout le groupe, et le plus tard possible.

Comme il regardait Pierre, celui-ci tourna la tête

aussi et leurs yeux se croisèrent. Il y eut un échange rapide et chaud. Pierre dit en souriant :

— C'est une bonne chose de faire équipe à trois. Je suis content, tu sais.

Bisontin n'eut pas le courage de mentir. Il fit un clin d'œil et Pierre allongea le pas pour regagner sa place. Comme il arrivait à hauteur de Bovard et reprenait la bride, Bisontin entendit la voix de Marie, qui avait dû ouvrir la bâche sur l'avant :

— Tu voudrais pas mettre ta pèlerine comme il faut !

Pierre avait rejeté dans son dos sa lourde cape de charretier dont les bretelles de cuir luisant traçaient un galon de lune sur ses épaules. Le garçon se retourna pour répondre :

— A marcher, on transpirerait plutôt !

— Justement, ne va pas prendre la mort. Nous avons eu notre part !

Un temps coula avec juste le crissement des patins sur la neige durcie, le tintement des boucles, le craquement doux des pas et quelques plaintes des longerons qui faisaient dresser l'oreille à Bisontin. Tant qu'on avait grimpé en forêt, excités par le claquement des fouets et les coups de gueule des hommes, les trois chiens avaient mené la vie tout autour du convoi. Depuis qu'on avait débouché au grand large du plateau, peut-être effrayés par l'espace et la lumière, ils allaient en silence, à côté des voitures, le nez au ras du sol et la queue basse. De temps à autre, l'un d'eux s'écartait, flairait un buisson couvert de neige et levait la patte pour laisser trois gouttes qui fumaient un instant.

La montée était lente, avec des vallonnements de plus en plus prononcés, des rochers et des bosquets aux formes écrasées qu'il fallait contourner. Les bois de feuillus dépouillés et les sapins isolés étaient pareils à des épaves grises et noires flottant sur cet océan de vagues blanches.

Bisontin porta son regard vers le ciel, tout au fond de la nuit, au ras de la montagne qu'ils devraient franchir et qui grandissait à chaque pas. Les étoiles vibraient tant et tant, elles étaient si proches l'une de l'autre que le compagnon retrouva un instant la vision qu'il avait eue un soir, au bord de la mer, d'un monde qui n'avait plus rien de commun avec la terre des hommes, mais où les hommes vivaient pourtant. C'était vers cet univers différent qu'ils marchaient. Sans doute allaient-ils s'y perdre tous, avec leurs chariots, leurs chevaux, leurs espoirs et leurs souvenirs.

2

Plus le convoi progressait vers l'est, plus le sol se faisait moutonneux avec davantage de montées que de descentes. Les taches sombres des boqueteaux de sapins de plus en plus nombreux envahissaient le plateau. Par-delà les replis luisants du sol, se dressait la montagne. Elle dévorait tout le bas du ciel, nuit et étoiles, ombre et poussière de lune.

Ici, beaucoup plus que sur le plat, la bise avait varlopé la neige. Des plaques de roches affleuraient, des souches aussi que prolongeaient de longues congères rectilignes. Le bruit de la marche était moins régulier. Les fouets claquaient plus souvent. Les jurons fusaient. Enfin, un ordre fut crié de l'avant et les chars s'arrêtèrent.

Bisontin s'avança jusqu'à rejoindre le forgeron et demanda :

— On va pas faire la halte ici ?

— Non, fit le vieil homme dont le souffle était rauque. Mais on devrait pas tarder. Ça fait un moment qu'on a traversé le chemin de Frasne.

Il se cura la gorge et cracha, puis il enleva son chapeau pour s'éponger le crâne avec sa manche.

— Bonsoir, fit-il, ça fait des années que j'avais pas marché autant !

Les voitures de tête se remirent en branle.

Comme Bisontin regagnait sa place, la bâche s'ouvrit et Marie apparut pour demander :

— Est-ce que c'est le Pays de Vaud ?

Le rire de Bisontin fit tressauter Bovard qui secoua son collier. Pierre rit aussi.

— Sacrebleu, fit le compagnon, voilà que ta sœur nous prend pour des oiseaux !

Et il se mit à battre des bras sous les ailes molles de sa pèlerine. Marie le regarda, et, pour la première fois, il la vit sourire.

Le convoi repartit sur un sol de plus en plus accidenté. Les conducteurs tenaient ferme les bêtes dont le pied trouvait parfois un sol très inégal sous la neige. Dans une voiture de tête, un enfant s'était mis à pleurer. Ce devait être le bébé des Berthier.

— Pourvu que les gosses tiennent le coup, grogna Bisontin... C'est tout de même risqué, sacrebleu... Enfin !

Marie cria à son frère :

— Arrête. Ça secoue trop, j'aime mieux marcher.

D'autres femmes déjà avaient mis pied à terre. Pierre arrêta Bovard et dit pourtant :

— Avec tes sabots, tu seras trempée.

La jeune femme sauta sur la neige en disant :

— J'espère que ça risque pas de verser.

— Vous en faites pas, cria le charpentier, je suis là pour réparer.

— Je me moque des chariots, fit Marie avec humeur, mais mes petits...

Bisontin l'interrompit :

— Je sais aussi poser des attelles pour les bras cassés.

Marie eut un haussement d'épaules, mais Bisontin laissa aller son rire en se disant : « Toi, ma petite, faudra te sortir de tes idées noires. Et faudra que tu apprennes un peu à comprendre la plaisanterie. »

Les autres voitures avaient pris de l'erre et disparu derrière la corne d'une sapinière. Pierre fit tirer, et Marie qui avait peine à tenir l'équilibre, se trouva bientôt dépassée par le char. Bisontin s'amusait à la voir se hâter et tirer ses sabots de la neige. Elle devait sentir approcher derrière elle le souffle des deux juments. Comme il la rattrapait, le compagnon l'empoigna par le bras et dit en riant :

— Allez, petite, faut pas lambiner si vous tenez pas à vous retrouver nez à nez avec les loups. Et prenez garde à pas glisser. Si vous passez sous les patins du char, c'est à vous que je devrai placer des attelles.

Marie joignit son rire au sien, et Bisontin en fut heureux. Il connaissait son pouvoir de gaieté, mais avec cette jeune femme tant éprouvée, il avait le sentiment que la joie était une nécessité. Après tant de soucis et tant de larmes, cette petite Marie devait avoir soif de rire comme les enfants avaient besoin de pain. Elle leva vers lui son regard où la lune éparpillait de multiples flocons d'or. Son visage encadré par la laine sombre d'un châle était pâle, mais moins tendu qu'au moment du départ.

— Vous avez vu, comme c'est beau, le plateau sous la neige, observa Bisontin.

Il s'apprêtait à parler du Pays de Vaud lorsque des cris venus de l'avant arrêtèrent les attelages. Chacun relançait l'ordre pour que les chevaux ne viennent pas buter du nez au cul des voitures. Ces ho ! retentissants portaient loin sous ce ciel sonore comme la voûte d'un four bien sec.

— On dételle pour faire boire ! cria une voix.

— On est dans le pentu, lança Pierre. Faites avancer un peu !

Ils descendirent juqu'à un replat entre deux bois encore jeunes mais qui plaquaient déjà de lourdes ombres sur la neige.

Le compagnon qui n'avait pas lâché le bras de Marie, eut l'impression qu'elle frissonnait.

— Vous avez froid, fit-il.

— Non.

— Mais si. Je le sens bien.

Et, de sa longue main osseuse et dure, il se mit à lui frotter vigoureusement le dos. Pierre qui avait déjà dételé Bovard s'avança.

— Elle tremble comme une vieille fille devant le diable, dit Bisontin en riant. Faut lui trouver quelque chose de chaud.

Le claquement clair d'une serpe le fit se retourner. De la paille flambait là-bas sur laquelle on jetait des branches. L'odeur de résine, les étincelles pétillant dans l'ombre du bois, tout donnait déjà chaleur.

— Vous voyez, fit le compagnon, je parle, personne n'entend et pourtant, le travail se fait. Avec cette équipe, je finirai par me prendre pour Dieu le père en personne.

Comme les hommes achevaient de dételer les juments, Marie demanda :

— Et Guyon, il dort toujours ?

Bisontin eut encore un instant d'hésitation, puis d'une voix qui avait du mal à sortir, il dit :

— Il n'est plus là... Venez... Je vais l'expliquer pour tout le monde.

Et laissant à Pierre le soin de conduire les bêtes, il entraîna Marie vers la lueur du feu.

3

La lune déclinait. L'ombre qui suintait des arbres noirs gagnait peu à peu, annonçant une ou deux heures de vraie nuit avant que le jour ne sorte de terre.

Ils s'avancèrent vers ce feu autour duquel se rassemblaient les femmes et les hommes. Ils marchaient en silence, suivis par le souffle des trois chevaux. Le compagnon n'avait pas envie de lancer son rire devant lui pour annoncer la venue de sa joie. Il tenait le bras de Marie qu'il sentait mince sous ses vêtements. A plusieurs reprises, sans tourner la tête, il la regarda. Elle n'avait pas réagi, lorsqu'il avait dit que Guyon n'était plus avec eux. Est-ce qu'elle savait ? Elle semblait surtout occupée à fouiller l'ombre d'un regard inquiet. Elle demanda :

— Et si des soldats voyaient ce feu ?

Bisontin ne put retenir un ricanement.

— Des soldats ? D'où voulez-vous qu'ils sortent ? Il n'y a pas âme qui vive à des lieues à la ronde. Désert ! Pillé, incendié, massacré ! Y a même plus de cadavres. La preuve : on voit pas seulement la moitié de l'ombre d'un loup. Vous savez bien que depuis deux ans, les soudards de Richelieu n'ont rien laissé de vif dans cette contrée.

Tout en entraînant Marie près du foyer, Bisontin reniflait. Il y avait l'odeur de sapin brûlé, mais un parfum s'y mêlait, plus subtil, et qui lui rappelait quelque chose sans qu'il parvînt à retrouver quoi. Lorsqu'ils furent à hauteur des premiers groupes, l'échevin s'avança en riant :

— Tu as beau avoir un grand nez de rapace, compagnon, tu renifles et tu ne sais pas ce que ça sent.

— Qu'est-ce que vous avez foutu dans ce feu ?

— C'est pas le feu, fit le vieil homme tout heureux. C'est l'eau.

D'un coup, Bisontin retrouva tout.

— Bonsoir ! lança-t-il. Le fer ! Comme en France, aux sources du Gier !

— Vous voyez, dit le vieil homme en s'adressant à Pierre et à Marie, à force de rouler sa bosse, en voilà un qui connaît mieux les autres pays que le sien... Mais il a raison. C'est bien l'odeur de l'eau de fer. Une eau qui porte rouille. De jour, vous la verriez rougeâtre. Ça donne goût. Tout le monde n'aime pas, mais c'est une eau qui refait des forces.

Se tournant vers la source qu'on voyait derrière les flammes, il poursuivit :

— Elle n'est pas froide. Regardez comme elle fume ! Il faut en boire. Vous voyez, les chevaux et les chiens l'aiment bien. C'est signe qu'elle est bonne. A la saison chaude, ceux des villages voisins y amènent leurs bêtes.

Il marqua un temps, scruta l'ombre des arbres, puis, d'une voix cassée, il ajouta :

— Les malheureux ne risquent plus d'y venir. Il

faudrait faire du chemin pour trouver une maison debout et un être vivant.

Ils s'approchèrent de la source pour boire cette eau.

— Alors, demanda l'échevin, qu'en dites-vous ?

Bisontin qui cherchait le moment pour parler de Guyon, fit un effort pour plaisanter.

— Ça vaut pas un coup d'Arbois, mais c'est moins cher.

Il y eut des rires tout autour, mais Bisontin n'y fut pas sensible. Il restait planté à fixer un rocher fendu sous un entrelacs de racines dont la neige soulignait les formes pareilles à un grouillement de reptiles. De cette fente sortait un tronc évidé d'où un filet coulait en chantant clair dans une mare.

— Les arbres qui boivent cette eau doivent faire un bon bois serré, murmura Bisontin.

Mais personne ne l'entendit. L'échevin disait à Marie :

— Pour les enfants, il y aura du lait. Mais il faut attendre. Il était dur comme roche dans le bidon.

Pierre qui avait donné du foin aux chevaux s'avança et demanda à mi-voix :

— C'est vrai, qu'il est parti ?

— C'est vrai. Je vais l'annoncer à tout le monde, mais j'attends que ça se calme.

La nièce de l'échevin, grande fille blonde bien plantée avec un visage grave, s'approcha de Marie et demanda :

— Avez-vous quelque chose, pour votre lait ?

— Non, dit timidement Marie. Je vais y aller.

La jeune fille la retint.

— Inutile. Nous servirons les autres et vous emporterez la marmite. Ça se tiendra plus chaud.

Un sourire éclaira ses traits un peu durs, mais elle

s'était déjà éloignée lorsque Marie osa bredouiller un remerciement. Bisontin se pencha vers la jeune femme pour dire :

— Faut pas craindre mademoiselle Hortense. Vous savez, elle a l'air un peu hautaine, mais c'est un grand cœur. Je sais bien qu'elle n'est pas de notre monde, mais vous verrez, elle est pas fière.

Ayant bu cette eau à odeur de fer et de brûlé, la plupart des gens se tenaient autour du feu, les mains tendues à la chaleur. La vieille Malifaux aidait Hortense à verser dans une marmite de fonte le contenu d'un bidon luisant. Du lait coula, puis vint un glaçon cylindrique que la jeune fille retint avec sa main et fit glisser lentement pour éviter les giclures. La marmite recouverte, elles la posèrent sur deux pierres entre lesquelles le forgeron venait de tirer des bûches enflammées.

Marie regarda les chevaux et les voitures, puis demanda :

— Et les vaches, on les a pas emmenées ?

Il y eut des rires. Et la voix métallique du grand Saura se fit entendre :

— Qu'est-ce que tu crois, la petite mère. Elles sont dans les voitures. T'as déjà vu des vaches cavaler au cul des chevaux, toi !

La femme Bobillot observa :

— Et même dans les voitures, y a gros à craindre que le voyage leur coupe le peu de lait qu'elles donnent.

Le grand Saura dont la lueur du foyer rendait le visage plus anguleux et le regard plus noir cria :

— Qu'est-ce qu'elle croit, celle-là ! On allait pas prendre racine dans la forêt de Joux pour que ses gosses aient du lait ! Et d'abord, les vaches, elles sont pas à toi !

La femme du sabotier s'était reculée, et son époux qui était un homme paisible, la prit par l'épaule. Bisontin allait intervenir lorsque la mère Malifaux le devança. Son pochon fumant à la main, elle fit trois pas vers Saura dont la chevelure rousse semblait prête à prendre feu. Elle lui lança :

— Tais-toi donc, grand vaurien. Le lait, tu t'en moques, t'as pas de petits, toi. Et pourvu que tu trouves de l'alcool...

D'Eternoz s'interposa :

— Taisez-vous ! ordonna-t-il... Vous usez vos forces bêtement. Et vous risquez d'en avoir besoin.

Le silence se fit. Il pesait lourd tout autour de cette petite combe où le crépitement du feu dominait le bruit de la source pleurant dans la mare. Bisontin allait saisir l'instant pour parler, lorsque le vieil homme s'approcha en demandant :

— Je ne vois pas Guyon, où est-il donc ?

Le charpentier s'avança d'un pas.

— Justement, dit-il. J'allais vous en parler. Il n'est pas venu.

— Qu'est-ce qu'il a, il est malade ?

Bisontin comprit que l'échevin se méprenait. Il se hâta de poursuivre, pressé d'en finir :

— Il n'est pas dans la voiture. Il est resté dans la forêt... Mais j'aimerais que tout le monde écoute, pour n'avoir pas à le répéter.

Se tournant vers les autres, l'échevin battit des mains et cria :

— Taisez-vous une minute ! Bisontin a quelque chose à nous communiquer.

Il y eut quelques rires étouffés, et le compagnon comprit que ces gens attendaient de lui qu'il les amusât un peu, comme il avait l'habitude de le faire. Certains qui s'étaient accroupis se levèrent, ceux qui dansaient d'un pied sur l'autre s'immobilisèrent. Il fit deux pas pour se porter plus près du feu dont la chaleur lui gifla le visage. Il scruta un peu les regards, puis, d'une voix posée, il dit :

— Le charretier d'Aiglepierre qui était arrivé avec ceux de La Vieille Loye n'est plus des nôtres. Pourquoi il nous a quittés ? Je n'en sais rien. S'il m'a demandé d'attendre la première halte pour vous en parler, c'est qu'il veut être en paix. Pour l'heure, il se trouve encore dans nos baraques, en attendant le jour. Il m'a seulement dit qu'il devait retourner d'où il venait.

Comme les autres semblaient attendre une explication, Bisontin ajouta :

— C'est un homme qui avait un secret. Je l'ai senti... Quelque chose d'important à faire.

Il dut marquer une courte pause pour chercher ses mots avant d'ajouter :

— Peut-être une mission à remplir, ou un être cher à retrouver...

Saura l'interrompit pour s'esclaffer :

— Tu parles, c'est peut-être un bandit, ton charretier... On va le voir rappliquer avec une bande pour nous voler notre bien...

Bisontin avait regardé Marie dont le visage s'était crispé soudain. Il se tournait vers le grand Saura pour répliquer, mais Pierre le devança. S'avançant calmement, il toisa le paysan qui le dépassait de deux têtes et, d'une voix ferme, mais sans crier, il dit :

— Je t'interdis de parler ainsi. Mathieu était des nôtres. Nous sommes là pour répondre de lui.

Saura se contenta d'un grognement et s'en fut vers son cheval. Pierre revint près de sa sœur. Son visage était pâle, mais son regard franc ébauchait un sourire. Le compagnon écarta sa longue pèlerine, étendit ses bras et les prit tous les deux par les épaules pour leur confier :

— Pour vous, il a seulement ajouté : « Tu leur diras que j'ai été obligé de retourner où j'étais avant qu'on se rencontre... Ils comprendront. »

Il y eut, entre Pierre et Marie, un échange de regards dont Bisontin sentit le poids. Il serra un instant leurs épaules dans ses grandes mains, puis il s'éloigna pour les laisser tête à tête. Il se dirigea vers Benoîte, l'épouse de l'échevin, qui s'avançait pour distribuer le pain. La femme Berthier la suivait. Sur chaque chanteau, elle posait une mince lamelle de lard gras qu'elle tirait d'une terrine que son bras enserrait pour la maintenir contre ses seins écrasés. Sa face rouge était luisante comme si elle l'eût frottée avec le lard. Elle riait de sa bouche édentée en répétant :

— C'est bon... Par ce temps-là, y faut de la graisse... Ça réchauffe le sang.

Dès qu'il fut servi, Bisontin lui dit :

— T'en as pas besoin, toi la grosse. T'as déjà le sang trop chaud.

Elle fut la première à rire et Bisontin pensa : « Aussi bête qu'elle est ronde, mais encore plus brave. Tout de même, encore si grasse après tout ce qu'on vient d'endurer, si elle était moins gourde, je la soupçonnerais d'avoir planqué des vivres. »

L'échevin suivait les deux femmes. D'une main il tenait une bouteille et, de l'autre, un gobelet où il versait quelques gouttes d'alcool. Chacun à son tour vidait le gobelet d'un coup, avec un mouvement de tête en arrière et de coude vers le ciel.

— Vous laissez pas prendre les pieds par le gel,

disait le vieil homme. Si vous le sentez monter, trépignez pour le faire redescendre.

— Et quand il est par terre, ajouta Bisontin qui sentait le besoin de retrouver sa joie, piétinez-lui la gueule. Ecrasez-le comme une vipère. Ça fera venir le printemps.

Il avala sa part d'eau-de-vie, et la bonne brûlure de l'alcool fit en lui son chemin de feu.

— Tout de même, lui dit l'échevin, ce charretier, quelle idée...

Brutal malgré lui, le compagnon l'interrompit :

— Il est parti, bon voyage et bon vent. On va pas en parler jusqu'au dégel, non !

Il lut dans le regard du vieil homme quelque chose qui semblait dire : « Je ne t'en veux pas. Ce départ t'a énervé. Je te comprends. »

Depuis des mois qu'il le fréquentait, ce n'était pas la première fois que d'Eternoz lui donnait ainsi une leçon de calme et de gentillesse. Il regretta sa vivacité, mais comme il allait s'en excuser, le vieil homme lui sourit pour dire que tout était entendu.

La voix grave et le regard limpide de l'échevin étaient un miel dans le froid de plus en plus obscur de la nuit.

4

Le convoi s'était engagé dans une sommière d'une forêt épaisse et sombre. Bien que la lune fût couchée et le soleil encore loin de se lever, on marchait sans encombre sur la neige gelée. Tout se passait comme Bisontin l'avait prévu. La neige était l'alliée. Elle permettait d'éviter les routes, et c'était elle aussi qui donnait la lumière. Elle avait gardé assez de clarté lunaire pour mener son monde jusqu'au lever du jour.

Tandis que les hommes attelaient, les femmes avaient regagné les voitures où l'on avait entendu des cris et des pleurs d'enfants. Marie avait écarté la bâche pour permettre à son petit Jean de regarder le feu en mangeant son pain et en buvant son lait. Comme l'enfant demandait à marcher et que Marie voulait l'obliger à regagner le creux douillet de la paille, Bisontin était intervenu :

— A cinq ans passés, on est un homme. Il a raison de vouloir se dégourdir. Croyez-moi, ce feu, cette source qui fume et ces forêts si noires, ça va rester, dans sa petite tête. Il s'en souviendra. Si on veut que les hommes aient une âme forte, il faut laisser les impressions fortes pénétrer l'âme des enfants.

Il était évident que Marie n'avait pas saisi ce que voulait dire le compagnon, et pourtant elle avait habillé l'enfant et enveloppé de chiffons ses petits sabots. Le compagnon avait échangé avec Jean un clin d'œil complice, mais, lorsqu'il avait voulu le hisser sur le dos de Lisa, le petit avait couru se réfugier contre les jambes de son oncle. Et lorsque Pierre lui avait demandé pourquoi il avait peur de Bisontin, celui-ci l'avait entendu dire :

— Y rit tout le temps. J'aime pas ça.

Alors le rire du compagnon avait secoué la nuit, et il avait dit :

— Faudra t'y faire, mon gars. Paraît qu'à ton âge, j'ai avalé un picvert. Et j'ai beau boire et manger, j'arrive pas à lui boucher la glotte !

D'un grand élan, Pierre avait enlevé petit Jean pour le poser sur le large dos de Bovard. Et, depuis le départ, l'enfant était resté cramponné au collier jusqu'à l'entrée de la sommière. Là, sans doute effrayé par la nuit trop épaisse des sapins, il avait demandé à regagner la voiture. Bisontin l'avait entendu parler avec sa mère, puis le sommeil avait dû le reprendre et le compagnon imagina la chaleur des corps sous la paille. Il se dit que si Guyon était resté avec eux, ils auraient pu dormir un peu à tour de rôle, mais très vite, il chassa le souvenir du charretier d'Aiglepierre.

L'ombre s'épaississait sans cesse et le bandeau lointain qui se déroulait au-dessus de la tranchée ouvrant la forêt, était presque aussi noir que les arbres. Sans les quelques étoiles que le ciel retenait enchâssées dans sa tourbe, on eût pensé que les sapins se rejoignaient en voûte au-dessus du chemin.

Après l'éclat de l'immense plateau verni de lune, le marécage de la nuit coulant des sapinières se mêlait à la clarté diffuse qui montait encore du sol. Dans ce couloir aux rives de sapins noirs, pareils aux algues de rivières que l'on entrevoit dans le flot trouble des crues, attelages et conducteurs aux contours incertains semblaient exécuter une danse étrange, sans avancer vraiment, comme si l'espace et le temps se fussent coagulés autour d'eux.

Bisontin allait, luttant contre le sommeil, approchant parfois son visage du col chaud des juments pour respirer une bouffée de leur odeur vivante.

Peut-être à cause du regard qu'il avait échangé avec petit Jean, il fut un moment habité par des visions de son enfance. Il vit les ruelles de Besançon, l'atelier de menuisier de son père et le visage tendre de sa mère. Un visage pareil à celui de cette Marie de La Vieille Loye. D'ailleurs, sa mère devait avoir à peu près l'âge de Marie lorsqu'elle était morte d'un mal mystérieux. Et lui devait avoir l'âge de petit Jean. Le père avait suivi de peu, emporté par une gangrène à la suite d'une blessure au pied. Depuis lors, à part une tante qui l'avait mené jusqu'à huit ans avant de s'éteindre à son tour, Bisontin était sans attache. Depuis lors, il marchait.

Il eut un petit rire rentré. Au fond, c'était vrai, il avait beaucoup marché, mais c'était la première fois qu'il le faisait en conduisant deux juments. La première fois aussi qu'il emmenait tant de monde. Tant de malheureux à qui il avait, en quelque sorte, promis le paradis terrestre.

Pour le moment, leur convoi à peine visible peinait sur un chemin de plus en plus pentu, avec des virages brusques, des descentes courtes et raides qui obligeaient les bêtes à mettre toutes leurs forces dans leur croupe pour retenir ces charges que rien ne permettait de freiner. Les cris se faisaient plus nombreux et plus durs, les arrêts plus fréquents, les démarrages moins aisés. On poussait au cul, on s'aidait de voiture à voiture, on s'en prenait aux bêtes et parfois aux gens. Quelque chose de sournois se tendait dans cette nuit, comme un cordage tordu et porté aux limites de sa résistance.

Soudain, il y eut encore un arrêt avec des craquements de bois brisé et de grands cris venus de l'avant.

Bisontin enleva sa pèlerine dans un grand mouvement qui la fit voler autour de lui. Au passage, il la donna à Pierre en disant :

— Y a de la casse. Tiens-moi ça et surveille tes juments !

Il se mit à courir le long du convoi, s'accrochant aux voitures ou s'appuyant aux épaules des conducteurs qui criaient avec lui :

— Attention ! Laissez passer !

A mesure qu'il avançait, la pente se faisait plus raide, avec des virages serrés que les voitures arrêtées obstruaient.

— Bon Dieu, vers quoi ça peut descendre pareillement !

Le hennissement douloureux d'un cheval blessé se faisait entendre, régulier, comme venu des profondeurs d'un gouffre.

Bisontin atteignait la voiture de Favre, lorsque la femme Berthier lui lança :

— C'est Bobillot... Mon homme est déjà descendu avec les deux fils Favre.

A la sortie d'un tournant serré, le compagnon vit des lueurs de lanternes et la fumée d'une torche qui remuaient en dessous du chemin, dans le fond d'un ravin où de l'eau cascadait. Il eut à peine le temps d'apercevoir l'échevin et sa femme sur le bord du chemin. L'échevin lui tendit une lanterne allumée en disant :

— Attention ! Un accident suffit !

Et sa femme se lamenta :

— Mon Hortense est descendue. Ce n'est pas sa place. Faites-la remonter.

S'agrippant aux broussailles de sa main libre, Bisontin dégringola en lançant :

— Elle est assez grande. J'suis pas sa nourrice !

Dès qu'il eut rejoint les autres, Bisontin fut soulagé de constater que la femme de Bobillot et ses deux enfants dont l'aîné n'avait pas quatre ans étaient indemnes. La femme serrait les petits contre elle sans rien dire, les yeux égarés, le visage livide et la lèvre tremblante. Mais Bisontin vit aussi que le sabotier était coincé sous sa voiture renversée. Seules ses jambes immobiles dépassaient, raides, sur une roche luisante de glace.

— Allez, vite ! ordonna-t-il. Mademoiselle Hortense et Berthier, vous la remontez avec ses mouflets.

Ils durent les aider tant la pente était raide et glissante. Lorsque la femme fut en haut, Bisontin redescendit avec les autres. Il se coucha le long du char et, glissant son bras sous le longeron brisé, il chercha le visage de Bobillot. La chair était vivante, la bouche soufflait. Le charpentier se releva et dit :

— Il est pris par le bassin... C'est pas bon, mais il vit.

Le cheval continuait sa plainte et battait des sabots dangereusement.

— Première chose, dit Bisontin. Achever cette bête.

— Si c'est pas une misère, fit l'aîné des Favre.

— Je m'en charge, dit le grand Saura qui venait de les rejoindre. Ça fera toujours de la bidoche !

Ils le laissèrent à cette besogne et Berthier dit :

— En s'y mettant tous, on doit pouvoir lever la voiture.

— Et où on se mettra, gros malin ? demanda le compagnon... C'est pas la peine d'essayer. Mais je vais vous lever ça comme on lève une ferme de charpente montée à plat.

Il prit son ton de commandement et lança :

— Un qui fonce me chercher ma poulie et mes cordes dans la voiture au forgeron. En même temps, qu'il dise à Pierre, le charretier, de venir avec son Bovard. C'est de l'ouvrage pour lui.

Un des Favre partit et de nouveau Bisontin approcha la lanterne des jambes inertes du sabotier.

— Pauvre gars, dit-il.

— Je l'ai bien vu partir, dit Berthier, j'étais derrière. L'attelage de l'échevin a passé en serrant bien à droite. Lui, il a voulu serrer encore plus, et son patin a monté sur la roche. Il l'a senti. Il a crié hue à sa bête, et il a lâché la bride pour se porter à côté du char et le retenir. Tu parles, pauvre Bobillot, une charge pareille... Je me suis précipité, mais c'était trop tard.

Berthier était cousin de Bobillot, et le compagnon les avait souvent vus ensemble, en bonne entente. Il serra le bras de Berthier et dit :

— Y devrait s'en sortir.

Mais l'autre était sans illusions.

— Tu parles, fit-il, touché comme il est... Il a dû penser à sa femme et à ses petits. C'est pour ça qu'il a voulu retenir le char. Et eux, avec la charrette pleine de foin, ils s'en sortent sans rien.

Manet avait rejoint Saura et l'aidait à dépecer le cheval mort.

— Ce vieux fou d'échevin nous a foutus dedans, disait-il. On s'en sortira pas.

— On n'aurait jamais dû l'écouter, dit Saura.

Bisontin allait se diriger vers eux pour les faire taire, lorsque Favre cria du haut :

— Tout est là, qu'est-ce que je fais ?

— Lance-moi le bout de la corde !

Bisontin distinguait à peine le visage du garçon, au-dessus de lui, comme suspendu dans cette nuit où dansaient trois lumignons.

La corde descendit.

— C'est bon... Et le cheval ?

La voix calme et nette de Pierre arriva :

— Il est prêt à tirer.

Le compagnon attacha sa corde à un longeron en calculant bien l'équilibre, puis il monta attacher la poulie et donner des instructions au jeune charretier.

— Est-ce que tu penses que ton cheval suffira ? demanda-t-il.

— Il suffira, dit le garçon avec assurance. Et pour ce travail, je préfère qu'il soit seul.

Ils avaient fait avancer l'attelage de l'échevin pour donner du large à Bovard. Tout se passait dans le calme, à la lueur tremblotante des lanternes et sous le grésillement de quelques torches dont la fumée stagnait, retenue là par l'épaisseur de la forêt. Lorsque tout fut en place, le compagnon redescendit. Il plaça un homme à chaque bout de la voiture pour tenir le balan, puis, avec Berthier et Reuillot, ils retournèrent à côté du blessé.

— Tout le monde est en place ?

Des « oui » arrivèrent, et le compagnon cria :

— Allez, charretier, fais tirer doucement !

Le silence se fit. Seule la voix du charretier qui parlait à son cheval comme s'il eût devisé tranquillement avec un ami. La corde monta, se tendit, parut hésiter tandis que le nœud couinait autour du bois. Lentement, le char se souleva. Bisontin le laissa monter d'à peu près deux pieds, puis il cria :

— Arrête et tiens bon !

Par sécurité, il cala de chaque bout en déplaçant des roches, puis ils purent enlever Bobillot qui se mit à râler faiblement.

— L'est pas lourd, le pauvre vieux, remarqua Reuillot.

Ils durent s'aider d'une autre corde pour le remonter. Et, lorsqu'il fut allongé sur une paillasse dans la voiture de Berthier, le barbier et la mère Malifaux commencèrent à se chamailler pour savoir de quelle manière on devait le soigner. Bisontin les laissa et retourna sur le lieu de l'accident.

— A présent, cria-t-il à ceux qui se trouvaient encore en bas, faut remonter le fourrage et tout leur fourbi. Et aussi les roues du char qui peuvent être utiles.

— Tu as raison, fit le forgeron. On ne sait jamais.

Puis, pour s'excuser, le vieil homme ajouta :

— Je suis pas descendu. Je suis plus assez leste. Mais s'il y a à faire en haut, je suis là.

— J'ai peur qu'il y ait à faire pour tout le monde, fit Bisontin en baissant la voix. Je crois bien que nous sommes mal engagés.

On utilisa la poulie pour hisser les roues démontées et les quartiers de cheval que le gel commençait à roidir. Sur le chemin, la neige piétinée était devenue glissante, et, comme des femmes curieuses s'approchaient, Bisontin se fâcha.

— Allez, cria-t-il. Pas de femmes ici ! Dégagez-moi ce chemin. Un accident suffit.

Hortense sortit de la voiture où l'on avait mis le blessé, et Bisontin l'entendit ordonner :

— Que celles qui n'ont pas d'enfant à garder viennent avec moi, nous allons faire un feu et préparer de quoi manger.

Plusieurs hommes dirent que c'était une bonne idée, et le compagnon éprouva un instant le sentiment que la perspective de manger de la viande leur faisait oublier l'accident. Il se dirigea vers la voiture où était le blessé et, lorsqu'il le vit étendu inerte et râlant, avec sa femme et la femme de Berthier à côté de lui, lorsqu'il aperçut les deux enfants endormis sous une énorme couette, il pensa à Joannès, le souffleur de verre. Il revit l'autre voiture et son arrivée en compagnie de Guyon. Quelque chose en lui murmura :

— Est-ce que la mort prendrait des habitudes ?

5

Epuisés, les hommes se retrouvèrent autour du feu au moment où les premières lueurs de l'aube pointaient derrière les sapins. L'odeur de viande grillée était venue les trouver jusqu'à l'endroit de l'accident, alors qu'ils achevaient de plier la bâche récupérée sur la voiture dont la carcasse vide et dépecée resterait dans le lit du torrent. Bisontin avait senti sa bouche s'emplir de salive et sa fatigue s'évanouir. Sans doute les autres avaient-ils éprouvé la même impression, car les langues s'étaient déliées et un moment heureux avait coulé tandis qu'ils buvaient une soupe grasse à même les écuelles fumantes. Hortense et la femme Saura retournaient sur la braise de larges tranches de viande de cheval. Elles les piquaient ensuite du bout d'un grand coutelas, et les alignaient sur une pierre plate et propre, à côté du foyer. A mesure que les hommes achevaient leur soupe, elles posaient chaque morceau de viande sur une tranche de pain et procédaient à la distribution. Et ces hommes qui avaient tant donné de leurs forces, ces hommes qui, depuis des mois, n'avaient mangé d'autre viande que celle de quelques gibiers pris au piège, mordaient à pleines dents.

Le sang leur coulait parfois sur la barbe et le long des doigts jusqu'aux poignets. Seul le père Rochat, le forgeron qui n'avait plus que deux chicots, coupait de petits morceaux qu'il mastiquait longuement, dans un mouvement de la mâchoire qui plissait tout son visage et remontait très haut la pointe de son menton barbu.

Le silence s'installa autour des crépitements du feu et des bruits de bouches.

A cause de la sueur qui trempait ses vêtements, Bisontin sentait le froid de l'aube lui glacer le dos. Il demanda à Pierre où était sa pèlerine.

— Sur l'avant de mon char.

Le garçon fit mine de se lever, mais le compagnon arrêta son geste. Continuant de manger, il se dirigea vers la voiture. Loin des lueurs dansantes du foyer, tout baignait dans un jour glauque et triste, mais le ciel limpide où mouraient les dernières étoiles promettait le soleil. Lorsqu'il mit le pied sur la limonière pour entrouvrir la bâche, le bois grinça et Marie Bourdelier demanda à mi-voix :

— C'est toi, Pierre ?

— Non. C'est moi. Je cherche ma pèlerine.

La bâche se souleva et le visage fatigué de la jeune femme parut. Elle chercha à ses pieds et tira la longue cape brune du compagnon. Elle sourit et dit :

— Tenez, c'est ce qui vous donne l'air d'un oiseau.

Ses yeux étaient rouges et ses paupières gonflées. Bisontin prit la cape qu'il lança sur ses épaules.

— Et vos petits ?

— Ils dorment. Ils ont bien chaud.

Elle demanda où était son frère. Bisontin dit qu'il

mangeait près du feu et il expliqua aussi ce qu'ils avaient fait.

— Mon Dieu, fit Marie, nous avons tous notre part de malheur. Et je crains que nous ne soyons pas au bout de nos peines.

Bisontin n'hésita pas à mentir :

— Nous avons fait le plus pénible. Mais surtout, faut pas pleurer. Je sais que c'est dur pour vous. Mais à cause de vos petits, faut pas pleurer.

Marie promit. Bisontin eut l'impression qu'elle avait quelque chose à lui dire, mais des cris arrivèrent. On s'insultait près du foyer et le compagnon partit à toutes jambes.

Comme sa cape volait haut et qu'il sentait sur lui le regard de Marie, il ne put s'empêcher de rire en pensant qu'elle allait encore le prendre pour un oiseau.

Devant le feu, Berthier et le vieux forgeron encadraient Hortense et semblaient prêts à s'empoigner avec Saura et Manet.

— Qu'est-ce qui se passe ? demanda Bisontin sans élever la voix.

— Rien, fit le père Rochat. Des conneries d'hommes saouls, comme toujours avec ceux-là !

— Des conneries, brailla le grand Saura, je vous dis qu'on va tous crever là. Et à cause de ce vieux fou d'échevin qui se croit malin...

— Tais-toi, fit le compagnon fermement. Il y a eu un accident. C'est terrible, mais il pouvait arriver n'importe où.

L'autre eut un ricanement et son acolyte l'imita. Aussi bas du cul que Saura était haut perché, Manet portait une bedaine qui ouvrait sa cotte sur le tissu rouge de sa chemise. Et ce ventre tressautait, plus agaçant encore que son air de se moquer du monde.

Bisontin comprit qu'ils avaient dû boire un peu trop de cet alcool de fruit distillé en forêt. S'il les laissait s'exciter, ce pouvait être la bagarre. L'échevin devait dormir dans sa voiture trop éloignée pour qu'il pût être réveillé par leurs cris. Le forgeron était d'une force exceptionnelle, mais son âge pesait lourd. En dehors de lui, Bisontin pouvait compter sur Berthier, sur Hortense capable de se battre comme un homme, et probablement sur ce jeune charretier qui ne devait pas être manchot. Mais les autres se tiendraient hors des coups. Tous étaient des paysans prudents. Et ce Saura était un colosse. Aussi grand que Bisontin, il devait bien peser trois fois son poids. De plus, il était homme à tirer facilement son couteau. A plusieurs reprises, durant leur séjour en forêt, il avait menacé de cogner, mais c'était la première fois que Bisontin se trouvait directement mêlé à l'affaire. Jusque-là, le prestige et l'autorité calme du vieil échevin avaient suffi pour imposer silence à cet ivrogne. Soutenu par Manet, il devait se sentir fort.

Le compagnon vit tout cela très vite, et très vite aussi lui vint la solution. Plantant son regard dans les yeux de Saura, il fit un pas vers lui et dit calmement, presque avec le sourire :

— Tu as raison. M. d'Eternoz nous a engagés dans un piège. Moi aussi, j'ai regardé le chemin vers l'avant. C'est foutu, on passera pas !

Une lueur de joie éclaira le regard du rouquin qui se tourna vers Hortense pour lancer :

— Alors, j'avais pas raison ?

Bisontin aussi tourna la tête vers la jeune fille et cligna son œil droit que Saura ne pouvait voir. Puis, revenant aux deux ivrognes, il leur dit :

— Malheureusement, ce qui est fait est fait. On

réglera les comptes en temps voulu. Mais ce qui est urgent, c'est de sortir de là. Et il en faut un plus malin que l'échevin pour nous en tirer.

Déjà une vague lueur d'inquiétude assombrissait le regard de Saura. Manet, plus lent à comprendre, demeurait béat, ses mains encore luisantes de la graisse du cheval posée à plat sur son ventre. Bisontin marqua une courte pause puis, se tournant vers les autres, il dit :

— Moi, je propose qu'on désigne Saura et Manet comme responsables. Ils remplaceront M. d'Eternoz... Eux, ils sauront bien nous tirer de là et nous mener jusqu'au...

Il fut interrompu par les injures des deux hommes, mais, en même temps, par le rire qui secoua les autres. Et ce rire sur lequel il avait compté fit l'effet espéré. Saura poussa un dernier coup de gueule.

— Rigolez, bande de cons ! Quand on sera tous crevés...

Bisontin ne put en entendre davantage. Les deux ivrognes s'éloignèrent vers la voiture de Manet.

Le compagnon laissa s'éteindre le rire, puis il dit :

— En effet, nous sommes sur un chemin qui se perd. Vous l'avez vu comme moi. Dans la nuit, M. d'Eternoz a dû confondre les ruines de Mignovillard et celles d'un autre village. Mais qui donc se retrouverait dans ce foutu pays ? Est-ce la faute de l'échevin si les soudards de Saxe-Weimar ont ravagé le Comté ? Vous l'avez vu comme moi, avec la neige dessus, des ruines, ça ressemble à des ruines. Alors, qu'est-ce qu'on peut faire ?

Il les interrogea du regard et ce fut le père Favre qui répondit :

— Dans une sente si étroite, si on veut faire demi-tour, faudra abattre des arbres.

— J'y ai pensé, dit Bisontin, mais venez voir avec moi.

Il les entraîna jusqu'au lieu de l'accident. Le jour levant découvrait le torrent où ne coulait qu'un filet d'eau rageur entre les rochers. A l'avant du char fracassé, la neige et les pierres étaient rouges du sang du cheval. Et les traces de pas s'en éloignaient en étoile, rouges et brunes elles aussi. Sur l'autre rive, la forêt s'ouvrait, découvrant une vallée assez large dont le versant opposé était une montagne encore tout habitée de nuit. Derrière elle, on sentait monter l'or déjà vif du matin.

Le compagnon les laissa regarder, puis, de sa voix tranquille, il expliqua :

— Si on fait demi-tour, ça veut dire qu'on revient sur nos pas pour chercher un autre passage qui nous conduise là.

Et il tendit son long bras vers la vallée. Puis, tournant le dos à la lumière, il montra les sapins en poursuivant :

— Au lieu d'abattre à un endroit plat où on puisse faire tourner les chars, si on abat ici, dans cette côte, où vont tomber les arbres ?

Tous regardèrent le ravin.

— Eh oui, fit le compagnon, ils vont se coucher là, en travers, et ils sont bien assez longs pour que les cimes portent de l'autre côté. C'est peut-être pas de la belle charpente qu'on fera là, mais ça peut tout de même nous faire gagner bien des lieues.

Comme les autres approuvaient, admiratifs, il fit mine de chercher tout autour, puis, en confidence, il ajouta :

— Faut pas leur répéter, vu que ce sont des

modestes qui aiment pas se mettre en avant, mais cette idée, c'est le grand Saura et le gros Manet qui me l'ont soufflée.

Les autres se mirent à rire, et Bisontin sentit que, pour le moment du moins, ils étaient tous de son côté.

6

Il leur fallut une bonne partie de la journée pour préparer le passage. Ils avaient commencé par dormir deux heures pour se remettre de leur nuit, puis, sans mot dire, ils avaient attaqué le travail. La fatigue pesait, engourdissant les jambes et les reins. Bisontin la sentait en lui et chez les autres, mais le soleil dans un ciel d'une infinie limpidité chassait la tristesse.

Ils besognaient par équipes de deux pour abattre et ébrancher, et Bisontin était heureux d'avoir pris avec lui le charretier de La Vieille Loye. Ce garçon qui parlait peu et savait se faire oublier, était un gaillard dur à la tâche. Habitué à l'abattage des feuillus dans les forêts de plaine, il ne semblait gêné ni par l'énormité de ces sapins ni par la pente si raide qu'il fallait parfois s'encorder pour cogner. Lorsqu'un fût devait être mis en place, c'était Bovard qu'on y attelait, et Bisontin observa que ces paysans qui avaient tous fait du forestage, admiraient le coup d'œil de Pierre et son entente parfaite avec sa bête.

Et le compagnon dit à d'Eternoz :

— Celui-là, avec son cheval, il vous ferait aussi bien de la dentelle que du voiturage de carrière.

— Oui, approuva l'échevin, et pourtant, je n'ai pas vu souvent bête aussi pleine de sang. Mais c'est une question de main. Et de douceur de voix.

Tout ce que les hommes faisaient là était pénible ; mais, peut-être parce qu'ils étaient restés longtemps sans un travail à la mesure de leur habitude, ils le menaient avec une espèce de joie rageuse qui faisait claquer clair les cognées et les serpes dans l'air vif des hauteurs. Et Bisontin conduisait le chantier, sobre de gestes et de mots, toujours clair et précis dans ses directives, toujours prudent.

Lorsque les troncs furent alignés et tenus par des pieux, lorsqu'ils en eurent placé un par-dessus les autres, de chaque côté, pour éviter tout risque de chute, ils apportèrent un peu de neige de façon à faire un sol plat pour le pied des chevaux et glissant pour les patins des chars.

Enfin, le travail terminé, ils regagnèrent les voitures et rangèrent leurs outils. Une soupe les attendait où avaient cuit des raves et un bon quartier de cheval. Femmes et enfants étaient là, autour du foyer où ils les rejoignirent. Et, lorsque tous se mirent à manger, il se forma dans l'air tranquille un léger nuage qui montait des écuelles et des bouches. Les morceaux de rave brûlaient les doigts, mais c'était une bonne brûlure après celle de la neige. L'échevin profita du silence pour dire :

— Lorsque nous aurons passé ce ravin, il nous faudra moins d'une heure pour atteindre la route de Mouthe. Comme on ne sait pas ce qu'on peut y rencontrer et qu'il faudra la suivre jusqu'à l'entrée de la Combe des Cives, je propose d'attendre la nuit. Cela vous laisse le temps de vous refaire des forces. Si quelqu'un a une meilleure idée, qu'il parle.

Bisontin fit des yeux le tour de l'assemblée, s'attardant sur Saura et Manet assis côte à côte. Le grand rouquin avait travaillé comme une brute, et, à plusieurs reprises, Bisontin l'avait entendu insulter le gros en lui reprochant sa mollesse. A présent, Saura fixait le feu, indifférent, en apparence, à ce qui se disait. Mais Manet qui mâchait sa viande en ouvrant grand la bouche, regarda Bisontin, puis l'échevin d'un œil mauvais avant de demander :

— Et après, qu'est-ce qu'on fait ?

Le ton était railleur, mais c'est de sa voix la plus neutre que le vieil homme répondit :

— Nous traversons le Doubs à gué. Puis nous tirons sur Bellefontaine par la Combe des Cives.

— C'est une route ? demanda le rougeaud.

— Non. Une sente. Mais avec la neige, elle est sûrement praticable pour des traîneaux. Et là, ce serait extraordinaire qu'on tombe sur des troupes. Surtout de nuit.

Avec un rire gras qui secoua son ventre, l'autre lança en se tournant vers Saura :

— Et on se perdra une fois de plus. A cause d'un vieux...

Il ne put achever. Sans se déranger, Saura l'avait poussé d'un grand coup de coude dans la poitrine. Le gros lâcha son écuelle, battit des bras et partit en arrière, jambes en l'air par-dessus le tronc sur lequel ils étaient assis. Un énorme rire monta, tandis qu'il se relevait, le visage cramoisi et l'écume aux lèvres. Il ramassa son écuelle sans regarder personne, puis, comme il allait gagner sa voiture, Hortense lui dit d'une voix presque cinglante :

— Manet, donnez votre écuelle !

Il s'avançça, le regard au ras des sourcils. Elle le servit en ajoutant :

— Chez nous, on nourrit de la même façon les bons chevaux et les mauvais.

Bisontin vit passer une lueur de haine dans l'œil sombre du gros homme qui s'en fut manger sa soupe sans honte, adossé à l'arrière de son beau char tout neuf.

Le repas terminé, les hommes gagnèrent les voitures pour atteler, tandis que les femmes et les enfants s'engageaient à pied sur la passerelle. Bisontin les regarda en souriant et dit à l'échevin :

— Je ne vous reprocherai jamais d'être prudent, mais une passerelle pareille, vous pourriez y entasser tous nos chars et toutes nos bêtes qu'elle fléchirait même pas.

— Je te crois, fit le vieil homme, mais que veux-tu, à mon âge, on ne se refait pas.

— Tenez, plaisanta le charpentier, je la trouve tellement réussie, moi, cette passerelle, que j'ai envie de m'arrêter au prochain village pour me la faire payer par les gens du coin. Et s'ils veulent pas payer, je reviens la démolir.

Il y eut des rires qui cessèrent lorsque d'Eternoz dit :

— Les gens du coin, mon pauvre Bisontin, il y a belle lurette que les Français les ont tous envoyés sucer la gentiane par la racine. Encore bien beau si leur carcasse n'a pas été laissée aux ours.

Lorsque tous les chars eurent traversé, les hommes y montèrent pour dormir en attendant l'heure du départ. Bisontin alla voir Bobillot dont les autres parlaient déjà en l'appelant le mort-vivant. Le sabotier n'avait pas repris connaissance. Quant à sa femme, revenue de sa frayeur, elle pleurait en serrant contre elle ses deux petits.

D'Eternoz qui attendait devant son char, appela Bisontin pour lui demander :

— Qu'en penses-tu ?

— Vous savez, dans la charpenterie, on voit pas mal d'accidents. A mon avis, il s'en sortira pas. Il n'est pas mort, mais les autres ont raison, il n'est plus tout à fait vivant. Pauvre gars...

— Certaines fois, dit Hortense, on se demande si on ne devrait pas faire pour un homme ce qu'on fait pour un cheval.

— C'est vrai, dit le compagnon, mais personne n'ose jamais.

— Moi, répliqua la jeune fille sans hésiter, si je devais le faire, j'espère que j'en aurais le courage. En tout cas, si j'étais comme ce malheureux, j'aimerais que ceux qui prétendent m'aimer m'aiment assez pour...

L'échevin l'interrompit en criant :

— Tais-toi donc !... Après ça, tu t'étonneras que les vertus chrétiennes disparaissent.

Hortense resta en arrière pour pouvoir dire au compagnon :

— A son âge, il ne peut pas comprendre.

— Vous, murmura Bisontin, vous n'êtes pas comme les autres.

Elle le regarda d'un air de dire : « C'est vrai ; je le sais ; et alors ? »

Et il s'en fut vers la voiture où Pierre étrillait Bovard. Hortense l'avait toujours impressionné. Il y avait en elle quelque chose de sévère qui en imposait, et pourtant, le fond de son cœur généreux et sensible apparaissait dès qu'elle avait à aider plus faible qu'elle.

Lorsque le compagnon arriva à la voiture, Pierre laissa partir au vent une poignée de poil et rangea son étrille.

— Les gosses font du bruit, dit-il. J'ai attendu pour savoir si ça te fait rien qu'on se couche tous les deux dans cette voiture-là.

Bisontin se mit à rire.

— Tu en as de bonnes, fit-il. C'est ta voiture, c'est pas la mienne.

Pierre eut son bon sourire et ils grimpèrent s'installer dans la paille, entre des meubles démontés et des outils de culture ficelés aux cotrets avec une herse et un petit araire. Le soleil éclairait encore le haut de la bâche dont les coutures se piquetaient de feu. Une lumière tamisée donnait aux objets des formes incertaines. Un moment de silence s'étira, puis la voix des enfants et celle d'Hortense passèrent tout près pour s'éloigner.

— Elle les emmène pour qu'on se repose mieux, dit Bisontin. C'est une personne qui pense à tout.

— Oui, dit Pierre, une forte fille... Une forte de caractère.

Il dit cela et, alors que Bisontin allait lui répondre, il se mit à ronfler. Assommé de fatigue, il venait de sombrer d'un coup dans le sommeil. Le compagnon l'observa un moment, un peu comme s'il se fût trouvé en présence d'un enfant, puis, comprenant qu'il ne parviendrait pas à s'endormir, il se leva sans bruit et sortit.

Le jour avait décliné et le ciel était rouge à l'endroit où le soleil venait de plonger derrière des grisailles bleutées au bord ourlé d'or. Les cimes noires et crochues des sapins bercés de mouvements à peine perceptibles s'y détachaient. Le grand calme venait, annonçant la nuit.

Le compagnon allait se diriger vers la voiture de l'échevin lorsqu'il vit Marie, assise sur une limonière, et qui fixait le couchant. Ses yeux mouillés étaient deux taches de soleil ; voyant le compagnon elle s'empressa d'essuyer ses larmes. Il la rejoignit et dit :

— Ne restez pas seule ici. Il faut rejoindre vos petits.

— Ils sont avec mademoiselle Hortense, dit-elle.

— Je sais. Mais il faut y aller aussi.

Elle fixait de nouveau le couchant, et le compagnon comprit qu'elle pensait à son pays perdu, et à cette autre forêt où son homme était resté. Elle dut le sentir, car elle dit, d'une voix qui tremblait :

— Dans quelque temps, on ne trouvera même plus trace de sa tombe.

— Mais si. Même si la croix est arrachée : j'ai marqué les arbres.

Il n'osait pas la bousculer trop. Il lui semblait que cette petite femme était d'une extrême fragilité. Il dit pourtant :

— Venez, on va les rejoindre.

Elle le laissa prendre son bras, et ils firent quelques pas en silence, puis ce fut elle qui dit :

— Mademoiselle Hortense, quand elle est venue m'embrasser après l'enterrement de mon pauvre Joannès, elle m'a rien dit. Elle m'a regardée... Les autres aussi, sont venus, mais elle, je sais pas, c'était pas pareil.

— C'est vrai, fit Bisontin. Je l'ai toujours dit, ce n'est pas une personne comme les autres.

— Elle a quel âge ? demanda Marie.

— Vingt-six ans, je crois.

— Pareil que moi.

Le compagnon laissa passer un temps, puis, comme

ils allaient atteindre la voiture de l'échevin, il s'arrêta. Marie en fit autant et le regarda.

— Voyez-vous, dit-il. C'est une fille qui a souffert. Elle était promise à un garçon d'Andelot. Le malheureux a été tué sur la route en venant la voir... Et on ne sait même pas si c'est par les Gris, les Français, les gens de Saxe-Weimar ou les Cuanais... Il y a pas loin d'un an de cela. On a cru qu'elle allait en mourir. Et puis, le malheur est venu sur nous. Elle s'est mise à aider tout le monde et c'est ce qui l'a sauvée... Il y en a, dans le malheur, ils se ferment sur eux. Il n'y a que leur peine qui compte. Et puis d'autres, comme voilà Hortense, ils se dévouent tant et tant qu'ils finissent par se rendre compte qu'ils sont encore bons à quelque chose. Même si elle paraît bizarre à certains moments, c'est une bonne âme, vous verrez.

Bisontin se tut. Il était visible que Marie ne l'écoutait plus. De nouveau elle fixait le couchant d'un regard où se lisait une immense détresse.

7

Depuis plus de deux heures, ils marchaient dans l'ombre à laquelle leurs regards avaient fini par s'accoutumer. Les chevaux aussi devaient s'être habitués, car le convoi allait du même train que la nuit précédente, lorsque le grand clair inondait le plateau. La différence, c'est que les lointains se confondaient. Tout avait disparu, effacé par un ciel charbonneux qui s'appuyait autour d'eux à la manière d'un dôme. On le sentait beaucoup plus qu'on ne pouvait le voir, mais il était là, pesant, et qui avançait à mesure qu'avançait le convoi.

Bisontin avait lacé plus serré les toiles qui protégeaient ses brodequins et montaient jusque sous ses genoux. Ainsi, il allait à l'aise, d'un pas qu'il sentait plus proche de celui qui l'avait tant mené sur les chemins du compagnonnage.

Au convoi, il manquait une voiture dont les restes seraient emportés par les eaux du printemps. Bobillot était toujours sans connaissance dans le char de Berthier avec sa femme et ses deux gosses, et c'était à ce sabotier et aux siens que pensait Bisontin en ce début de nuit. Il demeura tout habité par l'image de leur détresse, jusqu'au moment où Marie ouvrit la bâche pour rejoindre son frère. La voyant sauter de voiture, le compagnon lui cria :

— Venez me tenir compagnie ! Tout à l'heure, je m'endormais.

Elle l'attendit et se mit à cheminer à sa hauteur.

— C'est vrai, dit-il. J'ai dormi en marchant.

Il rit et Marie se mit à rire également.

— Vous ne me croyez pas ?

— Non, c'est pas possible, vous tomberiez.

— Justement, j'ai peur de tomber. Comme je suis le dernier, personne ne s'en apercevra, et les soldats me trouveront tout raide sur la neige. Et comme je ressemble à un épouvantail, ils auront peur et ils se sauveront. Et la guerre sera finie !

Il se mit à raconter d'invraisemblables histoires d'épouvantails à oiseaux mettant en fuite des armées entières. De temps en temps, il laissait cascader son rire, et ce rire faisait naître celui de Marie. Pierre se retourna pour lancer :

— On s'amuse bien, à l'arrière-garde !

— T'inquiète pas, dit le compagnon, c'est pour décourager les loups. Ces bêtes-là s'attaquent toujours aux gens tristes.

Rien n'était lumière, mais rien non plus n'était ombre véritable. Il n'y avait pas de brouillard, mais ce mélange de demi-jour et de demi-nuit en tenait lieu. La vision ne rencontrait rien qui l'arrêtât brutalement, mais partout elle s'engluait, se noyait entre ces formes molles qui se déplaçaient dans des fonds d'eau trouble. Soudain, Marie qui marchait à gauche du compagnon lui empoigna le bras à deux mains et s'y cramponna en soufflant :

— Ici... juste en dessous... ça remue.

Bisontin lança la bride sur le collier et s'arrêta

pour écouter. Paralysée, Marie s'arrêta avec lui, suspendue à son bras.

A mesure que le bruit du convoi s'éloignait, celui qui montait du contrebas augmentait en se précisant. Bisontin demanda :

— C'est ça, que vous avez entendu ?

— Oui, fit-elle dans un souffle.

Le compagnon se mit à rire en disant :

— Eh bien, mon petit, vous ne pouvez rien trouver de plus doux... parce que c'est le Doubs... Et vous le connaissez bien, puisqu'il passe près de chez vous. Seulement ici, il court plus vite et il doit charrier des glaçons.

Marie lâcha le bras du compagnon sans rien dire. Et ce fut lui qui parla :

— Heureusement que j'ai uniquement des os, autrement, avec vos ongles, qu'est-ce que j'aurais pris !

Marie bredouilla des mots d'excuses et Bisontin lui empoigna la main pour rattraper le chariot.

— Le Doubs, dit-elle. Il vient jusqu'ici ?

— Décidément, vous me ferez toujours rigoler. Comment voulez-vous qu'une rivière escalade des montagnes. Il ne vient pas dans cette direction. Ici, il est tout petit. Et il s'en va vers chez vous... Tenez, si vous le suiviez, vous vous retrouveriez à Dole. Et même aux Goubots, où il rencontre la Loue que vous pourriez remonter jusque chez vous.

Bisontin sentait bien qu'elle avait du mal à comprendre. Sans doute n'avait-elle jamais autant voyagé que depuis que la guerre l'avait chassée de chez elle. Il demanda :

— Dole, vous connaissez ?

— Oui, j'y allais tous les ans pour la foire de la Saint-Martin avec Joannès. Et des fois, dans l'été, quand mon frère y menait du bois, j'allais avec lui pour vendre des fraises de forêt ou des mûrons.

— Et vous êtes allée où, en dehors de Dole ?

Elle réfléchit un instant avant de dire :

— Vous savez, je connais bien la forêt de Chaux et la Loue... Je suis née à Santans, près de Montbarrey, j'ai traversé plusieurs fois.

Il imaginait la petite vie de cette femme, dans cette vallée de la Loue qu'elle avait quittée en épousant un souffleur de bouteilles de La Vieille Loye. Tout ça tenait dans le creux de la main. La Vieille Loye, c'était un village dont il se souvenait parce qu'il se trouvait en plein cœur de la forêt, dans une vaste clairière de labours et de pâtures. Il s'y était rendu un jour, depuis Dole où il travaillait alors, pour évaluer des bois chez un scieur de long. Il le dit à Marie qui marcha un moment en silence. maladroite sur ses sabots qu'elle avait enveloppés de toile. Comme le sol devenait inégal, il lui reprit le bras, et elle dit avec un gros soupir :

— Tout ça, comme voilà, ce n'est plus que ruines.

Le compagnon eut envie de lui demander comment ils avaient pu échapper aux Français, mais il n'osa pas l'obliger à revenir sur ces heures dont elle devait conserver une vision effroyable. Il avait vu lui-même assez de villages pillés et brûlés, de populations torturées et massacrées par les armées de Richelieu, pour imaginer ce que devaient être aujourd'hui les villages dont cette pauvre femme venait de parler. A marcher à côté d'elle, il se sentait bien. La chaleur de ce bras et de ce corps était agréable à sa main gauche qu'il avait sortie de sa moufle. A plusieurs reprises, sans l'avoir cherché, dans un mouvement qu'elle faisait en butant du pied et dans le geste qu'il avait pour la retenir, il crut sentir le poids léger de son sein. Il en fut un peu troublé et se dit : « Bisontin, tu es un salaud. Tu vas déjà penser à des choses avec cette pauvre gosse qui vient à peine d'enterrer son homme. C'est pas à faire. Tu n'es plus à courir les chantiers avec une fille dans chaque cité traversée. »

Il lui semblait pourtant que Marie se serrait plus fort contre lui et qu'elle aussi prenait du plaisir à ce contact. Il se dit : « Elle a peur, et elle a froid. C'est tout. Et toi, te fais pas bouillir le sang bêtement. Tu as autre chose à penser pour le moment, et elle aussi. »

A mesure qu'ils avançaient, l'ombre s'épaississait, et lorsque la lune se leva, ce fut seulement pour montrer un ciel d'énormes nuages qu'un vent haut perché pétrissait en silence. Il avait profité du moment d'ombre entre soleil et lune, et, à présent que tout était bouché, il déchirait juste de quoi laisser filtrer ce qu'il fallait de clarté pour que les gens fussent effrayés.

Bisontin eut le temps de voir la longue file des voitures se détacher sur le sol soudain éclatant, il eut le temps de voir le cercle noir des forêts qui séparait partout la terre des nuées. Il eut le temps de voir ces nuées chargées de menace qui se refermèrent sur la lune à peine levée.

Et ce fut d'un coup une nuit brutale qui se mit à miauler dans les lointains comme une bande de chats sauvages. Ce fut un frisson de peur tout le long du convoi dont la tête quitta la route pour se laisser glisser vers la rivière.

— Ils ont raison, dit le compagnon. Il faut traverser et s'écarter de la route. Si la neige vient, elle peut nous bloquer, et nous serons plus abrités du vent et des mauvaises rencontres dans la forêt que dans ce couloir. Cette route, je la connais, elle vient de Pontarlier et elle tire sur Saint-Laurent. C'est un gros passage. Et c'est le domaine de la bise. Ça va sur le Grandvaux. Le vent du nord s'en vient s'aiguiser tout au long du Noirmont comme une lame sur un affiloir. Je connais pas la Combe des Cives, mais j'espère qu'elle n'est pas orientée nord-sud. On devrait y trouver des endroits où le bois nous protège.

Un cri vint de l'avant, que chacun fit suivre :

— Montez dans les voitures, on passe le gué !

Marie allait courir vers son frère, mais le compagnon l'arrêta.

— Allez, allez, fit-il, grimpez ici.

Il l'aida, déroula les longues guides et monta à son tour.

— Ça ira ? leur cria Pierre.

— Ça ira ! lança le compagnon. J'ai la patronne avec moi, je suis bien gardé.

Il rit, tandis que Marie criait à son frère :

— Fais attention aux petits !

Déjà le convoi repartait dans une descente assez douce mais au sol inégal qui faisait tanguer les traîneaux dont le bois craquait.

— Mon Dieu, dit Marie, tout va se rompre !

Elle s'était assise dans le foin. Bisontin était debout à l'avant. Les rênes bien en main.

— Vous plaisantez, fit-il. C'est du travail de compagnon. Ça tiendra.

Bisontin pensait aux patins qu'il avait taillés avec tant de soin dans de bons bois de fil et aux attaches de métal que le père Rochat avait forgées pour les tenir. Mais il avait à peine fini de répondre qu'il y eut un craquement venu de l'avant et des cris.

— Ho ! Ho ! Holà, tout le monde !

Bisontin arrêta les juments et tendit les guides à la jeune femme en disant :

— Tenez ça, que les bêtes ne bougent pas.

A tâtons, il chercha sa hachette de charpentier, un petit sac de crosses et un rouleau de cordelette, puis il sauta de voiture et courut vers l'endroit où, déjà, s'agitaient deux lanternes. Il reconnut le char neuf de Manet en même temps qu'il entendait le gros s'époumoner.

— C'est ce con de compagnon ! Avec son idée de traîneau... Qui c'est qui va me payer mon char...

Bisontin fut derrière le gueulard en même temps que les fils Favre arrivaient portant chacun une torche. Dans la lueur, il vit tout de suite qu'un longeron avait cédé, cassé en plein milieu, au moment où la voiture descendait sur les graviers du Doubs. Se plantant devant le gros homme qui hurlait toujours, il lâcha ses crosses et sa corde, empoigna Manet par le devant de sa cotte juste sous le menton et lui releva la tête. Levant sa hachette dont le tranchant luisait, les dents serrées, il dit :

— Tu vas commencer par fermer ta gueule. Sinon, je te fends la trogne, tu entends ?

L'autre se tut et Bisontin le lâcha pour entrer dans l'eau et se diriger vers la pièce cassée qu'il examina de plus près. D'une voix tout à fait calme, il dit :

— Il y a des charrons qui ne sont pas honnêtes. Regardez, ce longeron portait un énorme nœud. Le comble, c'est d'avoir acheté une voiture sans la regarder !

Prenant son ton de commandement, il dit :

— Apportez deux pieds droits et deux masses, ce sera vite réparé. Et plus solide qu'avant.

Ceux qui avaient déjà traversé pataugeaient dans l'eau que l'on voyait courir sur les galets et qui fumait un peu entre ses rives où les glaçons pendus aux broussailles faisaient ce bruit cristallin qui avait tant effrayé Marie. Le gros Manet s'était éloigné, et Bisontin l'entendait ronchonner. Il lui cria :

— Dételle ta bête, qu'elle n'aille pas bouger pendant qu'on calera.

La voix de Pierre arriva de la rive :

— Faudrait qu'on dételle tous, pour faire boire les bêtes.

— C'est une bonne idée, dirent plusieurs hommes.

De l'autre rive, l'échevin cria :

— Est-ce que je dois venir ?

— Non, lança Bisontin. C'est pas la peine de vous gauger !

Hortense arriva, mouillée jusqu'aux genoux, et relevant d'une main sa longue robe brune.

— Pourquoi venez-vous ? lança le compagnon. Vous n'avez rien à foutre là !

— Si, fit-elle. Vous donner du remontant et satisfaire ma curiosité.

Elle avait apporté une bouteille d'eau-de-vie qu'ils se passèrent, buvant chacun une ou deux gorgées. Lorsque Manet voulut la prendre, Saura lui cogna sur le bras en grognant :

— Pas toi. T'es assez mauvais comme ça.

Il y eut quelques rires malgré le froid qui gagnait tous ceux dont les pieds étaient mouillés. Bisontin le sentait monter le long de ses mollets, atteindre ses genoux et paralyser ses cuisses. Seuls ses pieds protégés par l'eau bien moins froide que l'air, ne lui faisaient pas mal. Il avait attaqué le longeron cylindrique pour lui tailler un méplat où appliquer une pièce. Sa hachette traçait des courbes de lumière vive et les copeaux giclaient pour disparaître du faisceau des lanternes. Cassé en deux, mal à l'aise sur les cailloux roulants, les jambes douloureuses fouettées par le courant, Bisontin se mit à transpirer.

— Si la neige nous prend ici, disaient certains, nous sommes perdus.

Le forgeron qu'on avait obligé à rester sur la rive offrait ses services et répétait :

— Je vois bien, je suis plus bon qu'à me faire traîner... Pourri, le vieux.

— Allez donc vous occuper des femmes, lui cria Bisontin. Ça montrera si vous êtes si vieux que ça !

Mais les plaisanteries sonnaient mal. Les rires étaient forcés.

Il fallut un long moment pour remonter la voiture en cognant à la masse contre les pieds droits, couper une pièce, la clouer et la ligaturer. Mais, lorsqu'ils enlevèrent les deux cales, rien ne fléchit et Bisontin lança à Manet :

— Et voilà, gros bouffi ! T'as beau être lourd, tu peux foutre ton cul dessus, c'est pas là que ça cassera !

Ceux qui avaient les pieds mouillés allèrent mettre de la paille dans leurs sabots et enrouler autour des toiles sèches. Bisontin qui avait une autre paire de brodequins fut heureux de les enfiler. Marie avait rejoint ses enfants. Peut-être dormait-elle. Peut-être veillait-elle dans la voiture bien close, avec le souvenir de son homme.

Bien que l'obscurité fût profonde, ils avaient décidé de marcher encore pour s'éloigner de la route et se rapprocher de la forêt qui serait un abri lorsque la neige se mettrait à tomber. Car elle allait tomber, c'était certain. Le vent qui dévalait en grondant apportait déjà l'odeur de son froid particulier et poussait quelques flocons minuscules qu'on sentait vous piquer le visage. On convint que les hommes des voitures de tête se relaieraient pour marcher devant avec une lanterne et que le reste suivrait au plus près. Il paraissait impossible qu'on s'égarât, car il n'y avait qu'un seul chemin qui s'avancerait bientôt entre les forêts. Pour le moment, on sentait la combe encore large et peu profonde, avec de vastes espaces où la bise prenait élan pour attaquer les attelages par l'arrière et s'engouffrer sous les bâches dont il fallut, à tâtons, resserrer les liens. Les bourrasques étaient telles qu'elles faisaient tanguer les voitures. Elles tourbillonnaient autour des attelages, glissant comme des bêtes folles sur la neige qui avait fondu vers midi et que le soir avait rendue pareille à un marbre.

Ils parcoururent encore une bonne lieue avant que la tempête ne les arrêtât. Elle vint d'un coup, et comme jamais encore Bisontin ne l'avait vue, même dans les Alpes où il avait passé deux ans. Etant monté dans la voiture pour allumer une lanterne, lorsqu'il écarta la bâche, il ne distingua plus la croupe de la jument la plus proche. Un rideau blanc parfaitement tendu, défilait en travers du chemin à une vitesse qui donnait le tournis. Tête basse, le chapeau en avant et protégeant sa lumière sous sa cape, il alla retrouver Pierre. Comme il y parvenait, il vit une lueur à l'avant de la voiture. Marie cria :

— Pierre ! Viens !

— Fermez-moi cette toile, sacrebleu ! cria Bisontin. Et foutez-nous la paix !

Pierre partit avec lui vers la tête du convoi, dans ce bruit d'enfer qui roulait autour d'eux. La nuit tout entière se ruait sur les voitures qu'elle secouait sans relâche. D'immenses pièces de toile claquaient dans le ciel, se déchiraient en sifflant puis s'en allaient plus loin où elles giflaient la forêt dont chaque arbre miaulait en craquant.

De temps à autre, un cheval poussait un hennissement sourd et se secouait en faisant sonner les boucles de ses sangles. Mais ce bruit n'était même pas rassurant. Il n'était rien à côté de l'immense déchaînement d'un hiver qui devait avoir gardé pour cette nuit le plus gros de sa force. Il rassemblait au creux de cette combe tout ce qu'il avait accumulé de colère. Il avait attiré les réfugiés jusqu'au fond de ce piège et, à présent qu'ils s'y trouvaient prisonniers à la fois de l'obscurité, du vent et de la neige, il allait les broyer, les écraser, les étouffer peut-être sous sa rage glacée.

8

Bêtes et hommes avaient conjugué leurs efforts pour hisser les traîneaux jusqu'en haut d'un espace dénudé qui s'en venait buter à la forêt sur un dévers. Tant bien que mal calées côte à côte, les voitures se trouvaient ainsi adossées à la masse lourde des sapins qui les protégeait de la neige et du vent. Mais la forêt prise de folie se démenait en hurlant, et Bisontin sentait à plus d'un signe que la peur s'était accrochée au convoi. Sans doute allait-elle profiter de cette nuit de cauchemar pour tarauder les esprits et aiguiser la colère de ceux qui commençaient à regretter d'être partis.

Le compagnon avait rejoint les gens de La Vieille Loye dans leur voiture en disant :

— Il paraît que plus on est de fous plus on rigole, mais moi je dis que plus on est de gens gelés plus on se tient chaud.

Et ils s'étaient enfouis sous la paille, Marie entre ses petits et son frère, le compagnon contre la ridelle pour protéger un peu les enfants. Ici, la voiture était moins secouée par les rafales qu'elle ne l'avait été lorsque la bise la prenait de plein fouet, mais il semblait que la forêt fût à chaque instant sur le point de s'arracher au sol et de s'avancer en écrasant tout.

Pierre et les petits s'étaient endormis assez vite, sans doute moulus de fatigue, mais Bisontin inquiet écoutait la nuit. Marie ne devait pas dormir non plus. Il l'entendait soupirer et se retourner sur la paille. Il eut envie de lui parler pour la rassurer, mais il redouta de réveiller les autres.

Après un moment, la voix de la forêt s'affaiblit peu à peu. Bisontin écouta de toute son attention, retenant son souffle, averti par son instinct que cet apaisement de la tempête cachait un nouveau danger. Il se demanda un instant si la voiture ne s'éloignait pas des arbres. Il allait se lever lorsqu'il comprit que seule l'épaisseur de la neige sur la bâche atténuait le bruit. Il fut rassuré et sourit de sa méprise. « T'as trop d'imagination, Bisontin, se dit-il. Tu te voyais déjà partir en voilier. »

Et ce fut sur cette pensée qu'il s'endormit pour se réveiller au moment où une lueur à peine perceptible commençait de suinter par les coutures de la portière, en haut, tout près de l'arceau. « Bonsoir ! se dit-il. Ça veut dire que la neige arrive jusque-là. Merde, alors ! Quelle histoire ! Ça serait pas venu deux jours plus tard. »

Il s'apprêtait à sortir de la paille, lorsqu'il entendit remuer Marie. Et ce fut seulement le bruit qu'elle fit qui lui montra que, dehors, c'était le grand silence.

Bisontin vit une ombre monter devant la jointure de la bâche. Sans bouger, il dit :

— N'ouvrez pas, ça dégringolerait à l'intérieur.

— Vous ne dormez pas, fit Marie.

— Je viens de me réveiller... La bise s'est cassé le cou.

— Oui, mais avec toute cette neige, qu'est-ce que nous allons devenir ?

L'angoisse nouait la voix de la jeune femme et Bisontin pensa qu'il fallait tout de suite essayer de la rassurer. Il se mit à rire en disant :

— On va attendre le printemps. Et dans ce foutu pays, il lui arrive de ne pas se montrer avant la fin du mois de mai. Vous voyez que c'est pas la peine de vous précipiter pour sortir.

— Mon Dieu, murmura-t-elle. Mon Dieu !

Il tira lentement de la paille ses jambes qui lui faisaient mal. Une douleur aiguë monta jusque dans ses reins. Il se déplaça lentement pour ne pas piétiner les enfants. Sa main qu'il tendait en avant toucha le dos de Marie qu'il sentit tressaillir. Il se mit à rire.

— Ah bon, c'est votre dos ! Je me disais aussi que la bâche n'était pas froide.

Sa longue main courut sur l'omoplate et s'en vint serrer le bras.

— Bonjour, fit-il.

— Bonjour, murmura Marie.

— Vous avez bien dormi ?

— Oui, fit-elle.

— Vous mentez aussi facilement que je rigole. Je me suis endormi très tard, et vous ne dormiez pas.

— Comment pouvez-vous le savoir ?

— Ah voilà ! J'ai un tas de secrets, moi. Je vois clair la nuit et je devine tout.

Comme il lui prenait de nouveau le bras, elle dit en riant :

— Si vous voyez clair la nuit, pourquoi vous avez pris mon dos pour la bâche ?

Cette fois, Bisontin ne put retenir son rire d'oiseau qui réveilla Pierre.

— Très bien répondu ! Je suis pris.

— Où est-ce que tu es pris ? demanda Pierre d'une voix pâteuse.

— Dans les neiges, pardi ! Comme toi ! Il en est tombé au moins sept pieds, alors, tu vois ce que ça peut donner !

— Tu es fou, lança Pierre en se levant. Sept pieds en une nuit !

— Tiens, viens voir !

Bisontin écarta le haut de la bâche sans dénouer le lacet, et les autres purent constater que la couche arrivait à moins de deux pieds du cintre.

— Bon sang, souffla Pierre, c'est pas Dieu possible !

— Et derrière, ça doit passer par-dessus avec la bise qu'il y avait.

Le compagnon avait dit cela sur un ton de gaieté.

— Nous sommes perdus, se lamenta Marie. Jamais nous n'aurions dû quitter La Vieille Loye.

— Tais-toi donc, dit Pierre. Tu serais morte.

— Et ici, qu'est-ce qui nous attend ?

Le compagnon lui prit les bras qu'il serra fort en disant :

— Ne craignez rien, nous passerons la frontière... Encore deux ou trois jours et on y sera.

Puis, se tournant vers Pierre, il lança :

— Trouve des pelles. On va sortir.

Il déplaça doucement la bâche pour l'écarter tandis que Pierre repoussait la neige. Lorsqu'ils purent regarder à l'extérieur, ils furent soulagés de constater que la couche n'atteignait pas partout semblable épaisseur. Des remous avaient accumulé d'énormes quantités de neige. Cependant, dans son ensemble, la couche mesurait bien trois pieds.

Le ciel restait chargé de grisailles qui promettaient de nouvelles chutes et la bise, bien que beaucoup moins nerveuse, tenait toujours.

Des voitures voisines, d'autres hommes étaient sortis. Ils commençaient à déblayer. Le grand Saura s'arrêta de pelleter, regarda Bisontin et lança, l'œil mauvais :

— On est foutus. On va servir de pâture aux loups.

— Pas du tout, fit calmement le compagnon, les loups ne restent jamais en montagne durant l'hiver. Il n'y a que des fous pour s'aventurer ici à cette saison ! Et les loups ne sont pas fous !

— Ça te fait rigoler, grogna l'autre. Le fou, c'est toi. Toi et l'échevin. C'est toi qui lui as foutu dans le crâne cette idée de traîneaux. C'est toi qui lui as proposé de passer en dehors des routes. Nous voilà propres, à présent !

— Parce que tu te figures qu'il n'a pas neigé sur les routes ?

— Espèce de bourrique, hurla Saura, si on t'avait pas écouté, on n'aurait pas attendu l'hiver pour foutre le camp !

— Malin ! Il y a belle lurette que les Gris t'auraient expédié en enfer !

Saura avait son œil des mauvais jours et Bisontin fut soulagé de voir venir le forgeron avec sa masse. Il avait grande confiance en ce vieillard solide, aussi court sur pattes et large d'épaules que lui-même était long et mince. Berthier aussi s'approcha, mais les autres continuèrent de pelleter et le compagnon éprouva le sentiment qu'ils hésitaient sur le parti à prendre. Peut-être attendaient-ils pour se ranger du côté du plus fort. Le gros Manet arriva, levant haut les pieds, une pelle à la main. De loin, il cria :

— Saura a raison, ces salauds nous ont foutus dans le pétrin, on devrait les pendre !

— Tais-toi, lança le forgeron, tu as déjà bu.

Manet passait devant la voiture des d'Eternoz, lorsque l'échevin en sortit, suivi de sa nièce. Il se fit un silence assez lourd, avec les seuls pleurs de la bise dans les hautes branches. Dans l'espace étroit qui venait d'être dégagé, un combat de regards se livrait. Bisontin fixait Saura, l'échevin faisait face au Manet. Ce combat de quelques instants parut interminable à Bisontin qui sentait des gouttes de sueur suivre ses sourcils. Ce silence fut rompu par la voix paisible de l'échevin qui dit :

— Vous croyez donc qu'on n'a pas eu assez de malheur comme ça !

Plusieurs voix l'approuvèrent et, sans doute parce qu'il sentit qu'il allait se retrouver seul avec Saura, sans doute parce qu'il enrageait de céder devant un vieillard. Manet lança une espèce de cri rauque. Et, levant sa pelle, avec le bout du manche dont il usa comme d'une pique, il frappa le vieil homme au creux de l'estomac. Tandis que d'Eternoz fléchissait sur les genoux et se cassait en avant pour rouler sur la neige, Bisontin bondit. Les autres aussi se précipitèrent, empoignant le ventru dont le visage était écarlate et les yeux saillants, tout injectés de sang.

Hortense, puis d'autres femmes aidèrent le compagnon à relever d'Eternoz dont la bouche grande ouverte appelait l'air. Dès qu'il fut dans la voiture, le compagnon sortit. Le forgeron et Berthier tentaient en vain d'empêcher les autres de cogner sur Manet dont le visage saignait déjà.

– Arrêtez ! cria Bisontin. Vous êtes fous !

Le plus acharné était Saura, et, une fois de plus, le compagnon sentit à quel point cette brute constituait un danger pour leur petite communauté.

9

Durant toute cette journée, le temps hésita entre la neige et le froid, puis, vers le soir, la bise prit le dessus. Les nuées se décollèrent de l'horizon et, tandis qu'une lueur fauve filait à plat comme une large lame sur la neige, tout se mit à gémir. Ce n'était plus un vent de tourmente à vous renverser des montagnes, mais quelque chose de parfaitement affilé qui s'en venait polir la neige. Une poussière extrêmement ténue, que les dernières lueurs coloraient de rose, se mit à filer vers l'autre rive de la combe, suivant le sol comme un voile un peu raide.

— Une nuit de ce travail, remarqua Bisontin, et nous pourrons partir.

— Il faudrait, dit Marie. J'ai peur pour l'échevin.

Confiant ses petits à Pierre, elle avait passé toute sa journée avec Hortense, Bisontin et le barbier, auprès du vieil homme et de sa femme qui montrait beaucoup de courage.

D'Eternoz avait vomi du sang, mais il s'obstinait à dire :

— Ce n'est rien. Ne vous faites pas de souci.

Dès qu'il avait pu parler, son premier soin avait

été pour demander ce qu'on avait fait de Manet. Bisontin avait expliqué qu'on l'avait emmené dans son char. Comme personne ne voulait le garder, on l'avait attaché. L'échevin avait ordonné qu'on le détachât.

— Il peut bouger, dit le compagnon. Il va pas geler.

— Je vous ordonne de le détacher. Il est prisonnier de l'hiver comme nous. Vous savez bien qu'il ne peut pas se sauver.

Lorsque Marie et Bisontin rejoignirent Pierre, celui-ci demanda ce qu'on allait faire de Manet.

— Si l'échevin meurt, dit le compagnon, ils le jugeront. Et j'ai bien peur de ce qu'ils peuvent faire sous le coup de la colère.

— Mais l'échevin ne mourra pas, dit Marie. Si nous partons demain et qu'il puisse être dans une maison et soigné, il ne mourra pas.

Ils couchèrent les enfants, puis, comme Marie était inquiète, ils les laissèrent à la garde de Pierre et retournèrent vers d'Eternoz. Le froid piquait dur et la bise sifflait sans relâche, agacée par les obstacles semés sur sa route. Une vague clarté marquait encore de beige l'entrée de la combe. Dans la plupart des voitures aux bâches recouvertes de neige, des lueurs se devinaient. Des voix étouffées s'entendaient. C'était comme la rue d'un village avec toutes les maisons alignées du même côté, le dos à la forêt. Sous les premiers arbres, on percevait les coups sourds des sabots et le cliquetis des chaînes. Rassemblés en un endroit où l'on avait déblayé la neige, les chevaux étaient sous une bâche tendue et attachée aux basses branches. Du côté du nord, elle était prise du pied dans un mur de neige.

— Il ne faudrait pas qu'on soit ici trop longtemps,

dit Bisontin, je sais pas si les chevaux tiendraient. Et puis, le fourrage viendrait vite à manquer... Et aussi les vivres pour nous.

Dans la voiture de l'échevin, une lanterne suspendue à un cintre éclairait les visages inquiets. Le vieil homme était couché au centre, et, de chaque côté, on avait placé des bottes de paille pour faire obstacle au vent qui se coulait entre les planches des cotrets. Près de lui, se tenaient son épouse et sa nièce.

Le barbier était là, toujours silencieux. Son visage maigre et son cou pareil à un câble tordu semblaient perdus au milieu d'une espèce de capuche d'un rouge pisseux et deux fois trop ample. A le voir ainsi, il paraissait bien plus près de sa fin que l'échevin dont le visage était pâle mais détendu. Ses traits témoignaient d'un grand calme intérieur. Quelque chose d'indéfinissable montait de lui qui donnait envie de paix.

D'une voix feutrée et qui semblait d'une fragilité de cristal, il dit :

— Tu sais, Bisontin, je suis heureux que tu aies fait amitié avec le frère de Marie. C'est un bon garçon. Et travailleur comme toi. Ça se voit tout de suite.

Il sourit pour ajouter :

— Et avec Marie aussi, bien entendu.

Comme il peinait pour retrouver son souffle, sa femme lui dit :

— Ne parle pas tant, tu t'épuises.

Il leva vers elle des yeux où Bisontin fut ému de voir briller la flamme d'un grand amour. La main tremblante de la vieille Benoîte se posa sur celle de son époux, et il y eut, durant quelques instants, une étreinte où devait passer tout ce qu'ils n'avaient jamais trouvé le temps de se dire au cours de leur longue vie partagée. Le vieil homme ferma les yeux un moment, et, lorsqu'il les rouvrit, ce fut pour regarder Marie et lui dire :

— Il n'y a pas longtemps que nous vous connaissons, ma petite Marie, mais dans le malheur, les âmes se révèlent. Vous avez su gagner notre cœur.

Il se tourna vers sa nièce et ajouta :

— Tu seras moins seule, mon Hortense. Et ça me fait du bien, tu sais, de le savoir avant mon départ...

Il y avait entre l'oncle et la nièce une grande complicité, une espèce d'entente secrète que Bisontin avait déjà sentie maintes fois et qui, ce soir, les fit échanger un regard où se devinait une sorte de joie profonde et grave.

Après un moment de calme durant lequel d'Eternoz parut écouter avec attention le chant aigu de la bise, il les regarda l'un après l'autre avec insistance, comme s'il eût voulu graver leurs traits dans sa mémoire pour l'éternité, puis il dit :

— J'espère bien que je m'en sortirai, mais je vais tout de même vous parler comme si je devais vous fausser compagnie durant la nuit.

Les autres se récrièrent, mais il les fit taire en disant :

— C'est une simple précaution. Mais je n'ai pas le droit de ne pas la prendre. Je suis las... Je vous prie de ne pas m'interrompre. Voilà : pour ce qui est de Manet, je vous demande de ne rien faire. C'est un accident. Il ne me voulait aucun mal.

Comme le charpentier remuait sur les bottes de paille où il s'était assis, le vieillard prit les devants :

— C'est sur toi que je compte pour empêcher les autres de faire des sottises. Ils te respectent.

— Vous aussi, et pourtant...

— Bisontin, laisse-moi parler. Je voudrais dormir.

Le vieil homme était écrasé par une grande fatigue. On le devinait à la lenteur de ses gestes et à son regard qui n'avait plus le même éclat.

— Tu vois, reprit-il, le mouvement de colère de ce bougre qui est plus bête que méchant n'aura pas été inutile. Toutes nos difficultés avaient éprouvé les hommes. Ils commençaient à être partagés. Si je m'en tire, ils seront tous avec moi. Et si j'y laisse ma carcasse, ils seront tous avec toi.

Il les regarda encore longuement, puis il dit :

— Mais vraiment, je compte sur vous pour que Manet soit laissé libre... Sa punition, le germe en est déjà en lui.

Il ferma les yeux, puis il les rouvrit pour dire à mi-voix :

— A présent, tout le monde va dormir.

Marie se leva, elle hésita longuement puis, après avoir regardé Benoîte et Hortense, elle s'agenouilla sur la paille et se pencha pour embrasser le vieil homme, qui murmura :

— Vous êtes bonne, ma petite. Comme mon Hortense. Allez vite près de vos enfants. La vie, c'est de leur côté qu'elle se trouve. Moi, je n'ai plus besoin que de calme.

Ils étaient près de sortir, lorsque le vieil homme demanda :

— Est-ce que vous avez placé des gens de garde ?

— Non, dit le compagnon, avec ce froid et si haut.

— C'est ce que je voulais dire. On ne risque rien des loups, quant aux hommes... Et puis, il y a les chiens !

Lorsqu'ils sortirent, la bise les enveloppa de glace de la tête aux pieds. Soulevant sa large houppelande, le compagnon posa son bras sur l'épaule de la jeune femme en disant :

— Vous avez froid, ne traînons pas, vous prendriez du mal.

Et il l'entraîna en la serrant contre lui. Marie ne fit rien pour se dégager.

Toutes les voitures étaient éteintes. La lueur qui précède le lever de lune noyait déjà le bas du ciel plein d'étoiles. Elle inondait la combe pétrifiée, tuée par ce froid auquel s'ajoutait celui de cette clarté suintant de la neige.

— C'est vraiment une belle nuit pour s'en aller, dit Bisontin. Par un clair pareil, on doit trouver sans difficulté le chemin du ciel.

— Vous croyez vraiment que... ?

Faisant face à Marie, le compagnon dit d'une voix calme :

— Il va s'en aller cette nuit. Ça ne fait aucun doute. Il partira pendant que tout le monde dormira, sur la pointe des pieds... C'est tout à fait dans sa manière... C'est dans l'ordre des choses. Il est de ces gens qui savent se dévouer et qui ont horreur d'être une charge pour les autres... Mais vous ne devez pas être triste. Il ne l'est pas, lui... Il a accepté... Et il sait certainement où il va.

Le compagnon se voulait ferme et dégagé de toute émotion, mais sa voix le trahissait. Il fit signe à Marie de monter sur la limonière, mais la jeune femme demeura face à lui. Elle le regarda un moment, cherchant ses mots, puis elle dit :

— Ce matin, il se croyait seul avec sa nièce. Mais j'étais au cul de leur char, en train de puiser de l'orge. Je l'ai entendu. Il disait : « Tu vois, j'aurais bien voulu vous mener au bout mais mieux vaut que je reste de ce côté. C'est encore la Comté... » Il a dit ça. Et Hortense ne lui a même pas dit qu'il allait s'en tirer.

— Ça aussi, c'est naturel, Marie. Elle est de la même race que lui... De la race des gens qui regardent toujours tout bien en face... Les choses comme les gens, droit dans les yeux. Même...

Le compagnon s'interrompit. La bise marqua une pause pour épaissir le mortier de la nuit. Il y avait un mot entre eux, un mot qui était là, presque visible, mais que Bisontin ne pouvait se décider à prononcer, peut-être parce qu'il s'inscrivait déjà partout sur cet univers glacé, peut-être parce qu'il était déjà le seul maître de cette nuit.

10

Bisontin avait aidé Marie à monter dans la voiture, puis il avait dit à voix basse :

— Je vais jeter un coup d'œil aux chevaux. Ne vous inquiétez pas de moi. Je fermerai en revenant.

Elle avait laissé retomber la bâche sans l'attacher, et le compagnon s'était retrouvé seul dans cette clarté un peu inquiétante mais qu'il aimait pour son mystère.

Il écouta un moment. Il n'y avait que le bruit de la bise et quelques ronflements sonores venus des voitures. Il s'avança pour voir toute la file alignée et put constater que la lumière était éteinte chez l'échevin. Il respira profondément, puis, sans bruit, il marcha jusqu'à la voiture du gros Manet. Là, il s'immobilisa encore pour laisser à son cœur le temps de retrouver un rythme moins violent. Toujours avec mille précautions, il dénoua la bâche avant de la voiture. Le tissu raidi par le froid et la cordelette durcie faisaient un bruit qui prenait une terrible ampleur dans cette nuit. Il s'arrêta à plusieurs reprises, puis, lorsqu'il eut ouvert, avant même de monter, il passa la tête et appela à voix basse :

— Manet... Manet.

L'autre réagit tout de suite et grogna :

— Qu'est-ce que c'est, bon Dieu ?

— Gueule pas, c'est Bisontin.

— Qu'est-ce que tu me veux ?

— Faut que je te parle, mais fais pas de bruit.

Il se hissa et le craquement du bois, lorsqu'il posa le pied sur le brancard, lui parut emplir toute la combe. Le gros devait être tout au fond, car sa voix semblait venir de loin. Sans doute avait-il construit un vrai rempart de bottes de paille pour se protéger du froid.

— Si tu me cognes, dit-il. Je gueule.

Bisontin eut un rire en sourdine.

— Tu gueules pour appeler ceux qui viendront te pendre.

— Déconne pas...

Sa voix tremblait. Bisontin écarta la paille, avança et s'agenouilla pour être plus près. Son œil commençait à deviner des taches claires lorsque l'autre remuait.

— Ecoute-moi, dit calmement le compagnon. Je n'ai de haine pour personne. Même pas pour le vilain sac à vin que tu es. Et puis, je ne veux rien de ce qui pourrait semer la pagaille parmi nous.

L'autre l'interrompit pour grogner :

— Tu m'emmerdes, avec ta morale. Si c'est pour ça que tu m'as réveillé...

Une forte odeur d'alcool mal digéré venait de cette forme à peine visible. Bisontin était écœuré et l'envie le démangeait de cracher sur cet ivrogne et de s'en aller. Il se domina pourtant et reprit :

— J'ai pas de temps à perdre. De la morale à une larve, je m'en voudrais... Ecoute-moi. Je viens de chez l'échevin. Il ne passera pas la nuit. Il a craché le sang. Il est foutu.

— Tu parles, pour un coup de rien du tout !

— On va pas discuter, Manet. Il m'a dit qu'il ne t'en veut pas. Qu'il tient ça pour un accident. Mais il m'a aussi demandé d'empêcher les autres de te punir.

— Les autres...

La voix du gros se noua sur ce mot, comme si un sanglot l'eût étranglé.

— Tu sais très bien que la punition, ça sera un bout de corde.

— Tu les empêcheras...

Cette fois, ce fut le compagnon qui l'interrompit :

— Je ne suis sûr de rien. C'est pourquoi je te conseille de foutre le camp.

Manet ne réagit pas immédiatement. Il réfléchit un moment, puis demanda :

— Tout de suite ?

— Oui. Avec une nuit d'avance, on ne te rattrapera pas.

— Mais ils vont m'entendre atteler et démarrer. C'est une folie.

Bisontin retint son rire.

— Imbécile ! Tu laisses ta carriole. Tu vas prendre ton cheval, et tu files par-derrière les voitures.

— Bon Dieu, mais je vais crever de froid.

— Avoir froid sur un cheval avec une chance de m'en tirer ou froid au bout d'une corde, à ta place, je préférerais le cheval.

Manet réfléchit encore, puis il parla d'une bonbonne de goutte avec laquelle il espérait amadouer les autres.

— Ta goutte, ils la boiront aussi bien après t'avoir expédié.

Ecœuré par ce gros homme suant de peur et qui parlait des ours du Noirmont, des Français, des Cuanais, de la tempête avec des sanglots dans la voix, Bisontin se leva et dit simplement :

— Je t'aurai prévenu, Manet. A toi de peser les risques, mais je te le répète, je ne suis pas certain d'être maître des autres.

Sans pudeur aucune, le gros essaya de le retenir en l'empoignant par le bas de sa cape et en disant :

— Foutons le camp tous les deux, Bisontin. J'ai des sous. On tirera sur Saint-Claude : tu sais bien que les Français n'y sont plus. J'y connais du monde. Et avec mon argent...

Le compagnon frappa un coup sec du tranchant de sa main osseuse sur l'avant-bras de Manet qui lâcha la cape en pleurnichant :

— Vous avez pas le droit de me tuer... Pas le droit de me juger... Faut un tribunal.

— Ta gueule, ragea Bisontin. Si tu les réveilles, t'as plus aucune chance.

Et il sortit très vite, heureux de respirer une large bouffée de l'air glacial et pur de cette nuit où montait la lumière.

11

Bien que le temps fût calme, Bisontin dormit peu. Il se réveilla souvent pour écouter la nuit qui continuait de gémir doucement. Parfois, un cheval s'ébrouait en secouant sa chaîne ou en battant du sabot le sol déneigé. Et cela faisait un bruit mou sur les aiguilles de sapin que l'on avait remuées à la fourche pour économiser la paille. Manet était-il parti ? S'il l'avait fait, c'était sans bruit, ou pendant un des courts moments où le compagnon avait sombré dans le sommeil.

Longtemps avant le lever du soleil, alors que la toute première lueur se devinait à l'est, Bisontin sortit sans bruit. Les autres dormaient, Pierre en ronflant et Marie avec un souffle régulier pas plus fort que celui des petits. Le compagnon referma soigneusement la portière de toile, puis il se dirigea vers la voiture de Manet. Il allait y parvenir, lorsque la voix du forgeron l'arrêta :

— T'es comme moi, tu dors pas.

L'homme sauta de sa voiture et Bisontin dit :

— Je suis inquiet pour l'échevin.

Bisontin avait une totale confiance en ce vieux

maréchal, mais préférait garder pour lui seul la responsabilité de sa démarche auprès de Manet.

— En attendant que ça bouge, dit le vieux, on va toujours préparer le feu.

Ils se dirigèrent vers le centre de l'espace déneigé où se trouvait un tas de cendres grises avec des pierres noircies, des piquets et deux fourches supportant la longue broche de fer qui avait servi à cuire un morceau de cheval. Lorsqu'ils remuèrent le foyer, des braises rouges apparurent que l'air raviva. Un peu de chaleur monta et, dès qu'ils eurent posé des branches de sapin, les aiguilles vertes se mirent à pétiller pour donner bientôt une belle flamme vive. Et ce crépitement éveilla des échos qui semblaient venir de fort loin. Plusieurs chevaux lancèrent des hennissements.

La première bâche qui s'ouvrit fut celle de Berthier. Bisontin se précipita pour avoir des nouvelles de Bobillot.

— Toujours pareil, fit Berthier, une lampe qui veut pas s'éteindre mais qui veut pas non plus se rallumer...

La voiture de l'échevin qui se trouvait à côté gémit et Hortense parut. Les trois hommes l'interrogèrent du regard. Elle sauta sur le sol. Derrière elle, Bisontin perçut comme un lointain glouglou de source et comprit que Benoîte sanglotait. Le visage d'Hortense était pâle, ses traits accusés par la fatigue et ses yeux marqués d'un cerne lourd, mais sa beauté un peu dure n'en était pas altérée. Elle dit d'une voix dont le calme surprenait :

— Il est parti comme on pouvait s'y attendre. Sans déranger personne. Il est déjà roide.

Le forgeron fut le premier à réagir. Il s'approcha d'Hortense qui se porta en avant pour l'embrasser comme elle fit avec Berthier à qui elle parla tout de suite de Bobillot. Elle revint alors à Bisontin et, comme la plupart des gens sautaient de voiture, elle se hâta de lui dire :

— Il faut les réunir pour leur expliquer ce que mon oncle a demandé à propos du Manet.

Bisontin n'eut pas le temps de répondre. L'aîné des Favre arrivait de la forêt en courant et en criant :

— Le cheval du Manet a disparu. Faut voir dans sa voiture... Le salaud s'est sûrement tiré cette nuit ! Je savais bien qu'y fallait pas le détacher.

La lumière avait grandi et un premier rayon incendiait un triangle de forêt enneigée.

Plusieurs hommes se précipitèrent. La bâche n'était pas accrochée, ils la soulevèrent et eurent vite fait de constater que la voiture était vide. Ils coururent au talus de neige où ils grimpèrent. Avec leurs pieds enveloppés de sacs, ils firent voler de la poussière lumineuse que la bise emporta.

Bientôt, Reuillot cria :

— Voilà les traces ! Il a filé vers le fond de la combe en tirant sur le levant. Bon Dieu, faut le rattraper !

— Venez ici, cria Bisontin. Et écoutez-moi !

Les hommes s'assemblèrent autour de lui. Bon nombre de femmes arrivèrent aussi. Le compagnon fit des yeux le tour du groupe, puis, d'une voix forte, il dit :

— Nous n'avons plus de guide.

Il y eut un silence avec des regards qui s'entrecroisaient, se cherchaient pour finir tous par converger vers Hortense qui se tenait bien droite à côté de Bisontin et qui dit calmement :

— C'est vrai. Mon oncle a passé cette nuit.

Il y eut un murmure. Des femmes ébauchèrent

un mouvement pour se porter vers la jeune fille qui les arrêta d'un geste de la main en disant :

— Je vous remercie. C'est bon de ne pas se sentir seule dans un moment pareil. Ma pauvre tante aura bien besoin de votre amitié. Mais avant tout, je vous prie d'écouter Bisontin. C'est à lui que mon oncle a parlé avant de nous quitter.

Emu, le compagnon se racla la gorge avant de dire :

— Ce que j'ai à vous communiquer n'est pas long, mais important. M. d'Eternoz a demandé qu'on ne punisse pas le Manet.

Il fut interrompu par un murmure que dominèrent quelques cris et la grande gueule de Saura traitant le fuyard de saloperie. Bisontin attendit le retour du silence et reprit :

— Il s'est sauvé, la question ne se pose même plus. Nous avons mieux à faire que de lui cavaler après. Et pour commencer, creuser pour M. d'Eternoz.

— Sous le couvert, dit le forgeron, ça doit pas être gelé bien profond.

— Ensuite, vous désignerez un ancien parmi vous. Tant que nous ne sommes pas rendus, il nous faut un chef responsable.

Plusieurs voix crièrent en même temps :

— Tu sais bien que c'est toi !

— Il est tout désigné, c'est Bisontin !

— C'est toi, compagnon ! Tu as roulé plus que nous.

— C'est toi, puisque tu as vécu au Pays de Vaud.

— Et c'est toi qui as tout mis en branle pour ce voyage, dit Saura. Alors, il te reste à nous mener au bout.

Tous approuvèrent.

Le charpentier les fit taire une fois de plus, puis,

les ayant observés en silence un moment, il déclara :

— Je n'ai aucune envie d'être engueulé, jugé, condamné ou frappé.

Ils l'interrompirent en criant que, Manet ayant disparu, il n'y avait plus de brebis galeuse.

— C'est bon, lança Bisontin. J'accepte à condition que deux anciens partagent la responsabilité avec moi. Je propose notre barbier et le père Rochat.

Tous crièrent leur approbation et, lorsqu'ils se furent dispersés, Hortense dit au compagnon qui restait là avec le forgeron et le barbier :

— Je pense que mon oncle serait heureux. C'est très bien ainsi. Et il ne serait pas fâché non plus que Manet soit parti.

Des femmes s'en furent rendre visite au mort. Elles restèrent avec Benoîte le temps que les hommes mirent à creuser la tombe sous les sapins. Lorsque ce fut fait, le soleil avait déjà dépassé la cime des arbres et allongeait sur la neige les ombres bleues de la forêt et des chars nettoyés dont les bâches de couleur paraissaient neuves. Il y avait quelque chose d'une fête, dans ce paysage de lumière. Hortense dut l'éprouver aussi, car, lorsque deux hommes sortirent le corps enveloppé d'un suaire, elle dit :

— C'est bien qu'il y ait du soleil. C'est plus gai. Mon oncle détestait la tristesse. Il va arriver dans un beau ciel clair, comme il les aime.

Dès que la fosse fut refermée et que le barbier eut lu les prières de sa voix qui semblait secouée par le vent, les hommes préparèrent les bêtes. Ils discutèrent un moment pour savoir si l'on devait laisser la voiture de Manet, et il fut décidé qu'on y attellerait l'une des juments de Pierre et que l'un des fils Favre la mènerait. Quant au char de l'échevin, Hortense l'avait déjà souvent conduit durant la première partie du trajet, elle ne voulut accepter aucune aide.

Manet n'avait pas laissé grand-chose d'autre que des meubles et du fourrage, mais le fourrage était précieux et, en cas d'accident à un autre char, celui-ci pourrait fournir des pièces.

Ils partirent donc en tirant au plus court, comme l'avait fait le fugitif dont ils suivaient les traces. Et le convoi allait bon train, avec ses bêtes bien reposées.

En accord avec le maréchal, Bisontin avait modifié l'ordre des voitures. Il avait pris la tête, suivi de Pierre puis du fils Favre menant le char de Manet. Hortense venait ensuite, puis Berthier avec le mort-vivant. Les Favre et les Reuillot. Le vieux forgeron fermait la marche précédé par Saura auquel Bisontin avait dit :

— Le vieux est gentil, mais il n'a plus sa vigueur d'autrefois. Je compte sur toi pour être tout de suite avec lui, en cas de besoin.

Ainsi espérait-il museler ce colosse un peu fou dont il redoutait toujours les réactions. Il avait souvent constaté qu'un peu de responsabilité peut modifier le comportement d'un individu.

Le chemin était bon et bien des conducteurs menaient depuis leur voiture, mais Bisontin préférait marcher à côté de Lisa. Cette bête encore jeune allait crânement, comme consciente de l'importance de son rôle ce matin qu'elle était attelée seule et ouvrait le chemin. Lorsqu'il se retournait, Bisontin regardait les attelages. A présent, il en avait pleinement la charge, et c'était quelque chose qui pesait sur son naturel joyeux, autant peut-être que l'image de cette tombe sous le bois.

La bise était faible et le soleil qu'on recevait de

face, s'il n'était pas suffisant pour faire fondre la neige, réchauffait bêtes et gens et incitait à la gaieté.

A plusieurs reprises, petit Jean appela :

— Bisontin !

Lorsque le compagnon se retournait, l'enfant assis à l'avant du char levait les guides et criait :

— C'est moi qui mène !

Il riait, assis entre Pierre et sa mère. Marie avait confié la petite Léontine à Hortense qui lui avait dit :

— Ma tante s'en occupera. Et devant une enfant, elle saura retenir ses larmes.

Ils allèrent ainsi une bonne lieue, avec, sur leur gauche la haute masse sombre du Risoux dont le soleil dentelait la crête. La lumière sur la neige était telle que Bisontin dut souvent essuyer des larmes. Ebloui, il avait du mal à fixer la voie très loin devant lui. Les arbres, les rochers, les ombres des congères semblaient constamment en mouvement. Ainsi, dut-il faire un effort pour s'assurer que l'ombre qui se trouvait à quelques pas de la corne d'un bois, là-bas, assez loin, était bien un cheval. Levant la main, il se retourna pour crier :

— Oh ! Faites arrêter... Faites arrêter !

Le convoi s'arrêta et, aussitôt, plusieurs hommes accoururent. Eblouis par tant de lumière sur l'immensité blanche, ils regardaient, baissant sur leurs yeux le rebord de leur chapeau.

— C'est Maupu, le cheval du Manet, fit le père Favre.

— Il marche drôle, dit Reuillot.

L'aîné des fils Favre observa :

— On dirait qu'il a quelque chose sur le dos et aussi pendu sous le poitrail.

— C'est bon, fit Bisontin, il s'en vient en flânant. Ne perdons pas de temps.

— Et si le Manet nous avait vendus à des soldats et que ce soit un piège ? fit Saura.

Il y eut un silence, mais très vite, Bisontin se reprit :

— Et qu'est-ce que vous voulez foutre ? Vous sauver ? Mais s'ils sont dans ce bois, vous n'aurez pas fait vingt sabotées qu'ils seront sur vous.

— L'arquebuse, cria Saura, dans la voiture de l'échevin !

— Laisse ça tranquille, ordonna Bisontin. Tu sais bien qu'il n'y a pas l'ombre d'un Français à des lieues à la ronde. Allez, en route ! Ceux qui voudraient nous tendre une embuscade n'auraient qu'à nous attendre ; pourquoi nous enverraient-ils un cheval ?

Maupu s'en revenait lentement, suivant ses pas de la nuit et il leur fallut un bon moment pour le rejoindre. Il avait sur son échine, maintenu tant bien que mal par des courroies d'attelage, un gros sac qui devait contenir ce que Manet avait pu prendre de vivres et de vêtements. Sous son poitrail, pendait une bonbonne. L'osier avait entamé l'intérieur de sa patte d'où le sang coulait.

Tandis qu'un homme le tenait, Pierre détacha le sac et la gourde qu'il ouvrit et renifla pour dire :

— C'est de la goutte.

Il y eut des rires et Saura lança :

— Tu penses pas que cet ivrogne allait emporter de l'eau bénite !

— Il aurait pu l'attacher ailleurs, que ça ne blesse pas son cheval.

— Où il peut bien être ? demandèrent plusieurs hommes.

— D'après ce que l'échevin m'a expliqué, dit Bisontin, on doit pas se trouver loin de La Chapelle-des-Bois. Il est peut-être entré chez des gens, et son cheval s'est sauvé.

Déjà on sentait la colère monter et la hâte de partir empoigna les hommes. Bisontin dit :

— C'est une affaire entendue : si nous le retrouvons, rendez-lui son attelage et qu'il aille au diable.

Pierre avait fait couler dans sa main de l'eau-de-vie dont il frotta la plaie du cheval.

— Il ne bronche même pas, dit le forgeron qui le tenait, le froid a endormi le mal.

Pierre regarda de plus près, grattant le poil avec ses ongles, il déclara :

— Cette bête est allée à l'eau. Et jusqu'au poitrail, encore. Voyez la toile autour des paturons : sous la neige, c'est plein de vase gelée... Est-ce qu'il y a des marécages, par ici ?

— Qui veux-tu qui te réponde, puisque personne n'est jamais venu là ?

— Tout ce que je sais, dit le compagnon, c'est qu'après La Chapelle-des-Bois, il y a un endroit qu'on appelle Bellefontaine. Ça peut vouloir dire qu'il y a des sources. Et comme c'est sûrement au fond de la combe, il peut y avoir une ou deux mortes.

— Faut aller voir.

— Faut suivre les traces, on verra bien.

Bisontin sentait chez ces hommes une curiosité qu'il n'aimait guère. Il savait ce qu'était une morte au fond de vase et à l'eau trouble entre les joncs, et il lui sembla que ce seul mot suffisait à assombrir le matin.

Ils reprirent leur marche. Plus ils avançaient, plus le Risoux se faisait menaçant, avec ses plaies de roches grises et ses coulées de neige violâtre entre les sapins noirs.

Ils n'eurent pas à aller jusqu'à La Chapelle-des-Bois, car c'était sans doute ce village que Manet avait voulu éviter. A peine les premières maisons se devinaient-elles dans le lointain que la trace quittait le chemin sur la gauche pour descendre droit vers un bas-fond où se rassemblaient des bouleaux et d'épaisses touffes d'osier. Le convoi s'arrêta et Bisontin prit les deux fils Favre avec lui en disant :

— Il est l'heure de faire manger les bêtes. Elles boiront en traversant le village. Nous trois, nous allons voir jusque-là, si ses traces vont vers la montagne ou vers le village.

Ils eurent vite atteint les premiers bouleaux et ce fut Bisontin qui, le premier, aperçut le corps. Ils s'approchèrent. Les bras serrés sur la poitrine et les genoux repliés, le gros Manet avait dû tomber en avant puis rouler sur la droite dans ses vêtements déjà raidis. Son crâne nu était luisant et ses yeux grands ouverts semblaient vivre encore sous son masque de glace. Ils l'examinèrent en silence sans le toucher, puis ils gagnèrent l'autre lisière du petit bois. Là, le drame se lisait clairement dans la neige où une source sortant de terre dessinait une tache grise sous la blancheur.

— Je comprends, fit l'aîné des garçons, il a pas vu la flotte, et la glace est trop mince autour de la source. Son cheval a dû piquer des deux pattes en avant. Et lui, surpris, il aura passé par-dessus l'encolure.

— C'est même étonnant qu'il s'en soit sorti, fit le compagnon.

— Pas pour aller loin !

— On voit que Maupu a pris le galop. Il a voulu le rattraper.

— Oui, soupira Bisontin. Mais le gel a couru plus vite que lui.

12

Mathieu Guyon avait bien parlé à Bisontin d'un passage par le Risoux, à peu près en face de Bellefontaine, mais la montagne avait quelque chose d'effrayant. Et puis, la présence du blessé et des enfants interdisait que l'on prît trop de risques. De plus, les Français semblaient avoir fui devant l'hiver. Bisontin s'entretint un moment avec le barbier et le maréchal, et ils décidèrent de suivre le creux de la combe qui piquait vers la vallée de la Bienne.

Tout alla bien jusqu'aux ruines désertes de Bellefontaine où ils firent de nouveau boire les bêtes et où ils s'arrêtèrent le temps de manger un peu. Puis, lorsqu'ils abordèrent la descente, la neige se fit moins épaisse et moins portante aussi.

Des sources nées dans la forêt des Chaumelles s'en venaient crever la couche au-dessus du chemin qu'elles ravinaient. Les chevaux glissaient, les hommes peinaient à les tenir. A plusieurs reprises, le convoi dut s'arrêter pour que les conducteurs joignent leurs forces à celle d'une bête et remettent sur la sente un traîneau que seules empêchaient de basculer vers le ravin quelques maigres charmilles accrochées au rocher.

Par prudence, Bisontin avait fait descendre tout le monde de voiture, sauf celui que l'on n'appelait plus que le mort-vivant. Et tous ces piétons marchaient groupés à la suite du convoi.

Bien qu'il dût porter grande attention à son attelage et au profil du chemin, Bisontin ne cessait de penser au gros Manet. Il avait aimé l'échevin, il était ami avec le pauvre Bobillot qui devait souffrir le martyre secoué dans sa carriole, et pourtant, c'était surtout cet ivrogne de Manet qui l'occupait. Le sol était très dur, on avait dû renoncer à creuser une véritable fosse pour se borner à recouvrir de pierres et de mottes de joncs ce corps en position de fœtus. Bisontin n'avait pu empêcher Reuillot et Saura de cogner à coups de pic sur ce bloc de glace pour lui prendre son argent. Manet n'avait d'ailleurs que quelques pistoles d'Espagne, et c'était la preuve qu'il avait encore menti au compagnon peu avant son départ. Bisontin avait beau se répéter que cette mort était une bonne chose pour la tranquillité de leur groupe, la voix du gros ivrogne sanglotant et implorant son aide demeurait en lui. Il l'entendait lui dire : « Mais je vais crever de froid ! »

« On dirait qu'il le sentait... Je voulais éviter que les autres lui passent la corde au cou, et c'est moi qui l'ai tué. Moi tout seul. »

Cent fois au cours des premières heures de marche, Bisontin se représenta le départ du gros, sa peur dans la nuit, sa volonté d'éviter le village en allant passer à l'ombre du Risoux, sa chute sur la glace, le bruit de cette glace se brisant et le froid de l'eau. Le froid plus terrible encore au sortir de la gouille, la course derrière le cheval fou et cette eau durcissant ses vêtements. Est-ce qu'il avait été saisi d'un coup ? Avait-il eu le temps de souffrir ? De maudire Bisontin et de se voir mourir, prisonnier de cette gangue de glace ? Etait-il mort à la même heure que l'échevin ? Le compagnon se reprochait sa propre peur. Il grognait :

— Quand on accepte une responsabilité, on va au bout. On fait front. On ne pousse pas un homme à la mort parce qu'on a peur de ne pas être assez fort pour le défendre... Même si cet homme est un salaud, on ne cherche pas à s'en débarrasser.

La halte du milieu du jour fut brève et silencieuse. La fatigue et la peur de ce mauvais chemin pesaient lourd. Bisontin ne dit rien, mais il sentit que chacun redoutait de passer la nuit dans cette descente qui conduisait peut-être à l'enfer.

Dès le début de l'après-midi, le soleil se cacha derrière une montagne sombre et suintante d'eau. Du fond du val vers lequel ils allaient, montait entre les feuillus dépouillés et les sapins lourds de neige, une brume épaisse et grise.

Et ils allaient, pareils à leurs bêtes, battus par la fatigue, tenaillés par le froid qui leur montait aux jambes depuis qu'ils pataugeaient dans l'eau des sources. Bisontin veillait, se retournant sans cesse pour crier :

— Attention au rocher !

— Attention aux blocs de glace !

— Serrez à droite !

Derrière lui, les autres reprenaient ses cris qui s'en allaient ainsi, de lacet en lacet jusqu'au dernier char du convoi.

Ils ne firent que quelques haltes forcées pour dégager et remettre sur le chemin un char mal dirigé ou bloqué par une roche, puis il s'arrêtèrent lorsque Bisontin aperçut, en contrebas, un chemin que l'on devinait entre les arbres et qui portait des traces de charroi. Le compagnon allait se décider à partir en éclaireur lorsqu'une voix venue du haut d'un rocher dominant le passage cria :

— Qui vive ?

— Paysans réfugiés.

Il y eut un temps, puis la voix demanda :

— Pourquoi vous arrêtez-vous ici ?

— Pour m'assurer que le passage n'est pas aux mains des Français, cria le compagnon, mais ton parler me le dit.

Il y eut plusieurs rires, puis une voix qui venait de plus bas demanda :

— Y a-t-il des femmes parmi vous ?

— Oui, et aussi des enfants.

— Alors, qu'une femme seule descende jusqu'ici.

— Pourquoi une femme ? demanda Bisontin.

— Pour prouver que vous n'êtes pas avec des soldats et pour répondre de vous.

Le compagnon entendit marcher derrière lui. Il se retourna. Hortense arrivait, le fouet sur la nuque à la manière des charretiers, sa longue robe brune relevée jusqu'aux genoux et tenue tout autour par des épingles, comme une culotte bouffante un peu trop longue. Comme Bisontin s'apprêtait à proposer de l'accompagner, elle le devança en disant :

— Ne discutons pas. Ce serait perdre du temps et tout le monde est épuisé.

Mécontent de lui au terme de ce premier jour de responsabilité, un peu anxieux, Bisontin la regarda s'éloigner dans cette fin de chemin qui s'élargissait lentement. A cause de ses vêtements, elle paraissait plus petite et plus large, comme écrasée. Dès qu'elle eut atteint la route, deux hommes armés de mousquets sortirent de derrière un mur de troncs d'arbres. Ils parlèrent avec elle qui gesticulait pour leur expliquer, sans doute, qui ils étaient et d'où ils venaient. Les chevaux battaient du pied dans la boue qui giclait sur les conducteurs. Enfin, l'un des gardes cria :

— Que les chars avancent un par un pour être fouillés.

Bisontin avança d'abord et, tandis qu'un homme fouillait son char, il expliqua à l'autre qu'ils comptaient se rendre au Pays de Vaud.

— En fait d'armes, dit-il, nous avons des piques que j'ai faites pour les loups, et une arquebuse.

— Les piques, c'est normal dit l'homme, mais l'arquebuse, vous ne passerez pas chez les Vaudois avec.

Aussitôt, Hortense intervint :

— Alors, gardez-la. Je vous la donne.

L'homme qui fouillait redescendit en disant à l'autre qui semblait être le chef.

— Ça va.

— A la suivante, dit le chef.

Pierre avança et tout alla bien jusqu'à la voiture où se trouvait le malheureux Bobillot. Là, il y eut une grande discussion entre le barbier et les gardes. Il fut enfin décidé que tout le monde s'arrêterait à l'entrée du village et attendrait un médecin. Si le médecin soupçonnait la peste, cette voiture serait brûlée et tout le convoi refoulé.

Avant les ateliers du val de Morez, il y avait des fortifications inachevées, moitié pierre moitié sapin. Des hommes emmitouflés montaient la garde. Celui qui était descendu de l'avant-poste expliqua ce qui se passait, et un sergent s'en fut vers l'intérieur.

Bisontin qui s'était avancé lui parla puis remonta vers les voitures et dit :

— Je lui ai donné de quoi s'acheter à boire, et je lui ai demandé de prévenir un compagnon tailleur de pierre que je connais ici.

Le tailleur de pierre arriva fort avant le retour du sergent. Ayant donné à Bisontin l'accolade des compagnons, il se mit tout de suite à expliquer pourquoi il y avait une telle garde autour de ces forges et de ces moulins de La Mouille construits dans cette combe de Morez.

— Vous savez, au mois de mars, Nassau est venu jusqu'ici avec ses Français. Il s'était arrêté aux Planches. On le savait. On a tenté de se fortifier, mais c'était trop tard. Il a rossé les mousquetaires comtois qui étaient là pour nous défendre et qui se sont sauvés comme des rats à la première décharge. Après, il y a un fortin qui a bien résisté, mais des Allemands et des Suédois sont passés le long de la frontière vaudoise pour nous tomber dessus par la route des Rousses et par le chemin d'où vous arrivez. A Bellefontaine, ils avaient tout massacré et brûlé. Ici, ils ont bien tué plus de cent personnes, comme ça, pour le plaisir. Et puis, ils ont emmené une centaine de prisonniers, quatre cents bêtes à cornes et plus de cinquante chevaux. Alors, vous comprenez, si jamais ils reviennent, on veut pouvoir se défendre.

Il se tut, regarda autour de lui et ajouta :

— Si vous voulez vous installer, c'est pas les maisons qui manquent. Et il y aura bientôt de l'embauche aux forges et aux Martinets.

Tous avaient vécu pareil massacre, mais tous avaient écouté le tailleur de pierre sans perdre un mot de son récit. C'était un homme à peu près de l'âge de Bisontin, plus petit et plus large, avec des mains énormes. Bisontin répondit pour tous :

— Nous sommes partis pour aller au Pays de Vaud, parce que la Comté, c'est foutu. Et la guerre n'est pas finie. Mais si certains veulent rester ici, ils sont libres.

Il fit des yeux le tour du cercle, attendit ce qu'il fallait de temps pour que chacun pût prendre calmement sa décision, puis il demanda :

— Alors, est-ce qu'il y en a qui veulent rester ?

Pas une main ne se leva. S'adressant à son ami, Bisontin conclut :

— Tu vois, mon vieux, si tu croyais avoir trouvé des gars pour te dégrossir tes cailloux, c'est foutu ; tu n'as plus qu'à reprendre ta masse.

Il rit. Les autres aussi, puis ce fut le tailleur de pierre qui les amusa lorsqu'il dit :

— Sacré Bisontin, ni la peste ni les Français n'ont réussi à te faire cracher le picvert que t'as dans la gorge et qui passe son temps à rigoler !

Le rire était bon, après cette journée terrible, comme il était bon de voir d'autres visages et d'écouter une voix amie qui promettait un toit. Mais il fallut pourtant parler de Bobillot. Le tailleur de pierre dit qu'il y avait ici un chirurgien des mousquetaires comtois qui le soignerait, et Bisontin remercia son ami, car ce blessé qu'il sentait perdu était pour lui un fardeau dont le poids augmentait à mesure que coulaient les heures.

13

Le médecin ne découvrit aucun signe de maladie contagieuse parmi les gens du convoi. Cet homme qui avait vécu le siège de Dole et l'épidémie, était encore en mesure de s'émouvoir devant la douleur. Il proposa de garder le blessé et de le soigner.

Bisontin alla voir une dernière fois Bobillot et il eut le cœur serré à regarder les outils de sabotier dont le malheureux ne se servirait plus. Il dit à son ami tailleur de pierre :

— Il n'était pas compagnon, mais c'était un homme du bois, et un garçon de bonne entente. Je compte sur toi pour qu'il soit bien soigné, mais je n'ai guère d'espoir qu'il retouche un jour à un ébauchoir.

Il embrassa l'épouse du sabotier et ses deux petits. Cette femme qui n'avait jamais quitté son village, regardait ce qui l'entourait avec des yeux où se lisait une immense frayeur. C'était juste l'heure du couchant ; un coup de vent venait de bousculer les brouillards accumulés au creux de la vallée et la malheureuse devait éprouver l'impression de s'installer ici dans une crevasse de la terre qui risquait de se refermer à chaque instant. Les Berthier avaient bien un peu parlé de rester aussi, mais la peur des troupes du Cardinal continuait de peser. Et puis, Berthier était laboureur, et ici la terre cultivable était trop rare pour qu'il espérât trouver de quoi faire vivre les siens. Ils allèrent donc les conduire chez le médecin, puis ils revinrent et Bisontin crut lire dans les yeux de Berthier une lueur de soulagement.

La demeure où les réfugiés furent hébergés était une énorme bâtisse de belle pierre. Une immense pièce leur fut ouverte où ils purent allumer du feu dans une cheminée sculptée dont Bisontin pouvait tout juste toucher le manteau de sa main levée.

— Sacrebleu, dit-il, voilà un moment que nous n'avions pas dormi sous un toit de cette qualité, et tout neuf, encore !

Il dit cela, puis, voyant avec quels yeux les autres contemplaient ce qui les entourait, il se dit que, excepté Hortense et Benoîte, personne n'avait jamais pénétré dans pâreil logis. Ces gens regardaient avec admiration, mais surtout avec crainte, le plafond aux caissons peints où dansait une foule de personnages aux couleurs de soleil.

« Les patrons de forges sont plus riches que les charpentiers », pensa le compagnon.

Le feu permit de sécher les vêtements et de cuire un chaudron de blé tandis que rôtissait un quartier de cheval.

Le tailleur de pierre revint en compagnie de gens de La Mouille et d'un Pontissalien qui avait déjà passé la frontière à plusieurs reprises. Cet homme commença par proposer ses services pour guider les réfugiés, mais comme la somme qu'il exigeait était trop importante, il finit par accepter de vendre ses conseils pour quatre tranches de cheval et une demi-bouteille d'eau-de-vie. Le tailleur de pierre le traita de voleur, mais l'homme avait faim et se contenta de sourire aux insultes. Le cercle s'était formé autour de lui pour l'entendre expliquer qu'avec un temps pareil, la seule voie praticable était le col de la Givrine.

— Et encore, fit-il, uniquement parce que vos voitures font traîneau, sans ça, vous passeriez jamais.

— Et la frontière ? demanda Bisontin.

— Si vous ne transportez ni armes ni malades, vous passerez. Mais attention, si on vous parle de Bois-d'Amont et du Noirmont, répondez que vous ne connaissez personne dans ce coin-là. C'est plus prudent.

Bisontin demanda pour quelle raison, et les autres se mirent à rire. Le tailleur de pierre expliqua :

— Voilà plus de quatre-vingts ans que ça dure. Une vraie guerre déclarée entre les Vaudois et ceux de Bois-d'Amont. Ils s'enlèvent du bétail, se tuent des bergers. En 93, ceux du bailliage de Nyon sont montés à plus de cinquante, en plein mois de juin dans la vallée des Landes où se faisait la fenaison. Même qu'ils marchaient fifres et tambours sonnants. Ils ont foutu le feu à dix-sept maisons et emmené plus de vingt prisonniers.

— Bon Dieu, tonna Bisontin, nous ne fuyons pas une guerre pour donner du nez dans une autre ! Je sais bien qu'il y a litige pour le bornage de la frontière du côté de Saint-Cergues, mais je n'ai jamais entendu raconter qu'on se foutait sur la gueule. Et pourtant, j'ai vécu à Morges durant assez longtemps !

— On te dit ce qu'on sait, fit le tailleur de pierre.

Mais si tu es étranger à leur querelle, tu ne risques rien.

— En tout cas, dit le Pontissalien, si c'est à Morges que tu veux retourner, je te conseille de faire un détour.

— Comment ça ?

— Tu sais, du côté de Nyon, les Bourguignons ne sont pas vus d'un bon œil. Il est passé tellement de réfugiés qu'ils ne sont plus accueillis comme dans les débuts. Alors, crois-moi, je connais bien le pays. Après Saint-Cergues, tu tires à gauche et tu t'emmanches par Arzier.

— Pour ce qui est de la guerre, dit encore le tailleur de pierre, soyez rassurés. Depuis des années, ça ne se bat plus qu'entre paysans. Mais les commissions chargées de tracer la nouvelle frontière n'ont pas encore été foutues de se prononcer. Pour vous, ce serait plutôt un avantage, parce que les gardes s'en fichent un peu... Vous pensez, garder une frontière quand on sait même pas où elle est !

Bisontin éprouva le sentiment que ceux qui l'accompagnaient ne comprenaient pas très bien. La seule chose qui leur paraissait évidente, c'est que là aussi des gens se battaient. C'est qu'il faudrait encore éviter certaines routes et marcher en se cachant dans ce Pays de Vaud dont il leur avait tant vanté la sérénité.

Les visiteurs quittèrent la pièce, quelques minutes coulèrent, puis il y eut, venant de l'extérieur, des cris, des jurons et des appels. Bisontin, Pierre et quelques hommes se précipitèrent. Mais des femmes qui avaient subi la guerre durent imaginer une attaque des Français. Elles se ruèrent sur la porte pour se sauver, leurs enfants dans les bras. Les hommes durent les écarter pour se frayer un chemin.

Il y eut un moment d'affolement. Hortense aidait les hommes. Avec une vigueur surprenante, elle empoignait des femmes qu'elle tirait en arrière. Les hommes purent enfin sortir. Adossé à l'une des voitures, le tailleur de pierre se tenait la tête à deux mains. On l'aida à rentrer et le barbier eut bien du mal à arrêter le sang qui coulait de sa joue ouverte.

Enfin, l'homme put expliquer que les autres avaient voulu fouiller les voitures pour y voler le reste du cheval abattu.

— Que voulez-vous, fit-il, la faim tue les meilleurs sentiments. Le poison de la haine et de la violence est entré dans le pays le jour où les Français l'ont envahi.

On décida donc que deux hommes veilleraient à tour de rôle, durant la nuit, sur les voitures et sur les chevaux.

Le tailleur de pierre partagea leur repas, puis il s'en fut, la tête enveloppée de bandes que le sang tachait de brun. Et Hortense dit :

— Nous avons une bien belle maison pour notre dernière nuit sur la terre de Comté. Dommage qu'il y ait eu cette vilaine histoire... Lorsque les hommes ont faim, ils sont pires que les loups.

14

Dès l'aube naissante, alors que de nouveaux brouillards occupaient la vallée et dissimulaient les montagnes, ils reprirent leur marche. Bisontin s'était réveillé en pensant à Bobillot, à sa femme et aux deux petits. Leur solitude lui faisait peine. Et puis, tout de suite après, le souvenir de Manet était revenu qu'il avait accueilli avec un mouvement de colère.

« Bonsoir ! Celui-là, y m'a assez emmerdé de son vivant, y va pas venir me coller aux trousses à présent ! S'il avait pas tant fait de conneries... »

Le compagnon demeura un moment à lutter contre ce visage luisant et rouge et contre ce regard trouble qui le fixait à travers son masque de glace bleuâtre veinée de vase et de reflets de ciel. Mais la route qui montait devenait mauvaise, et Bisontin dut prêter toute son attention à la conduite de son attelage.

Sur la chaussée mal empierrée, le vent avait raboté de larges espaces où les patins criaient, se bloquaient, butaient contre des roches qui les rejetaient sur la droite où se trouvait le vide. Il n'était nullement question de tout démonter pour libérer les roues, puisque les patins deviendraient de nouveau indispensables pour le franchissement du col. Alors, on ajoutait la force des gens à la force des bêtes, on se mettait à quatre ou cinq pour soulever, tirer, pousser une voiture. Malgré le froid, la sueur ruisselait sur les visages, la vapeur montait du flanc des chevaux. A force de peine, l'une après l'autre, les voitures franchissaient les passages dénudés.

— Allez, criait Bisontin, tout le monde a mangé du cheval ! Il faut que ça se sente un peu, nom de foutre !

Ils furent contraints à de nombreuses haltes tant les bêtes fatiguaient dans cette côte en lacets, sur ce sol inégal et souvent en dévers où il fallait retenir les charges.

Ici aussi d'innombrables sources chantaient au pied des roches, emplissant les fossés, débordant sur la chaussée pour aller se perdre en contrebas sous l'épaisseur des congères. Les chevaux buvaient, soufflaient, puis repartaient le col tendu, faisant gicler la boue de neige jusqu'à leur ventre, arrachant à la roche pourtant trempée des étincelles d'or. Les hommes faisaient claquer les mèches, mais savaient aussi, dans les haltes, parler doucement à ces bêtes admirables qu'ils flattaient de la main.

Jusqu'aux Rousses, ils suivirent une route marquée par le passage de quelques traîneaux. Il y avait cinq bonnes lieues pour y arriver, et ils n'y furent rendus que vers le milieu du jour. Un jour qui ne ressemblait à rien de bien beau avec cette brumaille qu'ils avaient tirée derrière eux de ce fond où la Bienne invisible roulait ses eaux glacées.

Ils ne rencontrèrent aux Rousses que quelques vieillards revenus aux premiers froids dans les trois maisons que l'incendie avait épargnées. Ils parlaient des Français, des Suédois, et des Bressans comme du diable, en se signant et en levant au ciel des yeux où se lisait encore leur effroi.

— Nos jeunes sont au Pays de Vaud, dit un homme tout gris. Nous, on est trop vieux. On quitte pas sa terre à notre âge. Une autre ne voudrait jamais de notre carcasse. Mais vous avez raison de partir. Les Vaudois, on les connaît, ce sont de bons bougres. Il n'y a que ceux de la frontière pour nous faire des misères... Faut partir. Rien ne peut être pire que ce qu'on a connu.

Et ce vieux se redressait pour pointer sa canne en direction des ruines que la neige rendait plus noires et plus sinistres encore.

Ils purent se répartir dans les trois maisons pour faire griller leur viande et chauffer le lait des enfants. Bisontin se trouva en compagnie de ceux de La Vieille Loye, d'Hortense et de sa tante, du barbier et du forgeron chez une vieille qui n'avait plus que la peau et les os. Sa respiration était une espèce de gémissement continu qui mettait mal à l'aise. Petit Jean et sa sœur ne la quittaient pas des yeux. Ils s'étaient assis, Léontine sur les genoux de sa mère et petit Jean sur ceux de son oncle, et ils semblaient totalement absorbés par le spectacle de ce squelette vivant couvert de guenilles noires. La pauvre vieille regarda la viande comme l'eût fait un chien famélique, avec des froncements du nez et des lèvres. Ses mains aux ongles longs et noirs tremblaient sans cesse sur ses genoux pointus. Hortense et Benoîte se partagèrent une part pour donner une tranche à la vieille qui se hâta d'aller en cacher la moitié sous une espèce de couffin retourné sur lequel elle posa une bûche. Puis, revenant s'asseoir, elle se mit à déchirer la viande avec ses ongles pour en porter à sa bouche des lamelles qu'elle mastiquait longuement entre ses gencives édentées.

Bisontin fut heureux de quitter cet antre humide qui sentait la mort lente. La vieille était sortie sur le pas de sa porte pour les regarder atteler. Elle sanglotait en répétant pour la vingtième fois d'une petite voix fêlée :

— Et si vous voyez mon garçon, vous lui direz qu'il me manque bien... Mais qu'il y a encore du risque... C'est trop tôt pour rentrer... Jobez Emile, il s'appelle... Vous vous souviendrez : c'est Jobez Emile. Un grand beau gars solide...

Lorsque tout le monde eut attelé, Bisontin réunit les hommes et dit :

— A présent, nous ne traverserons plus de villages avant la frontière. Nous allons marcher jusqu'à redescendre sur l'autre versant. Et alors, nous serons au Pays de Vaud. Si certains veulent rester ici, il est temps qu'ils se décident.

Personne ne souffla mot. Tous regardaient Bisontin, puis se regardaient entre eux. Les visages étaient tendus et le compagnon comprit que ces gens étaient émus à l'idée de passer cette frontière que certains d'entre eux se représentaient peut-être pareille à un mur ou à une très haute barrière. Il lui sembla même que le barbier écrasait une larme. Les yeux de Marie luisaient.

Pour lui, ce n'était pas un voyage comme les autres, mais il avait passé tant d'heures agréables chez Samuel Jotterand, le maître charpentier de Morges, qu'il éprouvait presque de la joie à l'idée de retrouver cet homme, son chantier, sa bonne cité et peut-être même des camarades de travail.

Certes, l'idée de la Comté détruite et envahie qu'il

laissait derrière lui n'était pas sans couler un ciment amer au fond de son cœur, mais la certitude qu'il avait d'arracher à la mort ceux qui le suivaient le réconfortait. Et puis, responsable des autres, même s'il se sentait un peu angoissé, même si ce passage de la frontière l'inquiétait encore, il n'avait pas le droit de le montrer.

Le convoi repartit, laissant derrière lui des ruines noires et quelques vieillards menacés par la faim. Et Bisontin se dit que cette dernière image de la Comté représentait assez bien ce qu'elle était devenue.

Les chiens eux-mêmes paraissaient soucieux, qui allaient la queue basse, sous les voitures et sans s'écarter du chemin. Une couche de trois ou quatre pouces de neige ténue recouvrait la croûte gelée, si bien que les attelages progressaient dans le seul bruit des traits. Du silence même naissait une crainte qui coulait du ciel invisible que n'habitait même pas le cri d'un corbeau.

Il y eut un long moment de montée sinueuse et irrégulière, mais beaucoup moins raide que celle du matin. Le froid se faisait plus intense à mesure que déclinait le jour. Personne ne parlait. Il n'y avait que de rares coups de fouet ou le juron étouffé d'un homme qui glissait.

La nuit n'était plus bien loin lorsque la route commença de descendre. Bisontin se retourna pour dire sans crier :

— Ça y est, nous avons sûrement passé la frontière.

Derrière lui, Pierre se retourna à son tour pour faire suivre la nouvelle que le compagnon entendit cheminer jusqu'aux dernières voitures. Et il éprouva la curieuse sensation que quelque chose se tendait dans ce crépuscule, sous ce ciel qui reposait directement sur les hauteurs déjà invisibles.

Pour la première fois depuis bien des années, le charpentier sentit sa gorge se serrer lorsqu'il distingua dans le lointain quatre points d'or. Quatre étoiles alignées à même la neige. Il se retourna et, peut-être parce que sa gorge venait de se dénouer d'un coup, plus fort qu'il ne le souhaitait, il cria :

— Regardez devant !... La première maison vaudoise. Je la connais. C'est une auberge !

Ce cri fut repris lui aussi tout au long du convoi où il cascada, un peu comme le rire de Bisontin. Et le charpentier comprit que ce cri venait de libérer tous ces gens de la peur qui pesait sur eux depuis qu'ils avaient perdu leur village et leurs terres.

DEUXIÈME PARTIE

LA QUARANTAINE

15

Le crépuscule n'avait pas encore fini de mêler l'eau et le ciel lorsqu'ils arrivèrent devant les remparts de Morges. Depuis la frontière, ils avaient marché trois longues journées durant lesquelles Bisontin avait souvent espéré le lac. Il se souvenait de l'émotion qu'il avait éprouvée la première fois qu'il l'avait vu de là-haut et il eût aimé que les gens du convoi entrent au Pays de Vaud avec cette même vision. Mais rien n'était apparu. Malgré la bise qui s'aiguisait comme une lame sur la paroi glacée des monts Jura, il demeurait assez de grisaille dans le bas-fond pour dissimuler le Léman. Alors, le compagnon s'était dit que, sans doute, ces paysans qui n'avaient jamais reniflé plus loin que le bout d'un sillon, resteraient insensibles à sa beauté. Le lac l'avait senti. Il se cachait. Mais il y avait Hortense et, sans se l'avouer vraiment, c'était surtout pour elle que le compagnon avait souhaité ce spectacle.

Le spectacle n'était venu qu'au moment où le convoi atteignait le dernier dévers sur la vallée de la Morge. Une gifle de bise. Un coup de lumière pareil à un feu soudain allumé au cœur de la terre.

Puis plus rien. Juste de quoi couper le souffle à ceux qui n'avaient rien vu de semblable. Et les vapeurs du soir s'étaient refermées, un peu plus épaisses, tirant à elles la nuit tapie sous les montagnes invisibles.

Bisontin pensa un instant à ces montagnes que les autres n'avaient pas encore aperçues, puis il fit claquer son fouet, car le pas des bêtes s'alourdissait. Ils passèrent le pont sur la rivière et suivirent la longue allée bordée d'ormeaux qui devaient avoir une trentaine d'années.

Bientôt la nuit de lourdes tours et de longs bâtiments se profila, puis le chemin entra dans l'ombre que projetaient les murs de la ville sur les fossés et le pont couvert. Du haut des fortifications, une voix cria :

— Qui vive !

— Rien qui porte des armes ! lança Bisontin.

— Et encore, qui êtes-vous ?

— Fugitifs du Comté de Bourgogne envahi par les Français, les Allemands, les Suédois et autre racaille ; nous venons demander asile !

— La cité ne reçoit pas les réfugiés.

Bisontin réfléchit un instant, puis demanda :

— Garde, est-ce que tu es de Morges ?

La voix courroucée répliqua :

— Je ne suis pas garde, je suis sergent de la milice.

— Excusez-moi, sergent, mais je n'ai pas des yeux de chat et il fait presque nuit.

— Il fait nuit, tu l'as dit ; et les portes resteront closes jusqu'à demain. Et si tu ne tiens pas à être arquebusé, fais reculer tes gens jusqu'au bout de cette allée.

— Je vais le faire, sergent. Mais si vous êtes de la

ville, vous devez connaître Maître Samuel Jotterand, le charpentier !

— Tout le monde le connaît.

— Je viens travailler chez lui.

L'autre éclata de rire.

— Avec toutes ces voitures ?

Bisontin vit une silhouette s'approcher de celle du sergent. Une autre voix cria :

— Je suis capitaine de la milice. Si vous voulez parler à Maître Jotterand, présentez-vous demain à l'aube. Mais seul. Et si vous venez de Comté, vous n'entrerez dans la ville que si vous êtes munis du certificat de quarantaine.

— Quoi ? demanda Bisontin.

— Depuis combien de jours avez-vous passé la frontière ?

— Trois jours.

— Alors, ce n'est pas la peine... Vous n'entrerez pas. Mais que le responsable de votre groupe se présente demain à cette porte, il recevra les instructions.

— Mais je voudrais parler à...

La voix enflée par la colère tomba sur eux comme le trait d'un orage.

— Demi-tour ! Sinon je donne l'ordre de tirer !

D'autres silhouettes s'étaient approchées et l'une d'elles portait une mèche allumée. Des reflets dansaient sur les armes et les casques. Une pièce d'artillerie se tenait devant les soldats, accroupie comme une mauvaise bête, la gueule ouverte et le col tendu au créneau.

— Vaut mieux s'en aller, dit le forgeron qui s'était approché de Bisontin.

— Oui, fit le charpentier sans élever la voix, ces abrutis seraient capables de tirer. Il cria : « Allez !

Demi-tour ! Serrez-vous à droite qu'on puisse passer. C'est pas le moment de s'accrocher si on veut pas recevoir du plomb ! »

Ils firent tourner les premières voitures sur l'esplanade. Alors qu'ils croisaient les autres, ils échangèrent des propos pleins d'aigreur.

Ils arrivaient sur le pont qu'ils avaient passé tout à l'heure. La rivière n'était plus qu'un vague reflet. Bisontin serrait les dents sur sa colère. Il sentait monter la hargne de certains et ne cessait de se répéter qu'il devait à tout prix demeurer calme.

— Attention, faites arrêter... Tout le monde s'arrête ! cria-t-il.

De derrière, des voix lancèrent :

— On est encore sur le pont !

— Arrêtez et attendez !

L'obscurité arrivait. Le charpentier monta dans la voiture pour y allumer une lanterne. Tout au long du convoi, des gens s'impatientaient.

— Alors, charpentier du diable, tu vas nous faire prendre racine sur ce pont ?

— Eh ! c'est ça la solidarité des compagnons, tu peux en parler !

— Ton Jotterand, c'est un fantôme !

Certains plaisantaient encore, mais Bisontin savait que leurs sarcasmes étaient des signes avant-coureurs d'orage. Il sauta de voiture, son fanal à la main, et dévala une pente qui conduisait à la rivière.

— Si tu vas à la pêche, essaie d'en attraper un gros, on a faim !

Un rire courut le long des voitures, puis la voix éraillée du grand Saura lança :

— Il se moque de nous. Ils sont beaux, ses amis du Pays de Vaud !

Plusieurs voix se firent l'écho de ce premier vent

de colère, et, lorsque Bisontin remonta, il dut réclamer le silence un moment avant de pouvoir dire :

— Criez tant que vous voudrez, mais n'oubliez pas que vous venez d'un pays où il y a la peste. Il est naturel que les gens se méfient. Demain matin, j'irai voir mon ami. Mais pour cette nuit, nous allons faire descendre les attelages près de la rivière. Je voulais seulement m'assurer que le sol était bon. J'ai vu du bois d'alluvion en quantité, nous pourrons faire du feu.

Il y eut encore quelques récriminations, mais la fatigue devait peser assez lourd pour étouffer la hargne. Et puis, sans se soucier des mécontents, Bisontin avait fait tirer et il fallait bien suivre. Mécaniques serrées et sabots plaqués, les chars depuis deux jours débarrassés de leurs patins, descendirent un à un une pente raide, pour se trouver sur une prairie qui semblait assez vaste pour que l'on pût s'y installer à l'aise. Rochat s'occupa de faire placer les voitures de telle sorte qu'elles forment un enclos au centre duquel on pût parquer les chevaux sans qu'il fût nécessaire de les attacher.

— Ils ont bien gagné d'être un peu libres, observa le vieux maréchal.

— Oui, dit une femme, et nous, on aurait bien gagné un toit.

— Ne vous plaignez pas, fit Hortense un peu rudement, vous aurez moins froid ici qu'en montagne.

Tout cela se passait dans l'obscurité qui eût été totale sans la présence de quelques restes de neige, et sans cette lueur qui semblait sourdre du sol, là-bas, où se trouvait le lac. Malgré sa fatigue et bien qu'il eût à s'occuper de tous ces gens que la déception rendait irritables, Bisontin pensait à ce lac. Sa présence l'attirait. Il savait ce qu'était la luminosité de son eau à pareille heure et malgré la brume, et il eût aimé se rendre jusqu'à la rive. Mais il y avait ici des gens dont il avait encore la charge.

Dès que les bêtes furent dételées, les hommes rassemblèrent le bois mort qu'une crue de la rivière avait laissé accroché aux buissons.

— Nous aurons l'eau claire et le feu, observa Benoîte, c'est déjà quelque chose.

La flamme monta bientôt, couchée de temps en temps par la bise qui emportait la fumée vers le lac. Les enfants et les vieux furent les premiers à venir s'asseoir pour se chauffer, tandis que les hommes et les femmes continuaient d'apporter du bois, pansaient les bêtes, allaient puiser de l'eau, installaient un portant pour suspendre dans la flamme une énorme marmite où l'on avait mis de l'eau, du sel, du blé et des raves. Sur une grosse pierre plate, à côté du foyer, on avait posé un quartier de cheval pour le faire dégeler.

Mais les yeux des enfants se fermaient. Les petits se laissaient déjà aller sur le flanc, la tête cherchant la jambe d'un plus grand pour s'y appuyer.

— Ils n'attendront pas la soupe, observa Hortense, il faut leur partager le restant de lait avec du pain.

— Il n'y aura pas du pain pour tous.

— Mais si, une petite tranche.

On fit chauffer le lait, et ce fut Benoîte qui distribua le pain, rajoutant parfois un cube gros comme le bout de son pouce pour que toutes les parts soient égales. La fatigue était telle que pas un enfant ne se plaignait. Chaque mère était là, attentive, inquiète devant ces visages tirés et ces yeux qui se fermaient. Beaucoup disaient :

— Nous n'aurions pas dû partir.

— Dans cette forêt, on pouvait tenir.

— C'est fou de nous avoir amenés ici. On sera rejetés de partout.

La lueur dansait sur les visages où se lisait la colère rentrée. Bisontin écoutait, échangeait parfois un regard avec Hortense qui lui souriait comme pour dire que tout finirait par s'arranger. Mais le compagnon sentait que, hormis Benoîte, Hortense, Marie, le forgeron, Pierre et le vieux barbier taciturne, tout le monde était prêt à s'en prendre à lui. Ces hommes et ces femmes avaient trop espéré de l'accueil de cette ville dont il leur avait parlé comme d'un havre grand ouvert. Ils avaient tous imaginé un toit pour cette nuit et la certitude que, demain, ils pourraient commencer à vivre comme des humains.

Lorsque les femmes eurent couché les enfants dans ce qui restait de foin et de paille au fond des voitures, le cercle se forma autour du feu, avec une brèche à l'endroit où la bise couchait la flamme. La soupe commençait à bouillir et la vapeur soulevait le couvercle de fonte qui tintait en retombant. La viande transpirait. Il se fit un silence que meublait seul le crépitement du bois. Le silence dura longtemps, puis, comme Benoîte se levait pour tâter la viande du bout des doigts, Reuillot grogna :

— Cette fois, nous voilà bien dans le malheur... Et loin de chez nous, encore !

— Oui, gronda le grand Saura, voilà ce que c'est que d'écouter des étrangers qui se croient plus malins que les gens du village.

Le forgeron se leva, alla jusqu'à sa voiture et en

revint avec sa masse. Il se planta le dos au feu, regarda ceux qui venaient de parler, et dit d'une voix que l'émotion étreignait :

— Moi, je suis du village. Moi je suis vieux, et je n'ai rien à perdre. Alors, je vous préviens, le premier qui dit un mot, un seul mot susceptible de foutre la zizanie entre nous, je lui fais péter le crâne avec ça... Je le ferai... Vous me connaissez. Nous avons enduré bien des malheurs, mais le pire qui puisse nous arriver, c'est la colère entre nous... Souvenez-vous du Manet.

Il les regarda tous dans les yeux. Puis, s'arrêtant au barbier qui était le plus âgé, il demanda :

— J'ai tort, maître Simon ?

— Non, fit le vieux. Tu as raison pour la colère entre nous, mais tu n'as pas raison de vouloir faire éclater un crâne. Je ne saurais pas le réparer.

16

Cette nuit-là, Bisontin eut beaucoup de mal à trouver le sommeil. Sa fatigue pesait dans son corps et ses membres douloureux. Elle était pareille à un plomb qu'on eût coulé en lui pour le maintenir couché dans cette voiture où les autres dormaient. Il regretta d'être venu près d'eux. Sans la crainte de les réveiller, il se fût levé pour gagner la rive du lac. Il devinait, à travers les coutures de la bâche, la clarté laiteuse de la lune invisible derrière les brumes. Il imaginait l'eau à peine éclairée et se perdant sous son duvet impalpable. Lui qui avait vu l'océan, qui avait traversé les plus grands fleuves, qui avait vécu dans les plus belles villes avait rarement aimé quelque chose autant que ce lac. La cité qui se trouvait à quatre sabotées de lui, derrière ses portes closes, était l'un des lieux où il avait été le plus heureux.

Pourquoi ? Il n'était pas seulement foutu de le dire ! De bons amis, de beaux chantiers. Le travail dans la joie. La présence aussi de cette eau sans cesse en mouvement. « C'est pour ça que tu les as amenés ici. » Il y avait plusieurs jours que cette pensée était en lui. Depuis la frontière, lorsque Mlle Hortense avait dû soudoyer les gardes pour passer. Depuis le moment où il avait pénétré avec elle et le barbier dans la grande salle de l'auberge. Il s'était revu alors qu'il regagnait Besançon et faisait la route en compagnie d'un charpentier genevois. C'était le temps de la joie. Le temps où il payait pour être considéré. Là, franchissant cette frontière avec les réfugiés, il avait vu Hortense payer pour que ceux du convoi fussent admis à passer la nuit dans l'écurie.

Le lendemain matin, la descente avait commencé avec une première halte à Saint-Cergues où seul un fromager, un peu bourru mais pas mauvais bougre, avait accepté de leur vendre du ziguier, de la tomme douce et deux miches de pain. Le Pays de Vaud avait vu défiler tant et tant de réfugiés bourguignons que son cœur semblait s'être un peu durci. Avant leur départ, lorsqu'ils avaient commencé d'envisager cet exil, les paysans avaient surtout parlé de la Savoie. D'autres étaient partis qui avaient fait savoir qu'on trouvait encore, dans ce pays, des terres à cultiver. C'était Bisontin qui avait parlé du Pays de Vaud et surtout de Morges. Mais le pays avait changé. La cité du bord du lac avait fermé ses portes.

Il restait au compagnon l'espoir que Maître Jotterand pourrait l'embaucher et lui indiquer un endroit où ceux du convoi auraient une chance de trouver de quoi s'occuper et manger.

Pour Bisontin, la cité était là, avec son port si plein de vie. Avec ses pêcheurs, ses bateaux immenses aux lourds chargements de pierre, de sel, de bois, de blé et de tout ce qui était la vie intense de cette terre. Il y avait Jotterand, et aussi un chantier de charpente à bateaux. Bisontin avait souvent bavardé avec ces charpentiers du lac et il savait que leur travail était à sa portée. Quand on est un bon compagnon, on peut se plier à toutes les tâches de charpenterie.

Bisontin voyait tout cela, mais aussi le regard chargé de reproche de ces gens qui se sentaient perdus en ce pays étranger et hostile. Tout au long du chemin, les portes s'étaient fermées sur leur passage. Les rares Vaudois à qui ils avaient pu parler, leur avaient dit combien leurs villages redoutaient la venue de gens affamés, prêts à voler et sans doute porteurs du germe de la peste.

Et lui, le compagnon que chacun croyait capable de tous les miracles, lui qui faisait naître la joie, avait continué de leur parler de Morges comme d'une cité en fête et qui les attendait. Il avait marché trois jours en guettant un sourire de son lac. Jadis, il l'avait baptisé à la manière des compagnons : « Prince-Bleu-Cœur-de-Lumière ». Mais le prince demeurait invisible sous son manteau d'hiver. Le grand éclat de lumière que Bisontin avait tant espéré, ce spectacle de joie qui eût mis un peu de soleil au cœur des réfugiés, n'avait pas eu lieu. Juste ce petit clin d'œil au crépuscule pour dire : « Je suis là. Sois tranquille, je ne me suis pas évaporé » et, tout de suite après, la lourde nuit des murailles aux portes fermées.

Immobile, toujours terrassé par sa fatigue, Bisontin écouta la nuit. Elle était faite de silence et de ces mille bruits que font en dormant les choses, les bêtes et les hommes. Mais la seule voix que Bisontin eût aimé entendre restait muette : le peu de bise qui soufflait encore emportait vers la rive de Savoie les murmures du lac.

Cette nuit-là, le compagnon ne fit que plonger trois ou quatre fois dans un mauvais sommeil tout habité d'obscurité glaciale, et l'aube le surprit au sortir d'un de ces sommes. Elle était là, collée à la bâche dont tout un côté s'éclairait. Tout de suite le compagnon fut debout, encore sceptique.

Les autres dormaient toujours, mais Bisontin ne pouvait demeurer plus longtemps sans savoir. En silence, il ouvrit la portière de toile et descendit de voiture.

L'aube était bien là, telle qu'il l'avait rêvée sans oser l'espérer. Elle s'avançait à sa rencontre, claire et luisante, offerte à la joie.

Le premier regard du compagnon vola en direction du lac, mais le rideau de peupliers et les haies d'épine noire portant une multitude de nids limitaient la vue. Personne d'autre n'était levé et Bisontin fut heureux de sa solitude. Il suivit la Morge qui s'en allait, amaigrie par le froid, entre deux rives de glace. Il s'accrocha aux épines d'où tombèrent en crépitant comme un feu de gros paquets de givre. Le sol de feuilles gelées était sonore. Il pétillait, craquait, chantait sous la semelle. Bisontin traversa encore un taillis d'osiers, de joncs et de ronces pour déboucher enfin sur une longue plage que le soleil levant prenait en enfilade et faisait étinceler.

Le charpentier demeura un instant le souffle coupé. Quelque chose en lui venait de se nouer qu'il laissa se dénouer lentement avant de murmurer :

« Bon Dieu, je t'ai rarement vu aussi beau ! »

Il s'avança sur le sable et la vase durcis. Il s'arrêta au ras de la glace craquelée, givrée, bosselée, travaillée à la fois par les eaux et la chaleur des midis. Sous cette croûte tantôt blanche comme neige et tantôt transparente, venaient mourir les vagues. Un bruit cristallin se tenait là en permanence, dominé de temps à autre par le cri d'une mouette. Un instant, en présence de cette glace que striaient par endroits quelques traces de vase, Bisontin fut visité par le souvenir du visage pétrifié de Manet. Mais il chassa cette vision.

La brume de lumière était toujours là. D'un jaune paille très tendre, elle se mêlait à des gris où se devinaient déjà les montagnes de Savoie. Bisontin les guettait. Il savait le combat qui allait se livrer entre l'ombre et la lumière. Il eût aimé regarder partout à la fois. Devant lui, où se creusaient des puits bleutés au fond desquels apparaissaient de manière fugitive des neiges et des terres mauves ; à sa droite, où la masse des brouillards semblait s'épaissir et s'avancer vers lui ; à sa gauche, où l'eau brasillait, fumait, accrochait le feu d'un soleil encore invisible mais déjà présent. Le cœur de l'incendie explosa soudain et de longues flammes vinrent lécher la rive jusqu'à ses pieds. Il sentit le long de son échine un frisson qui finit par l'envelopper tout entier. Il dut lutter très fort contre une terrible envie de crier. En lui, une voix qui n'était pas tout à fait la sienne ; une voix étouffée par l'émotion répétait :

« Bon Dieu, tu n'as jamais été aussi beau... jamais... jamais... »

Bisontin se raidit. D'un revers de main, il essuya une larme et grogna :

« Est-ce que la lumière me ferait mal aux yeux, à présent ? »

Puis il regarda de nouveau, pris par cette féerie qui n'était là que pour lui et qui semblait appartenir à un autre univers. Toutes ces lueurs et ces ombres mêlées entraient en mouvement, et c'était un peu comme si le lac tout entier se fût mis à fumer, pareil à une soupe sur un grand feu, un feu dont les lueurs jouaient partout. Le vent ne venait pas vraiment du nord et chantait pourtant avec le même accent que la bise. Il malaxait cette vapeur, la poussait vers les lointains, la ramenait parfois jusqu'à la rive. Soudain, une large déchirure se creusa, toute dentelée d'or et d'argent, avec des gouffres bleus et violets. Au fond du plus profond et du plus large de ces gouffres, apparut une montagne blanche et mauve, aiguë, aux arêtes tranchantes comme celles des silex. Une montagne lointaine et qui, à cause de la lumière, paraissait si proche qu'on avait envie de la toucher.

Bisontin pensa un instant à Hortense. Il la savait à même d'aimer pareil instant. Il eut envie d'aller la chercher, mais la perspective de rencontrer les autres l'effraya. Sans doute ceux de La Vieille Loye pouvaient-ils eux aussi se montrer sensibles à tant de beauté, mais qu'attendre d'un Saura et de ses semblables ? Et puis, le compagnon voulait jouir du moment ; ne pas en perdre une miette.

A présent, la bise pétrissait à pleins bras ombres et lumière. Elle effaça un instant la montagne pour la découvrir plus largement, l'effacer à nouveau avant de s'enfiler carrément entre l'eau et les nuées. Là, elle se releva d'un coup, et ce fut comme si le lac eût pris feu tout soudain.

Bisontin fut obligé de baisser les paupières. Lorsqu'il les releva, le monde entier n'était plus qu'un vaste incendie joyeux. L'eau frémissait, le ciel aussi où s'émiettaient des milliers de nuées transparentes qui formaient comme une poussière d'étoiles.

Le compagnon sursauta. Des roseaux craquaient derrière lui, un caillou roula. Il se retourna.

Le brouillard enveloppait le taillis de remous très lents. Bisontin y vit remuer des formes. Il retrouva des visages, et d'abord celui d'Hortense.

Et ces gens s'avançaient, lentement, fascinés par la lumière. Ils étaient tous là, comme une troupe qui marche d'un seul front, avec sa force poussée lentement devant elle. Personne ne semblait le voir, tous regardaient l'immensité du lac et des Alpes où se poursuivait le combat du jour et de ces quelques restes de nuit accrochés aux vallées violettes, là-bas, vers ce pays où rien ne devait vivre tant les neiges y étaient crevassées et pentues, tant les cimes paraissaient proches de ce feu qui montait des eaux pour dévorer le ciel.

Une grande émotion pesait, imposant silence, et il y eut un long moment durant lequel même les mouettes cessèrent de crier.

Un long moment avec la seule respiration du lac, et ce ronronnement de bonheur qu'il laissait aller lorsqu'il frottait son flanc de soleil contre la glace dentelée de la rive.

17

Bisontin laissa les Comtois occupés à rallumer le feu et à soigner les bêtes. Il s'en fut seul le long de l'allée où il lui était souvent arrivé de venir prendre l'air en bavardant avec d'autres compagnons, les soirs d'été. Ce réveil lumineux du lac lui avait mis au cœur une belle chaleur d'espérance. Il fut vite à la porte où un garde armé d'une arquebuse et d'une épée se tenait adossé à la muraille. Son chapeau rabattu sur les yeux, engoncé dans le col relevé d'un épais manteau rouge, l'homme semblait à moitié endormi et le compagnon comprit tout de suite qu'il avait une chance d'entrer sans qu'on lui pose la moindre question. Il rejeta sa cape en arrière, passa ses mains dans les bretelles et se prit à siffloter. Arrivé à quelques pas de l'homme, il cessa pour lancer avec un solide accent vaudois :

— Ce serait demain matin le printemps, que ça m'étonnerait pas !

Tiré par deux chevaux pleins de feu, un char à gros bandages venait de la Grand-Rue pour sortir de la ville. Son bruit sur les pavés inégaux couvrit la voix du compagnon dont le cœur s'était mis à battre plus vite. Il fit effort pour ne pas allonger le pas. Il ricana entre ses dents :

« Tu fais le fanfaron, compagnon. Mais tu as eu ta petite émotion tout de même. La preuve, t'as même pas regardé ni sur ta droite ni sur ta gauche. Tu n'es plus un bon voyageur, Bisontin. Tu serais même pas capable de dire si le château est toujours là ! »

Il se fouettait de rire intérieur. Il évita de regarder vers l'ancienne boutique où se tenait le corps de garde. Il était persuadé qu'un des chefs qui lui avaient parlé la veille au soir allait sortir et l'appeler. Au lieu de continuer tout droit par la Grand-Rue, il prit à droite par la rue Publique, puis à gauche dans la Petite-Rue. Là, nul garde ne risquait plus de le voir et il respira un grand coup. Il ôta son chapeau et essuya, du pan de sa cape, la sueur qui perlait sur son front et que la bise glaçait. Là, il commença de regarder autour de lui les maisons de bois couvertes de bardeaux. Plusieurs avaient été démolies et remplacées par de grosses bâtisses en molasse. Dans un jardin où étaient autrefois deux vieux tilleuls, on bâtissait.

Il s'arrêta. Il eut envie d'entrer sur le chantier où l'on entendait sonner clair la massette d'un tailleur de pierre, mais il renonça. Il ne croisa que quelques femmes emmitouflées et pressées. Quelques hommes sortaient le fumier fumant qui sentait bon la tiédeur des étables.

Le compagnon fut vite rendu au chantier de Maître Jotterand qui se trouvait aux trois quarts de la Petite-Rue en allant vers l'est ; à l'angle d'une ruelle descendant vers le lac. Bisontin s'y arrêta le temps d'emplir son regard de cette fête de lumière qui se tenait là-bas, à l'extrémité du couloir d'ombre où la bise chantait. Il savait qu'à cette heure-là, le port devait commencer à vivre. Il eût aimé s'y rendre pour le plaisir des yeux, mais le moment n'était pas à la jouissance.

Il s'avança, regarda le haut portail de chêne qu'il avait si souvent ouvert et fermé, il posa la main sur l'énorme loquet forgé dont la poignée était lisse et luisante et, là encore, il fut secoué d'émotion. Alors qu'il avait tant espéré cet instant, voilà que vingt idées toutes plus folles l'une que l'autre se mettaient à danser le branle dans sa tête. Et si Maître Jotterand le jetait dehors ? Et s'il avait fermé son chantier ? Et s'il craignait la peste ? Et si.. tout simplement, il était mort ?

« Mais non, le sergent d'hier au soir te l'aurait dit ! »

Il souleva le loquet et poussa doucement. Le lourd portail pivota sans bruit sur ses gonds toujours bien huilés. La cour, puis le chantier couvert apparurent. Personne. Nulle vie. Les bois empilés. Les fûts de chênes et de gros frênes gerbés les uns sur les autres en un énorme tas. Le chantier de sciage. Le chantier couvert. Bisontin s'avança entre deux piles de poutres empilées et rablettées. Plus loin c'était les bastaings de sapin puis la volige. Toujours en ordre et à la même place, avec la bonne odeur de bois travaillé qu'il avait joie à retrouver. Il s'avança vers le plancher de traçage et de taille où étaient en place les bois d'une longue ferme dont le piquage était commencé. C'était le signe que le chantier vivait, et Bisontin cria :

— Oh ! Personne par ici ?

— Qu'est-ce que vous voulez ?

Une petite voix de fillette enrouée sortit de

derrière un enclos de planches où l'on entassait les copeaux, puis un grand garçon fluet apparut, avec une tignasse blonde poudrée de sciure.

— Tu es l'apprenti, fit le compagnon, où est ton maître ?

L'autre paraissait ahuri et Bisontin se mit à rire en disant :

— Tu roupillais dans les copeaux, ma parole !

Le garçon rit à son tour et dit :

— Vous seriez pas Bisontin-la-Vertu, des fois ?

— Comment le sais-tu, garnement !

L'apprenti hésita, puis, riant de nouveau, il dit :

— A cause de votre accent. Et... Et à cause de l'oiseau que vous avez dans la gorge.

Bisontin fit mine de se fâcher, mais une flambée de joie venait de s'allumer en lui. On ne l'avait pas oublié. Maître Jotterand avait parlé de lui.

Les rires terminés, le blondinet qui s'appelait Daniel Cochet expliqua que les ouvriers se trouvaient sur un chantier à Préverenges et que Maître Jotterand et son épouse s'étaient rendus à Lausanne où ils devaient demeurer quelques jours. Bisontin dut paraître soudain accablé, car le garçon demanda :

— Vous êtes dans l'embarras ? Si je peux vous aider.

Le compagnon sourit et tapa sur la joue du garçon en disant :

— La seule chose que je te demande puisque tu n'as pas l'air très occupé, c'est de venir avec moi jusqu'à la porte du Jaquemard, j'aurai certainement une commission à te donner pour ton maître.

Cette fois, ils prirent par le terrain qui se trouvait en face du chantier et s'ouvrait sur les deux rues. Propriété du charpentier vaudois, il servait d'entrepôt pour les billes de sapin. Deux gros fardiers, un trinqueballe et un char bâché y étaient garés sous un toit que supportaient des piliers de pierre de taille. Plus loin, se trouvait l'écurie avec son tas de fumier chaud. Bisontin s'enquit des bêtes. Il posait des questions et parlait beaucoup du travail qu'il avait fait ici. Il avait besoin de se saouler un peu de paroles pour surmonter sa déception.

L'absence de Maître Jotterand l'obligeait à s'adresser aux gardes pour faire entrer son convoi dans la ville. Chercher d'autres personnes de connaissance eût demandé du temps, et il savait que, là-bas, autour du feu, la faim tenaillait les ventres et la colère taraudait les esprits.

Il n'eut pas à attendre. Un lieutenant des gardes se trouvait devant le poste, surveillant la fouille d'une voiture bâchée qui entrait. L'homme reconnut le compagnon qui avait autrefois travaillé à réparer la toiture d'une maison toute proche.

— Non, lui dit-il. J'étais pas là hier au soir, mais je n'aurais pas pu te laisser entrer avec tes réfugiés. Depuis que la guerre et la peste sont chez vous, nous avons eu trop de monde sans ressources.

— Mais vous me connaissez. Je travaillerai. Je sais que Maître Jotterand m'embauchera.

— Alors, tu dois attendre qu'il soit de retour. Tu sais, il siège au Conseil depuis deux ans. Il pourra sûrement t'aider. Mais la quarantaine, il pourra pas vous en dispenser.

Ce lieutenant avait un visage de brave homme. Il paraissait désolé. Il réfléchit et dit :

— Je vais vous porter sur le registre en indiquant que vous avez passé la frontière depuis plus de huit jours (il rit). Personne ne montera vérifier. Vous allez gagner la quarantaine. C'est à Reverolle. A une bonne heure d'ici. Il y a un homme là-haut qui s'occupera de vous loger et de vous donner des vivres.

A quelques pas, un charcutier venait de sortir sur son étal un chaudron de saucisses fumantes. Bisontin respira cette odeur qui lui emplit la bouche de salive. Il eut envie d'acheter des saucisses, mais il calcula que, pour tant de monde, il en faudrait trop. Il pouvait encore avoir besoin de son argent. Il lutta un instant contre son désir d'en manger une ici, toute brûlante, mais il pensa aux enfants du convoi. Il vit leur visage. Il vit Hortense, et Marie, et il renonça.

Ayant expliqué à Cochet ce qu'il devait transmettre à son maître, il remercia le lieutenant et s'en alla. L'ombre des ormeaux dépouillés était déjà dure sur le sol gelé de l'allée, mais la lumière avait perdu son parfum de gaieté.

18

Dès qu'il fut de retour au campement, Bisontin comprit que les choses allaient plus mal encore qu'il ne l'avait redouté. Une des vaches était morte au cours de la nuit et le barbier n'avait pas réussi à empêcher les gens affamés d'en faire griller un quartier. Il eut un haussement d'épaules pour expliquer au compagnon que cette bête n'était pas saine, puis il dit :

— Espérons que le froid et le feu tueront les miasmes qu'elle peut porter. Faudrait faire en sorte qu'on réserve pour les enfants le reste du cheval.

Mais déjà Bisontin était entouré et pressé de questions. Il s'adossa à une voiture, attendit que le silence se fasse sur le cercle qui s'était aussitôt refermé autour de lui, puis, se redressant d'un coup et puisant du courage dans le regard d'Hortense, d'une voix qu'il voulait pleine d'insouciance, il lança :

— Mes amis, les rives du lac, c'est très humide. Il paraît que ça ne vaut rien pour des gens fatigués comme nous sommes et qui viennent de pays secs. Alors, comme les autorités de la bonne cité de

Morges ne veulent pas qu'on soit malades, elles nous envoient faire une petite quarantaine un peu plus haut.

Il y eut un grondement et quelques cris que le compagnon apaisa d'un geste tandis que le forgeron et Hortense lançaient :

— Laissez-le parler !

Il expliqua ce que lui avait dit le lieutenant des gardes et insista sur le fait que cet homme leur faisait gagner au moins dix jours de quarantaine. Mais la confiance ne revenait pas.

— Et qu'est-ce qu'on va manger ?

— Et du travail, on en aura ?

— Et ton Jotterand de malheur, tu l'as pas vu ?

Le compagnon répondait à tous. Il expliqua que son ami avait été reçu bourgeois de la cité et serait bien placé pour les aider puisqu'il appartenait au Conseil.

Une fois de plus, Saura fut le premier à élever le ton :

— Et qu'est-ce qu'on a à foutre de son bourgeois et de son Conseil ! Pourquoi on va pas dans une autre région ? Ou en Savoie !

Reuillot le suivit aussitôt et lança :

— Nous autres, c'est pas dans les cités qu'on trouvera de l'embauche ou de la terre à labourer.

— C'est vrai, reprit la voix éraillée de Saura. Moi je suis laboureur... C'est en Savoie que je veux aller... Qui est-ce qui est pour continuer avec moi ?

— Nous ! lança l'aîné des fils Favre.

Des mains se levèrent. Bisontin se haussa sur la pointe des pieds pour voir les visages et cria :

— Je persiste à dire qu'il faut rester là. Ailleurs, personne ne connaît personne et nul ne nous aidera. Et plus loin, on vous mettra aussi en quarantaine.

— Qu'est-ce que tu en sais ? cria Saura. Tu sais toujours tout et, finalement, tu sais pas plus que les autres. Et les amis que tu as dans ce pays, c'est des fantômes.

Ses partisans se mirent à rire. Comme le père Favre passait près de lui pour se rapprocher de ses fils, Bisontin sentit son haleine et comprit qu'ils avaient bu de cet alcool fait avec les fruits de la forêt.

Il y eut un temps avec des discussions à droite et à gauche, des cris, de la colère et des éclats de rire. Bisontin qui s'était approché d'Hortense et de sa mère fit signe à Pierre et à Marie de les rejoindre, le forgeron aussi était là et le barbier s'approcha à son tour.

— C'est ennuyeux de se séparer, dit le charpentier, mais il ne faut pas s'en aller vers l'inconnu.

— De toute manière, fit Benoîte, avec ceux-là, ça devait craquer. Mon pauvre Jacques avait déjà toutes les peines du monde avec eux. Si nous en sommes débarrassés, ce n'est pas moi qui m'en plaindrai.

— Il faut tout de même les mettre en garde, dit Hortense, contre tout ce...

Sa tante l'interrompit :

— Ce ne sont pas des enfants. Bisontin leur a assez dit qu'il fallait rester là.

Le charpentier leur parla et ils décidèrent de continuer vers la Savoie.

Saura vint près d'eux et dit :

— Le Manet, on était un peu cousins tous les deux. Alors, sa voiture, c'est normal qu'elle me revienne.

— Mais bien sûr, dit le compagnon. On l'a menée

pour ne pas l'abandonner, mais on ne saurait qu'en faire.

Saura se tourna vers Pierre et dit :

— Mais c'est une voiture lourde. Et la Savoie, c'est encore loin. Vous autres, vous êtes arrivés. Alors, tu vas me donner une de tes juments.

Pierre pâlit un peu, mais sa voix était calme lorsqu'il répondit :

— Eh là ! doucement ! L'attelage du Manet, on s'en fout, mais mes bêtes sont à moi et...

— Tu n'as pas besoin de trois bêtes, brailla Saura en venant se planter devant lui.

Bisontin fut heureux de voir que Pierre ne bronchait pas. Plus petit, mais râblé, il regardait l'autre dans les yeux et attendait le choc.

— J'ai besoin de mes bêtes, fit-il, je les garde.

— Pour les bouffer, peut-être ? Vous aurez encore le cheval de l'échevin et celui du forgeron.

— Pour travailler, il me faut mes bêtes, je suis charretier, moi.

L'autre partit d'un grand rire.

— Charretier de mon cul ! gueula-t-il. On t'a sauvé la vie, on t'a traîné jusqu'ici. On a toujours mis en commun. J'ai besoin d'un cheval, je le prends.

— Vous ne toucherez pas à mes bêtes !

La bataille allait éclater et Marie se jeta devant son frère en criant :

— Non, pas pour un cheval !

Saura commençait à ricaner lorsque Bisontin partit d'un éclat de rire qui laissa tout le monde bouche bée. Ecartant Pierre et sa sœur, il se planta devant Saura et demanda :

— Est-ce que tu as des outils de charpentier ?

L'autre parut étonné. Méfiant, il se borna à faire non de la tête.

— Et des outils de forgeron ?

Saura comprit où Bisontin voulait en venir. Hargneux, il grogna :

— Tu m'emmerdes, avec tes questions.

Cette fois, Bisontin ne riait plus. Lentement, d'une voix qui vibrait à peine, il dit :

— Quand tu auras foutu le camp avec ceux qui veulent bien t'accompagner, s'ils te désignent, tu seras leur chef. Pour l'heure, c'est encore moi qui décide. Avec l'accord de ceux que vous avez désignés pour m'assister.

L'autre essaya de répondre, mais il bredouilla quelques mots qui furent couverts par un nouvel éclat de rire du compagnon.

— Tiens, puisque tu es si malin. Dis-moi donc quel chemin tu vas prendre, pour aller en Savoie ?

L'autre hésita. Il fit un pas en arrière, puis, voyant que tous les regards interrogeaient, il eut un haussement d'épaules et dit :

— C'est pas compliqué, je vais suivre la rive.

— Dans quel sens ?

Les yeux de Saura se firent implorants. Il jetait des regards désespérés vers ses amis qui commençaient à rire. Alors, levant sa main droite, il dit :

— Par là.

— Tu vois bien, fit Bisontin, tu as encore besoin de moi. Si tu t'en vas par là, tu vas être obligé de traverser Genève. Et là, crois-moi, la quarantaine, tu vas te la payer en beauté !

Comme les autres regardaient vers le lac, en direction de Morges, le charpentier dit encore :

— Et tu sais, c'est pas par là non plus. Il faut

contourner Morges. Mais ne crains rien, je te mettrai sur la bonne route. Sinon, tu serais capable de te retrouver à la frontière sans même t'en rendre compte.

— C'est bon, ragea l'autre, ne fais pas tant le malin. Si tu nous avais pas amenés ici, on serait pas dans un pareil pétrin.

Mais il avait besoin de Bisontin et il se tut. Il regagna sa voiture entouré de ses amis.

Bisontin regarda ceux qui demeuraient avec lui et il n'eut aucune surprise. Il y avait Hortense et sa tante. Il y avait le forgeron qui, durant la dispute, était allé chercher sa masse. Il y avait aussi les quatre de La Vieille Loye.

Comme il s'approchait de la voiture, Hortense lui dit avec un petit rire un peu agaçant :

— On a beau prendre tout ça à la rigolade, on a tout de même transpiré un bon coup.

C'était vrai, le compagnon sentait la sueur ruisseler le long de son dos. Il eut un haussement d'épaules et grogna :

— Avec un fou pareil, je sais pas comment vous feriez, vous !

Cette fois, elle ne riait plus. Plantant dans les yeux du compagnon son regard où luisaient des reflets de métal, elle dit durement :

— Avec un fou, il ne faut jamais jouer au plus fort. Ni au plus malin. Et moi, je n'aurais pas hésité un instant.

Elle baissa les yeux. Bisontin suivit son regard et vit pointer hors de sa manche la lame fine et brillante d'une dague.

Ils se regardèrent un instant, puis le visage d'Hortense s'éclaira lorsqu'elle dit :

— S'ils sont dans cet état, c'est un peu votre faute, avec ce qu'ils boivent !

Le compagnon retrouva son rire.

— C'est vrai, fit-il. Le jour où j'ai fabriqué cet alambic, j'aurais mieux fait de me casser une patte !

19

Pour éviter la curiosité des miliciens de garde aux portes de la cité, Bisontin avait conseillé à Saura de prendre avec eux le chemin qui montait vers les collines, puis de tirer sur la droite par un sentier qu'il connaissait et qui rejoignait la route de Lausanne.

Le convoi s'était donc séparé à cette croisée de chemins.

Les adieux avaient été brefs. Seul Berthier s'était attardé près du compagnon pour lui dire, l'air gêné :

— J'aurais bien aimé être avec toi, mais faut comprendre, moi aussi, je suis laboureur. Si j'ai pas de terre...

Bisontin l'avait interrompu pour l'aider en disant :

— Je trouve bien naturel que tu restes avec ceux de ton village. Et j'espère qu'on se retrouvera, et avec le pauvre Bobillot aussi.

Ils s'étaient souhaité bonne chance, un peu émus.

A présent, les deux voitures de Pierre, celle de Benoîte et celle du forgeron continuaient seules par un chemin qui s'en allait entre des vignes, des terres labourées et des bois taillis. La bise soufflait toujours, mais le soleil était chaud, et, au long des talus les mieux exposés, la neige fondait. Le chemin monta, puis redescendit, puis monta encore avant d'atteindre un village à l'entrée duquel ils s'arrêtèrent. Comme un paysan s'approchait, Bisontin lui demanda :

— Reverolle, c'est bien par là ?

— Oui. Encore pas loin de deux lieues et avec un chemin qui n'est pas bon. Et qu'est-ce que vous allez faire, là-haut ?

— Nous sommes réfugiés de Comté. C'est le conseil de Morges qui nous y envoie.

L'homme recula, effrayé. Le sang lui monta au visage tandis que, bégayant et cherchant ses mots, il se mettait à crier :

— Foutez-moi le camp... Si... si le banderet vous envoie là-haut... c'est que vous portez la peste... Foutez le camp !

Et ce fut lui qui déguerpit pour s'enfermer dans sa maison.

Déjà Bisontin faisait claquer son fouet en criant :

— Sauvons-nous ! Si j'ai la peste, toi, mon gaillard, tu as certainement la courante !

Et les bêtes prirent le trot dans un grand bruit de roues et de sabots. Des chiens se mirent à hurler, mais on cessa vite de les entendre car le chemin s'enfonçait entre deux bois. Bisontin était en tête avec le char tiré par les juments. Pierre, Marie et les petits venaient ensuite dans celui auquel on avait attelé Bovard, puis Hortense et Benoîte, puis le forgeron qui avait avec lui le barbier et son maigre bagage.

Dès qu'ils furent dans le bois, Bisontin laissa les

bêtes reprendre le pas et, se portant à l'arrière de la voiture, il dit à Pierre et à Marie :

— C'est un fou. Mais ils ne sont pas tous comme ça. Vous verrez, on sera bien reçus à Reverolle.

Il revint prendre les guides. Le soleil donnait toujours dur, mais cette évocation de la peste avait assombri le moment. C'était un peu pour ça que Bisontin avait éprouvé le besoin d'aller lancer trois mots à ceux qui suivaient. C'était pour eux, mais pour lui également. Il le savait bien. Montrer de la joie à grands coups de gueule et de rire, ça ne veut pas dire qu'on en ait toujours à revendre. Décidément, le pays leur réservait un curieux accueil !

« Débarrassé de Saura, tu devrais tout de même te dire que c'est une bonne journée, fit Bisontin. Tu vas pas te mettre à remuer des idées noires, tout de même ! Jusqu'à présent, à part ce lieutenant qui se souvenait de ta gueule (et c'est déjà une foutue chance) tu n'as rencontré personne de connaissance. Quand Maître Jotterand reviendra, tout sera réglé. »

Il avait besoin de se rassurer, mais au fond, s'il ne doutait pas de l'amitié du charpentier vaudois, il n'était pas certain que cet homme pût l'embaucher.

La route enjamba une colline, et, dès qu'ils atteignirent le sommet, Bisontin découvrit une descente de quelques sabotées puis un fond de val tout plat où l'on voyait le serpent jaunâtre du chemin traverser entre les champs couverts de neige pour s'en aller rejoindre une autre voie qui suivait le fond du val, au pied d'une côte assez raide. Le compagnon se demanda s'il prendrait à droite ou à gauche. D'après ce que le lieutenant lui avait dit, il n'y avait pas à se poser cette question. Il commençait à se demander s'il ne s'était pas trompé, lorsqu'il devina sous la neige assez mince, le prolongement du chemin qu'il suivait.

« C'est que personne n'a continué », se dit-il sans oser ajouter que le village devait être marqué par la quarantaine.

Levant les yeux, il aperçut un clocher, une maison, puis une autre derrière des arbres, au sommet de la côte, découpés nets sur le ciel bleu. Se penchant vers l'extérieur de la capote, il se retourna :

— Regardez, c'est là-haut !

— C'est là-haut ! crièrent les enfants.

Bisontin regarda mieux. La bise rabattait une fumée grise.

— Et il y a du feu !

Soudain, à cause de cette cheminée qui vivait, voilà que la joie se remettait à bouillir en lui. Il fit claquer son fouet et, dans la descente puis sur le replat, les bêtes prirent un beau trot allongé. La montée fut assez dure sur un sol inégal et glissant. Il fallut descendre de voiture pour mieux tenir les attelages, mais la côte était courte. En haut, quatre grosses maisons les attendaient : deux de chaque côté du chemin. Sur la droite, un peu à l'écart, trois autres, puis l'église, puis encore deux autres. Il n'y avait que quelques traces de pas autour de la maison dont la cheminée fumait.

— C'est là qu'il faut aller, dit Bisontin.

— Est-ce qu'on va manger ? demanda la petite Léontine.

Marie voulut empêcher les enfants de descendre, et la fillette se mit à pleurer.

— Pauvre de nous ! fit Pierre, il est temps que nous arrivions, ces enfants sont à bout de forces.

— Je trouve déjà merveilleux qu'ils n'aient pas

pleuré davantage, fit Hortense en s'approchant de la petite.

Bisontin se dirigeait vers la maison qui fumait, lorsque la porte s'ouvrit. Un vieux tout cassé avança à petits pas saccadés, en branlant sa tête coiffée d'un bonnet pisseux et en s'appuyant sur un gros bâton noueux. Malgré le froid, cet homme ne portait qu'une espèce de chemise largement échancrée sur sa poitrine. Les manches déchirées découvraient ses avant-bras maigres. Le tissu était beige, à peu près de la couleur des bras et du visage de l'homme. Ses cheveux longs et blancs s'échappaient de son bonnet pour flotter à la bise.

Comme les enfants demandaient à descendre, Marie rejoignit les autres à hauteur du premier char. Arrivé devant eux, ce vieux tout courbé, dans un mouvement curieux, tourna la tête sur le côté pour les regarder. Il les observa un instant, puis s'arrêtant aux enfants, il dit :

— Ces deux-là auront de sacrés bougres de souvenirs à raconter. Mais au moins, ils ont une chance d'être là pour raconter. Sapré bougre ! les miens ne raconteront rien du tout. La peste me les a emportés avec leur mère voilà bientôt sept ans. Mes enfants et leurs enfants. Elle a laissé que moi de la famille, sapré bougre ! Même plus bon à donner de la graine. Et elle en a enlevé bien d'autres ! Et vous, elle vous a épargnés et les autorités vous envoient en quarantaine... La peur... toujours la peur.

Il leva son bâton pour désigner les maisons. Lorsqu'il se privait ainsi de ce point d'appui, il était obligé de fléchir les genoux pour ne pas basculer en avant, entraîné par son buste qu'il ne parvenait pas à redresser.

— Ici, dit-il encore, c'est point la place qui

manque. Ceux que la peste n'a pas tués, elle les a fait fuir. Je suis tout seul. Vous allez me faire compagnie quelques jours, et puis, vous partirez. Comme les autres. Par ces temps de froid, je n'espérais plus personne.

Il expliqua encore que le conseil de Morges lui avait demandé de rester au village pour y recevoir les suspects de maladie contagieuse que l'on assignait à quarantaine. La cité fournissait du blé et du foin. Le tout récolté sur les terres abandonnées de Reverolle. Elle envoyait aussi de l'huile et des chandelles. Mais pour l'heure, il n'y avait que du blé et du fourrage.

— Faudra vous loger dans la maison du bout, c'est la plus grande. On sait jamais, des fois qu'il se remettrait à venir du monde. C'est point parce qu'elle est loin de chez moi. Allez pas imaginer des choses. A mon âge, quand on a vu ce que j'ai vu...

— On voudrait aller, fit Bisontin. Les bêtes sont mouillées.

— C'est bon, fit le vieux. Moi, je cause, je cause. C'est vrai, j'ai pas fait la montée avec un char au cul. Mais quand on voit plus personne...

Il fit trois pas en direction du chemin tirant sur la maison, puis s'arrêtant, il dit encore :

— Si j'avais point si mal aux jambes, sapré bougre, j'irais avec vous, mais ça glisse trop. Vous saurez bien trouver sans moi. Vos bêtes, vous pouvez les lâcher dans la pâture de derrière, l'étable ouvre dessus... Est-ce qu'ils vous ont expliqué le travail ?

Ils furent étonnés, excepté Bisontin qui répondit :

— Oui, bien entendu. Nous commencerons demain.

— Moi, fit le vieil homme, je suis pas chargé de contrôler votre tâche, mais quand le voiturier viendra, si vous n'avez pas fait votre dû, le banderet enverra le guet pour vous expulser.

Il fit quelques pas en direction de sa maison, puis se tournant sur le côté, il les regarda de biais en ajoutant :

— Si l'un de vous veut venir avec une sache, je peux donner une mesure de grain d'avance.

— Je vais y aller, dit Hortense.

Lorsque le vieillard se fut éloigné de son pas douloureux et fragile, le barbier dit à Hortense :

— Je t'accompagne. J'ai une potion qui devrait le soulager.

— Vous avez raison, fit la jeune fille, si nous pouvons nous concilier ses bonnes grâces, nous nous porterons beaucoup mieux.

— Demandez-lui s'il a pas une charrue à réparer, fit le forgeron.

— Ou une charpente à monter, lança Bisontin en riant.

Hortense s'éloignait déjà, un sac vide sous le bras, lorsqu'elle se ravisa.

— Ce travail, demanda-t-elle, qu'est-ce que c'est donc ?

Le charpentier expliqua que les gens mis en quarantaine devaient payer leur hébergement. S'ils n'avaient pas d'argent, ils pouvaient casser des cailloux dont la cité avait besoin pour ses chemins.

Hortense paraissait furieuse. Elle s'approcha de Bisontin pour demander :

— Et alors, en argent, c'est combien ?

— Je n'ai même pas posé la question.

Hortense serra les lèvres sur sa colère, puis, d'une voix sifflante, elle lança :

— Alors, nous allons tous casser des cailloux ! Même ma tante ! Eh bien, je vous remercie...

— Non, il y a que les hommes qui...

Elle l'interrompit, indignée.

— Autrement dit, c'est vous qui allez me nourrir !

Bisontin éclata de rire.

— Et pourquoi pas, Mademoiselle ? Vous pourriez tomber plus mal. Moi je me trouve très bien...

Hortense hésita puis finit par céder au rire en criant :

— Ce charpentier, si je n'avais pas peur de me casser la main sur un os, je le giflerais de bon cœur !

20

La première chose qu'ils découvrirent avant même d'atteindre la maison, ce fut le lac.

Bisontin le reçut en plein visage et en plein cœur, dans toute sa grandeur d'hiver. Il était là, à la fois proche et lointain, poli par la bise et le soleil qui s'unissaient pour lui donner plus d'éclat encore qu'à la neige. Il était une nappe d'or pâle entre ces montagnes d'argent où se dessinaient des coulées bleues immobiles. Tous ces ruisseaux figés charriaient des cendres lumineuses jusqu'au lac qui les métamorphosait en paillettes de feu.

Ils demeurèrent béats.

D'un coup, la faim et la fatigue s'étaient effacés. D'un coup, la curiosité pour la demeure qui les attendait était tombée. Bisontin se tourna plusieurs fois vers les autres pour lire sur leur visage cet étonnement, cette émotion qui les paralysaient. Les enfants s'étaient blottis contre les jambes de Marie et leurs yeux éblouis demeuraient grands ouverts, allant de droite à gauche pour embrasser toute cette eau et toutes ces montagnes immenses. Marie souriait. Hortense aussi, mais avec une certaine gravité. Pierre hochait la tête et les trois vieux clignaient des yeux, fronçaient la bouche et ridaient leur visage tout entier. Et ce fut Benoîte qui rompit le silence en disant :

— Il fallait tout de même voir ça avant de mourir.

La maison située au flanc du coteau regardait vers le lac. Le chemin continuait à travers prés jusqu'à un autre coteau boisé de taillis. Une haie d'épine noire et de ronces entourait un pré d'à peu près deux journaux où étaient plantés quelques pommiers au tronc moussu et qui portaient du gui. La bâtisse était large et basse. Son toit incurvé vers le milieu fit dire à Bisontin :

— Voilà une charpente qui aurait bien besoin de mes services.

Avant même de dételer, ils entrèrent regarder l'habitat qui sentait le moisi. La lumière pénétrait par la porte et une étroite fenêtre dont toutes les vitres étaient cassées. Hortense passa la main contre un mur et dit :

— Je ne nous vois pas installés là-dedans. Les enfants y prendraient la mort en une nuit. Je crois préférable de dormir dans les voitures.

Le compagnon se mit à rire et Hortense cria :

— Ça vous amuse ? Eh bien, il ne vous en faut pas beaucoup !

— Ce qui m'amuse, fit-il, c'est que quand on est entrés comme ça, sans prendre le temps de dételer, je me suis dit : tiens, c'est comme si on visitait avec l'embarras du choix.

— Et vous voyez. C'est un peu ça, car nous n'habiterons pas cette cave salpêtrée.

Le forgeron qui avait poussé une porte intérieure et s'était avancé dans l'autre partie de la maison revint en disant :

— En tout cas, il y a de la paille. Et même du fumier, parce que cette paille, il y en a une bonne partie qui est arrosée par le toit percé comme une passoire.

— Décidément, père Rochat, nous sommes tombés dans un beau domaine.

Tout était délabré, sale, humide, visqueux, tout était triste, et pourtant, ils semblaient avoir envie de rire.

— Demain, observa le barbier, quand mon remède aura fait son effet, le gardien de ces lieux de rêve, nous offrira certainement un autre gîte.

Benoîte, qui s'était approchée de la cheminée, dit :

— A défaut d'y loger, nous pourrons toujours y faire la cuisine.

— Vous avez raison, ma tante, dit Hortense. Nous allons tout de suite mettre à cuire une soupe de blé.

— Il faudra aussi demander où est le four, dans ce pays. Nous ferons du pain.

Ils firent tirer les voitures jusque dans le pré où ils les alignèrent côte à côte, puis ils bouchonnèrent les chevaux avant de les lâcher. Pierre sortit de la grange quelques fourchées de foin.

— Il faut prendre soin des bêtes, dit-il. Si nous cassons des cailloux, on peut peut-être se faire payer le voiturage.

— Moi, observa Bisontin, je sens que nous sommes bien partis pour faire fortune, dans ce pays !

Le jour déclinait, noyant le lac lointain et les coteaux d'alentour dans une vapeur bleutée qui allait bien à la douceur du paysage.

— Au fond, dit Hortense, c'est un pays qui a bien des points communs avec le bas Jura. Je crois même qu'il y a encore davantage de vignes que dans le Revermont.

— Mais on ne voit pas souvent la couleur du vin, dit le forgeron en passant sa main sur sa moustache comme il faisait après avoir bu.

Une vie intense enveloppa bientôt cette maison morte qu'un grand feu réveillait. Heureusement, il y avait des fagots et des bûches dans la grange. Il y avait aussi un puits dont l'eau était claire. Tandis que Benoîte suspendait à la crémaillère la marmite pour la soupe, Marie tirait les premières braises afin de griller la dernière tranche de viande pour les enfants. Ensuite, elle sortit de sa voiture un grand chaudron de cuivre et demanda qu'on l'aide à le placer sur un trépied, au coin de l'âtre.

— Je voudrais laver les enfants, dit-elle, et me laver aussi.

— Nous en avons tous besoin, dit Hortense. Et les hommes vont pouvoir se faire la barbe convenablement. Ça ne m'étonne pas que le Vaudois que nous avons vu en montant ait pris peur. Ce n'est plus Bisontin-la-Vertu, c'est Bisontin-le-Barbu.

Depuis qu'ils étaient là, entre eux, loin des éternels mécontents, depuis qu'ils avaient enfin atteint un lieu d'où ils ne devraient pas repartir demain tout les faisait rire.

La soupe de blé bouillait déjà à gros bouillons en soulevant le couvercle de la marmite.

On commençait à sentir, dans un rayon de quelques pieds autour de la cheminée, une bonne chaleur qui faisait fumer le sol de terre battue.

Bientôt, Marie et Pierre purent apporter un cuveau de bois et déshabiller les enfants pour les laver. Bisontin avait pris de l'eau dans une écuelle et se faisait la barbe. Il s'interrompit, vint respirer au-dessus du cuveau où étaient les petits, regagna sa place, revint encore tremper sa main dans l'eau et finit par demander :

— Est-ce que vous n'êtes pas en train de les cuire, ces enfants ? Ou bien je suis fou, ou bien ça sent la soupe de cochon !

Il lui sembla que les deux jeunes femmes échangeaient un clin d'œil et faisaient effort pour garder leur sérieux. Hortense dit :

— A la place de Marie, je vous giflerais. Traiter mes enfants de cochons, je ne le supporterais pas, moi !

— Dis donc, Bisontin, fit petit Jean, est-ce que tu veux que je t'arrose ?

— Si c'est toi qui sens aussi bon, dit le compagnon, je vais me régaler.

Il avait posé son rasoir dans son écuelle sur le bord de la table branlante et il s'avançait en faisant manœuvrer ses grands doigts comme des pattes d'araignée. Il se tenait cassé en deux, le visage grimaçant.

— Ça sent bon le porcelet fumé, disait-il, dans le ton le plus grave de sa voix. Lequel je vais manger le premier ?

Les enfants se recroquevillaient dans l'eau et s'agrippaient au tablier trempé de leur mère.

— Non ! hurlait Léontine. Pas moi ! Pas moi !

Pierre cria :

— Allons, petit Jean ! Défends-toi ! Et défends ta sœur !

Il n'avait pas plutôt parlé que le compagnon se trouvait aspergé de belle manière.

— Arrêtez ! cria Benoîte, vous inondez la maison !

— Arrêtez ! criait Marie, je suis trempée !

Il y eut un moment de joie intense, avec de grands

rires, des grimaces du compagnon, de l'eau jusque dans le feu d'où montaient des nuages de fumée et de vapeur. Même le barbier riait. Lui que l'on n'entendait jamais ne cessait de glapir d'une voix malade :

— Arrêtez-vous, je me fais parmi... C'est une honte, je mouille mes brailles !

Et plus il disait, plus les autres riaient fort.

Lorsque le calme revint, la pièce luisait comme le lac au couchant. D'une voix encore toute secouée, Benoîte dit :

— Tout ça parce que Bisontin a rêvé de cochon. Et le plus fort, c'est qu'on dirait vraiment que ça sent le lard fumé.

Les hommes s'étaient approchés et, malgré l'interdiction d'Hortense, le compagnon finit par lever le couvercle de la marmite où il plongea le grand couteau de Benoîte. Lorsqu'il retira un morceau de lard fumant couvert de grains de blé, il y eut un silence lourd. Tous se regardèrent, puis, comme Benoîte questionnait, Hortense dit avec sérieux :

— Vous voyez, ce compagnon qui ne croit pas en Dieu vient de faire un miracle. Je trouve ça formidable, moi.

Puis elle finit par avouer que c'était à Marie que l'on devait cette surprise. Et Marie dont le visage s'était empourpré s'empressa de dire :

— Ce n'est pas pour moi que je l'avais gardé, vous savez. C'était pour les enfants. Pour le jour où il n'y aurait vraiment plus rien... Faut me croire.

Tout le monde rassura Marie, et Bisontin qui avait fini de se raser alla l'embrasser.

Et ce soir-là, malgré l'humidité de la maison, malgré la bise qui avait repris force avec le crépuscule et entrait par la fenêtre devant laquelle les hommes avaient tendu un morceau de bâche, malgré qu'ils n'eussent plus de chandelle, il y eut une vraie veillée. Jean était sur les genoux de Marie et la petite Léontine avait voulu grimper sur Bisontin pour se faire pardonner l'eau qu'elle lui avait lancée. Assis sur des billots, ils regardaient les flammes qui filaient droit par le large conduit noir où l'on entendait ronronner la nuit endormie sur le toit. La tiédeur arrachait à cette maison longtemps fermée de gros soupirs d'aise et des craquements.

— A son âge, dit Bisontin, c'est normal qu'elle ait les articulations qui craquent. Elle est toute tordue, comme le vieux qui garde le village.

Ils parlèrent un peu de leur passé et, lorsque Pierre évoqua la verrerie de La Vieille Loye, un chagrin silencieux fit rouler de grosses larmes sur les joues de Marie. Hortense qui se trouvait à côté d'elle posa sa main sur son poignet. Jean demanda à mi-voix :

— Maman, pourquoi tu pleures ?

— Ce n'est rien, dit Marie. C'est parce que nous sommes loin de chez nous.

Lorsque Pierre eut parlé du métier de souffleur de verre qu'exerçait son beau-frère Joannès et de son propre métier de charretier-forestier, il raconta comment les Français avaient envahi La Vieille Loye, massacré ceux qui se trouvaient au village, pillé et incendié toutes les maisons.

— J'avais une coupe assez loin. Comme il y avait à fagoter, Marie était avec nous. Joannès était de nuit, à la verrerie, alors, il était venu aussi. Des fois, les petits, on les laissait à une voisine. Mais il faisait beau, alors, on les avait emmenés. Et comme je voulais ramener du bois, j'avais les deux chars et les bêtes... Voilà. J'avais même la chance d'être rentré d'Ounans la veille, sous la pluie. Si bien que j'avais laissé les bâches pour qu'elles sèchent... Voilà... Sans ça, on y passait tous, comme les autres.

Il marqua une pause durant laquelle il demeura l'œil rivé à la flamme, puis, comme personne ne soufflait mot, il ajouta :

— On est restés sans bouger. A entendre tirer et à voir monter la fumée, on avait compris. A la nuit, Joannès et moi, on s'est approchés. Ça brûlait encore, mais plus signe de vie. On n'a même pas osé sortir du bois. Y restait rien. Et ça sentait la viande brûlée.

Sa voix s'étrangla. Un temps passa et Bisontin demanda :

— Et le mobilier ?

— Rien... En se sauvant, on est passés par Santans. C'est là qu'on avait nos parents, avec Marie. Ils ne sont plus depuis longtemps. Et notre sœur aînée est morte il y a trois mois. On n'avait pas encore touché à la maison. Alors, on a pris ce qu'on a pu... Et voilà... Dans notre malheur, on a encore eu cette chance.

Tandis qu'il racontait, Marie se tenait raide, comme changée en rocher d'où ruisselaient deux maigres sources. Pierre avait parlé sans cesser de regarder le feu. Lorsqu'il se tourna vers sa sœur, il murmura :

— Pardonne-moi, Marie. Mais j'avais besoin de dire.

— Nous avons tous besoin de nos souvenirs, fit Benoîte. Même douloureux, ils sont là pour nous rappeler que notre pays existe et que nous l'aimons.

Il y eut un silence avec le pétillement du feu et le crachement d'une bûche mouillée qui bavait sur une dalle de l'âtre comme un énorme escargot. Pierre remit deux rondins de charmille et les étincelles montèrent en gerbe avec des remous rapides.

Et ce silence dura longtemps. Autour du crépitement du feu, il n'y avait que la respiration pleine de mystère de la maison dont seul veillait ce cœur brûlant du foyer. Le reste de ce grand corps humide et noyé d'ombre froide continuait son sommeil d'hiver.

Il y eut ce silence et puis, pareille à une eau timide qui commence à sourdre sous les herbes, la voix du compagnon qui se mit à chanter :

— *O douce terre — De ma Comté — O douce terre — Ma tant aimée — Toi qui nous donnes — Le meilleur vin — Toi qui nous donnes — Le gai refrain — De l'eau qui passe — Sous le moulin — De l'eau qui jase — Au Val Serein — Dans mes voyages — Te porte en moi — Dans mes voyages — Je te revois — Moi sans fortune — Je pense à toi — Moi sous la lune — Je te revois — O douce terre — De ma Comté — O douce terre — Ma tant aimée...*

En chantant, Bisontin observait les autres. Il s'attarda surtout au visage tendu d'Hortense. La jeune fille fixait le feu, mais le compagnon comprit qu'elle regardait bien au-delà des flammes, par-delà le mur noirci, jusqu'au pays de Comté, sur l'autre versant des monts qu'ils avaient eu tant de mal à franchir. Comme deux perles d'or roulaient sur ses joues, Hortense se hâta de les essuyer. Elle se raidit en haussant son buste et son cou, puis elle regarda le compagnon en souriant.

— Chante encore, Bisontin, demanda Léontine.

La gorge nouée, le compagnon dit :

— Non, ma chérie. Demain... Demain...

Et, parce qu'il s'en voulait de cet instant d'émotion, parce qu'il redoutait que le mal du pays ne les empoignât tous, il s'empressa d'ajouter d'une voix qui avait déjà retrouvé son aplomb :

— C'est à Benoîte, de chanter. Et je voudrais qu'elle chante une chanson du mai. Une de celles que les garçons vont brailler la nuit, sous les fenêtres, pour faire rigoler les filles.

— Non, fit Benoîte. A présent, ce n'est plus possible. Mais pour endormir les petits, je vais leur dire une légende de chez nous.

Et Benoîte se mit à narrer l'histoire du Grebut qui courait après son ombre, n'arrivait jamais à l'attraper et tomba un jour dans la rivière en voulant se saisir de son reflet. Mais le Grebut ne se noya pas et se fit seulement une grosse bosse au front sur les cailloux du fond.

Et les enfants riaient au lieu de s'endormir.

Alors ce fut au tour de Guillaume Rochat, le forgeron. Lui n'avait aucune légende en tête, mais cent histoires liées à son métier parce que son métier avait toujours été l'essentiel de sa vie. Mais il était âgé, et si sa mémoire était excellente pour tout ce qui s'était passé cinquante années plus tôt, elle était moins fidèle pour ce qui n'était vieux que de quelques minutes. Et, parce que toutes ces aventures se tenaient l'une l'autre sans qu'il y eût un ordre fixe, il les reprenait volontiers. Très vite, la petite s'endormit dans les bras de Bisontin qui se leva doucement en disant :

— Je vais l'emporter, je saurai bien la coucher.

— Je vais avec vous, dit Marie. Petit Jean aussi a les paupières qui pèsent.

Ils traversèrent rapidement l'espace verni de lune qui les séparait des voitures. Ils installèrent les enfants au creux de la paille, sous la couette de duvet avec, en guise de moine, deux pierres bien chaudes que le compagnon avait prises sous la cendre et glissées dans ses grandes poches.

— Le temps de boucler la toile, et ils dormiront déjà, fit Bisontin en sautant de voiture.

Marie attacha la cordelette, puis, comme elle allait descendre à son tour, le charpentier leva les bras et, l'empoignant par la taille, il la posa doucement devant lui.

Elle avait mis ses mains sur les bras du compagnon et serrait fort, plus fort qu'il n'était nécessaire pour se tenir. Bisontin ne lâcha pas tout de suite cette taille mince qu'il sentait vivre sous le tissu. Elle non plus ne lâcha pas ses bras. Elle dit en riant :

— Je ne vous croyais pas aussi fort.

— Vous êtes moins lourde qu'une poutre.

Il voulut la soulever, mais Marie se dégagea d'une secousse, lâcha ses bras et recula. Toute la lumière était derrière elle avec l'éclat du lac sous la lune.

— Regardez, lui dit Bisontin.

Elle fit demi-tour et demeura immobile. Le charpentier s'avança jusqu'à sa hauteur. Il eut envie de poser sa main sur son épaule, mais il redouta de la faire fuir et de rompre le charme. Car, une fois de plus, le lac exerçait son pouvoir. Bisontin en sentait la force sur lui, mais il la sentait également sur Marie qui semblait pétrifiée, les mains jointes sur sa poitrine où elle serrait les pointes de son châle. La buée qui filait de ses lèvres montrait qu'elle retenait son souffle. La bise soulevait les mèches échappées au fichu qu'elle avait jeté sur sa tête. Bisontin qui ne l'avait jamais regardée ainsi fut saisi d'une terrible envie de l'embrasser. Il serra les mâchoires et se dit : « Salaud, tu ferais pas ça. Son homme est tout juste refroidi ! »

Il regarda de nouveau le lac si lumineux qu'il semblait plus proche encore qu'au soleil couchant. Une crête boisée se découpait sur son métal martelé. Le lourd donjon du château de Vufflens, les murailles et les tours se dessinaient avec une netteté qui les rendait presque menaçants.

Il sembla au compagnon que Marie venait de frissonner.

— Vous avez froid, souffla-t-il.

Et comme il levait le bras, comme sa main frôlait le châle sur les épaules de la jeune femme, elle partit très vite en direction de la maison.

Bisontin ne vit son regard que le temps d'un éclair, mais il lui sembla qu'il était habité de frayeur.

21

Bisontin était tellement persuadé que Morges leur serait ouverte au bout de quelques jours, qu'ils avaient décidé de continuer à dormir dans les voitures pour éviter d'installer un couchage dans cette maison dont le sol ne parvenait pas à sécher bien que Benoîte entretînt le feu à longueur de journée.

Le baume que le barbier avait donné au vieux gardien produisit un tel effet, que bien des choses s'arrangèrent comme par enchantement. Ses chèvres se mirent à donner du lait pour les enfants ; il y eut le miracle de la multiplication des sacs de blé, et il se trouva que le gel dispensait les réfugiés de la corvée de cailloux. Le troisième jour, le vieil homme leur dit qu'il s'appelait Hippolyte Fontoliet. Il était né dans ce village qu'il n'avait quitté que pour se rendre à la foire de Morges. Mais depuis des années, il ne descendait plus. D'ailleurs, lorsqu'il avait des gens en quarantaine, tout déplacement lui était interdit. On avait fait comme ça parce que le village était dépeuplé et que les maisons ne servaient à rien. Et si la peste disparaissait, lui, Fontoliet, resterait seul. Il mourrait comme une bête.

Ce qui le privait le plus, c'était de ne parler à personne. Mais il parlait tout de même à longueur de journée aussi bien à sa maison qu'à la terre, à son feu ou à ses bêtes.

Un jour, il dit à Benoîte :

— Si je te donne des choux et une vieille poule, est-ce que tu sauras en tirer parti ?

Ce fut Bisontin qui répondit :

— Même si la poule a votre âge, notre Benoîte saura en faire un poulet de l'année.

Le vieux se mit à rire et dit :

— J'aime bien rigoler. Et ça me manque.

— Si vous voulez, dit Benoîte, vous pouvez venir prendre tous les jours votre repas avec nous.

— En apportant une poule ?

— Sans apporter ni poule ni choux ni quoi que ce soit, que notre blé et l'huile de nos rations.

Et ce vieux fut bientôt des leurs. Il suivait le récit de leurs malheurs sans trop s'apitoyer. Il semblait y prendre un certain intérêt, mais ce qui comptait surtout pour lui, c'était qu'on voulût bien l'écouter. Et de longues heures coulaient devant le foyer, tandis qu'il reprenait inlassablement les mêmes histoires de sa jeunesse.

Ce village avait vécu comme tous les villages de tous les pays que Bisontin avait parcourus. La terre dominait ; la terre, le ciel et ce qu'ils imposent de peine, et ce qu'ils offrent de joie. Ici aussi, les paysans se voulaient un peu magiciens. Durant les sécheresses, il leur arrivait d'arroser pour faire pleuvoir, ils gardaient dans les champs des tas de fagots qu'ils allumaient pour éloigner les orages, ils savaient marcher autour d'un semis avec des grains dans la main pour que pousse mieux le blé. Ici, comme en Comté, on avait porté le gui qu'on dit plante de vie et qui préserve de la peste, et la peste avait souvent triomphé du gui.

Cinq jours passèrent ainsi, avec le grand froid qui tenait le pays enserré dans ses griffes.

Vers le milieu du sixième jour, alors qu'ils étaient tous à couver le feu en attendant que le blé fût cuit, la porte s'ouvrit. Une bouffée de bise entra qui poussait un petit homme emmitouflé de brun. Clignant des paupières sous sa toque de fourrure, il cria d'une belle voix chaude :

— Sapré nom ! S'il y a ici un compagnon et s'il...

Bisontin ne fit qu'un bond.

— Maître Jotterand ! dit Vaudois-Tête-en-Bois ! Bon Dieu, je savais bien !

Plus grand d'au moins trois têtes, Bisontin se courbait pour embrasser l'arrivant. Ils firent les signes de reconnaissance des compagnons, et Bisontin dit :

— Maître Jotterand, je suis votre homme. N'importe quel chantier sera le bon. Car nous avons faim. Nous avons besoin de nous loger et d'acheter des chandelles.

Le petit homme leva lentement sa main qui était large, épaisse et courte autant qu'étaient longues et sèches celles de Bisontin.

— Doucement, dit-il. Même si je pouvais te prendre avec moi, tu n'obtiendrais l'autorisation d'introduire dans la cité que tes proches.

Sans un instant d'hésitation, Bisontin cria :

— Ça ne peut pas mieux tomber. Ce sont tous mes proches. Faut que je vous les présente... Marie, ma femme. Jean et Léontine qui sont nos petits.

— Ils ont poussé vite ! intervint Jotterand.

— Je vais vous expliquer. Marie était veuve avec deux petits. Je l'ai épousée comme ça.

— Tu as toujours réponse à tout... Et les autres ?

— Eh bien, il y a Pierre, le petit frère de Marie.

— C'est possible, il lui ressemble. Mais il n'est pas petit au point d'être à ta charge.

Bisontin ne put retenir quelques anneaux de son rire, mais il se reprit tout de suite pour désigner Hortense et Benoîte.

— La sœur et la mère de Marie.

Jotterrand l'interrompit. Elevant la voix, il désigna le forgeron et le barbier en disant :

— Et ces deux-là ? L'un est le père de ta femme et l'autre le tien !... Heureusement que je connais Fontoliet Hippolyte, sinon, tu me dirais que c'est ton oncle ! Pour un qui n'avait plus de famille, qui chantait sur toutes les charpentes qu'il était libre comme l'air, qu'il n'avait point d'attache et qu'il n'en voulait pas, mon vieux Bisontin, je trouve que tu vas fort !

Le compagnon fixa un moment avec inquiétude le visage ridé de cet homme brun de peau et blanc de poil, en se demandant s'il allait se mettre en colère, mais ce fut le rire qui l'emporta. Un rire qui les empoigna tous les deux pour les jeter dans les bras l'un de l'autre.

— Foutu compagnon ! hoquetait le Vaudois. Les vertus, tu les as toutes. Et question de savoir mentir, tu es le plus fort. Et le pire, c'est que tu n'avais peut-être pas seulement préparé ton coup.

— Pas du tout. Parole de compagnon !

— Ça t'est venu comme ça. Le génie du mensonge, en quelque sorte. Mais moi, on ne m'a pas baptisé Tête-en-Bois pour rien. Faut frapper dessus pour qu'il y entre quelque chose, mais une fois que ça y est, ça n'en sort pas facilement. Et ta liberté, tu m'en as assez parlé pour que je m'en souvienne !

Les autres furent vite gagnés par le rire qui dura un long moment, avec des arrêts, des reprises, et des mots qui faisaient tout repartir de plus belle. Et cette grande joie était pareille à un beau feu.

Enfin, le charpentier de Morges s'assit à côté du compagnon et tous deux racontèrent tant et tant qu'il fallut que Benoîte les rappelle à la réalité lorsque le blé fut cuit. Quand elle versa dans les écuelles la bouillie visqueuse, Me Jotterand déclara :

— Ici aussi nous avons eu faim, il y a quelques années. Bien des gens sont morts. Surtout des enfants et des vieux. Mais au jour d'aujourd'hui, les choses se sont arrangées... Bon Dieu de bon Dieu ! je m'en voudrais de vous laisser dans cette situation. Nourrir d'épeautre des enfants qui ont tant besoin de forcir alors que les mendiants de profession reçoivent leur quarteron de vrai blé, ça ne peut pas durer ! Il faut voir ce que vous pouvez faire. Parce que les gens ont tellement été roulés et volés par des malfaiteurs de toute espèce, qu'ils ont institué une compagnie de chasse-coquins.

— Je sais, dit Bisontin, ici, les vagabonds, on les appelle des Bourguignons ou des Sarrasins, mais en tout cas des fainéants. Les portes de la ville sont mieux gardées que du temps où j'étais là, et je me demande bien comment des coquins pourraient entrer !

Il avait élevé la voix et parvenait mal à dominer sa colère. Comme le visiteur allait répliquer, il le devança pour ajouter, plein d'amertume :

— Quand je pense que j'ai amené ces gens ici en leur parlant du bon cœur des Vaudois ! Ah, Maître Jotterand, le monde change vite ! (il éclata de rire). Plus vite encore que ma situation de famille !

Jotterand rit aussi et dit :

— Je suis heureux que tu n'aies rien perdu de ton pouvoir de joie, et je félicite ta compagne qui sait te garder jeune.

Rouge jusqu'aux racines des cheveux, Marie se retourna pour regarder ses enfants qui se chamaillaient dans un angle de la pièce où ils avaient transporté des bûches.

Il y eut un grand rire qui fit rougir Marie encore davantage.

— Ah, lança Maître Jotterand, tout le monde ne saurait être aussi bon menteur que Bisontin !

Marie se cacha le visage dans ses mains.

— Allons, fit le charpentier vaudois, essayons d'être sérieux.

Il les interrogea sur ce qu'ils pouvaient faire. Il commença par le plus âgé, Maître Muret, et il dit :

— Ce sera difficile. Les médecins et les barbiers sont jaloux comme des jeunes mariés.

— Comme chez nous, fit le barbier.

— Oui, dit en riant Maître Jotterand, mais ici, ils ont la réputation d'être plus bavards que des pies ; en Bourgogne, s'ils sont tous à votre ressemblance...

— C'est égal, dit Bisontin, notre ami ne mange pas plus qu'il ne parle ; alors, même si vous ne voulez pas admettre que nous sommes une famille, reconnaissez-nous comme une petite communauté.

— Non, fit le barbier, je ne vais pas vivre à vos crochets. On nous a parlé de pierre à casser...

— Taisez-vous donc, dit Bisontin.

Hortense intervint.

— Le barbier a raison. Nous devons travailler. Et moi aussi je suis décidée à faire n'importe quelle besogne.

— Eh bien, moi, lança le compagnon en regardant Marie et en criant assez fort pour faire taire tout le monde, je ne laisserai pas ma femme casser des pierres sur les routes !

— J'en ai pourtant cassé souvent pour les corvées de chemins... Et je ne m'en sens pas plus mal ! dit Marie.

— Parfaitement, cria Hortense. Et j'en casserai aussi, je ne vais pas me laisser nourrir par un...

— Attention, cria Maître Jotterand. Il faut parler moins vite quand on veut être un bon menteur. Si vous voulez faire croire aux autorités que vous êtes apparentés, il faudra vraiment vivre comme si vous l'étiez... Si certains du conseil des XII s'aperçoivent que vous vous êtes moqués d'eux, ils risquent de le prendre mal. Et je ne sais pas si je pourrai vous défendre. Bien heureux qu'on ne me tienne pas pour complice et me jette hors du conseil avec amende, perte de mon droit de bourgeois et peut-être prison.

Lorsque Maître Jotterand apprit que Pierre était charretier-forestier et qu'il disposait de bons chevaux habitués au travail du bois, il parut soudain beaucoup plus à l'aise.

— Je crois bien que nous allons pouvoir nous arranger, dit-il.

Et il expliqua qu'il avait du bois à exploiter et se trouvait justement sur le point d'embaucher des bûcherons. Il les regarda l'un après l'autre, puis, avec un bon sourire qui éclaira tout son visage, il dit :

— Un forgeron et un charpentier sous les ordres d'un forestier, ça doit pouvoir constituer une équipe d'abattage.

Il rit et ajouta :

— Et surtout si le charpentier est marié avec la sœur du forestier. Il doit avoir pris goût à la forêt !

22

Maître Jotterand aimait à plaisanter, mais il savait que, comme tout bon charpentier, Bisontin connaissait le travail d'exploitation des bois d'œuvre. Et il savait aussi que Bisontin aimait la forêt. Le compagnon y pensa beaucoup, cette nuit-là, avant de s'endormir. Et puis, la perspective de travailler avec Pierre et le vieux forgeron n'était pas pour lui déplaire. Jotterand avait dit qu'il remonterait dès le lendemain, et il tint parole.

Le soleil était chaud, ce matin-là, le lac miroitait au loin jusqu'au pied des monts de Savoie. La neige fondait devant la façade où Pierre avait sorti un cuveau pour Marie qui s'était mise à la lessive. Hortense tirait de l'eau au puits et Bisontin sortait des fagots. Il allait allumer le feu lorsqu'il entendit le pas d'un cheval et le roulement sec d'un char léger. Il se redressa. Assis sur sa planche et couvert jusqu'à la taille par une capote de cuir, Maître Jotterand paraissait plus ramassé encore. Il se redressa et fit un grand geste du bras. Un geste de joie. Son visage riait.

La voix du compagnon fut soudain comme une trompe.

— Holà ! Tout le monde ici ! Voilà le sauveur !

Et son rire emplit d'un coup tout le vaste espace de lumière.

Ils furent tous autour du char avant même que n'en soit descendu le brave homme qui riait en essuyant ses yeux rougis par le vent de la course. Sa jument fumait, et Pierre dit :

— Je vais la dételer et la bouchonner.

— Tu me sembles bien être le seul homme sérieux parmi toute cette troupe, remarqua Maître Jotterand, avec un rire qui sentait à plein nez la bonne nouvelle. Mais tu peux faire ça ici, en écoutant ce que j'ai à vous dire.

Le vieux Fontoliet qui avait dû entendre la voiture, arrivait en clopinant. Et, lorsqu'il tendit le cou pour les regarder, Bisontin lut une grande tristesse dans son regard. Hortense dut le constater aussi, car elle s'approcha du vieux solitaire de Reverolle et lui dit :

— Ne soyez pas triste, grand-père. Nous reviendrons vous voir.

Le vieux eut un ricanement aigre et soupira :

— Ils me l'ont tous promis, mais je n'ai jamais revu personne !

Son dos sembla se courber encore et tendre à la faire craquer l'étoffe élimée de son vêtement.

— Je ne vais pas vous embarrasser, fit-il. Pas besoin que le Jotterand dise un mot. Je sais que vous partez. Je vous souhaite le bon voyage.

Il fit demi-tour et tous le regardèrent s'éloigner, pareil à un insecte difforme, tout gris sur l'éclat de la neige. Son pas faisait gicler la boue du chemin. Bisontin pensa : « Il n'y a jamais de joie sans l'ombre de cette joie. »

Il y eut un silence avec le seul bruit de la paille

sur les flancs de la jument. Puis Pierre jeta cette paille, conduisit la bête dans l'enclos où se trouvaient les autres et revint. Alors, d'un ton grave, Maître Jotterand déclara :

— Je ne sais pas si la manière dont j'ai pu arranger les choses vous conviendra, mais je vous dis tout de suite qu'il n'y a aucune autre possibilité pour le moment.

Son regard alla de l'un à l'autre. Il semblait hésiter et Bisontin connut un instant d'angoisse. Le vieil homme dut se rendre compte que son silence les effrayait, car il s'empressa de dire :

— La seule chose un peu ennuyeuse, c'est que ta famille, mon vieux Bisontin, va être séparée.

Et il expliqua qu'il avait réussi à trouver une occupation à l'hospice pour le barbier et pour Hortense. Il se chargeait de leur logement. Benoîte, bien sûr resterait avec eux. Quant aux autres, il ne pouvait que leur offrir le travail en forêt, dans une combe pas très loin de Saubraz. Ce n'était qu'à quatre lieues de Morges et il y avait là-haut une cabane de charbonniers où ils pouvaient se loger.

L'idée de la séparation avait terni la joie, et le vieil homme dit encore :

— Vous savez, la maison de Morges, elle peut tous vous recevoir. Seulement, il faut du travail. Et durant la morte sève, vous savez bien que le bois...

Il s'embrouillait un peu. Bisontin vint à son secours en le remerciant, et le Vaudois assura qu'à partir du moment où l'abattage ne serait plus possible, il s'arrangerait pour trouver de l'embauche non seulement à Bisontin, mais également aux autres.

— C'est bien souvent que je donne à faire à des forgerons, dit-il. Quant au charretier, avec le trafic du port, ce serait bien le diable s'il restait sans ouvrage !

Les voitures furent chargées comme s'il se fût agi d'un jeu, et la descente se fit rapidement sous le plein soleil de midi. De temps en temps caché par les collines, le lac apparaissait chaque fois plus proche et plus lumineux. Petit Jean avait voulu monter dans le char conduit par Bisontin et qui suivait la voiture de Maître Jotterand. Tout le long du chemin, le compagnon parla du lac, de la charpente et de la forêt à cet enfant que tout intéressait. C'était la première fois qu'ils se trouvaient si longtemps seuls tous les deux, et le compagnon sentit qu'un courant intense passait entre eux. Un lien commençait à se tisser et il fut heureux que ce fût à travers des choses qu'il aimait, comme ce lac, les travaux de la forêt et ceux de la charpenterie.

Dès que les voitures s'arrêtèrent à la porte de Morges, l'enfant sauta à terre et partit vers sa mère en criant :

— Maman, le lac, son nom de compagnon, c'est Prince-Bleu-Cœur-de-Lumière. Et Bisontin va me trouver une serpe pour fagoter dans la forêt.

Il y eut dans les yeux de Marie une lueur de joie qui s'éteignit dès qu'approchèrent des voitures une douzaine de mendiants déguenillés, au visage couvert de crasse et de croûtes suppurantes. Comme certains s'agrippaient aux cotrets pour demander l'aumône, le sergent de garde cria :

— Fouettez-les ou je vais faire sortir mes hommes !

Du haut des remparts, quelques cailloux arrivèrent sur les gueux qui se dispersèrent en lançant des insultes. Deux aveugles brandissaient de longs bâtons dont ils frappaient le sol devant eux.

— Mon Dieu ! dit Marie. Il y a encore plus déshérité que nous.

— Ce sont des pauvres de métier, lui expliqua Bisontin. La seule chose qui les fasse fuir, c'est le travail.

Comme Marie parlait d'un bébé qu'une jeune femme leur tendait à bout de bras et qui hurlait, Maître Jotterand dit :

— Lui aussi, c'est déjà un professionnel. Sa mère le pince, il pleure. Elle s'arrête, il se tait.

Curieux, petit Jean et Léontine voulaient s'approcher des mendiants, mais Marie les serra contre elle et Bisontin l'entendit murmurer quelque chose comme :

— Je ferai n'importe quoi, mon Joannès, mais je te jure que jamais tes enfants n'iront mendier.

Au passage de la porte, le lieutenant lança à Bisontin :

— Tu vois, charpentier, je t'avais bien dit que tout s'arrangerait.

— Merci, cria le compagnon, nous arroserons ça tous les deux à la première occasion.

Et il lui montra du geste le cabaret des Trois Ecus dont l'enseigne en forme de pichet grinçait à la bise.

La rue Publique où ils s'engagèrent était encombrée de charrois. Devant des échoppes où brûlaient de bons feux de bois, des marchands se tenaient derrière leur étal. Petit Jean regardait tout cela avec émerveillement.

— C'est la ville, lui dit Bisontin. Ça t'amuse, mais tu sais, ça fait beaucoup de bruit et ça sent mauvais. Tu en aurais vite assez. Mieux vaut encore vivre dans la forêt.

Au sortir de cette ruelle sombre, les voitures débouchèrent sur le port et ce fut la grande lumière du lac où déclinait le couchant. Les barques aux mâts dressés, celles dont les voiles gonflées de soleil approchaient, les chars de toutes sortes, les bêtes et les hommes mettaient là une vie colorée et tapageuse qui vous prenait d'un coup et qui plaquait un premier plan insolite sur l'immensité des eaux et la masse des montagnes où se mêlaient déjà l'or et la cendre. Bisontin était heureux de retrouver cette vie, et peut-être plus heureux encore d'en lire le reflet sur le visage émerveillé de petit Jean.

Ils roulèrent un moment le long du lac, puis Maître Jotterand arrêta son attelage et sauta à terre. Montrant une grosse bâtisse de pierre dont les quatre fenêtres étaient quatre rectangles où dansait le feu de l'eau, il dit simplement :

— C'est là que vous habiterez.

23

Il y avait, donnant sur le quai, deux vastes pièces avec chacune une cheminée. De la première, s'envolait un escalier de pierre avec une rampe en fer forgé qui fit l'admiration de Guillaume Rochat. En haut, deux autres pièces plus basses de plafond s'ouvraient sur un palier d'où un escalier de bois permettait d'accéder au grenier. Une troisième chambre plus petite regardait sur une cour intérieure étroite où prenaient jour aussi d'autres immeubles. Excepté cette pièce, toute la maison faisait face au lac dont la lumière pénétrait jusqu'au fond des chambres.

— Vous m'aviez caché cette maison, dit Bisontin à Maître Jotterand qui semblait s'amuser un peu de la timidité dont Marie, son frère et les enfants faisaient preuve.

— Bien sûr, dit le vieil homme en riant. J'attendais que tu me présentes ta nombreuse famille.

— Vous, dit Bisontin, vous n'avez pas fini de vous moquer de moi avec ça !

Le charpentier vaudois les laissa s'installer. Avant de les quitter, il dit simplement :

— Demain à la pique du jour, sur le chantier.

Et Bisontin le regarda s'éloigner sur le quai, dans sa charrette découverte. La nuit s'avançait lentement sur l'eau. Déjà la bise s'était apaisée, et les reflets de ciel brossaient le lac comme pour sonder sa profondeur. Les montagnes de l'autre rive viraient au violet épais ; juste en face, un feu luisait. La vie du port s'était arrêtée, mais deux lanternes veillaient encore sur une barque. Elles se balançaient en émiettant leur reflet. Devant la maison, le lac toujours long à s'endormir travaillait encore les roches et le sable à grands coups de battoir qui sonnaient lourd dans le silence.

Lorsque Bisontin rentra, le feu flambait et les trois femmes devaient être occupées dans les chambres où l'on entendait sonner leurs pas. Pierre et le père Rochat rentrèrent de l'écurie. Le forgeron alla s'asseoir devant l'âtre à côté du barbier qui se tenait immobile, le visage pareil à un bois buriné.

— Ce soir, dit Rochat, nous coucherons dans une vraie maison !

Bisontin s'approcha de lui, hésita un peu de peur de le blesser, mais finit par dire :

— Vous allez y rester, maréchal. J'expliquerai à Maître Jotterand que la vie en forêt n'est plus de votre âge !

Le vieux se redressa d'un bloc. Son gros visage aux joues tombantes s'était durci. Ses yeux rougis par toute une vie devant la forge exprimaient presque de la colère.

— Est-ce que tu le saurais mieux que Maître Jotterand qui est à peu près de mon âge ! lança-t-il.

Il se cura la gorge, cracha dans le foyer et ajouta :

— Est-ce que tu saurais mieux que moi ce qui me

reste de force ! Du bois, pauvre ami, j'en ai abattu plus que tu n'en charpenteras jamais, tout malin que tu es !

Petit Jean qui venait de dévaler le grand escalier en faisant sonner avec une baguette le métal forgé de la rampe demanda :

— Et ma serpe, Bisontin ? Ma serpe ?

— Elle est dans la voiture, tu l'auras demain.

— J'ai déjà fagoté, dit l'enfant avec fierté. Tu peux demander à mon oncle Pierre. Avec mon papa, on allait dans la forêt de Chaux.

— On fera équipe tous les deux, dit le maréchal. J'ébrancherai et tu fagoteras, mon petit. Et on verra bien s'ils arrivent à nous devancer !

Bisontin faisait mine de les écouter, mais sa tête était ailleurs. Depuis leur arrivée sur ce quai, depuis qu'il avait vu cette demeure, il s'imaginait vivant là, si près de ce lac dont il était amoureux. Il se voyait sur le chantier de Maître Jotterand ou sur les toits de la ville. Il se voyait installé ici, avec les autres. La guerre, la faim, la Comté meurtrie, tout était loin ce soir. Et pour lui qui avait tant roulé, pour lui qui, durant des années, avait été habité d'une perpétuelle bougeotte, quelque chose se mettait à ronronner doucement. Une chose invisible, pareille à un gros chat endormi dans l'ombre. Il lui semblait qu'ici, devant l'éternel spectacle du lac, avec la joie de retrouver ses outils et son travail, il lui était possible de s'installer pour un long moment. Et il s'efforça d'oublier que demain, dès l'aube, il devrait reprendre la route ; quitter cette bonne grosse maison pour s'en aller vers une cabane de charbonniers. Il s'efforça de l'oublier, mais la chose était en lui. « Mille dieux, Bisontin ! se dit-il. Est-ce que tu vieillirais ? Toi qui as passé ta vie à rouler ou à rêver de départ, voilà qu'un voyage de quelques lieues te fait peur ? »

Il essaya de plaisanter tout au long de la soirée, mais les cœurs n'étaient pas au rire. Pour les trois qui allaient rester, il y avait sans doute l'ennui de voir s'en aller les autres vers une vie plus dure, et pour ceux qui allaient partir, Bisontin sentait bien que la fatigue pesait plus que jamais.

Alors qu'ils avaient mangé leur soupe et du pain avec du fromage apportés par Maître Jotterand, Benoîte dit :

— Mes pauvres amis, vous ne serez donc jamais en repos...

D'une voix peut-être un peu tranchante, sa nièce l'interrompit.

— Ils le seront bientôt, ma tante. Et ce n'est pas l'heure de les décourager.

— Le vrai repos, dit le forgeron, nous ne le trouverons que lorsque nous aurons regagné notre terre. Jusque-là, travailler ici ou dans le bois, qu'est-ce que ça change ?

C'est sur ce mot qu'ils se couchèrent. Et Bisontin dormit d'un bloc sur cette paillasse, dans cette chambre où tous les hommes s'étaient allongés côte à côte. Lorsqu'il s'éveilla, les toutes premières lueurs se devinaient déjà derrière la vitre. Il secoua Pierre et ils bondirent après avoir réveillé les autres. Ils étaient en retard, mais le compagnon en fut heureux en pensant qu'il n'aurait pas le temps de s'attarder sur le chantier. En effet, il ne put que saluer en hâte les deux charpentiers et l'apprenti. Maître Jotterand plaisanta en demandant si les lits étaient trop douillets. Il avait déjà attelé sa jument. Pierre et Bisontin attelèrent leurs bêtes au trinqueballe qu'ils avaient à monter en forêt, puis ils repartirent en direction de la maison où Marie, le forgeron et les enfants attendaient près des chars attelés. On avait mis au trinqueballe vide les deux juments habituées à cheminer ensemble. Bovard était au char bâché et le cheval du forgeron à un char chargé de paille et de foin. Il y eut le moment pénible des adieux que Bisontin égaya en disant :

— Et n'oubliez pas que vous avez une bête à l'écurie, si vous voulez venir nous voir. Ça peut vous être utile, alors pensez de lui donner du foin de temps à autre.

Il les pressa pour éviter les larmes, mais lui-même avait le cœur un peu serré. Il eut encore un regard pour le lac. Sur la droite, une ombre à peine bleutée laissait deviner les montagnes pareilles à des nuages un peu lourds et plus lointains que la brume de lumière qui remuait à peine. Devant cette brume, l'horizon rectiligne du lac sombre dont l'eau s'éclaircissait de reflets en venant vers la rive. Soudain, comme Bisontin montait en voiture à côté du petit Jean qui contemplait sa serpe, un rai de soleil plaqua sur l'eau une fine lame d'argent. Il y eut quelques instants d'une immobilité absolue, puis, très vite, l'ombre qui montait de l'eau oxyda ce métal trop fragile.

Bisontin fit claquer son fouet et, comme le char démarrait, il se pencha pour regarder encore vers la maison. Benoîte et le barbier rentraient, mais Hortense était là, et le compagnon eut l'impression que c'était lui qu'elle regardait. Il fit un geste de la main, elle y répondit d'un même geste et d'un sourire qui paraissait plein de mélancolie.

TROISIÈME PARTIE

LE FOU MERVEILLEUX

24

Samuel Jotterand les accompagna jusqu'à ses bois. C'étaient des futaies en dévers où cohabitaient le chêne et le foyard. Elles occupaient un vallon appelé Combe Dufour dont le point le plus bas était une pâture entourée de haies portant des nids comme de gros fruits noirs. En bordure de ce pré, à demi engagée sous une lisière épaisse où dominait le noisetier, une petite pièce d'eau semblait un éclat de ciel enchâssé dans une couronne de joncs. Un mauvais chemin grimpait en remontant le cours du ruisseau qui alimentait cette gouille. On atteignait ensuite la partie basse du bois qui avait été coupée à blanc depuis peu. Sous la neige très mince et qui avait fondu par places, on voyait se dessiner en noir l'emplacement des meules de charbonniers. Cet espace traversé, le bois reprenait, avec du taillis serré et déjà haut sous les grands arbres. Le chemin serpentait un peu et grimpait encore, tout raviné par les eaux, avant de déboucher au grand jour d'une large clairière à plat. C'est là qu'avait été dressée une solide bâtisse de rondins couverte de fougère et de genêt. La source jaillissait de terre au pied d'une roche moussue. L'eau claire et vigoureuse marquait un temps de repos dans un creux de calcaire à peine plus grand qu'une tête de cheval et qui en avait un peu la forme.

— C'est juste pour qu'on puisse boire et puiser pour la soupe, dit Maître Jotterand. Pour les bêtes et la lessive, il y a la gouille du bas.

Il expliqua qu'il avait acheté cette forêt un an plus tôt et qu'il entendait couper ce qui pouvait faire du bois d'œuvre et laisser des baliveaux pour une prochaine futaie.

Tandis que Marie et les petits entraient dans la partie de la cabane réservée à l'habitat des gens, les hommes bouchonnaient les bêtes et les conduisaient à l'écurie.

— Nous avons bien marché, dit le Vaudois en tirant de son gousset une grosse montre d'argent. Presque quatre lieues en un peu plus de trois heures, avec la montée...

L'écurie tenait la moitié de la bâtisse, côté est, et la partie qui donnait au nord était réservée au fourrage.

— Voilà qui a été bien conçu, observa le forgeron.

— Et mieux que vous ne croyez, dit Maître Jotterand. Parce que sur ce flanc nord, il y a un décrochement qui est également empli de paille. Si bien que la partie où vous logerez est protégée des vents les plus froids. Vous savez, ces charbonniers sont des gens qui savent se mettre à l'aise.

— Et la charpente n'est pas mal faite, observa Bisontin.

— Oui, dit Maître Jotterand avec un peu de colère dans la voix. Mais nos forêts vont disparaître si les gens au pouvoir ne prennent pas des mesures de défense. Entre les charbonniers, les chaufourniers, les verriers et les ferriers, c'est la grande destruction. Et c'est pourquoi je veux que mon bois soit exploité en pensant aux charpentiers qui vivront après moi. Je n'ai pas d'enfants, mais je ne veux pas vivre en égoïste comme c'est la mode de nos jours. Je me bats au conseil pour qu'on préserve nos forêts et pour qu'on interdise les coupes blanches.

Les bêtes rentrées, ils déchargèrent le foin et rejoignirent Marie. Les deux petits étaient déjà vers la source que le grand soleil faisait miroiter. Les hommes admirèrent l'aménagement intérieur qui avait été prévu pour le couchage de huit personnes sur des claies de branchage appuyées à la cloison donnant sur l'écurie et superposées deux par deux.

— Les lourds en bas et les plus légers en haut, dit en riant le forgeron. Heureusement que je suis lourd.

— Mais petit Jean a déjà grimpé, dit Marie qui se tenait dans l'angle, à droite de la porte, où le feu ronflait dans l'âtre bâti de larges dalles.

— Ils ont vraiment pensé à tout, remarqua Pierre. L'écurie d'un côté, la paille sur un autre, et le feu dans l'angle opposé, on doit pouvoir tenir tête au froid.

Ils prirent place autour d'une longue table faite de troncs refendus et posés sur des pieux plantés en terre. Les bancs aussi étaient fichés au sol et Bisontin dit en riant :

— Au moins, on ne risque pas de se lancer les meubles à la tête !

— La seule chose qui manque, remarqua Marie, c'est une fenêtre.

— Que voulez-vous, dit Maître Jotterand, les charbonniers sortent à l'aube et ils rentrent à nuit close.

— Et nous allons faire comme eux, dit le compagnon, alors...

Ils mangèrent leur soupe et des raves tout en parlant du travail, de la forêt, de la bonne lune pour couper et de l'endroit où il faudrait descendre les bois. Petit Jean avait posé sur la table, à côté de son écuelle, la serpe légère et bien affûtée que Bisontin lui avait donnée.

— Toi, lui dit Maître Jotterand, je crois bien que tu vas gagner plus d'argent que les autres. Si ton oncle Pierre veut te les descendre à Morges avec un char, tu pourras vendre les fagots à ton compte. Je te fais cadeau de tout le branchage.

L'enfant les regardait, l'œil émerveillé, pas certain encore d'avoir bien compris.

— Tu ne remercies pas ? fit Marie.

Petit Jean remercia, et Maître Jotterand leva sa grosse main, l'index pointé vers le toit.

— Mais attention, fit-il en grossissant sa voix. Je veux que tu me laisses une coupe aussi nette que cette table.

Et il posa sa paume rageuse sur le bois. Le petit fit oui de la tête, mais avec un peu d'inquiétude et Bisontin s'empressa de dire :

— Nous y veillerons, Maître Jotterand. Mais n'oubliez pas que ce garçon est né en plein cœur d'une forêt grande comme la moitié du Pays de Vaud. Le bois, c'est sa nature !

Comme il disait cela, son regard se porta vers Marie dont le visage s'était assombri. La jeune femme posa sa main sur la nuque de petit Jean et dit d'une voix qui témoignait d'une profonde émotion :

— C'est vrai. Mais quand la reverrons-nous, notre belle forêt de Chaux ?

Ils parlèrent un peu de la Comté et Maître Jotterand, qui devait leur monter des vivres une fois la semaine, promit d'apporter aussi des gazettes s'il en trouvait qui donnent des nouvelles de la guerre.

Ils passèrent l'après-midi à repérer quelques arbres que le charpentier de Morges voulait voir abattus en priorité, et, dès l'aube du lendemain, le vieil homme attela sa jument et reprit le chemin de la cité. Après qu'il eut disparu dans la descente, les autres se regardèrent un moment en silence, comme si la forêt qui les entourait les eût soudain pétrifiés. Tout était immobile dans le froid de l'aube, sauf la source qui chantait en dégageant un peu de vapeur à peine visible. Ils étaient là, à se regarder, et Bisontin cherchait en vain le mot qui les détendrait. Et ce fut Jean qui vint les tirer du silence. Il sortit de la cabane tenant bien en main sa petite serpe.

— Alors, demanda-t-il avec un grand sérieux, est-ce qu'on va bientôt attaquer ce travail ?

Ils se mirent tous à rire et Pierre dit :

— Tu as raison, faut pas laisser rouiller les outils.

Et la vie s'organisa au creux de cette combe un peu triste mais qui protégeait bien des vents. Petit Jean avait voulu la couchette au-dessus de celle qu'occupait Bisontin. La complicité entre eux deux se faisait chaque jour plus étroite, et pourtant, au travail, c'était avec le forgeron que l'enfant faisait équipe. Mais souvent, le compagnon et Pierre se regardaient en riant. Car le vieux qui s'était pris d'affection pour l'enfant se comportait avec lui comme l'eût fait un gamin. Et c'était sans cesse entre eux de ces petites querelles qui sont la preuve d'un grand amour.

Pierre et Bisontin s'entendaient à merveille. Car tous deux connaissaient le bois, mais chacun à sa façon. L'un savait tous les secrets de la forêt, l'autre ceux du bois dans sa deuxième vie qui commence au moment où on le coupe. Chacun ayant beaucoup à apprendre de l'autre et tous deux étant avides de connaître, les heures passaient vite. Au travail comme durant les repas et la veillée, le temps se trouvait toujours bien rempli.

Marie s'occupait des bêtes et de la maison. Et, dans l'après-midi, elle les rejoignait au bois avec la petite Léontine. Marie aussi fagotait, habituée de longtemps aux besognes dures.

Bisontin l'observait souvent, admirant qu'elle eût tant de force sous son apparence de fragilité. Mais il restait en elle une grande tristesse qui ternissait son regard brun.

Un jour qu'ils étaient tous à ébrancher et à mettre en agglon un large pan de taillis abattu la veille, elle s'approcha du compagnon qui comprit qu'elle avait quelque chose à lui demander. Il coula entre eux un long moment de silence qu'il ne voulut pas rompre le premier. Enfin, après avoir plusieurs fois toussé, Marie regarda vers le haut de la combe et demanda :

— Vous qui avez tant fait de chemin, dans votre vie, en prenant par les bois, La Vieille Loye, ça peut être à combien d'ici ?

Bisontin planta sa serpe dans un tronc, se redressa les poings sur les hanches et se tourna vers Marie qui était là, comme prise en faute, à regarder tantôt le haut de la combe tantôt les branchages et la pointe de ses sabots.

— Dites donc, fit le compagnon, est-ce que vous voudriez me regarder en face ?

Elle leva ses yeux qui luisaient un peu trop. Bisontin redouta de l'avoir blessée et, adoucissant sa voix, il reprit :

— Voyons, petite Marie, est-ce que vous êtes si malheureuse, avec nous ? Enfin, vous n'y pensez pas sérieusement ! Mais nous sommes à des journées de marche. Et sans suivre les routes, c'est un trajet impossible. Vous tomberiez vingt fois sur des falaises ou des rivières.

Il y avait tant de détresse dans le regard de la jeune femme que Bisontin eût aimé la prendre par les épaules et la secouer pour la ramener à la joie. Il eût aimé trouver des mots pour faire éclater son rire. Il ne l'avait pas vue rire bien souvent, mais il l'avait aimée ainsi, avec une belle lumière dans son regard et sur son visage.

— Voyons, Marie, dit-il encore. Et vos petits ?... Et les risques qu'il y a là-bas ! Et tout ce chemin si pénible pour venir jusqu'ici !

Elle eut un pauvre sourire, puis son front se plissa soudain et son visage se rembrunit tandis qu'elle demandait tout bas :

— Surtout, ne dites rien à mon frère.

— C'est promis. Mais il faut me promettre de penser un peu moins à votre passé. Vous n'avez pas des yeux qui sont faits pour tant de larmes.

Il voulut poser sa main sur son épaule, mais elle se recula d'un pas et se remit à la besogne.

Bisontin n'en parlait jamais, mais lui aussi pensait à la Comté. Certainement pas comme le faisait Marie qui venait de quitter sa terre pour la première fois, mais tout de même avec un pincement au cœur.

Et il pensait aussi à Hortense. Trop souvent, peut-être, mais toujours avec assez de lucidité pour se répéter :

« Ce n'est pas une femme comme les autres. Et puis, après ce qu'elle a enduré... »

Et souvent il riait de lui en ajoutant :

« De toute manière, Bisontin, ce n'est pas une personne de ton monde, alors, ne fais pas comme celui qui veut bâtir une cathédrale quand il n'a de matériaux que pour monter une hutte. »

25

Par un après-midi de grand gel, Marie glissa sur une souche et tomba en se foulant la cheville. Ils durent la descendre et l'installer sur sa couchette.

— Ce qu'il faudrait trouver, dit le forgeron, c'est un bon rebouteux.

Marie immobilisée regardait sa cheville violacée et enflée. Bisontin lui tailla une béquille pour lui permettre de se déplacer dans la cabane et de faire la soupe. Deux jours plus tard, comme son pied et sa jambe jusqu'au genou étaient douloureux, le compagnon décida de descendre jusqu'au chalet le plus proche pour s'enquérir d'un rebouteux. Le fromager qui avait une bonne face rougeaude et de gros yeux ronds lui dit :

— Pas de rebouteux par ici, mais j'ai encore des choux, je t'en donne un. Tu lui fais un cataplasme, et ça lèvera l'enflure.

Tandis que l'homme lui vendait du fromage, Bisontin jeta un œil dans l'étable où, à côté des vaches, il découvrit une dizaine de chèvres. Il se souvint que Marie parlait souvent des deux qu'elle possédait à La Vieille Loye. Elle se demandait toujours si ces pauvres bêtes avaient été emmenées par les Français ou si elles étaient mortes dans l'incendie. Il revint vers le fromager et lui dit en riant :

— Ton chou, c'est sûrement une bonne chose, mais, à ton avis, est-ce que celui qui a le chou ne devrait pas aussi avoir la chèvre ?

L'homme fit une curieuse grimace, se passa la main sur le menton et finit par demander :

— Qu'est-ce que tu veux dire par là ?

— Je veux dire que si je remontais avec une chèvre, notre malade serait tellement heureuse que je crois bien qu'elle s'en trouverait à moitié guérie.

Il raconta l'incendie du village et les regrets de Marie. Il parla des enfants et l'homme qui était un bon grand gaillard se laissa attendrir. Ils convinrent d'un prix pour la bête et sa chaîne et Bisontin remonta tout heureux de la joie qu'il allait donner. Lorsqu'il arriva, Marie était seule avec la petite Léontine qui se tenait assise sur la dalle de l'âtre à bercer une poupée de tissu que sa mère lui avait faite avec un vieux châle. Le compagnon ouvrit la porte et poussa devant lui la chèvre que le feu effrayait. La petite ne fut nullement étonnée, mais Marie resta bouche bée tandis que, un peu troublé, le compagnon disait :

— Je vous ai amené de la compagnie.

— Mais, où avez-vous trouvé ça ?

— Je ne l'ai pas trouvée, c'est un cadeau que je vous fais... Pour vous aider à guérir.

Comme la bête remuait fort, il dut la conduire à l'écurie. Lorsqu'il revint, Marie était assise sur le bord de sa couchette. Il alla se planter devant elle, maladroit et cherchant quelque chose à dire. Ils étaient là, tous les deux, aussi gauches l'un que l'autre. Et pourtant, Bisontin avait en lui une voix qui disait : « Tu as l'air malin. Toi qui as tant de gueule, qu'est-ce que tu fous comme ça, à ne pas trouver quoi dire ? »

Il sortit le chou de son sac et expliqua qu'il allait broyer des feuilles pour en faire un cataplasme. Et il prépara tout, sous le regard toujours un peu étonné de la jeune femme. Lorsqu'il eut enveloppé la cheville malade, il se releva et murmura :

— Eh bien voilà. Je m'en vais rejoindre les autres.

Il avait déjà fait deux pas en direction de la porte, lorsque Marie lança d'une voix qu'il ne lui connaissait pas :

— Bisontin... Je voudrais vous dire merci.

Il se retourna et vit qu'elle se levait en s'aidant de sa béquille. Il s'approcha et dit :

— Faites attention.

— Est-ce que je peux vous embrasser ? demanda Marie.

Il se pencha. Elle lui baisa les joues et recula alors qu'il essayait de l'attirer contre lui. Elle rougit et dit :

— Vous devriez vous faire la barbe plus souvent.

— Excusez-moi, dit-il.

Elle se rassit sur sa couchette. Il y eut encore un moment de gêne, puis ils se mirent à rire tous les deux parce que Léontine, une bûche sous l'aisselle, s'était mise à clopiner autour de la table en criant :

— Ouille ! Ma cheville ! Ouille ! Ma cheville !

Bisontin enleva l'enfant d'un grand geste et l'embrassa en la traitant de chipie.

— Si tu es sage, avec ta maman malade, je te sculpterai une vraie poupée.

L'enfant retourna près du feu où le compagnon remit du bois et, comme il revenait vers Marie, la jeune femme demanda, d'un ton où perçait un peu d'inquiétude :

— Vous vous souvenez, Mathieu Guyon ?

— Oui, le charretier d'Aiglepierre. Bien sûr.

Elle hésita, puis, plus bas :

— Eh bien, il ne venait pas de La Vieille Loye avec nous.

— Je m'en doutais, dit le compagnon. Les enfants n'en parlent jamais. Je savais bien qu'il n'était pas des vôtres... Alors, d'où il venait, ce foutu gaillard ?

Marie semblait troublée. Peut-être regrettait-elle d'avoir parlé. Comme Bisontin s'avançait davantage, baissant encore la voix elle dit très vite :

— Enterreur aux loges de Salins... Voilà... Fallait que je le dise.

Bisontin l'écouta raconter comment cet homme les avait renseignés puis rejoints et, lorsqu'elle eut terminé, il soupira :

— Je suis persuadé qu'il nous a quittés parce qu'il avait peur de nous donner le mal.

— Alors, demanda Marie, pourquoi il était venu ?

Le compagnon revit le regard franc du charretier. Il se souvint aussi qu'à deux reprises cet homme avait voulu lui faire des confidences et qu'il l'en avait empêché sans se douter qu'il s'agissait de cela. Non. Sur le moment, Bisontin avait pensé à quelque chose de secret entre Guyon et Marie. Il dit :

— Vous savez, nous pouvons tous connaître un moment de faiblesse et nous reprendre ensuite... Pour lui, ça doit être quelque chose comme ça. J'espère seulement qu'il n'est pas retourné aux loges. C'est trop stupide de cavaler après la mort. Elle vient toujours assez vite.

Bisontin se détourna, marcha jusqu'à la table. En lui, une voix chargée de rire disait : « Celui-là, si un jour je le retrouve, je me débrouillerai pour qu'il y ait quelque chose de fameux à se faire couler dans le gosier. » Il fut un moment avec cette idée de lumière, mais quelque chose lui soufflait que le charretier d'Aiglepierre s'en était allé vers la mort. « Quelle idée, de repartir vers la nuit quand on a pris la route de l'aube ? »

Il se retourna vers Marie et lui dit :

— Quand on a un secret, c'est dur de le garder pour soi tout seul, n'est-ce pas ?

Marie parut un peu gênée et Bisontin se hâta d'ajouter :

— Si on aime bien une personne, on a envie de tout lui dire. De tout partager avec elle. Alors moi, je vais aussi vous confier un secret... Vous savez, le Manet, eh bien c'est moi qui l'ai fait partir.

Il raconta ce qui s'était passé durant la nuit, entre le gros homme et lui, puis il dit, en faisant effort pour que les mots ne lui restent pas en travers de la glotte :

— Vous voyez, le Manet, en quelque sorte, c'est moi qui l'ai tué.

Un temps passa avec le crépitement du feu et le chantonnement de la petite qui s'était remise à bercer sa poupée, puis Bisontin murmura :

— Fallait que je le dise, mais ça ne pouvait être qu'à vous. Rien qu'à vous, petite Marie.

26

Les quatre hommes continuèrent le travail du bois. Il fallait dire « les quatre hommes » depuis que Bisontin avait baptisé petit Jean « Comtois-Terreur-des-Bois ». Et la besogne allait bon train, avec ce temps qui restait au froid sec, avec ces journées courtes mais bien remplies. Pour éviter les pertes de temps, les hommes mangeaient une grosse soupe épaisse en se levant. Ils soignaient les bêtes et partaient dès les premières lueurs. Ils œuvraient tout le jour pour ne rentrer qu'à nuit close. Là, ils faisaient ce que Marie n'avait pas pu faire, puis ils prenaient un repas plus solide et se mettaient au lit, le corps et les membres moulus. A mesure que les troncs étaient nettoyés, ils les descendaient au trinqueballe avec Bovard et le cheval du forgeron, une solide bête de trois ans qui s'appelait Rougein. Les deux faisaient un bon attelage robuste mais assez pondéré pour le sol inégal du sous-bois. Les hommes alignaient les troncs sur l'espace laissé libre par les charbonniers. Quant au branchage, une fois coupé de longueur, ils l'empilaient le long du chemin avec les fagots préparés par Jean et liés par le père Rochat.

Chaque lundi, Maître Jotterand montait. On l'attendait toujours avec impatience, mais, cette semaine, les hommes l'espéraient plus que jamais qui comptaient obtenir de lui l'adresse d'un rebouteux. Et leur attente ne fut pas longue. Le jour n'était guère là que depuis deux petites heures lorsque Jean cria :

— Regardez !... Je vois la charrette.

Tous coururent vers l'avancée de rocher où le garçon était monté. C'était bien l'attelage du charpentier vaudois. Bisontin gronda amicalement :

— Qu'est-ce que tu étais venu faire ici, Comtois-Terreur-des-Bois !

— J'avais entendu le fouet, compagnon, dit fièrement le petit. Sinon, je n'aurais pas quitté ma tâche.

Habituellement, seul Bisontin descendait, mais, comme il allait s'élancer, Pierre observa :

— Il n'est pas seul.

Ils regardèrent mieux, mais le treillis d'arbustes empêchait que l'on reconnût un visage à pareille distance.

— C'est bon, fit Bisontin, je sens bien que la curiosité vous tient. Allons-y tous.

Seul le forgeron resta.

— J'ai de vieilles jambes, dit-il. Si ce visiteur veut me voir, il saura bien où me trouver. Mais je crois bien que ça ne peut être qu'une visiteuse, et si c'est elle, elle ne repartira pas sans m'avoir embrassé.

Bisontin aussi avait pensé à Hortense et il dut se retenir pour ne pas courir comme le fit petit Jean. Il descendit avec Pierre, du même pas que lui, et en se répétant sans cesse : « Pour quelle raison prendrais-tu tes jambes à ton cou pour aller voir une demoiselle d'un autre monde et qui ne t'est rien !

Voyons, Bisontin, ne la regarde pas trop. Tu sais bien que chaque fois ça te fait la même chose que si tu regardais le soleil en face ! »

Ils arrivèrent alors que la voiture s'arrêtait devant l'écurie. Déjà Hortense serrait Jean dans ses bras et ouvrait la porte de la cabane. Maître Jotterand les appela du geste. Il avait le visage tendu et l'œil sombre. Les ayant attirés à l'écart, il dit :

— Laissons-la seule un moment avec Marie et les enfants. Il hésita, et plus bas : Sa tante est enterrée depuis deux jours.

— Bon sang ! souffla Bisontin. La Benoîte d'Eternoz ?

— Oui. Tombée d'un coup. Alors qu'elle venait de se lever. Hortense et le barbier étaient là. Maître Muret l'a tout de suite saignée, mais elle avait déjà tout un côté comme pris par la glace... Cette fille n'a pas versé une larme. Mais je crois que c'est bien pire ! Elle a voulu monter avec moi et je lui ai dit de prendre son bagage. Elle resterait quelques jours, avec Marie et vous autres, ce serait moins dur.

— On la gardera, dit Bisontin qui éprouvait une grande peine et se battait pourtant pour repousser la joie sourde, un peu sauvage qui se dressait en lui à l'idée de retrouver Hortense.

Ils entrèrent. Les deux hommes embrassèrent Hortense dont le visage s'éclaira d'un sourire qui semblait dire : « Merci, vous êtes bons, mais vous ne pouvez rien pour moi. » Elle demanda le forgeron et dit qu'elle allait le retrouver. Ils la laissèrent prendre de l'avance, puis, comme Jotterand voulait voir la coupe, ils montèrent avec lui.

De loin, Bisontin vit le forgeron qui serrait la jeune fille dans ses bras. Et, parce qu'elle avait la tête de plus que le vieil homme, le compagnon dut refouler son envie de rire. Elle les croisa dans le chemin et dit :

— Je vais près de Marie.

Elle avait les yeux rouges et luisants. Maître Jotterand s'arrêta pour reprendre haleine et, la regardant s'éloigner, il dit :

— Vous voyez ce que c'est : devant ce vieux qui l'a vue naître, elle n'a pas pu se retenir de pleurer.

Le forgeron paraissait bouleversé, ils lui serrèrent la main et Bisontin dit :

— C'était pas de votre famille, maréchal, mais tout de même, on comprend, vous savez. On comprend.

Le menton du vieux tremblait, quelques gouttes de sueur coulaient sur son front, il les essuya d'un revers de main et, en même temps, avec pudeur il se frotta les yeux.

— Pauvre Benoîte, fit-il. Elle avait quatre ans de moins que moi.. Est-ce que la petite vous a rapporté la seule chose qu'elle a pu dire avant de s'éteindre ?

Ils firent non de la tête et le vieux ajouta :

— Elle a dit : « Je vais mourir loin de chez nous. » C'est tout ce qu'elle a pu dire. Et sitôt dit « chez nous », elle a passé.

Bisontin tourna la tête pour ne pas voir pleurer le vieillard. D'où ils étaient, la vue s'ouvrait sur un large espace de collines qui descendait en pente douce jusqu'à buter contre un coteau couvert de jeunes chênes qui semblait une bête rousse couchée sur l'horizon. A droite, un minuscule triangle de lumière s'enchâssait entre deux versants. Et Bisontin fut heureux de découvrir ce tout petit tesson de lac.

27

Hortense examinait sans cesse l'intérieur du logis où Bisontin avait aménagé beaucoup de choses qui rappelaient les cabanes construites dans la forêt de Joux. Le compagnon le comprit et devina que la jeune fille revoyait le temps où son oncle et sa tante vivaient encore. Maître Jotterand était parti dans le milieu de l'après-midi et les hommes avaient bricolé à proximité de la clairière pour occuper le reste de jour. A présent que la nuit était là, ils se trouvaient tous autour de la table, à se regarder en silence. Il y eut un moment pénible et Bisontin sentit qu'il devait à tout prix parler, trouver des mots, n'importe lesquels pourvu qu'ils empêchent les pensées d'aller où stagnent les tristesses. Alors, il se mit à faire comme ces vents qui brassent la lumière à la surface des étangs et empêchent le regard de pénétrer les profondeurs d'ombre. Et parce qu'il savait que les étangs s'assombrissent lorsque ces vents-là s'arrêtent de souffler, il parla longtemps. Il raconta leurs travaux, il expliqua la sélection des arbres. Il dit :

— J'ai fait amitié avec ce bois. Les arbres me

connaissent. Ils sont contents lorsqu'ils me voient arriver. Au début, ils avaient peur. A nous voir toujours avec des serpes et des haches, ils se disaient : « Ceux-là vont nous massacrer. » A présent, ils ont compris que je marque tout ce qui mérite de grandir. Ce que l'on abat, ce sont les vilains qui mangeraient la terre des autres. Quant aux plus grands, on les coupe pour leur donner une deuxième vie. Celle qui se passe dans la charpente. Leur paradis, en quelque sorte. Alors que si nous les laissions là, ils finiraient par crever sur pied et par retourner en poussière. Quand je parle aux arbres, des fois, ça fait rigoler Pierre, mais moi, je le fais taire pour écouter ce qu'ils me répondent.

— Moi aussi, intervint petit Jean, je les écoute. Et tu sais, Hortense, je fais des tas de fagots. Et en bois vert. Qui fagote en bois vert se prépare bon hiver, qui fagote en bois mort se prépare des torts.

— Oui, dit Pierre, mais tu devras me payer le voiturage, pour tes fagots, et ça va te coûter cher !

Ils se chamaillèrent un moment et Hortense retrouva le rire. Comme elle s'apprêtait à renouveler le pansement de Marie, Bisontin dit :

— Vous voyez, Marie. La pauvre Benoîte est déjà au ciel. Et c'est elle qui nous envoie de l'aide au moment où nous en avons le plus besoin.

— Ne dites pas une chose pareille, fit Marie. Ça semble entendre que le bon Dieu l'a rappelée parce que nous avions besoin de Mademoiselle Hortense...

La jeune fille ne la laissa pas achever :

— Et alors ? fit-elle. Si c'était vrai, croyez-vous que j'aurais un instant l'idée de vous en vouloir ? S'il a fait cela, c'est qu'il devait le faire. Est-ce que Bisontin ne vient pas de nous dire qu'il abat les vieux arbres pour leur donner leur vie éternelle et pour que les jeunes puissent pousser ? Sans doute le bon Dieu a-t-il évité à ma tante de longues souffrances. La seule chose qui soit triste, dans sa mort, c'est que sa dépouille ne soit pas inhumée en terre comtoise. Mais son âme a déjà rejoint celle de mon oncle dans un monde où il n'y a pas de frontière.

Bisontin admirait le calme d'Hortense. Il l'avait parfois accusée de froideur, mais elle était lucide et solide. Elle était de celles qui savent repousser les larmes amollissantes pour conserver la force de marcher vers la vie. Elle appliqua le chou écrasé sur la cheville meurtrie, enroula le tissu et se redressa en disant :

— Pensez à ma tante dans vos prières. Non point tellement pour elle, mais pour vous. Moi, ce soir, je lui demanderai de vous envoyer très vite ce colporteur rebouteux dont Maître Jotterand nous a parlé.

Et la vie continua, plus facile avec la présence d'Hortense.

— Cette fille sait tout, disait avec admiration le compagnon.

Et le vieux forgeron approuvait, s'arrêtant parfois de travailler le temps de raconter aux autres un souvenir de leur vie au village. Plus personne n'évoquait la mort de Benoîte en présence de la jeune fille, mais, lorsque les hommes étaient au bois, il arrivait souvent au forgeron de dire des choses comme :

— Quand je pense que ni l'échevin ni la pauvre Benoîte n'auront de sépulture dans la terre de leur village, ça me fait mal ! Nous crèverons tous loin de chez nous. Bon Dieu ! La guerre poursuit le monde jusque dans la mort. Non contente de nous prendre la vie, il faut encore qu'elle empoisonne notre repos éternel ! Et ce pauvre barbier, tout seul dans cette maison immense !

Bisontin le laissait dire et le vieux finissait par reprendre sa tâche en bougonnant. Et il le faisait parce que sa vie avait toujours été de labeur et qu'il était naturel que le labeur l'occupât jusqu'à son dernier souffle.

Hortense menait tout dans la cabane et, le travail accompli, elle jouait avec Léontine qu'elle amenait parfois jusque sur le chantier où se tenaient les hommes. Là, avec la petite, elle aidait à tirer le branchage. Et le rire de Léontine s'en allait clair comme une source de printemps dans l'hiver gris de la forêt.

Le temps resta sec et limpide quatre jours encore, puis, un matin, il se couvrit de l'ouest.

— Ça, annonça le forgeron, c'est de la neige pour cette nuit.

Et les premiers flocons se mirent à tomber lentement vers le milieu de l'après-midi. Il n'y avait pas un souffle de vent. La neige tourbillonnait. Elle fut légère d'abord, un moment hésitante, puis le ciel s'ouvrit d'un coup et les hommes durent abandonner leur chantier. Lorsqu'ils atteignirent la clairière tout était déjà blanc et les lointains disparaissaient dans une sorte de lueur grise où les arbres n'étaient plus qu'un rideau mouvant. A la tombée de nuit, lorsque Pierre et Bisontin sortirent pour aller traire la chèvre et soigner les chevaux, la couche atteignait déjà pas loin d'un pied et il faisait dans l'écurie une bonne chaleur.

— Tu vois, observa Pierre, cette chaleur sent l'hiver beaucoup plus que la neige.

Comme il venait de dire cela, il y eut, très lointain, à peine perceptible, le hurlement d'un loup.

— Tu as raison, dit Bisontin, s'ils descendent jusqu'ici, c'est signe que l'hiver revient.

Toute leur veillée fut occupée par des histoires de neige, d'hiver et de loups que chacun raconta. Et Bisontin en avait tant entendu et tant dit avant de se coucher, qu'il crut à un mauvais rêve lorsqu'il fut tiré de son sommeil par la voix d'Hortense :

— Réveillez-vous !.... Mais vous n'entendez donc pas ! Vous n'entendez pas !

Les deux rondins de charme qu'ils avaient mis sur le feu avant de se coucher donnaient encore de belles flammes, et Bisontin en conclut tout de suite qu'ils n'étaient pas endormis depuis plus d'une heure. Déjà Hortense sautait de sa couche. Le forgeron aussi était debout et demandait :

— Mais qu'est-ce qu'il y a ?

— Taisez-vous et écoutez, lança la jeune fille d'une voix dure.

Ils se turent. Ils cessèrent de remuer pour que le bois des couchettes se taise lui aussi. Des cris montaient de la nuit. Une voix frêle de femme ou d'enfant, les aboiements d'un chien et d'autres plus rauques.

— Ce sont les loups, fit le vieux. Il n'y a pas à se tromper. Quelqu'un est attaqué.

Comme les hommes, Hortense s'habillait à la hâte. Marie s'assit sur le bord de sa couchette et supplia :

— Non. Partez pas tous. Me laissez pas.

— Le père Rochat va rester, fit Bisontin.

— Je voudrais bien voir ça, rugit le maréchal. Que risque-t-elle ? Avec la porte fermée !

— Mais vous, vous risquez de vous casser une jambe à courir dans la nuit, fit le compagnon.

— Tu m'emmerdes, cria le vieil homme, je fais ce que je veux !

— Pressons-nous, dit Hortense. Ça va mal !

Elle ouvrit la porte et ils perçurent plus nettement le bruit de la bataille. Une bouffée d'air glacé entra.

— Il ne neige plus, constata Pierre.

— Les torches ! cria Bisontin.

Pierre enfonça dans la braise, deux torches dont la résine se mit tout de suite à pétiller. Pendant ce temps, Hortense allumait deux lanternes. Comme Marie la suppliait de rester, elle lui lança :

— Un peu de courage, Marie ! Pensez à ceux qui sont en danger. Plus nous arriverons nombreux, plus nous aurons de chance de faire fuir les loups.

La petite Léontine n'avait pas bougé, mais Jean se réveilla et sa mère l'attira près d'elle.

— Vous voyez, fit Hortense en sortant, vous avez un homme pour vous garder. Et pas n'importe qui, hein, Comtois-Terreur-des-Bois !

28

Dès qu'ils eurent refermé la porte, malgré les torches et les lanternes, la nuit les empoigna. On la sentait épaisse de ténèbres et de silence. La neige fraîche craquait sous les pas. Elle montait jusqu'aux genoux et rendait la marche pénible. Ils n'avaient pas pris le temps de s'envelopper les jambes, et Bisontin sentit tout de suite l'eau ruisseler à l'intérieur de ses brodequins. Dès les premiers pas, l'intervalle se creusa entre le forgeron et les trois jeunes qui filaient plus vite que lui. Le compagnon se retourna pour lui crier :

— Remontez, maréchal. C'est pas de votre âge !

Il ne comprit pas la réponse, mais il vit à la lueur de sa lanterne que le vieil homme s'obstinait. Le compagnon ouvrait la trace, levant haut ses longues jambes. Il brandissait une torche de la main gauche et, de la main droite, l'une des piques qu'ils avaient fabriquées dans la forêt de Joux, précisément pour se défendre des loups. Pierre portait une lanterne et sa hache à long manche. Hortense tenait l'autre torche et une hachette de charpentier.

Le chien lançait des cris terribles. Sans doute

était-il blessé. Il y eut aussi plusieurs hennissements, et toujours ces hurlements stridents d'une voix fragile.

— Il y a un bébé, cria Hortense.

En effet, une autre voix s'entendait qui ne pouvait être que celle d'un tout petit enfant.

Plusieurs fois, ils manquèrent de tomber, mais il semblait que quelque chose les aidait dans cette nuit, qu'une force née de la forêt et de l'hiver les poussait dans cette descente. Bientôt, une voix d'homme monta parmi les cris :

— Ici... Vite. Vite !

Et ils aperçurent la flamme d'un lumignon tremblotant. Ils dévalèrent plus rapidement encore pour déboucher sur le grand chemin, à vingt pas peut-être de l'endroit où se jouait le drame. Dans la pauvre lueur d'une lanterne de voiture, Bisontin aperçut des ombres qui se démenaient. Et comme la clarté de sa torche approchait, il vit nettement trois gros loups bondir et disparaître dans les buissons. Il en devina d'autres qui filaient derrière les arbres. Un homme était adossé à une voiture légère. Sa main droite tenait le reste d'un fouet cassé, l'autre était crispée à la bride d'une jument qu'il tentait de calmer. Bisontin fonça vers les buissons où les loups s'étaient enfoncés, mais trop tard, sa pique se planta dans la neige qui portait la trace fraîche des pattes aux ongles longs.

— Il y avait un vieux mâle, deux louvards et une femelle, observa Pierre qui savait lire d'un coup d'œil les moindres traces de la forêt.

Hortense était vers l'homme.

— Venez tenir cette bête, lança-t-elle. Les loups ne vous ont pas attendus.

Pierre s'occupa de la jument à laquelle l'inconnu

parlait en l'appelant Bergère. L'homme, qui était de petite taille et assez mince, avait un visage maigre, envahi de barbe, et des yeux clairs qui luisaient étrangement dans la lueur des torches. Dès qu'il put lâcher sa jument, il se précipita vers le chien qui se traînait sur trois pattes en laissant derrière lui une traînée de sang.

— Mon beau Loyal, dit l'homme, tu nous a sauvés... Mon tout beau.... Je te guérirai.

A présent qu'il parlait bas, sa voix grave avait des intonations chaudes. Elle semblait venir du fond d'un gouffre aux échos très doux. Hortense s'était hissée sur la limonière et parlait vers l'intérieur de la voiture.

— C'est fini, calmez-vous. C'est fini, disait-elle.

Des voix sanglotaient. L'inconnu prit son chien dans ses bras et le hissa dans la voiture dont Hortense descendit pour permettre aux hommes d'atteler. A bout de souffle, le père Rochat arrivait. Descendant de voiture, l'homme dit en le voyant :

— Mon Dieu, que d'ennuis je vous cause, mes pauvres gens !

— Vous n'êtes pas blessé ? demanda Bisontin.

— Non, mais il était temps. Heureusement que ce pauvre chien s'est battu et que ma lanterne était allumée... Je n'avais jamais vu de loups vivants d'aussi près, mais c'est terrible. Le plus gros avait une crinière énorme et toute hérissée.

— Montez dans votre voiture, dit Pierre. Je m'occupe de la bête.

— Mais non, s'il faut pousser.

— Montez, ordonna Bisontin, vous êtes épuisé.

— Et faites vite, lança Pierre. Votre jument aussi est blessée.

— Pauvre bête, fit l'homme en se hissant vers

l'intérieur, c'est à elle qu'ils s'en sont pris avant que le chien ne descende pour la défendre.

Pierre fit tirer. Bisontin partit devant avec la torche et Hortense demeura derrière, près du forgeron qui s'était assis au cul du char.

A cause de la neige, ils eurent du mal et durent à plusieurs reprises pousser aux roues. Le père Rochat dut descendre et l'inconnu aussi.

— J'irais bien chercher un cheval de renfort, dit Pierre, mais, le temps de monter et redescendre, nous y serons.

Ils y furent assez vite, en effet. Et, une fois devant la cabane, l'homme examina sa jument à la lueur d'une lanterne que Pierre approchait.

— Ça n'est pas très grave, dit-il.

— On va la mettre à l'écurie.

— Vous avez des chevaux ?

— Oui.

— Détachez un mâle. Il passera sa nuit à la lécher et demain elle ira déjà mieux.

Pierre emmena la jument, tandis que les autres faisaient entrer l'inconnu qui venait de prendre dans sa voiture un bébé en pleurs. Une fille d'une quinzaine d'années était descendue qui s'agrippait à sa houppelande. Bisontin prit le chien et Hortense une enfant qui pouvait avoir trois ans et paraissait totalement paralysée par la peur.

Marie se tenait debout près du feu où elle avait posé un fagot. De hautes flammes illuminaient tout l'intérieur de la cabane. Voyant la béquille sur laquelle Marie s'appuyait, l'homme demanda :

— Vous êtes blessée ?

Ce fut Bisontin qui répondit :

— Oui, elle s'est tordu la cheville.

— Nous verrons ça. Recouchez-vous, petite femme.

Marie gagna sa couchette. L'homme s'assit devant le feu et se mit à bercer le bébé en disant de sa voix qui chantait les mots et les enveloppait d'une musique douce comme du velours :

— Tout doux, enfant... Richesse du monde. Trésor de vie. Merveille des merveilles... Tout doux, mon ami, nous allons dormir...

Comme l'enfant se calmait, l'homme s'approcha de Marie et le lui donna en disant :

— Tenez, vous êtes une maman sans doute. Tenez-le. Comme toutes les mamans vous vous sentez la mère de tous les petits qui ont soif d'amour.

Il lui tendit le bébé qu'elle reçut avec douceur et se mit à bercer en faisant « mhumu, mhumu » sur le rythme qu'avait indiqué l'inconnu.

Hortense avait installé l'autre enfant à côté de Léontine. L'homme alla se planter devant la couchette, il leva ses mains blanches et maigres qui étaient comme deux longues feuilles souples habitées de vent, et il dit :

— Seigneur, que c'est beau, une nichée de vie ! Et dire que des hommes tuent les enfants d'autres hommes ! Et dire que des femmes laissent mourir de faim les petits d'autres femmes !

Jamais Bisontin n'avait entendu pareille voix ni pareil langage. Et pourtant, il retrouvait l'accent comtois et il lui semblait que les mots avaient une couleur, une sonorité qui ne lui étaient pas inconnues. L'homme dit encore :

— Seigneur ! Où est donc votre douleur ? Où est donc l'empreinte de votre long calvaire dans ce monde de haine et de rage ?

La fille d'une quinzaine d'années n'avait pas lâché l'espèce de cape grise qu'il portait. Il enleva ce vêtement et le donna à cette fille en lui disant :

— Voyons, petite Claudia, oiseau blessé, tu ne crains plus rien, à présent. Laisse-moi m'occuper de ce pauvre Loyal.

Les yeux clairs de cet homme brillaient. Il eut un geste très doux pour obliger la fille à s'asseoir, puis il s'avança vers le forgeron et Bisontin qui avaient allongé le chien devant l'âtre et l'examinaient. L'inconnu s'agenouilla comme eux et dit :

— Pourrais-je avoir un peu d'eau tiède ?

Hortense alla puiser dans la marmite à pieds que l'on tenait toujours pleine à côté du foyer, tandis que l'homme demandait à Pierre qui rentrait de l'accompagner avec la lanterne jusqu'à sa voiture. Il en revint avec une sacoche de toile d'où il tira de la charpie, une bande de tissu blanc et une fiole de verre contenant un liquide où la lueur du feu alluma un éclat bleuté. Il se mit à laver les plaies du chien qui gémissait doucement. Il lui parlait comme il avait parlé au bébé :

— Tout doux, mon beau... Tout doux, mon Loyal... Tu es un brave... un courageux... Tu as sauvé notre jument... Tu nous a tous sauvés. Oui, mon beau Loyal... Moi aussi, je te sauverai.

Il se redressa et, comme s'il eût redouté d'être entendu par son patient, il dit à voix basse :

— Il a la patte brisée. Les os sortent de la peau. Je vais faire un pansement, mais demain, je serai peut-être obligé de l'amputer.

Il mêla une pommade blanche à des cendres tièdes, ajouta un peu d'eau, mit le tout dans un linge qu'il appliqua sur la patte brisée. Et, autour de tout cela, il enroula une bande de tissu.

— Tu vas venir avec moi, dans la voiture.

— Mais non, dit Bisontin, vous allez rester là. On va s'arranger.

— Non, non, dit l'homme. Tout est arrangé. Je vous laisserai seulement les enfants. Nous parlerons demain.

Comme il se levait avec son chien dans ses bras, la fille aux yeux noirs qui s'était tenue recroquevillée dans l'encoignure se précipita en disant :

— Je vais avec vous...

— Mais oui, fit-il. Bien sûr que tu viens. Ne sois pas effrayée... Mon Dieu, petite Claudia, tu sais bien que je ne te laisserai pas !

L'homme avait parlé avec tant d'autorité lorsqu'il avait manifesté le désir de regagner sa voiture, que personne n'avait osé intervenir. Mais là, Hortense dit :

— Jamais nous ne vous laisserons coucher dehors. Nous allons mettre les petits ensemble, moi je...

Pierre l'interrompit :

— Je vais aller à l'écurie. De toute façon, je voulais y aller. Je n'aime pas laisser seules des bêtes détachées et qui ne se connaissent pas.

Bisontin proposa d'accompagner Pierre, mais le garçon refusa, avec sa fermeté calme qui en imposait. Il souriait, et tout paraissait naturel. On répartit les couchettes et on vit que tout irait bien. L'homme dit qu'il acceptait, remercia, puis, se ravisant soudain, il s'exclama :

— Ah, Seigneur, ou ai-je la tête ! J'allais oublier cette pauvre cheville. Quel mauvais médecin je suis donc devenu !

Il reposa doucement son chien devant le foyer, puis, s'approchant de Marie, il lui reprit le bébé qu'il alla coucher avec les autres enfants.

— A présent, il dort bien, fit-il. La nichée tout entière s'est embarquée pour le pays des rêves d'enfants où il n'y a que des couleurs de soleil.

Il regarda petit Jean sur la couchette du bout qui s'était rendormi lui aussi.

Il revint et mit un genou à terre devant Marie. Montrant son autre genou, il dit :

— Posez votre pied là, bien droit. Voilà. Qu'on enlève cette bande qui est trop serrée. A-t-on besoin d'une bande pour être couchée ? Bien sûr que non !

Avec des gestes d'une extrême rapidité, mais aussi d'une grande précision, il déroula la bande qu'il posa sur la couche. Ses mains souples se mirent à palper la cheville, à l'envelopper, à voler autour, à caresser le pied et le mollet. Son pouce toucha un point précis et il dit :

— C'est là, n'est-ce pas ?

Il appuya un peu et Marie dut sentir le début de la douleur. Elle fit :

— Oui... Oui !

Elle essayait de retirer son pied lorsque l'homme empoigna sa cheville à deux mains.

— Non. Ne bougez pas. Vous n'aurez pas mal, vous verrez. Pas mal du tout.

Il changea de position, se tournant de trois quarts et posant ses deux genoux au sol. Sa main droite empoigna la cheville, le pouce posé sur l'endroit exact de la douleur, et sa main gauche prit la pointe du pied. Comme il avait fait pour le bébé et le chien, il dit :

— Tout doux... Tout doux, ma petite... Bien souple. Laissez-vous aller. Laissez... Laissez...

Marie se cramponnait des deux mains au rebord de la couchette. A mesure, son buste se tassait, ses mains se desserraient. L'homme fit tourner le pied deux ou trois fois et, à la fin, une fois plus amplement tandis que son pouce droit appuyait au point douloureux. L'homme lâcha la cheville et se redressa en disant :

— Posez le pied par terre.

Elle obéit. Elle fit un pas et dit :

— Je n'ai plus mal.

— Eh bien, dormez, chère petite, dit l'homme. Et demain matin, vous serez tout à fait remise.

Il alla prendre son chien et il le déposa sur la couchette où Hortense venait d'installer la fille au regard d'oiseau.

Il dit doucement :

— Tu vois, petite Claudia, avec Loyal, tu ne risques rien. Et moi, je serai là. Juste en dessous de toi. Et tu verras, demain matin, il y aura un grand soleil sur la neige. Un bel hiver de lumière pareil à ceux de ton pays.

29

Dès l'instant où cet homme avait levé les yeux sur lui, Bisontin s'était trouvé prisonnier de son regard, et c'était une chose qu'il n'aimait pas. Sans se l'être jamais avoué franchement, depuis qu'ils avaient quitté Chapois, il s'était souvent senti dominé par Hortense lorsque la jeune fille le fixait de son œil autoritaire, un peu dur et fier comme celui de certains rapaces. Mais c'était Hortense, avec tout le charme qui émanait de sa force, avec aussi cette beauté rude qui vous séduisait malgré vous. Mais cet inconnu avait un regard d'une curieuse transparence. Non point sans parenté avec celui d'Hortense, mais parent comme l'aube peut l'être du crépuscule du soir. Avec des nuances indéfinissables mais assez sensibles pour qu'on ne s'y méprenne point. La transparence des yeux d'Hortense ouvrait toujours sur quelque chose de parfaitement net. Colère ou amitié, joie ou tristesse. La transparence de cet homme semblait aller jusqu'à ces profondeurs où rien n'a plus ni forme ni couleur bien précises. Il faut dire que dans ses yeux, en moins de deux heures, Bisontin avait surtout vu se refléter les torches et le feu de bois. Et la peur aussi, et quelque chose encore qui tenait à la fois d'une terrible douleur et d'un immense amour. Les lueurs du foyer, lorsqu'elles miroitaient dans ce regard, faisaient penser un peu aux feux du soir quand les filtre la brume du lac. Le visage de cet homme était mince, mais pas anguleux, avec un long nez en bec d'aigle qui ne lui donnait aucune dureté. Lorsqu'il s'était débarrassé de l'espèce de bonnet poilu qui couvrait son front et ses oreilles, il avait libéré des cheveux blonds semés de fils blancs qui s'étaient dressés en ondulant, comme si un vent venu de son crâne les eût chassés vers le ciel.

A présent, c'était le silence. Un silence qu'emplissait encore le souvenir d'un grand bouleversement. Le feu n'était plus qu'une javelle fragile de tisons ténus qui se rompaient sous le poids d'une souche pas encore enflammée. Des braises éclataient parfois, libérant de minuscules flammèches qui montaient droit vers le large conduit de rondins noircis. Quelques étincelles giclaient jusque sous la table où elles mouraient lentement, laissant un flocon gris sur la terre battue.

Une espèce de vide curieux habitait cette pièce où vivaient pourtant cinq adultes et... quatre enfants. Bisontin avait hésité dans sa pensée, car il y avait cette fille sans âge avec ses yeux d'oiseau effrayé.

Qui pouvait être cet homme qui avait seulement dit :

— Je suis comtois comme vous... Nous parlerons demain.

Dehors, le silence de la neige pesait. Il entrait jusque-là. Il vous enveloppait, vous incitait à vous recroqueviller puis vous poussait vers un sommeil frileux.

Le lendemain matin, Bisontin fut debout le premier. Il tisonna les braises et y posa un fagot qui hésita un peu, fuma, craqua et s'enflamma d'un coup. Le forgeron et l'inconnu se levèrent, puis Hortense. Lorsque Marie s'assit sur le bord de sa couchette, tous la regardèrent. Comme elle hésitait à poser le pied par terre, l'homme alla examiner sa cheville. Il dit :

— Plus d'enflure, vous pouvez marcher sans trop forcer. Dans deux jours, il n'y paraîtra plus.

Marie se leva, sourit et marcha jusqu'au foyer.

— Je n'ai plus rien, fit-elle. Merci...

— Voyons, dit l'homme en les regardant tous, mais qui donc doit remercier ? Vous nous avez sauvés.

Il s'approcha de la couchette où dormait la fille oiseau effrayé, il caressa son chien qui n'avait pas bougé. L'animal eut un gémissement qui ressemblait au remerciement de Marie, et il lécha la main de l'homme.

— Toi aussi, tu me remercies, fit-il. Mon beau Loyal. Et tu as failli mourir pour nous protéger. Viens, je vais te porter un moment à l'écurie. Tu dois avoir besoin mais je sais que tu ne ferais pas ici. Nous verrons ta patte plus tard.

Bisontin lui ouvrit la porte et le regarda sortir avec son chien dans ses bras. Le jour pointait, gris et triste sous un ciel chargé. Le compagnon referma la porte et ils restèrent à se regarder, l'oreille tendue. Lorsqu'ils entendirent l'homme et Pierre s'entretenir de l'autre côté de la cloison, ils parlèrent à voix basse. Bisontin dit :

— Qu'est-ce que ça peut bien être, celui-là ?

— Cet homme n'est pas comme les autres, fit le maréchal.

— C'est vrai, dit Hortense. Il a une façon de vous regarder, et une voix...

Elle s'approcha de Marie et demanda :

— Il t'a vraiment soulagée ?

Marie fit tourner son pied, puis le posa par terre et fit le tour de la table sans même s'y appuyer. Les autres l'observaient.

— Tout de même ! dit le maréchal.

— C'est tout juste si je sens le souvenir de ma douleur, dit Marie.

L'admiration que manifestaient les autres agaçait un peu Bisontin qui déclara, d'un ton bougon :

— C'est un homme qui connaît des trucs de rebouteux, quoi ! Il y en a d'autres.

L'homme revint avec Pierre. Il allongea son chien devant le foyer pour dérouler son pansement. Tout en faisant, il parlait à l'animal avec cette voix étonnante et ces mots enveloppants qui vous tournaient autour comme ses mains blanches voletaient autour de la patte du chien.

— Je ne crois pas qu'il soit nécessaire de l'amputer, dit-il. Mais il est probable que sa patte restera repliée.

Il le caressa et eut un petit rire pour lui dire :

— Tu marcheras sur trois pattes, mon pauvre ami. Mais moi, je marche bien sur deux et j'y arrive, tu vois.

L'homme se redressa et son visage devint soucieux lorsqu'il dit :

— Vos deux chevaux ont bien soigné ma jument, mais tout de même, elle a une plaie qui n'est pas belle du tout et j'ai grand peur qu'elle ne puisse marcher avant deux ou trois jours.

Il semblait inquiet. Il se tenait droit, en retrait du

feu, les mains en avant, comme arrêtées dans un geste. Bisontin demanda :

— Vous êtes pressé de partir ?

L'homme parut sortir d'un rêve. Il mit quelques instants à se reprendre et dit :

— Pressé ? Mais non. Je ne vais nulle part. Je fuis. Je fuis la guerre, la haine, le malheur. Je voudrais seulement sauver ces petits. Sauver cette malheureuse fille... Les agneaux blessés... Seigneur, quelle misère !

A mesure qu'il parlait, son visage se métamorphosait. Son œil ne fixait plus personne. Son regard s'en allait on ne pouvait savoir en quelle région secrète de l'espace. Il demeura muet un long moment, parfaitement immobile, et personne n'osa ni faire un geste ni souffler mot. Bisontin l'observait en se demandant si c'était encore le feu qui éclairait la pièce ou le regard de cet homme. Et puis, comme soulevé par une force qu'il ne commandait pas, l'homme se mit à marcher, à remuer, à raconter.

Il se nommait Alexandre Blondel. Il était de Lons-le-Saunier. Il avait été parmi les premiers, en l'an 1636, à verser pour l'emprunt de 100 000 écus lancé par les commis de l'Etat comtois pour permettre au pays de faire front à la menace française. Il l'avait fait car il était un bon Comtois amoureux de sa terre et qu'il croyait en ceux qui parlaient de la défendre. En août de la même année, M. de Lezay était venu avec deux cents hommes pour défendre la ville. Et puis, le colonel Goux, en novembre, avec d'autres soldats qu'il fallait nourrir, loger, payer et surtout abreuver. Et puis d'autres encore et c'est avec ces défenseurs du pays que le malheur avait commencé. Il se souvenait des combats de Sainte-

Agnès, en 37, et du nombre incroyable de blessés qu'il avait soignés.

— Je suis médecin, alors, vous comprenez, disait-il, je soigne. Je soigne tout ce qui souffre. Et il y en avait des centaines. Dans toutes les maisons. Bien des Lédoniens ne les recevaient que contraints et forcés. Les gens leur en voulaient de les avoir ruinés sous prétexte de défendre la ville et ne voulaient rien faire pour les sauver... pas même prier... Mon Dieu, la bassesse humaine ! La crasse de l'âme !

Il avait vécu l'incendie des faubourgs ordonné par les défenseurs et qui n'avait servi à rien. La bataille perdue. L'entrée des Français qui exigeaient 80 000 francs que la ville ruinée ne pouvait trouver.

— Alors, j'ai vu les riches bourgeois prisonniers et les pauvres massacrés. Et le pillage. Et l'incendie... J'avais conduit ma femme et mon fils plus haut que Revigny. Et je suis rentré après le départ des Français. Nous pensions que c'était fini, et c'est là que d'autres Comtois comme nous, des gens des campagnes que nous avions jadis vus venir sur notre marché, sont arrivés pour achever la besogne. J'ai vu cela, mes amis. Je l'ai vu, moi, de mes propres yeux... Le peu de choses que l'ennemi avait épargné, les gens d'alentour l'ont emporté... Je l'ai vu... Je le jure.

Il se tut soudain, comme épuisé, et se laissa tomber sur le banc. Un coude sur la table, la tête dans ses mains, il resta immobile à contempler le feu.

Durant un long moment, personne n'osa bouger. L'homme ne parlait plus, mais les mots de son récit étaient là, épais, vivants. Il avait dressé devant eux les ruines de cette ville, et l'incendie avait laissé dans la cabane son odeur terrible qu'ils avaient si souvent rencontrée.

Avec des gestes mesurés, Hortense s'en vint remettre deux bûches sur le feu. La voyant faire, Marie se leva pour l'aider à préparer une soupe. A plusieurs reprises, le regard du compagnon rencontra celui de Blondel, mais il éprouva l'impression que cet homme ne le voyait pas. Il le traversait comme une vitre pour contempler un autre monde, là-bas, beaucoup plus loin, en des contrées où lui seul devait avoir accès.

Il en revint d'un coup. S'ébrouant comme pour se débarrasser d'un cauchemar, il dit :

— Je suis un monstre d'égoïsme. Je vous parle de tout ça sans même vous avoir demandé d'où vous venez et ce que vous avez vous-même enduré.

Ce fut Hortense qui répondit :

— Oh, nous autres, nous avons eu la chance de pouvoir fuir et de trouver ici des gens qui nous ont aidés. C'est beaucoup.

Elle raconta leur voyage. Elle s'arrêtait de temps à autre pour laisser au compagnon le soin d'ajouter certains détails qui concernaient le travail. Ce fut lui aussi qui raconta la mort de Benoîte et l'arrivée d'Hortense jusque-là. Lorsqu'ils eurent achevé, la soupe était cuite et Marie posa les écuelles sur la table en disant :

— Il faut réveiller les enfants.

— Attendez, dit Blondel en levant la main.

Son visage redevint étrange avec ce regard sans couleur qui inquiétait tant le compagnon. A voix couverte, il expliqua rapidement :

— A propos de cette gamine, vous devez savoir qui elle est. Elle se nomme Claudia Janin. Elle a un peu plus de seize ans et demi. C'est une paysanne de

Froidefontaine, vous savez, dans le val de Mièges.

— Oui, dit Pierre. Le val de Mièges, nous l'avons traversé.

— Et vous avez pu voir que c'est un désert. Une terre où il n'y a plus rien que quelques troupes qui passent. Une terre où les corbeaux, les loups, les renards, les lynx et même peut-être les ours ont fait un grand festin de la chair des Comtois, mais qu'ils ont désertée parce qu'ils n'y trouvaient plus trace de vie.

Il s'arrêta le temps d'avaler sa salive, puis, baissant encore le ton, il reprit :

— Eh bien, cette petite est de ce pays-là. Ses parents ont disparu, je n'ai même pas pu savoir à quelle date. Je ne sais pas non plus comment elle a pu se réfugier à Nozeroy. Comme un animal traqué, sans doute. Elle y est restée jusqu'au jour où un parti de Français ou d'Allemands ou de Suédois, nul ne sait, a fait un coup de main et enlevé des habitants... La pauvre enfant était du nombre... Violée... Violée par on ne sait combien de soudards... Evanouie... Laissée pour morte. Ramassée par des Comtois, elle a encore une fois été violée.

Sa voix s'étrangla. Dans ses yeux fixes se reflétait toute l'horreur du monde.

— Voilà, je l'ai recueillie chez de pauvres gens qui l'avaient soignée tant bien que mal... Elle est enceinte... Et fragile... Fragile comme un tout petit oiseau... Alors, il fallait que vous le sachiez... pour faire très attention. Des fois, un mot malheureux suffit à raviver une blessure.

Et comme les deux jeunes femmes s'approchaient des couchettes pour réveiller les enfants, il les accompagna, s'émerveillant encore de la beauté de leur sommeil.

30

Comme il n'était possible ni d'abattre ni d'ébrancher, les hommes allèrent descendre les fûts qui demeuraient sur la coupe. Pour la première fois depuis qu'ils étaient là, petit Jean demanda à rester à la cabane. Quand il fut dehors avec Pierre et le maréchal, Bisontin ne put s'empêcher de dire :

— Devant cet homme, petit Jean est comme une grenouille devant un serpent. Et je n'aime pas ça.

Les autres restèrent muets et le compagnon se demanda s'ils n'étaient pas fascinés eux aussi. A plusieurs reprises, il avait observé les deux femmes et il avait été un peu agacé par la façon dont Marie buvait les paroles du médecin comtois. Il était plus difficile de savoir ce qu'en pensait Hortense, mais il semblait bien qu'elle eût aussi, par moments, subi le pouvoir inquiétant de ce regard et de cette voix.

Ils sortirent Bovard et Rougein de l'écurie où il régnait une bonne tiédeur.

— On va essayer de tirer les bois sur la neige, dit Pierre. Ça devrait glisser. Pas besoin de monter le trinqueballe.

Ils eurent du mal, car la neige bottait et collait aux troncs. Le ciel gris pesait lourd sur la forêt. Du haut, Bisontin chercha vainement le petit coin de lac. C'est à peine si l'on devinait les collines dans cet horizon de suie où même la neige paraissait sale. Seules les taches noires des résineux conservaient leur poids insolite dans cet univers cotonneux.

Tout en plantant les crampons dans le bois et en passant les chaînes d'attelage, le compagnon pensait à ce médecin et à ce qu'il leur avait raconté. Tout attirait vers cet homme qui avait connu tant de douleurs et qui, pourtant, semblait si sensible au malheur des autres. Tout attirait, mais il y avait quelque chose que Bisontin ne parvenait pas à définir et qui le retenait un peu dans l'élan qu'il eût aimé montrer pour se porter vers Blondel. « Est-ce parce qu'il est meilleur que toi ?... Parce qu'il a davantage de pouvoir ? Beaucoup plus de force dans le regard ? Est-ce parce qu'il emploie un langage qui te dépasse un peu. Des mots que tu serais incapable de trouver ? »

Ils firent trois voyages et, comme les bêtes fatiguées transpiraient de plus en plus, le compagnon dit :

— C'est bon pour ce matin. Les bêtes n'en peuvent plus.

En lui, une voix disait : « Tu veux t'arrêter parce que tu as hâte de retrouver cet homme. Tu es curieux. Et un petit peu jaloux aussi. Tu redoutes qu'il n'exerce son pouvoir sur les femmes et les gosses. »

Ils rentrèrent pour trouver Blondel en train de raconter une histoire aux enfants qui restaient bouche bée à boire ses paroles, à fixer ses yeux où se reflétait le feu. Sa voix demeurait grave, mais elle trouvait des accents de douceur et une fraîcheur de ton qu'elle n'avait pas lorsqu'il s'adressait aux grands.

L'histoire terminée, les enfants retournèrent jouer et, à plusieurs reprises, alors qu'il les observait, les autres l'entendirent murmurer :

— Les sauver... Les sauver tous... Lui et les autres...

Ils n'osèrent pas lui poser de questions.

Le repas dura longtemps. Blondel n'absorba que quelques bouchées, mais ce fut à ce moment-là que, sans être interrogé, il se mit à raconter ce qu'il avait vécu.

— Ma femme avait trente-neuf ans. Juste un an de moins que moi. Nous étions mariés depuis sept années, quand un enfant nous est venu. Sept années d'espérance, de prières... Seigneur !... David, nous l'avons appelé, en souvenir du père de ma femme qui venait de nous quitter... David. Notre petit roi. Toute notre fortune. Le trésor le plus précieux. L'enfant centre de l'univers... Mon Dieu !

Il s'arrête soudain. Il se tient raide de buste, le cou droit, les mains à plat sur la table de chaque côté de son écuelle à laquelle il n'a pas touché. Son visage s'est figé. Seuls vivent encore ses yeux transparents.

Les autres se sont arrêtés de manger et retiennent leur souffle. Ils attendent, fixant cet homme qui semble les avoir oubliés, cet être si différent d'eux tous et qui paraît avoir quitté son corps.

Le silence s'éternise. Puis, avec un mouvement à peine perceptible de ses lèvres minces, Blondel se remet à parler. Et sa voix vient du fond de lui :

— Ils étaient dans une ferme, à l'écart des chemins. Je les croyais en sécurité. Et je continuais d'aller soigner les gens. J'allais où l'on avait besoin. Loin, très loin (il soupire), beaucoup trop loin... Un soir, en rentrant, je n'ai plus trouvé de ferme... Plus rien. Des murs écroulés, des poutres calcinées, du foin qui se consumait, de la cendre fumante. Ni bêtes ni gens... Rien.

Il marque un temps. Ses paupières se ferment comme s'il voulait regarder uniquement en lui. Le mouvement de sa gorge maigre montre combien il a du mal à avaler sa salive. Il rouvre les yeux sur un regard plus dur, tout semé d'éclats de folie. Sa voix s'enfle soudain :

— Alors, je suis parti. J'étais un autre. Je ne sentais pas de douleur, mais une espèce de rage... J'ai fouetté ma jument, moi qui ne l'avais jamais touchée. Elle a filé comme le vent et si ma voiture n'a pas versé cent fois c'est que Dieu a vraiment voulu que je vive. Et s'il l'a voulu à ce point, c'est qu'il avait une mission à me confier.

Il les fixe longuement l'un après l'autre. Il se calme et reprend :

— Au village : plus rien... Des ruines fumantes. Un chien... La seule vie, un chien.

Il montre le chien mordu par le loup et qu'il a installé sur un lit de paille à côté du feu.

— Je le connaissais pour avoir soigné son maître, un vieux carrier perclus qui l'avait baptisé Cardinal... Oui, à cause de Richelieu. Pour pouvoir lui dire, cent fois par jour : « Salaud de Cardinal, fumier de Cardinal. » Bien entendu, le vieux était sous les ruines, avec toute la population du village. Cinquante, peut-être soixante personnes. Et cette pauvre bête m'a suivi. Comme il lui fallait un nom en al, je l'ai appelé Loyal... Il m'a suivi, et il m'a aidé... Une vie... Une seule vie. Même celle d'un chien dans un pays mort, c'est quelque chose ! Je ne savais pas où aller. Je ne me souviens plus du tout comment j'ai passé la nuit... Et le lendemain matin, avant de quitter cette terre de malheur, une force terrible m'a poussé à retourner près de la ferme... Une force... Oui, il le fallait.

Il a prononcé les derniers mots d'une voix à peine perceptible. Cette fois, son regard fixe ne voit plus du tout ceux qui sont en face de lui. Il voit autre chose. Plus loin. Ailleurs. Blondel tousse pour se reprendre et vite, comme pour se libérer, il ajoute :

— J'ai refait le tour des ruines... Les cadavres étaient dessous... Calcinés... C'est une odeur qui ne trompe pas... Comment fouiller ? Et à quoi bon ? J'ai prié. J'ai prié longtemps.

Beaucoup plus bas, comme honteux de ce qu'il dit, d'une voix enrouée, il murmure :

— J'ai demandé la mort pour moi. Je ne savais pas encore... Je n'avais rien compris.

Il se lève lentement, va jusqu'à la cheminée puis revient à sa place, mais sans s'asseoir.

— J'allais me décider à quitter ce lieu d'épouvante, lorsque ce chien qui avait fouinassé alentour s'est mis à gémir. Je l'ai appelé. Rien à faire. Il était près d'un fossé de drainage que je connaissais pour y avoir souvent joué avec mon petit David... J'y suis allé... Mon petit était là. Une balle dans la cuisse... Il n'était pas encore raide.

Sa voix monte vers les aigus du désespoir, son corps se met en mouvement, comme secoué par le vent. Il se tord les mains et ses articulations craquent.

— Si j'avais cherché, le soir, au lieu de me sauver, je l'aurais trouvé. Si j'étais seulement revenu passer la nuit près de la ferme, je l'aurais entendu gémir.

Le chien l'aurait découvert tout de suite. Je l'aurais soigné. Je l'aurais sauvé... Il serait là. Près de nous, avec les autres enfants... Peut-être infirme, mais vivant !

Il marche d'un pas saccadé. Il s'arrête devant l'âtre et fait demi-tour. La lumière est dans son dos et sa chevelure verticale lui fait sur la tête un feu immobile. Son ombre danse sur le sol. Il demeure sans un geste quelques instants, puis ses bras se plient lentement et restent comme s'il portait un corps d'enfant.

Absent, d'une voix sans timbre, il dit :

— Je l'ai pris sur mes bras... Lourd... terriblement lourd... Lourd de tous mes regrets, de toute ma souffrance... Lourd de son innocence et des péchés du monde.... Lourd de la honte des hommes et de leur cruauté...

Sa voix change de nouveau. La musique la reprend.

— Mon Dieu ! mon amour, mon Jésus, mon tout petit... Il était là, mort, et moi vivant. Il était là, martyrisé et moi épargné, moi qui n'avais rien fait. Moi qui n'avais pas su le trouver alors qu'une chienne retrouve toujours ses petits... Il était là, tout mon amour et tout mon remords.

Un bloc de silence écrase la cabane. Même les enfants se sont tus. Les bras de l'homme retombent et Bisontin éprouve la sensation de voir un corps d'enfant qui roule sur le sol. Toujours immobile et auréolé de lumière, Blondel reprend avec de la dérision dans la voix :

— Toute ma vie à soigner des enfants, et j'avais laissé mourir le mien !... Il était lourd comme tous les enfants morts des siècles et des siècles. Moi qui ai vu mourir tant d'enfants, il a fallu que je tienne le mien dans mes bras pour sentir vraiment ce que pèse un enfant mort.

Il regagne sa place et reste longtemps silencieux.

Personne n'ose faire un geste. L'après-midi s'écoule lentement, limé par le vent qui fait frissonner la forêt autour de la clairière. Les cris des enfants ont repris, mais nul ici n'ose ni se lever de table ni prononcer un mot. Les hommes se regardent à plusieurs reprises. Ils voudraient regagner leur chantier, mais le récit inachevé de Blondel les retient. Ils laissent couler les minutes avec simplement, de loin en loin, un gros soupir profond ou un mouvement lent du buste pour changer de position.

Enfin, reprenant pied parmi eux, l'homme raconte comment il a marché interminablement dans la campagne déserte, avec ce chien qui gémissait sur ses talons et cet enfant mort dans ses bras crispés. Il dit comment il est revenu à sa voiture pour y prendre sa pelle et creuser une fosse près de la ferme en ruine, sous un vieil orme où sa femme s'était souvent assise pour raconter des histoires à leur petit David.

Là, il parle un peu de sa femme, mais presque avec timidité. Puis il relate ce qu'il a fait ensuite. Durant des jours et des jours, il a erré tout autour, de village détruit en village incendié, revenant chaque soir prier sur la tombe de David.

— Il y avait une chose, dit-il, que je n'arrivais pas à comprendre, c'était la raison profonde de cette mort puisque moi, le père, je demeurais vivant. Pourquoi Dieu ne m'avait-il pas permis de le sauver ? Et, l'ayant tué, pourquoi avait-il voulu que je le découvre, que je le prenne dans mes bras, que j'embrasse son visage endormi ? Pourquoi m'était-il interdit de le rejoindre ? Car il était au royaume du Père. Il ne pouvait pas être ailleurs, et si je me donnais la mort, je me fermais les portes de ce royaume.

Il les observa un instant comme pour s'assurer qu'ils avaient bien compris ce qu'il disait, puis son visage s'éclaira d'une espèce de sourire inquiétant. Se redressant et levant ses mains souples, la voix vibrante, il dit d'une traite :

— Jusqu'au jour où Dieu a enfin répondu à mes questions en me montrant ce qu'il attendait de moi... Près d'un village que venait d'incendier un parti de Suédois, j'ai découvert cette petite fille et ce bébé parmi plus de vingt cadavres. Et je les ai pris dans mes bras. Epuisés mais pas blessés. Morts de peur, mais encore vivants... Lourds de la férocité des hommes. Lourds de la barbarie du monde... Mais infiniment lourds aussi de vie et d'espérance. Je les ai emportés bien serrés contre moi comme eût fait un voleur...

Des larmes ruissellent en s'accrochant aux poils de sa barbe de plusieurs jours ; sa voix tremble, mais il parvient à dire :

— Je les ai embrassés tout chauds de vie... Aussi lourds de vie que mon petit David était lourd de mort.

31

Quatre jours passèrent durant lesquels Alexandre Blondel s'occupa de soigner sa jument et son chien.

— Vous êtes bien pressé de nous quitter, lui disait Hortense.

— Je dois partir. Je le dois.

— Mais où irez-vous ?

Il ne répondait à cette question que par un geste vague qui semblait dire qu'il connaissait un pays de mystère dont il ne pouvait rien révéler.

Les deux jeunes femmes s'occupaient des enfants et Marie entourait d'affection la petite Claudia avec qui elle avait fait amitié. Un matin que la sauvageonne dormait encore et que Blondel était à l'écurie où il soignait sa jument, Marie dit à son frère :

— Hier, à un moment où j'étais seul avec lui, le docteur m'a dit : « Cette petite se trouve bien ici. Elle a retrouvé en vous ce qu'elle avait perdu. Avec vous, elle est comme elle n'a jamais été avec moi. C'est normal. Les hommes l'effraient. » C'est vrai. Il m'a dit ça.

Elle s'était adressée à son frère. Mais Bisontin

comprit que c'était également à Hortense et à lui qu'elle parlait. Ce fut pourtant Pierre qui demanda :

— Et alors ?

— Alors c'est tout, fit Marie d'un air gêné. Il a dit ça.

— Et moi, demanda Hortense, je suis un homme ?

Marie rougit un peu et hésita un long moment avant de dire :

— Il a dit que vous l'impressionnez. Que... que vous êtes comme lui, vous n'êtes pas du même monde qu'elle.

Ils se mirent à rire, mais Bisontin se dit que c'était sans doute la vérité. Cet homme les avait tous pesés et jugés.

Pierre s'approcha de sa sœur, et, mi-sérieux mi-souriant, il demanda :

— Et toi, qu'est-ce que tu lui as dit ?

Cette fois, Marie rougit tout à fait. Elle bredouilla quelques mots inintelligibles et Pierre lui dit :

— Toi, il faudrait que les autres devinent ce que tu as au fond du cœur, quand tu veux quelque chose. Et moi, je ne suis pas devin.

Il fit demi-tour et se dirigea vers la porte. Au moment où il allait l'ouvrir, Marie lui cria :

— Tu es méchant, avec moi ! Très méchant !

Elle avait dit ça d'une voix de petite boudeuse et Bisontin dut faire un effort pour ne pas se porter à son secours. Le forgeron, qui semblait n'avoir pas écouté, s'arrêta d'affûter sa hache, se tourna vers Marie et dit d'une voix que le rire retenu faisait trembler :

— Je me demande pourquoi tu vas casser les oreilles à ton frère avec ça. Si tu as une décision grave à prendre, c'est à ton époux que tu dois en parler. N'oublie pas qu'aux yeux des Vaudois, tu es la femme de Bisontin.

Il se mit à rire en les désignant tous les deux du bout de sa pierre douce. Bisontin aussi avait envie de rire, mais l'embarras de Marie lui plaisait. Il voulut voir comment elle s'en sortirait. Marie les regarda puis, s'approchant du maréchal, d'une voix pleine d'affection, elle lui dit :

— Père Rochat, c'est vous le plus âgé... Vous... vous lui demanderez si on peut garder cette petite ?

Le vieil homme se leva de son billot et prit un air courroucé pour lancer :

— Ah merde ! Elle a un foutu culot, celle-là, avec son petit air de sainte nitouche ! Mais qu'est-ce que j'ai à foutre là-dedans, moi !

Hortense intervint.

— Ne criez pas si fort, dit-elle avec un geste vers les couchettes.

Le médecin comtois revint avec sa lanterne qu'il éteignit en disant :

— C'est la pluie. Ça va faire une belle gadouille, avec cette neige.

Bisontin regarda les autres tour à tour, puis, comme personne ne se décidait à parler, il dit :

— Si on ne peut pas monter dans la coupe, nous allons faire un voyage de bois jusqu'à Morges. Ce sera toujours ça de fait. Et nous ramènerons les vivres. Ça évitera à Maître Jotterand de monter cette semaine.

Ils amarrèrent deux beaux fûts de chêne bien équilibrés au trinqueballe puis ils chargèrent de bois à brûler le char débâché. Ils obligèrent le forgeron à rentrer, puis, ayant attelé Bovard et Rougein au trinqueballe et les deux juments au char de rondins, ils prirent la direction de Morges.

La pluie tombait serrée et fouaillée de longues gifles venues de l'ouest si bien qu'elle arrivait soit sur leur droite, soit derrière eux. L'eau ruisselait des chapeaux à larges bords et traversait les pèlerines sur les épaules. Bisontin la sentait couler le long de son échine. Sur le grand chemin, la neige que les charrois avaient labourée et tassée était spongieuse par endroits et dure comme pierre à d'autres. Les bêtes glissaient, les hommes aussi et la marche, surtout dans la descente, était dangereuse et pénible. Pierre qui allait devant et menait le trinqueballe se retournait parfois pour demander si ça allait :

— Ça va ! criait Bisontin... Mais j'ai peur qu'il se mette à pleuvoir !

Pierre riait, et le compagnon était heureux de ce rire qui faisait écho au sien. Il éprouvait beaucoup de plaisir à travailler avec ce garçon. Au début, il avait été surpris et s'était dit : « Tu ne t'es jamais aussi bien entendu avec un charpentier, et pourtant tu n'as jamais été jaloux du savoir des gens de ton métier. Mais là, il y a autre chose. » C'était, en fait, quelque chose qui venait justement de ce que Pierre était l'homme d'un autre métier. Ils avaient sans cesse à s'enseigner l'un l'autre. « Il m'étonne et je l'étonne, se dit Bisontin le jour où il découvrit cela. Il me donne, je lui donne ! C'est ce qui éclaire la vie quand nous sommes tous les deux. » Et Pierre était de ceux qui parlent peu mais toujours juste. De ceux qui ne se plaignent jamais que la besogne est trop pénible ou que d'autres n'en font pas leur part.

Ce matin-là, Bisontin pensa moins à Pierre qu'à Blondel et à ceux qui étaient restés avec lui dans la cabane. « L'autre jour, se dit-il, tu t'es hâté de rentrer, ce matin, tu t'es un petit peu sauvé. Et à présent, tu redoutes ce qu'il risque de faire des autres en ton absence. Bien sûr, il ne va pas les brutaliser, mais sa voix de miel, son regard qui vous enveloppe, qu'est-ce que ça peut donner, toute une journée avec des femmes, des gosses et un vieux ? Cet homme-là n'est pas comme les autres. C'est vrai. Il y a quelque chose qu'il nous cache. »

Ils arrivèrent à Morges au milieu de la journée et Bisontin fut heureux de retrouver la ville. Il n'y avait là que quelques traces de neige, mais tout luisait sous l'averse. C'était un peu comme si le lac eût déteint sur les pavés et les façades. Les quinquets et les feux de cheminée des boutiques semblaient eux-mêmes des reflets, des taches d'or perdues dans toute cette eau dont on ne savait plus si elle tombait du ciel ou montait du lac. Car le lac n'allait pas très loin de la rive. Il se mêlait tout de suite au ciel.

— Même comme ça, il est beau, fit Bisontin, comme s'il eût voulu amener les juments à le contempler.

Maître Jotterand les conduisit chez lui tandis que ses ouvriers déchargeaient les chars et pansaient les bêtes. Bisontin fut heureux de revoir Mme Jotterand qui était une forte femme aux jambes courtes et lourdes, à la démarche tangante. Elle avait de gros yeux de faïence brune bien vernissée et un visage poli et luisant. Une moustache blonde et de longs poils raides sur les verrues de sa joue droite.

— Défaites-vous, fit-elle. Il faut me sécher tout ça. Nous allons taquiner ce foutu feu qui tire mal quand il fait ce temps-là.

— Ce n'est pourtant pas le bois qui manque, fit Bisontin.

— Ce sont toujours les cordonniers les plus mal

chaussés ; toute la ville vient chercher du bois d'allumage au chantier, mais jamais mon Jotterand ne m'en ferait monter un morceau.

— Il y a l'apprenti, pour ça, dit Maître Jotterand. Il suffit de lui demander.

— Ton apprenti se moque pas mal de mon feu !

Le compagnon riait.

— Je vois que la vie n'a guère changé ici, dit-il.

Les capes commençaient à fumer étendues devant l'âtre sur des dossiers de chaises et ce que les deux hommes avaient gardé sur eux fumait aussi. Bisontin sentait la flamme lui brûler tantôt le dos et les fesses, tantôt le ventre, les cuisses et le visage, et il regardait Mme Jotterand s'affairer autour de la longue table. Il rit d'avance en pensant au pauvre Pierre, lorsqu'il vit la brave femme poser des cuillères à côté des écuelles. Sans doute le charretier n'avait-il jamais vu ça. Mais Pierre était un homme adroit et discret. Il les regarda manger leur soupe et, presque sans gêne, il fit comme eux, avec un regard à Bisontin qui voulait dire : « Tu espérais t'amuser, tu en es pour tes frais, mon gaillard. »

Ils firent un bon repas et Bisontin attendit le moment de se lever de table pour parler à Maître Jotterand de la visite de Blondel. Le vieux charpentier ne parut pas tellement surpris, mais son épouse montra une grande émotion lorsqu'elle apprit ce qu'avait vécu le médecin comtois.

— Il faut donner à manger pour lui aussi, dit-elle... Et de la confiture pour les petits. J'en ai fait avec nos pommes. Et j'ai des châtaignes.

Tandis qu'elle préparait les paniers de vivres, Maître Jotterand demanda à Bisontin :

— Est-ce que cet homme compte venir à Morges ?

— Je ne sais pas, dit le compagnon. Il ne veut rien dire de ses intentions.

— Je veux bien l'aider. Mais tu sais, mieux vaut lui dire que je ne crois pas pouvoir lui éviter la quarantaine... Et du travail pour un médecin, ça, c'est une autre affaire. Jamais ceux de la cité n'admettront un homme de l'art venu de l'étranger. Ils ont bien trop peur de manquer de besogne.

Il alla jusqu'à la fenêtre d'où l'on apercevait l'entrée de son chantier et il dit :

— Vos voitures sont déchargées et il pleut moins fort. Il faut y aller, mes enfants. Et vous serez juste rendus à la nuit.

Pierre et Bisontin remercièrent, puis, comme ils allaient sortir, le charpentier vaudois regarda Bisontin avec un air un peu narquois et lança :

— Va vite. D'après ce que tu m'as dit de Marie et de cette sauvageonne, j'ai bien l'impression que tu vas te retrouver ce soir avec une fille de plus et la promesse d'être bientôt grand-père !

Et son rire les accompagna jusqu'au bas de l'escalier.

32

Une éclaircie les força de s'arrêter au sommet d'une côte pour regarder le lac.

— Je sais comme ça fait, dit le compagnon, ce sera pas long, mais faut voir. Ça vaut le coup.

En effet, il y eut un spectacle de quelques minutes qui les laissa sans voix. Le vent d'ouest avait déserté les hauteurs pour se mettre à ramper au ras du lac. Où se trouvaient les deux hommes, c'était le calme. Un prodigieux silence. Même la terre s'était arrêtée de respirer et de déglutir la pluie. Le vent était en bas, uniquement sur l'eau. Un instant, il parut se tasser encore, s'écraser, puis on le vit se lover en remuant de longues traînées grises où se mêlaient déjà quelques filasses jaunâtres. Enfin, d'un coup, il se souleva. Il se mit à tourner en s'en allant vers l'est où s'étaient accumulés des nuages prisonniers des montagnes. Ils devaient être de plomb, car le vent fut contraint à d'énormes efforts pour se tailler une brèche dans leur masse compacte. Mais il fut aidé par un souffle de feu venu du couchant. C'était un outil parfaitement adapté à la tâche qu'on lui demandait. Sans effort apparent, il varlopait les nuées et les copeaux qu'il leur arrachait retombaient sur l'eau. Ils étaient si lumineux qu'elle en fut un moment éclairée jusque dans ses profondeurs intimes. L'outil dévia sur sa droite et creusa vers la côte de Savoie dont les hauteurs s'embrasèrent. Et ce fut ce qui irrita le vent. Revenant soudain sur ses pas, il se haussa en bousculant tout ce qui se trouvait au-dessus de lui. Et le remuement fut tel qu'un écroulement énorme éteignit le crépuscule. Ce fut la nuit subite avec une averse qui fit hennir les bêtes. Pierre et Bisontin se précipitèrent pour reprendre les brides. Il était temps. Fouettés, les chevaux allaient filer seuls.

— Bon Dieu de saloperie de temps ! hurla le compagnon. On se croirait en mars !

A la pluie se mêlait une espèce de grésil très lourd.

— On en est pas loin, de mars, cria Pierre qui se hâtait, la tête rentrée dans les épaules. « Il a raison, pensa le compagnon, et cet hiver aura passé plus rapidement que je ne croyais. Même en saison morte, la forêt est un monde si vivant qu'on n'y voit pas tourner les heures. »

Il se disait ainsi n'importe quoi et il savait bien que c'était pour ne pas entendre le rire de Maître Jotterand. Il aimait trop le vieux charpentier pour lui en vouloir de ce rire, mais c'était la raison du rire, qui le travaillait. Il eût parié sa canne de compagnon que le médecin comtois avait décidé les femmes à garder ses trois enfants. « C'est pas que je sois contre, se grognait-il, seulement, trois, avec les deux autres, ça fait cinq, c'est une responsabilité ! Mais tout de même, Pierre et moi, nous aurons peut-être à dire. »

Il regretta un instant de n'avoir pas profité de la

halte pour en toucher deux mots au charretier, mais il n'était plus question de s'arrêter pour bavarder sous une averse pareille. « Je le ferai à l'écurie en arrivant. Et, de toute manière, Pierre est un garçon qui a les pieds sur terre. Il sera avec moi. »

Ils eurent beaucoup de mal à terminer la montée dans un chemin défoncé, transformé en torrent et qu'il fallait deviner dans l'obscurité mouillée. Dès qu'ils débouchèrent dans la clairière, la porte s'ouvrit et ce rectangle de lumière où se dessinaient des silhouettes réchauffa Bisontin. Ils arrêtèrent les attelages devant l'écurie et le maréchal les rejoignit pour les aider à dételer.

— Ne vous faites pas tremper ! cria Bisontin.

— Ferait beau voir. Je me suis tourné les pouces toute la journée.

Lorsque les quatre bêtes ruisselantes et fumantes furent rentrées, le vieux dit :

— Allez, foutez-moi le camp vous sécher. Et laissez-moi m'occuper du pansage.

Bisontin eût aimé rester un moment en tête à tête avec Pierre, mais il avait froid et fut heureux de retrouver le feu. Lorsqu'ils entrèrent, il y eut la joie de petit Jean et de sa sœur qui entraîna celle de l'autre fillette. La sauvageonne demeurait toujours en retrait, confinée dans son silence. Le bébé dormait sur une couchette. Les deux hommes enlevèrent leurs capes traversées par la pluie et les casaquins également trempés. Torse nu, ils s'offrirent au feu, tandis que leurs vêtements séchaient une fois de plus. Il y eut un silence avec juste le bruit du foyer et la conversation des petits qui étaient retournés jouer dans le fond de la pièce. Les deux femmes, assises face à face de chaque côté de la table, s'éclairaient d'une chandelle pour écosser des fèves sèches. Le bruit des cosses paraissait énorme. « Est-ce qu'elles vont se décider à parler, se disait Bisontin. Qu'est-ce qu'elles attendent ? »

Il entretenait en lui une espèce de colère sourde née de la nouvelle qu'il prévoyait et, commençant à douter, il commençait aussi d'être déçu. Et ce fut Blondel qui parla. Blondel qui n'avait pas bougé à leur entrée et sembla se réveiller soudain. Cessant de contempler le feu, le médecin se tourna lentement vers eux. Son regard d'abord égaré devint grave, puis se chargea d'une joie dont on sentait clairement qu'elle allait déborder de lui. « C'est fait, pensa Bisontin. Je ne m'étais pas trompé. » Blondel avança d'un pas. Les femmes cessèrent d'écosser et se tournèrent vers lui. Il les regarda en souriant, puis, revenant aux deux hommes, il dit lentement :

— Mes amis, nous avons de grandes nouvelles à vous annoncer.

Comme il marquait un temps, Bisontin ne put se retenir :

— Ce n'est pas une nouvelle, fit-il. Marie et Mlle Hortense ont décidé de garder vos protégés.

Les deux femmes se tournèrent en direction de Bisontin, elles le regardèrent, puis regardèrent Blondel qui reprit :

— Ce n'est pas tout à fait ça, mais vous êtes sur la bonne voie.

Il eut un petit rire qui s'éteignit tout de suite. Redevenu grave, il dit calmement :

— Oui, Marie a décidé de garder Claudia. Mon petit oiseau tombé du nid a trouvé une grande sœur qui lui servira de maman. Et c'est merveilleux, mes amis. Absolument merveilleux.

Il commençait à s'animer, et il se tut un instant

pour s'apaiser un peu. Il respira, puis, les empoignant de toute la force de son regard, comme s'il eût voulu leur ôter tout pouvoir de réagir, il dit, encore plus lentement :

— Mais il y a autre chose... Il y a tous les enfants que la guerre et la famine menacent chaque jour de tuer... Il y a tous ces enfants de Comté qui sont nos enfants... Et ceux-là, tous ceux-là même s'ils sont des centaines, nous les sauverons.

Il fit deux pas pour se porter près d'Hortense. Sa main se posa sur l'épaule de la jeune fille et il ajouta :

— Hortense et moi, nous allons les sauver tous. Tous, vous m'entendez. Même s'ils sont légion, nous les sauverons.

Bisontin était tellement stupéfait qu'il ne put prononcer un mot. Il restait là, le torse toujours nu, planté à côté de Pierre qui était comme lui. Blondel retira sa main de l'épaule d'Hortense et revint vers le foyer sans quitter Bisontin des yeux. Là, d'un tout autre ton, comme s'il eût abordé un sujet différent, il expliqua :

— Lorsque j'ai sauvé ces deux enfants que vous voyez ici et que vous avez vous-mêmes sauvés de la fureur des loups, ce n'est pas vraiment eux que j'ai pris dans mes bras... Non, pas vraiment.

Il eut une hésitation et son regard lâcha Bisontin pour aller vers les enfants, à la recherche de mots qui devaient être plus difficiles à trouver. Puis, plus fort, il dit :

— Les sauvant, c'est mon petit David que j'ai sauvé. C'est lui que j'ai arraché deux fois à la mort. Car s'ils étaient morts, c'est lui qui serait mort deux fois encore... Et je sais à présent que chaque enfant tué par cette guerre, chaque enfant qu'elle tuera désormais sera *mon* enfant. Chaque innocente victime de cette barbarie sera mon petit David déchiré. Mon petit David vidé de son sang. Appelant dans la nuit. Victime de la cruauté des hommes... Victime de mon affolement impardonnable.

Sa voix qui avait pris de l'ampleur se brisa sur la dernière phrase. Il parut un instant désemparé, puis il se redressa et son visage s'éclaira. Ce n'était plus aux gens de la cabane qu'il s'adressait, c'était au monde. C'était l'univers entier qu'il embrassait de son regard si transparent, si profondément lumineux que toute la lueur du foyer semblait entrer en lui par le ciel à peine brumeux de ses yeux. Sur sa tête secouée de tremblements, sa chevelure était un feu vivant.

Il eut un haut-le-corps et Bisontin comprit qu'il venait de faire un effort considérable pour refouler un sanglot. Avec moins de nervosité, il reprit :

— Il faut les sauver tous... A présent que je n'ai plus rien à moi, plus personne à qui me donner, c'est à eux que je me dois. Qu'ils soient dix, cent, des milliers, ils m'attendent. Je le sais... Je les ai vus, cette nuit. Autour de moi par milliers. Leurs petites mains rouges de sang. Un océan de visages implorants... Cette nuit m'a éclairé sur ce que Dieu attend de moi. Il ne me demande pas seulement de sauver ces trois êtres meurtris qui se sont trouvés sur mon chemin, mais de rechercher tous les autres. Victimes de la haine, de la cruauté et de l'indifférence. C'est pour cela que mon petit David est mort... Pour que les autres soient sauvés.

Son regard revint à Hortense, tandis qu'il ajoutait d'une voix à peine audible :

— Cette nuit m'a révélé le sens de sa mort et

surtout le sens que cette mort a donné à ma vie.

Il continuait de contempler Hortense avec une terrible intensité de regard. On eût dit qu'il venait de la découvrir. La jeune fille ne bougeait pas. Elle avait adopté une attitude de raideur semblable à celle du médecin. C'était la première fois que Bisontin la voyait ainsi. Il s'en inquiéta comme il s'inquiéta de l'espèce de paralysie qu'il avait éprouvée lorsque Blondel s'était adressé à lui. Les voix des enfants qui continuaient de jouer semblaient faire partie d'un énorme quartier de silence qui fondait lentement... Lentement... La pluie et le vent s'étaient apaisés.

Blondel fit le tour de la table, hésita, puis vint s'asseoir sur le banc où était Hortense, mais le dos à la table si bien qu'étant chacun à demi tourné, ils se trouvèrent face à face et tout proches l'un de l'autre. Les mains du médecin s'élevèrent lentement et se posèrent sur les épaules de la jeune fille. Bisontin regardait la nuque blanche d'Hortense sous le chignon relevé très haut. Il voyait aussi la moitié du visage de l'homme dont l'œil immense était d'une fixité pénible.

Silence.

Et puis la voix de Blondel. Une voix venue du tréfonds d'un gouffre et qui traîne derrière elle son propre écho :

— Hortense, votre solitude est terminée... Votre vie retrouve un sens... Vous savez désormais où vous allez. Notre route s'avance vers la lumière... Nous les sauverons tous, mon amie, ma sœur si forte. Et chaque fois ce sera mon petit David que nous arracherons à la fureur des hommes... Les hommes ont la même soif de sang que les fauves, mais ils ont en plus le génie du mal. Nous leur opposerons l'amour.

Il se lève. Il vient se planter devant les deux hommes et, un peu théâtral, il lance :

— Hortense était dans mon rêve. Grande, et forte, et belle avec son visage d'espérance. Elle était là avec son cœur immense ouvert tout large à ces milliers d'enfants... Elle devait m'entendre. C'était dans l'ordre des choses. Elle m'a entendu. Elle m'a répondu.

La porte s'ouvre et le maréchal entre, éteint sa lanterne et dit :

— Le temps va se remettre au froid. Le ciel s'éclaircit et je crois bien que la bise va reprendre.

Comme personne ne répond, le vieil homme accroche sa lanterne derrière la porte, enlève sa pelisse et va s'asseoir sur le bord de sa couchette.

Durant tout le temps que Blondel a parlé, Claudia est restée immobile sur un billot, de l'autre côté de l'âtre. Plusieurs fois, Bisontin l'a observée. Il se demande si elle écoute et ce qui peut bien se passer dans sa tête. Mais voilà que Blondel va vers elle et qu'il dit en joignant les mains :

— Seigneur, vous avez semé la haine au cœur de millions d'hommes, mais vous avez semé l'amour au cœur de quelques-uns. Et ces cœurs-là sont si grands, si merveilleusement grands !

Sa voix s'étrangle. Il pose sa main sur la tête de Claudia et caresse doucement ses cheveux défaits. Il la regarde, puis il regarde Marie.

— Mon Dieu, dit-il, vous m'avez torturé, et voici qu'aujourd'hui vous me comblez en mettant sur ma route ces cœurs si grands et si purs.

Les larmes ruissellent sur ses joues maigres. Il

se retourne, va vers Claudia qu'il oblige à se lever et qu'il serre contre sa poitrine en murmurant :

— Sauvée... Tu es sauvé, petit oiseau blessé. Et ton enfant verra le jour dans un monde illuminé par l'amour.

33

Ils burent leur écuellée de soupe assis autour du feu, les uns sur le banc et le dos à la table, les autres sur des billots de foyard. Comme le compagnon prenait du bout des doigts un morceau de rave qu'il portait à sa bouche, Pierre le poussa légèrement du coude et souffla :

— Tu pourrais prendre une cuillère.

Et tous deux éclatèrent de rire. Et ce rire fit du bien à Bisontin. Et il fut tel qu'il entraîna celui des autres et dura longtemps. Il reprit d'ailleurs lorsque Bisontin eut raconté leur repas de midi et avoué qu'il avait espéré davantage d'embarras de la part du charretier de La Vieille Loye. Et sans doute parce que cette flambée de joie lui avait laissé du soleil au fond du cœur, le médecin comtois parut moins sévère lorsqu'il se remit à exposer ses projets de sauvetage des enfants. Et Bisontin aussi se sentait porté à rire encore, qui lui dit :

— Docteur Blondel, si vous étiez reçu compagnon, je proposerais qu'on vous baptise Alexandre-le-Lumineux ou le Fou-Merveilleux.

Blondel sourit et dit :

— Merci, mon ami. C'est un très beau nom, mais je ne suis pas certain de le mériter dans son intégrité. Et puis, je ne suis pas compagnon.

Il avait soupiré en prononçant ces derniers mots et il vint s'asseoir le dos au feu, sur la dalle de l'âtre, en face de Bisontin à qui il prit la main. Il examina cette main longue et osseuse, et il étendit la sienne à côté.

— Vous voyez, fit-il. Toute la différence est là.

Le rire de Bisontin alla se percher sur les cimes.

— Vous plaisantez, fit-il. Mais ce ne sont pas mes mains de charpentier et Pierre n'a pas non plus des mains de charretier. Pour l'heure, nous sommes des débroussailleurs, des forestiers nettoyeurs de bois, des faucheurs d'épines et de ronces.

Sa main était toute couverte de griffures, d'écorchures, de points noirs et rouges, de croûtes à moitié arrachées. A côté, celle de Blondel, plus petite et plus frêle, paraissait d'une blancheur insolite.

— Non, fit le médecin. Je ne parle pas de ces blessures qui sont une noblesse de plus. Je parle de ce je ne sais quoi qui habite les mains comme les vôtres lorsqu'elles sont au repos et leur confère leur majesté. Vous avez l'intelligence du cerveau, mais, en plus, vous avez celle des mains. Je ne suis qu'un homme. Vous êtes un créateur.

— Mais enfin...

— Laissez-moi vous dire encore que je veux aussi faire une œuvre. Une œuvre qui me survive comme vous survivront vos charpentes. Une œuvre qui montre la direction du ciel comme le font les flèches de vos clochers.

Bisontin se sentait gêné. Pourtant, il écouta

Blondel parler des milliers d'enfants à sauver et du nombre de gens qu'il faudrait pour mener à bien cette tâche.

— Voyez-vous, fit-il, bientôt, j'aurai besoin de vous. Car il faudra une grande maison pour accueillir tous ces enfants. La maison de la vie. Il faudra des compagnons pour la bâtir. Vous ferez la charpente, mais avant, il faudra un tailleur de pierre et un maçon. Et cette œuvre nous survivra, Bisontin. Comme il y aura toujours de la misère dans le monde, après nous d'autres continueront qui diront pour qu'on le répète jusqu'à la fin des temps : « C'est Bisontin-la-Vertu et tel autre compagnon qui ont accompli cette œuvre, et cette œuvre vaut bien une cathédrale. Ceux-là avaient compris que l'action est un acte de foi et que sans action, la prière n'est que verbe. »

Et il se mit à parler de la charpenterie comme jamais le compagnon n'en avait entendu parler. Pour cet homme, ce métier était le plus noble et le plus beau du monde. Les compagnons détenaient le pouvoir de tisser entre les peuples un lien dont le bois et le travail des mains étaient l'essence et qui serait un jour la roche d'où la paix jaillirait pareille à une belle source. Et cette source devenue fleuve, puis océan, submergerait la haine pour faire fleurir partout des gerbes de lumière et de rire.

Tous l'écoutaient, bouche bée, et Bisontin se dit que cet homme était en train de se saouler de paroles comme il saoulait les autres. « Bisontin, il te parle de ce qui te tient à cœur ; il te dit que tu es un grand compagnon, et tu feras ce qu'il te demandera. Ce n'est pas parce que tu essaies de te débattre un peu, tu es bien ferré. Tu y passeras comme les bonnes femmes. Il te mettra dans sa poche parce que tu sais bien que s'il réussissait ce qu'il veut entreprendre, ce serait formidable. Tu as beau dire que c'est un rêve, la plus énorme des utopies, tu sais bien qu'en conscience tu n'as pas le droit de t'y opposer. Et si tu n'adhères pas, tu t'opposes, car ton refus risque de troubler les autres. »

Seul le forgeron, accoudé sur ses cuisses et cassé en avant, lançait parfois au compagnon un regard interrogateur. Il avait des froncements de bouche et des hochements de tête qui semblaient autant de questions rentrées.

Revenant à l'immédiat, Blondel expliqua que ces idées avaient fermenté en lui depuis la mort de son enfant pour éclore ici, à la chaleur de l'amitié et d'un foyer retrouvé.

— Mais je n'ai pas le droit de m'endormir dans cette tiédeur douillette. Claudia va rester. Elle aura son enfant chez vous. Elle ne sera exposée aux sarcasmes de personne, et Marie saura l'entourer. Merveilleuse petite Marie au grand cœur.

Il sourit à Marie qui baissa les yeux en rougissant mais releva vite la tête pour regarder Claudia.

— Je vous laisserai aussi Loyal dont la patte est loin d'être guérie. Il est important que ce brave chien demeure avec Claudia car il s'est déjà tissé des liens affectifs très solides entre eux.

Il se tourna vers Claudia et lui dit de sa voix la plus veloutée :

— Il faut te coucher, mon petit. Et les enfants aussi, n'est-ce pas.

Depuis la soupe, les trois petits étaient restés à l'écouter, buvant ses paroles comme s'ils en avaient saisi la signification. « La musique, se dit le compagnon, est aussi d'une belle importance. Et cet animal pourrait nous jouer de la viole, il nous embarquerait dans son navire de la même façon ! »

Blondel avait pris dans ses bras le chien allongé devant l'âtre. Il se redressa en disant :

— Couche-toi, ma Claudia. Je vais porter Loyal à l'écurie, et dès qu'il aura fait ses besoins, je le mettrai près de toi.

La petite se coucha tandis que Marie et Hortense couchaient les trois autres. Le bébé dormait profondément. Marie le contempla un moment et Bisontin l'entendit murmurer :

— Dieu qu'il est beau et fragile. Je le garderais bien aussi.

Il lui sembla que Pierre allait réagir, et il lui posa la main sur le bras avec une mimique qui voulait dire :

— Laisse aller. Faisons comme si nous n'avions pas entendu.

Mais déjà Hortense intervenait.

— Non ! Il l'a dit : ces deux-là doivent être un levain. Il faut que nous trouvions des gens d'ici pour les prendre. Des gens qui soient les premiers maillons d'une immense chaîne que nous tisserons peu à peu. Car en attendant que soit construite cette maison qui les recevra, qui sera le cœur brûlant de la bonté de ce monde en folie, il faut que les Vaudois se chargent des enfants que nous sauverons.

Elle employait le langage même de Blondel, et c'était lui que l'on croyait entendre. Bisontin fut effrayé du pouvoir de cet homme. Qu'il ait pu, en si peu de temps, exercer pareille influence sur une fille aussi forte lui paraissait vraiment inquiétant.

Et pourtant, il se répétait : « Tu ne seras peut-être jamais comme elle ; mais tu as déjà commencé de marcher aussi. Mais qui oserait faire autrement, quand il s'agit d'enfants qui vont mourir ? »

Les enfants couchés, les deux femmes revinrent s'asseoir à leur place. Marie regardait la couchette où était Claudia, et Bisontin fut touché par l'infinie tendresse qui se lisait dans son regard. Il se dit : « Il n'y a qu'une mère ou une femme vraiment amoureuse pour avoir ce regard. »

Hortense était de nouveau figée, le buste raide et la tête droite à la manière de Blondel. Ce qu'elle regardait n'appartenait ni à ce lieu ni à cette soirée. Etait-elle en Comté avec son fiancé tué par les soldats ? Etait-elle sur la route qui la conduirait bientôt vers la guerre et la mort ? Son regard ne revint à la réalité que pour suivre le médecin qui rentra et s'en fut coucher son chien. Les rejoignant, il dit :

— Elle dort déjà... Mon Dieu, elle est encore une enfant. (Son œil s'assombrit.) Je ne voulais pas qu'elle entende ce que j'ai à vous dire... Savez-vous ce que certaines mères ont fait de leur enfant ? Après la peste, des pauvres sont payés ou requis d'office pour habiter les maisons des riches et des notables avant leur retour. Vous le savez ?

Ils firent tous oui de la tête et le médecin continua :

— Eh bien, des femmes ont loué leurs petits pour qu'ils aillent avec elles, ou parfois avec d'autres, vivre dans ces maisons où le mal peut résider encore.

Il raconta l'histoire d'un de ses amis, échevin d'un village qui s'était trouvé dans l'obligation de désigner sa propre fille pour aller ensevelir les morts de la peste. Cet homme s'était pendu.

Blondel s'était immobilisé devant l'âtre, et la lueur du foyer donnait à sa chevelure des airs de soleil. Il contempla le feu en silence, puis il se mit à marcher de long en large. Il s'arrêta plusieurs fois pour se prendre la tête à deux mains, donnant l'impression qu'il cherchait à se broyer le crâne pour en extirper une atroce douleur. Enfin, s'arrêtant le dos au feu, il dit d'une voix sourde :

— C'est Bisontin qui a raison, je suis fou. Je veux faire œuvre de vie en un siècle où la plupart des hommes ne pensent qu'à donner la mort. Je suis fou, puisque le fou est celui qui se situe en dehors du commun.

Il se tourna vers Hortense et son regard retrouva son éclat de joie. Sa voix se fit plus chaude.

— Oui, dit-il, nous serons fous, Hortense. Nous arracherons leur proie aux hommes-loups. Nous découvrirons ensemble le refuge des innocents sauvés de la furie d'Hérode. Et nous trouverons des femmes pour les aimer. Des femmes pleurant leurs enfants perdus et dont nous referons des mères heureuses. Nous sauverons à la fois des mamans et des enfants. Nous serons les contrebandiers de la vie, nous serons dans la nuit les passeurs de la lumière.

Epuisé, Blondel venait de se laisser tomber sur un banc. Quelques instants, il demeura le buste et le cou raides, le regard perdu, puis, cassé comme par le vent, il laissa aller sa tête dans ses mains et se mit à pleurer.

Les autres restèrent à s'interroger du regard.

Un long moment passa, puis ce fut Hortense qui s'approcha du médecin et posa simplement sa main sur son épaule. Les sanglots s'espacèrent. Lentement, il leva la tête. Son visage était bouleversé. D'une voix à peine perceptible, il répéta trois fois :

— Pardon, mes amis... Pardon... Pardon...

Et il sortit dans la nuit.

34

Le maréchal ne s'était pas trompé. Durant la nuit, ce fut la bise qui prit le dessus. Elle nettoya le ciel et fit reluire les restes de neige que la pluie n'avait pas emportés, mais elle ne fraîchit pas assez pour amener le grand gel. Le sol s'était ressuyé et, lorsque le jour se leva, Blondel sortit un moment et revint en disant :

— Deux journées et deux nuits ainsi, et ce sera juste le temps qu'il faut pour prendre la route.

Bisontin regarda Hortense dont les yeux ne semblaient pas assez grands pour qu'elle pût contempler en même temps cet homme et ce qu'il lui promettait.

— En attendant, je vais toujours emmener ma jument faire un petit tour pour voir comment elle se comporte.

Il prit sa pelisse et son bonnet, puis il s'en alla. Pierre et Marie étaient à l'écurie, lui pour le pansage, elle pour traire sa chèvre. Les enfants dormaient encore. Bisontin regarda le maréchal qui était là, debout près de sa couchette, à faire semblant de tâter le fil de sa hache. En réalité, le regard au ras de la lisière de son chapeau, le vieux ne quittait pas Hortense des yeux. Il avait envie de parler, ça se voyait, mais il n'oserait pas. Bisontin le sentait. Cet homme avait vu venir Hortense au monde, il l'avait vue grandir, il la tutoyait, mais elle était Hortense d'Eternoz, la nièce de l'échevin et il n'oserait jamais lui dire le fond de sa pensée. Bisontin soupira. Lui non plus ne dirait rien. Ce qui remuait en lui était trop confus. « Elle est folle, se répétait-il. Pas de la même folie que l'autre, mais folle aussi. Et toi, à force de la regarder, tu allais peut-être finir par prendre un grain aussi. Au fond, tu es furieux de la voir partir. Mais tu n'oses pas t'avouer que tu es soulagé. Ceux qui vont rester, ils te seront soumis. Même le vieux parce qu'il est vieux. »

Le forgeron avait commencé de passer sa pierre sur le tranchant de sa hache qui n'en avait nul besoin et le chant de l'acier emplissait la cabane. De l'écurie arrivaient les voix de Pierre et de sa sœur. Il sembla un moment qu'ils n'étaient pas d'accord, mais les mots étaient dévorés au passage par l'épaisseur du bois.

Il y eut quelques minutes avec le chant du métal et celui de la flamme, puis Marie entra. Bisontin comprit tout de suite qu'elle était bouleversée. Elle les regarda tous trois, mais Bisontin davantage que les autres. Et ce fut devant lui qu'elle vint lorsqu'elle eut posé son bidon de lait.

— Mon frère est fou, dit-elle. Complètement fou !

Son regard était à la fois furieux et implorant. Elle lança d'une voix qui tremblait en montant vers l'aigu des sanglots :

— Il veut partir aussi... Partir avec eux.

Elle cacha son visage dans ses mains et courut

s'asseoir sur sa couche pour se mettre à pleurer. Hortense la rejoignit et l'entoura de son bras en disant :

— Mais non, petite Marie. Il ne partira pas. Nous l'en empêcherons...

Elle se tut, car Pierre entrait, l'œil sombre et le front plissé. Il semblait plus embarrassé qu'en colère. Il alla devant les deux femmes, fit demi-tour, marcha jusqu'à la cheminée, revint vers la porte et s'arrêta. Avec beaucoup d'ironie dans le ton, Bisontin demanda :

— Tu as perdu quelque chose ?

Pierre haussa les épaules et, lançant à Bisontin un regard plein d'orgueil, il fit :

— Non. Mais je dis que cet homme a raison.

— Ah oui, fit le compagnon. Et personne ne te dit qu'il a tort.

— Non. Mais Marie ne comprend pas que je veuille partir moi aussi.

Bisontin savait qu'il risquait de blesser son ami, et pourtant, parce qu'il était surtout important de l'empêcher de partir, il se mit à ricaner tandis qu'Hortense lançait :

— Vous n'y pensez pas !

— C'est bien le dernier que j'aurais cru capable de prendre le foutreau, dit le forgeron.

— Pierre, dit Bisontin d'une voix dure, tu as perdu la tête. Tu veux aller chercher des gosses en Comté alors que tu as ici ceux de ta sœur à nourrir ! Qu'est-ce que tu crois ? Que je vais le faire parce que Maître Jotterand nous a mariés aux yeux des Vaudois ?

Pierre était devenu écarlate. Hortense laissa Marie et s'approcha de lui. Gentiment, mais avec fermeté, elle lui dit :

— Blondel serait heureux s'il vous entendait. Mais les vôtres peuvent aussi avoir besoin de vous. Et si nous réussissons, nous aurons besoin d'aide ici. Vous n'êtes pas comme moi. Vous n'avez pas le droit...

Tandis qu'elle parlait de sa belle voix pleine, Marie s'était approchée de Pierre. Elle posa sa main sur son épaule et resta à côté de lui tout le temps qu'il fallut à Hortense pour expliquer, sans un mot plus haut que l'autre, ce qu'il y avait de sagesse à rester. La jeune fille ne parla ni de la folie de ce départ ni de la folie de Blondel, mais tout était contenu dans son propos.

Lorsque Hortense se tut, Marie murmura simplement :

— Mon petit... Mon petit Pierre...

Ils s'embrassèrent. Bisontin regardait Hortense qui lui sourit et eut un coup d'œil en direction du forgeron. Le vieil homme n'avait pas bougé de place. Il observait Marie et Pierre avec un sourire qui illuminait son visage. Mais ce sourire disparut lorsque son regard croisa celui d'Hortense. Alors, la jeune fille s'approcha de lui en disant :

— Maréchal, est-ce que vous croyez que mon oncle me désapprouve ?

Le vieil homme réfléchit un instant, puis, l'œil moins sombre, il accepta de bougonner :

— C'est vrai qu'il était bien du même bois que toi.

Il hésita, puis, plus durement et avec un regard vers les autres :

— Mais faut pas que ce genre de maladie tourne à l'épidémie.

Le bébé venait de se réveiller et, comme Marie se

dirigeait vers lui, sans réfléchir, Bisontin s'approcha de Pierre et demanda :

— Tu m'en veux ?

Le garçon eut un petit rire et dit :

— J'ai eu un coup de folie, mais toi est-ce que tu serais devenu stupide ?

Et parce qu'ils avaient tous besoin de dégeler l'atmosphère autour d'eux, ils suivirent Bisontin dans son rire.

35

Le beau temps semblait s'installer. Les nuits donnaient encore des gelées, mais les journées assez de soleil et de vent pour nettoyer les chemins et faire disparaître les restes de neige. Du haut de la combe Dufour, Bisontin retrouva avec joie son petit coin de lac pareil à une brisure de miroir plantée dans le flanc de la colline.

Blondel faisait marcher sa jument et partageait le reste de son temps entre les enfants et les hommes qu'il venait rejoindre sur leur chantier. Avec colère, il disait :

— Et sous ce soleil, des enfants sont en train de mourir. Et nous sommes là, impuissants.

Il ne passait guère d'instants sans qu'il parlât des enfants menacés par la famine, les épidémies et la guerre. Lorsqu'il ne parlait pas, il suivait son idée et, un moment plus tard, il faisait part de ses trouvailles.

Durant ces deux jours, il échafauda plusieurs projets grandioses qui aboutissaient toujours au sauvetage de milliers d'enfants. Et ces enfants, grandis parmi des sages tels que lui et Hortense, devenaient des hommes capables de construire un monde à jamais débarrassé de la haine.

Les autres écoutaient, hochaient la tête en se regardant, mais renonçaient à intervenir.

Le dernier après-midi, alors que Blondel était occupé avec Pierre à préparer sa voiture, Bisontin dit à Hortense :

— Vous allez nous manquer... Et cette aventure où vous vous embarquez ! Comprenez que...

Hortense l'interrompit :

— Je sais tout ce qu'on peut objecter. Je sais ce que dirait ma tante si elle était encore là. Je sais ce que des êtres équilibrés tels que vous peuvent penser d'un Blondel... Vous l'avez bien dit d'un mot : un fou. Fou de douleur, mais fou d'amour aussi, et c'est ce qui compte. Et c'est également vous qui l'avez dit : aussi merveilleux que fou.

S'approchant de Marie qu'elle prit par l'épaule, elle ajouta :

— Je n'ai plus de famille, et j'avais trouvé une sœur. Je vais la quitter pour suivre un fou... Personne ne comprendrait. Personne... La seule chose que je puisse dire, c'est qu'il me paraît admirable que, chez lui, la douleur ait engendré tant d'amour, alors que, chez d'autres, elle n'engendre que la haine et l'esprit de vengeance.

Beaucoup plus vite, elle murmura :

— Qui sait, c'est peut-être un saint ?

Et ce fut tout.

Durant le repas du soir qui fut très bon parce que Pierre avait réussi à piéger un daim. Blondel dit qu'il entrevoyait une chaîne immense. Il en était le premier maillon. Marie le deuxième puisqu'elle se chargeait de Claudia. Hortense le troisième qui allait venir avec lui sauver d'autres enfants. Il y avait de braves gens partout, il suffirait de les découvrir. Et ces gens-là en connaissaient fatalement d'autres qui en découvriraient d'autres encore.

Marie demanda :

— Mais où irez-vous ?... Demain, par exemple, où serez-vous ?

Blondel sourit et dit :

— Chez une autre Marie. Mais une Marie vaudoise car il faut que ce pays adhère à notre cause.

Bisontin avait envie de parler du vieux de Reverolle et des maisons vides, mais il ne put s'y résoudre. Quelque chose le retenait qu'il ne parvenait pas à vaincre.

Blondel parlait toujours avec de grands gestes de prophète :

— Si nous ne trouvons rien, c'est que Dieu nous a abandonnés. C'est que ce pays ne compte plus de braves gens... Et lorsque nous aurons trouvé des parents à ces deux petits-là, nous monterons chercher un refuge près de la frontière. Sinon, je perdrais trop de temps. Lorsque nous serons nombreux, ce sera autre chose. Si nous sommes dix, par exemple, à aller sauver des enfants, il faudra dix ou vingt personnes à la frontière pour les prendre et les diriger vers les lieux où d'autres encore les accueilleront et les soigneront. Tout ça est une question d'organisation.

Le compagnon essayait d'imaginer pareil mouvement. Il avait du mal à y parvenir. Et Blondel continuait de parler. Il ne s'envolait plus, comme parfois, dans la colère ou dans une joie excessive. Il allait son chemin en bon ouvrier habitué à sa tâche et qui sait parfaitement jusqu'où il peut la mener avant le crépuscule. Blondel labourait, sillon après sillon. Il était devenu un compagnon.

Alexandre-le-Lumineux ou le Fou-Merveilleux. Son champ s'agrandissait à mesure qu'il poussait plus avant son araire. Mais la besogne ne l'effrayait pas. Son champ pouvait être la terre, la vaste terre tout entière, il ne renoncerait pas. Au contraire, plus il avancerait, plus il découvrirait de raisons d'aller, plus lui viendrait de forces, plus grandirait l'aide que lui offrirait ce monde des braves gens auquel il revenait sans cesse.

Ce n'était plus l'horreur de la guerre et la cruauté des uns qui l'habitaient, mais davantage une espèce de foi en ceux qui pouvaient l'aider. Il disait :

— Les loups étaient autour de moi et vous êtes venus. Non seulement vous m'avez secouru, mais vous m'avez montré le vrai visage du monde. Notre rencontre est un signe. Elle est déterminante. Elle survient pour dire que je n'ai pas le droit de désespérer des hommes.

Et Bisontin sentait à quel point la musique de son intarissable propos pouvait séduire ceux qui se laissaient aller à l'écouter.

C'était bien vrai que cet homme échappait au commun. Son langage, son regard, sa façon d'être, tout continuait d'étonner Bisontin qui se demandait parfois si Blondel se comportait vraiment selon sa nature où s'il se composait un personnage. Et puis, Bisontin pensait à la manière dont il avait guéri la cheville de Marie. N'était-il pas un peu sorcier ?

Dès qu'un enfant pleurait, il s'approchait, parlait de sa voix la plus chaude, et le chagrin faisait place au sourire. Si quelque chose effrayait Claudia, il lui disait deux mots, lui posait la main sur la tête, et c'était terminé. La confiance chassait la peur.

Le compagnon le regardait, regardait Hortense et finissait par se dire qu'il était naturel que ces deux-là s'en aillent ensemble. Ils appartenaient au même monde. Qu'avaient-ils à faire avec un charpentier, un forgeron ou un charretier ? Rien. En temps ordinaire, jamais un médecin de ville et la nièce d'un échevin ne seraient venus parler à un Bisontin ou à une Marie comme ceux-là le faisaient ici. La guerre n'avait pas tué que des hommes, elle avait également abattu certaines barrières. Le compagnon avait souvent pensé à cela du temps qu'ils se trouvaient dans la forêt de Joux. Il y avait pensé au point d'en arriver à regarder Hortense comme il ne l'avait jamais fait à Chapois, lorsqu'il remontait la charpente de l'énorme bâtisse qu'habitait l'échevin, mais Hortense allait partir. Bisontin eut envie de rire en pensant aux guerres d'autrefois, lorsque seuls s'en allaient les nobles et que les manants demeuraient à la terre. Et cette vision fit naître en lui l'idée qu'Hortense, en suivant Blondel, se trompait de voie. Est-ce qu'elle n'était pas faite davantage pour se battre que pour aller recueillir des enfants abandonnés ?

Ce que Bisontin ne parvenait pas à comprendre, c'est qu'une fille aussi forte se fût aussi facilement laissé prendre au verbe de Blondel. Car elle était, en quelques jours, devenue la chose de cet homme. Elle lui était soumise. Elle le regardait comme les miraculés avaient dû regarder Jésus.

A présent, le compagnon avait dominé le petit accès de jalousie qui l'avait taraudé le premier jour. Lorsque Blondel parlait, il lui arrivait peut-être de forcer un peu son ton naturel, mais cet homme n'était pas un tricheur. Il était évident qu'il ne voyait en Hortense qu'une alliée. Une femme seule qui avait besoin de se donner aux autres. Une fille qui avait surmonté sa propre douleur et pourrait l'aider à soulager cette douleur d'un monde qu'il s'était mis en tête de guérir.

Bisontin les imaginait tous deux sur les routes de Comté, mais, malgré le pouvoir étrange de Blondel, malgré sa voix et son regard, il lui semblait qu'Hortense demeurerait la plus forte et qu'un jour, ce serait elle qui entraînerait le médecin comtois là où elle aurait décidé de combattre.

36

La charrette légère tirée par la jument à peine guérie s'en alla au petit matin. Le soleil somnolait encore sous son duvet de brumes. Le sentier se noyait dans la masse cendrée des arbres où les premières lueurs faisaient scintiller le givre. Lorsque la bâche marron disparut, Bisontin éprouva l'impression que cet attelage si fragile emportant Hortense, Blondel, la fillette et le bébé venait de s'enfoncer sous terre. Il dut se défendre contre le sentiment qu'il n'avait peut-être pas tout fait de ce qui était en son pouvoir pour aider le médecin et la jeune fille. Un très court instant, il se reprocha de n'être pas parti avec eux. Lui non plus, n'avait rien. Mais il regarda ceux qui restaient. Il avait tous ceux-là. La guerre et l'exil avaient lié son sort au leur et, parce qu'il les avait amenés ici, il se devait d'y rester avec eux.

Marie qui avait dû se contenir longtemps laissa crever son chagrin. Pierre la prit par l'épaule et la fit rentrer en disant :

— Pleure. Il faut que tu pleures. Ton amie est partie. Tu as envie de pleurer depuis qu'elle a annoncé son départ et tu t'es retenue... Pleure. Ça te fera du bien.

Comme Claudia restait sur le seuil, intimidée, tirant sur les pointes de son châle gris qu'elle serrait en les croisant sur sa poitrine plate, Bisontin lui sourit. Il lui sembla que le regard d'oiseau effrayé s'éclairait un peu. Il la prit doucement par la main et lui dit :

— Viens, petite Claudia. Tu es forte, toi. Tu vas consoler Marie. Et tu sauras lui tenir compagnie.

Lorsqu'ils rentrèrent, Bisontin éprouva l'impression que Marie avait honte de se montrer si faible devant cette enfant. Il fit asseoir Claudia sur le banc à côté de Marie. Marie la serra contre elle, puis elle leur sourit à travers ses larmes.

— Pleure pas, maman, dit petit Jean. Elle reviendra, Hortense. Elle l'a dit... Elle reviendra.

Les hommes prirent leurs outils et s'éloignèrent vers le haut des coupes.

— Au fond, dit le forgeron, c'est une bonne chose pour Marie que d'avoir cette petite avec elle. Surtout tant que nous sommes dans ce bois.

— Si ce temps se maintient, dit Bisontin, nous ne tarderons pas à redescendre. Il y a risque d'une première montée de sève.

Ils se mirent au travail sans parler. Ce matin-là, ils avaient à débiter du branchage qui encombrait la coupe et, pour nettoyer ce qui ne pouvait trouver place ni dans le bois de moule ni dans les fagots, ils allumèrent un feu. Gorgé d'humidité, le bois fumait, pétillait, suintait sans arrêt. La fumée lourde coulait dans la combe comme un fleuve gras tout habité de larges remous très lents. La forêt qui s'égouttait ajoutait son crépitement à celui du foyer. Toutes ces choses-là, le feu de bois comme le chant des arbres mouillés, le soleil montant des brumes lumineuses comme l'odeur de fumée et de bois coupé, Bisontin les aimait. Ce matin, pourtant, il n'en jouissait pas comme il l'eût fait un autre jour. Hortense était là, devant lui, avec son regard plein de fierté, avec son regard qui gardait cette fierté même lorsqu'elle contemplait Blondel avec tant d'admiration que c'en était agaçant.

Hortense était partie vers la Comté, et le compagnon se souvenait qu'elle lui avait dit un jour :

— Depuis que j'ai passé cette frontière, je pense souvent à ce proverbe qui dit : « Meurs sur ta terre natale, mais ne la quitte point. » Je sais, ce n'est jamais agréable de voir mourir son pays, mais en voir vivre un autre ne change rien à l'affaire. Rester, c'est prendre le risque de mourir avec sa terre, mais pas sans avoir tout fait pour la défendre.

Bisontin se redressait souvent pour regarder pardelà les nappes de fumée, dans la direction où était le lac. Mais aucune lumière ne venait de là-bas, seul un banc de brume que nul vent ne poussait montait lentement, mû par sa propre force, malaxé sans relâche par le silence du lac invisible.

Et la vie continua au creux de la combe Dufour, mais une vie différente à cause des jours plus longs et de cet avant-printemps que l'on sentait s'installer chaque jour plus solidement. Il y eut encore des retours de froidure et quelques averses où la neige à moitié fondue se mêlait à une pluie glaciale, mais les premiers bourgeons se gonflaient de vie. Les hommes avaient décidé de ne plus abattre de bois d'œuvre. Ils coupaient le taillis et débroussaillaient. Ils finissaient de nettoyer les chantiers et de descendre les fûts bien propres jusqu'au pré du bas. L'eau sourdait de partout. La source chantait haut. La gouille débordait et il fallut creuser un fossé le long du chemin que les sabots des chevaux transformaient en bourbier. Marie put sortir sa chèvre et le lait devint meilleur, plus crémeux et plus abondant aussi. Et, un soir, les hommes eurent la surprise de manger le premier fromage.

Bisontin avait construit sur la source un petit moulin que le courant faisait tourner. Un marteau cognait sur une planchette à la grande joie de Léontine. Lorsqu'il rentrait du chantier, si la nuit n'était pas tout à fait tombée, petit Jean allait rejoindre sa sœur et, de l'écurie, les hommes s'amusaient de les entendre. Un soir, ils eurent une grande émotion : le rire de Claudia se mêlait à la joie bruyante des autres. Les hommes sortirent et Pierre alla chercher Marie.

Ils restèrent là, tous les quatre, un long moment dans le soir qui noyait de cendres les bas-fonds duveteux. Ils se regardaient les uns les autres et ils souriaient. Il semblait que quelque chose de lumineux venait de naître dans ce crépuscule.

Après un long moment, Bisontin dit :

— A présent, je crois que c'est vraiment le printemps.

Un temps passa encore, puis, comme les enfants qui n'y voyaient plus remontaient en entraînant Claudia qu'ils tenaient chacun par une main, Marie soupira :

— Mon Dieu, si le docteur pouvait la voir, s'il pouvait l'entendre rire, comme il serait heureux !

Lorsqu'ils se retrouvèrent autour de l'âtre, Claudia alla s'asseoir, comme chaque soir, sur le billot le plus bas. Aussitôt, Loyal vint en clopinant s'allonger à ses pieds et elle se mit à le caresser.

— Vous voyez, dit Bisontin, si ce chien est malin.

Il fait comme les mendiants aux portes de Morges, il tient son bras replié de peur qu'on ne lui donne du travail.

Tout le monde rit, et Claudia aussi qui dit :

— Il n'est plus aussi triste.

C'était la première fois qu'elle parlait devant les hommes sans qu'on l'eût interrogée. Et son regard, sans être habité de gaieté, semblait beaucoup plus ouvert sur la vie.

Loyal tenait une grande place parmi eux. Les enfants surtout s'étaient attachés très vite à cet animal dont les yeux roux étaient pleins d'amitié.

Blondel leur avait conseillé de ne jamais interroger Claudia sur son passé, mais de l'écouter avec affection si elle venait à en parler. A la fin de la première semaine, elle en parla deux fois pour dire simplement que ses parents étaient morts et qu'elle ne verrait jamais leur tombe. Elle parla davantage d'une nommée Félicie Riore qui avait été tuée devant elle, avec son enfant à qui elle était en train de donner le sein. Un soldat avait frappé cette femme qui avait roulé à terre sans lâcher son bébé. Un autre soldat les avait alors transpercés tous deux d'un même coup de lance.

— C'était sur le seuil de sa maison. Il y avait beaucoup de sang qui coulait dans la rue. Comme l'eau sale quand on récure.

Elle semblait très attachée au souvenir de cette jeune femme. Elle parla du temps où elle allait voir son bébé chez elle, puis elle revint à sa mort. Sa voix ne tremblait pas. Elle racontait sans colère, sans émotion apparente. Son regard était ailleurs. Elle précisa :

— J'ai bien vu, parce que des soldats me tenaient. Ils m'ont obligée à regarder. Il y en a un qui me tordait les bras dans le dos et un qui me tirait en arrière par les cheveux.

Bisontin pensa qu'elle allait raconter comment elle avait été violée, mais Claudia se tut, les yeux fixes, comme si l'image de la femme tuée avec son bébé se fût incrustée en elle.

Un autre jour, alors que les hommes rentraient de faucher des ronces, sans préambule, avec autant de détachement que si elle eût raconté une promenade, Claudia dit :

— Un soir, il est venu des Cuanais. Ils arrivaient du bas pays. Ils avaient des prisonniers. Ils les ont mis tout nus sur la place. C'était l'hiver. Ils ont cassé la glace à coups de pioche sur le bassin de la fontaine. Et puis, ils les ont fait sauter dans l'eau. Même la tête, ils leur enfonçaient dedans en tapant dessus. Après, ils les ont fait sortir. Et il est venu des gens avec des faux... Et moi, on m'a fait rentrer chez nous.

Bisontin était un peu surpris que Claudia ne parlât jamais de Blondel, mais, lorsque l'un d'eux évoquait le médecin et Hortense, son regard s'allumait. Elle écoutait, fronçant les sourcils si elle ne comprenait pas bien, montrant un peu d'agacement lorsqu'un enfant faisait du bruit. Et lorsqu'elle dormait, Marie parlait d'elle. Elle racontait leurs journées en l'absence des hommes. Elle disait combien Claudia se montrait affectueuse avec elle et avec la petite Léontine, et l'on sentait que la jeune femme aimait déjà cette enfant meurtrie d'un véritable amour de mère.

37

Et Maître Jotterand arriva très tôt le lundi matin. Les hommes travaillaient sur le plus proche dévers de la combe. Bisontin descendit en courant et arrêta l'attelage du vieil homme à l'entrée de la clairière. Il voulait parler du départ d'Hortense et de la présence de Claudia, mais le maître charpentier se mit à rire dès ses premiers mots.

— Je n'en sais pas autant que toi, fit-il, mais je sais pourtant qu'ils sont partis. Et même arrivés à la frontière. Mais tu sais, après ce que tu m'avais dit de ce médecin, rien ne pouvait m'étonner. Simplement, je regrette de ne pas l'avoir vu. Parce qu'on ne doit pas rencontrer tous les jours pareil phénomène.

Ils gagnèrent la cabane où était Marie avec Claudia et Léontine. Et dès qu'il les eut saluées, Maître Jotterand tira de sa ceinture un papier qu'il tendit à Bisontin en disant :

— C'est arrivé hier, en mon absence. Un messager. Une espèce de rouleux de mauvaise allure d'après ce que m'a dit ma femme. J'ai lu, mais c'est pour vous.

Marie porta ses mains à sa poitrine. D'une voix à peine audible, elle dit :

— Lisez... Lisez vite.

Le compagnon déplia le papier, l'examina en silence durant quelques instants, puis il lut :

« Mes amis, le monde est tout de lumière dans le pays où vous êtes. Nous avons découvert à Bière des parents pour les deux abandonnés. Nous sommes à la veille de retrouver notre pauvre terre déchirée où doivent nous attendre d'autres oiseaux meurtris. Soignez bien notre Claudia. Je vous aime et je pense à vous. Votre Hortense. »

Bisontin se tut et regarda Claudia qui le fixait de son œil noir où il lui sembla retrouver un peu de ce qu'il y avait vu lorsque Blondel allait vers elle. Marie souriait. Maître Jotterand observait Claudia. Il dit simplement :

— Bonsoir de bonsoir, quelle affaire !

Bisontin dit :

— Je vais appeler les autres.

— Tu peux, fit en riant le maître charpentier. J'ai aussi des nouvelles pour eux, et pour toi...

Au regard de Jotterand, Bisontin comprit que ces nouvelles étaient bonnes, mais le vieil homme taquin ne voulut rien dire avant l'arrivée des autres. Lorsqu'ils furent tous installés, il mit encore un peu leur patience à l'épreuve en déclarant :

— Je n'aime pas parler le gosier sec. Petit Jean, il y a une bouteille de vin sous le siège de ma voiture, va donc la chercher. Et ne la casse pas. C'est du bon.

L'enfant sortit en courant et le charpentier de Morges ajouta :

— Comme on ne peut donner les bonnes nouvelles

qu'en les arrosant, si cet animal casse la bouteille, je ne pourrai rien vous dire.

D'un même mouvement, Pierre et Bisontin enjambèrent le banc et se précipitèrent vers la porte. Comme Jean revenait, ils mirent tous deux leur chapeau sous la bouteille, comme pour la cueillir en cas de chute. Et ils le firent avec de telles mimiques qu'un grand éclat de rire les secoua tous durant un long moment. Lorsque le vin fut dans les gobelets, Maître Jotterand leva le sien et dit :

— Mes amis, je bois à votre installation dans notre bonne cité de Morges. Je bois aux charpentes que va faire Bisontin-la-Vertu. Je bois à votre tâche à tous, car vous aurez tous du travail, et du bon.

Ils burent lentement et Bisontin dit :

— Si le travail est aussi bon que ce vin, nous allons être saouls tous les soirs !

Le vieil homme expliqua qu'il venait de prendre le chantier de trois grosses charpentes et qu'il voulait confier la plus belle à Bisontin.

— Si tu veux prendre Pierre avec toi, en dehors des charrois que je pourrai lui trouver à faire, il sera ton manœuvre. Et puisqu'il faut un lapin à chaque équipe, je pense que petit Jean fera l'affaire. Quant à notre maréchal, j'ai pas mal de travaux de forge à lui confier. Et comme je n'ai personne pour s'occuper des chevaux...

Le vieux forgeron se leva, il alla vers Maître Jotterand et, ouvrant sa lourde main toute couturée, il dit gravement :

— Maître Jotterand, cette main est à votre service pour tout ce que vous lui demanderez. En quittant mon pays, j'avais le cœur déchiré. Je me voyais promis à mendier mon pain et j'ai parfois pensé à me donner la mort.

Les autres murmurèrent, mais le vieil homme les arrêta du geste pour dire encore :

— Grâce à votre grand cœur, j'ai l'illusion de n'être pas trop à charge. Jamais je n'aurai assez de temps pour vous remercier.

Maître Jotterand prit la main que lui tendait le maréchal et, en même temps qu'il la serrait, il se leva et donna l'accolade au vieil homme.

Il y eut un moment de silence et, lorsque le maréchal passa devant le feu pour regagner sa place, Bisontin fut ému de voir deux perles d'or accrochées à sa barbe grise.

Bisontin regardait tout cela, mais, entre lui et ce qu'il observait, se dressait déjà tout un entrelacs de poutres, de chevrons, de pièces de bois de toutes sortes. Maître Jotterand dut deviner ce qui se passait en lui, car il demanda en riant :

— Alors, grand brigand, es-tu heureux, au moins, de retrouver la charpenterie ? Toi qui as la langue toujours si bien pendue, est-ce que c'est l'annonce du travail qui te coupe le sifflet ?

Il y eut des rires, mais Bisontin demeura grave.

— Maître Jotterand, dit-il, je suis comme le père Rochat. Nous sommes des hommes de métier. C'est pour notre travail que nous avons toujours vécu, en nous le rendant, c'est la vie que vous nous rendez. La vraie, celle pour laquelle nous sommes faits.

Il lança un regard au maréchal qui l'approuva d'un mouvement de tête et d'un sourire. Il réfléchit un moment, puis avec encore davantage de gravité, il ajouta :

— Ce que je vais dire n'est peut-être valable que pour moi, mais tout de même... Ça me taraude le cœur de savoir que la Comté est pareillement déchirée. Il ne passe pas de jour sans que je pense à mon pays et au bonheur que j'aurais à le retrouver... Et pourtant, voyez-vous, il y a des moments où je me demande si ce n'est pas mon métier qui est ma vraie patrie.

QUATRIÈME PARTIE

RÉSURRECTION

38

Ils étaient restés deux journées encore à la combe Dufour pour finir de descendre les fûts, empiler le bois de feu et nettoyer la coupe qu'ils avaient laissée aussi propre qu'une pistole neuve. Durant le retour, une petite pluie tranquille les avait accompagnés. Elle tombait, froide et serrée, sur les bois frottés de rouille et du premier vert tendre des bourgeons encore fermés. Les sapins étaient d'un noir luisant parmi les feuillus aux branches nues. Le roulement de l'averse sur la bâche accompagnait celui des roues dans le chemin défoncé.

— C'est une pluie sans colère, dit Bisontin, elle est installée sur le pays pour y rester quelques jours. Nous serons mieux à Morges que dans cette cabane.

L'eau ruisselait sur le poil brillant des chevaux dont la croupe ondulante fumait. L'averse remplaçait le ciel et limitait la vision, si bien qu'ils atteignirent la ville sans avoir vu le lac. Comme il faisait encore grand jour, la porte était ouverte. A l'abri sous la voûte, l'homme de faction les suivit des yeux sans bouger. C'est à peine s'il ébaucha un petit geste de la main pour répondre au salut du compagnon qui observa :

— A présent, nous sommes du pays.

Les rues étaient désertes et des chandelles allumées dans quelques échoppes. L'eau du lac était d'un gris uniforme fait du crépitement des gouttes. Elle n'allait pas loin, dévorée par ce ciel qui enveloppait tout de son voile sans lumière.

Ils arrêtèrent les attelages devant la maison et Bisontin dit :

— Nous déchargerons quand il pleuvra moins.

Ils sautèrent de voiture et se précipitèrent dans la maison où régnait une agréable tiédeur. La cendre avait été tirée sur un gros tas de braises. Marie y posa un fagot et bientôt, la flamme jaillit.

— Le feu chasse la tristesse, déclara Bisontin.

Le maréchal et Pierre dételaient. On les entendit pousser les bêtes vers l'écurie puis descendre de voiture la chèvre qui semblait leur donner du mal.

Loyal avait fait le tour de la salle en clopinant et en reniflant les murs, le sol et les meubles, puis il était venu s'allonger devant l'âtre, comme il le faisait dans la cabane. Inquiet, il observait la porte.

Pierre et Rochat devaient bouchonner les chevaux et refaire la litière, car ils restèrent longtemps absents. Jean et Léontine montraient la maison à Claudia qui regardait tout avec timidité.

— Alors, ma Claudia, demanda Bisontin, tu n'avais jamais rien vu de pareil ?

— Non, fit-elle. J'étais jamais entrée.

La petite avait vécu à Nozeroy et Marie demanda à Bisontin s'il s'agissait d'un village.

— Non, fit-il, c'est un bourg fortifié. Pourquoi ?

— Je me demandais si Claudia ne risquait pas

d'être effrayée par le bruit d'une cité. Les chars sur les pavés et le monde. Et le bruit du port.

Le port était calme, ce soir-là, mais Bisontin pensa que Marie devait parler un peu pour elle. Comme il ne répondait pas, elle ajouta :

— Bien sûr, vous, vous avez si souvent vécu en ville...

Le compagnon qui était près de la fenêtre s'arracha à la contemplation du lac où se dessinait en traits précis son rêve de charpente, il se retourna et dit :

— Toi qui n'as jamais vécu en ville, tu vas devoir t'habituer.

Il avait insisté sur le tu, et, comme Marie marquait un peu de surprise, il s'approcha d'elle et la prit par les épaules en disant :

— Oui, ma petite Marie. On doit se dire tu. Maître Jotterand m'a encore recommandé de faire bien attention. N'oublie pas que tu es ma femme. Que ça te plaise ou non. Tu devras avoir l'air d'être tout à fait heureuse avec moi !

Son rire sonna clair. Marie baissa la tête, mais Bisontin put voir que son front s'empourprait. Elle ne fit rien pour se dégager et Bisontin eut l'impression qu'elle attendait peut-être autre chose de lui. Ses mains serrèrent un peu plus les épaules qu'il sentait frêles sous le tissu du caraco. Il allait l'attirer à lui lorsque des pas sonnèrent sur le pavé devant la porte. Il la lâcha. Elle leva la tête. Son visage était encore légèrement coloré, mais elle souriait.

Le père Rochat entra suivi de Pierre qui portait une brassée de rondins. Il avait de la paille dans les cheveux. Il dit avec joie :

— On vient de se faire engueuler par les queuesrousses. Elles tournent sans arrêt sous l'auvent de l'écurie. Elles vont pas tarder de faire leur nid.

— C'est preuve que la maison est bonne, dit le forgeron.

— Oui, fit Marie. A La Vieille Loye, nous en avions tous les ans. Et si elles sont déjà là, c'est que le printemps n'est pas loin.

A présent que le chemin sous la pluie était fini, il y avait entre eux une espèce de joie qui n'éclatait pas, mais semblait sourdre de partout. Du feu qui chantait clair, des exclamations des enfants, de la bonne tiédeur qui envahissait la maison, des gestes aussi de chaque instant, différents des mêmes gestes accomplis la veille, dans la cabane de la combe Dufour.

Bisontin regagna la fenêtre d'où il contemplait la pluie sur le lac où quelques foulques noires se déplaçaient lentement suspendues dans la grisaille. Lorsque l'une d'elles plongeait, il semblait qu'elle fût soudain absorbée par une nuée.

Alors qu'il aidait Marie à ranger un baquet et des bassines, Bisontin découvrit une malle où se trouvait ce qu'avait laissé Hortense. Il fut traversé par la vision d'Hortense morte. Ce fut une image fugitive, mais douloureuse pourtant et qui le surprit.

Marie se mit à préparer le repas et Bisontin à jouer avec les enfants. Claudia qui aidait Marie semblait heureuse de se trouver là. Elle avait regardé le lac sans rien dire. Ce fut seulement lorsque le crépuscule arriva qu'elle demanda :

— Le lac, qu'est-ce qu'il fait, plus loin que la pluie ?

Les autres se mirent à rire, et ce fut petit Jean qui répondit :

— Il fait rien du tout... Tu verras ça, il va jusque vers des montagnes.

— Et il y a des bateaux, dit Léontine. Avec des gens dessus.

— Et même que c'est le vent qui les fait avancer. Hein, Bisontin, que c'est le vent ?

Les enfants parlaient déjà de ce lac avec fierté, et Bisontin en fut heureux car c'était le signe que leur pays ne leur manquait pas. Marie dut éprouver la même impression, mais sans doute son jugement était-il différent, car son regard s'assombrit. Elle soupira :

— Mon Dieu, comme notre forêt de Chaux est déjà loin !

Bisontin eut envie d'intervenir, mais il y renonça. Ce soir, il était tout à la joie sereine d'avoir retrouvé le lac, cette ville qu'il aimait et ce chantier de charpenterie où il serait demain, avant l'aube.

Il y eut bientôt l'arrivée du barbier. Toujours avare de mots, le vieil homme semblait ému de les retrouver. Il dit simplement :

— Depuis le départ de Benoîte et d'Hortense, la maison était bien vide, vous savez.

Il posa quelques questions sur ce Blondel dont Maître Jotterand lui avait déjà parlé et il s'en prit au maréchal en lui reprochant d'avoir laissé partir Hortense. Le compagnon intervint pour dire que personne n'eût été en mesure de la retenir. Maître Grivel soupira :

— C'est vrai, cette Hortense n'a jamais été une fille comme les autres.

Les deux vieux se chamaillèrent un moment. Ils avaient connu Hortense toute petite, mais leurs souvenirs étaient si différents qu'on eût dit qu'ils ne parlaient ni de la même personne ni du même village. Le compagnon s'en mêla, et le dialogue prit tout de suite une autre tournure pour finir enfin par un bon rire.

Les deux vieux étaient heureux de retrouver une maison pleine de vie, et leur joie fut plus grande encore lorsque Marie souleva le couvercle de la marmite posée sur un petit trépied sous lequel elle entretenait la braise.

— Bon Dieu de bon Dieu ! fit le forgeron, je n'en ai pas mangé depuis un bout de temps !

— Il y a plus de huit jours qu'il est tué, dit Pierre. Et pas saigné, pris au collet, la viande sera bien noire. Cuit sur un lit de cives de la montagne.

— Et ce n'est pas de la piquette que j'ai mise dans la sauce, dit Marie. C'est du vrai vin.

Ils se regardèrent tous et le barbier sortit de sa réserve pour dire avec un petit rire :

— Dis donc, compagnon, à ta place, je me ferais du souci. Est-ce que ta femme ne serait pas un peu sorcière des fois ?

— Où as-tu bien pu dénicher ce vin ? demanda le compagnon.

Marie souriait, heureuse de leur donner cette joie, et pourtant, sa gorge était serrée lorsqu'elle dit :

— Dans ce qu'a laissé Hortense... C'est elle qui m'a dit de le prendre.

Ils se regardèrent, à la fois heureux et inquiets. Marie laissa passer un moment, puis, allant derrière le pilier de la cheminée, elle apporta une bouteille poussiéreuse qu'elle avait débouchée. Elle dit :

— Et il y en a aussi pour boire avec.

— Sacrebleu ! fit le forgeron, du lièvre au vin de chez nous, c'est quelque chose !

Bisontin les interrogea du regard en disant :

— Est-ce qu'on ne devrait pas inviter Maître Jotterand ?

— C'est sûr, firent-ils... Il faut aller le chercher.

Bisontin jeta sa cape sur ses épaules et sortit. La nuit était là, avec les reflets des fenêtres sur les flaques d'eau du quai, avec, aussi, le point d'or délavé d'une lanterne sur un bateau, dans le port. La pluie chantait toujours. Le compagnon respira une longue bouffée mouillée, et il partit à grandes enjambées vers les rues où se tenait la vie de la cité.

Rien n'était riant, ni la pluie, ni la nuit, ni les gens pressés abritant leurs lanternes dont les reflets couraient sur les pavés huilés, et pourtant Bisontin se sentait tout habité d'une immense joie de vivre.

39

Bien avant l'aube, Bisontin fut réveillé par sa joie. A vrai dire, elle avait couvé en lui tout au long de la nuit, avec de brusques flambées qui l'avaient souvent tiré de son sommeil. Mais à présent, cette joie était pareille à un feu où l'on vient de poser une javelle de sarments. Elle flambait trop fort pour qu'il espérât se rendormir. Il écouta le ronflement du maréchal et le souffle régulier de Pierre et de petit Jean. Il évoqua un instant Marie couchée dans l'autre chambre en compagnie de Claudia et de Léontine. Avait-elle dormi, elle dont toute l'existence s'était déroulée dans la maison de ses parents puis dans celle de La Vieille Loye qui ne comportaient qu'une seule pièce ?

Bisontin fixait la fenêtre où se dessinaient des lueurs à peine perceptibles et qui ne donnaient aucune indication sur l'heure. Il revit leur veillée. Maître Jotterand et son épouse toujours aussi large et épaisse avec ses gros yeux bleus trop saillants. Leurs capes mouillées fumant près de l'âtre, le vin qu'ils avaient apporté avec un pot de confiture et un énorme morceau de fromage. Il revivait ce moment de bonheur éclairé comme en plein jour par la flamme de deux chandelles et la lueur du feu. Il revoyait Maître Jotterand embrassant Marie pour la remercier d'avoir si bien su accommoder le lièvre.

Après leur départ, le barbier était sorti de son éternel silence. En quatre mots, il avait résumé leur sentiment à tous :

— Ah, les braves gens !

A présent, la nuit ne pleurait plus. Il semblait même qu'un peu de vent frôlait la façade. N'y tenant plus, Bisontin se leva sans bruit, prit ses vêtements sur son bras et ses souliers à la main et descendit. Il tisonna les cendres, fit émerger une poignée de braises où il planta une brindille bien sèche. Dès qu'il eut soufflé, une petite flamme monta. Il retira la brindille et ouvrit sa montre. Il était un peu moins de 5 heures. Il restait deux heures de nuit, mais le compagnon s'habilla et sortit sans attendre.

— Ils sauront bien où je suis, fit-il en retenant son rire.

La cité dormait encore dans l'obscurité la plus totale. Seule une infime lueur incolore mêlait le ciel et l'eau. La rive clapotait doucement. Bisontin la suivit et s'attarda un moment sur le port. Les barques n'étaient que d'énormes masses noires hérissées de mâts et qui se balançaient lentement en faisant tinter et miauler leurs amarres. Une odeur de goudron et de cendres refroidies se mêlait à celle du fumier. De la vaste écurie du port, venaient des bruits de chaînes et des coups sourds. Quelque chose courut sur la bordure du quai et plongea. Tout de suite après, il y eut un bruit d'ailes et une espèce de gloussement plaintif :

— Keuv... Keuv.

Le compagnon pensa qu'un rat avait dû déranger quelques foulques et il fut heureux à l'idée que ces oiseaux du lac n'avaient pas bougé à son approche. Il ne put s'empêcher de murmurer :

— Le monde du lac me reconnaît.

Au lieu de reprendre le quai, il emprunta la rue Publique et tourna sur sa droite pour le plaisir de suivre la Grand-Rue. Là, quelques fenêtres commençaient à s'éveiller, rougissant des lueurs d'un feu qu'on allumait. Les odeurs d'écurie demeuraient, mais s'y mêlaient celles du pain et des fumées d'un four. Bisontin sentit sa bouche s'emplir de salive, mais la boutique du boulanger n'était pas ouverte. Le compagnon croisa quelques personnes dont certaines portaient des lanternes. Lui-même avait hésité à en allumer une, mais il avait renoncé. Il voulait jouir de la nuit telle qu'elle était sur la cité. A plusieurs reprises, il buta dans des tas d'immondices et faillit s'étaler, mais il était de trop belle humeur pour lâcher un juron. Il retenait simplement sur ses reins sa caisse où les outils sonnaient. Il l'avait prise dans la voiture en sortant, et ce poids qu'il retrouvait ajoutait à sa joie.

Arrivé devant le chantier, il tâtonna pour retrouver la pierre descellée du pilier qui obstruait le trou où l'on cachait la clef que prenait le premier arrivé. Pas un instant, l'idée ne lui était venue de demander à Maître Jotterand si cette coutume se perpétuait. La grosse clef froide était bien dans sa niche. Et le cœur de Bisontin accéléra son rythme lorsqu'il poussa le lourd portail. Ici, c'était l'odeur de sciure qui dominait. Les piles de bois étaient là, impressionnantes dans cette nuit de silence humide. Il caressa des madriers, suivit de la main une longue poutre et s'arrêta devant l'aire de taille et de trait. Il se souvenait qu'une lanterne était accrochée au premier pilier du toit. Il la chercha, battit le fusil et alluma la mèche. La lueur tremblota avant de grandir et Bisontin attendit que son œil s'y habituât pour poursuivre sa marche. Il traversa l'aire de plancher pour aller poser sa caisse sur un établi où il s'assit. Le silence était parfait. Il l'écouta, comprimant sa respiration et les battements de son sang. Non, le silence n'était pas total. Il y avait le sommeil du bois. Ces craquements infimes, cette espèce de présence qui n'est jamais tout à fait un bruit mais qui n'est déjà plus le silence parce qu'elle est la vie.

Sans remuer le corps, Bisontin étendit sa main droite. Il tâta le métal glacé du valet, puis les mâchoires tailladées de la presse. Son regard demeurait attaché à la flamme dansante de la lanterne, mais ce n'était pas elle qu'il voyait. C'était tout ce vaste chantier, aussi bien sa partie de plein air que sa partie couverte. C'était l'aire de trait, les bois, les outils, le coin de sciage, les tréteaux de débit, la cloison où se trouvaient suspendues les herminettes, les haches, les scies et tout l'outillage.

Et bientôt, le silence se peupla de mille bruits. Tout le chantier se mit en mouvement dans la grande lumière d'un plein été. Au chant des outils se mêlait celui des compagnons et Bisontin retrouva là des visages amis. Où étaient ceux avec qui il avait travaillé jadis ? Certains étaient français, d'autres vaudois, d'autres comtois comme lui. Etaient-ils tous encore sur des charpentes ou bien la peste et la guerre avaient-elles tranché aussi parmi les gens du bois ?

Bisontin retrouva un mot du père Rochat. La veille au soir, alors que Pierre demandait au barbier s'il avait eu des nouvelles de Saura et des gens qui l'avaient suivi, le maréchal avait dit :

— Le métier, c'est ce qui oppose parfois les hommes, mais c'est aussi ce qui les unit. Ceux-là étaient tous paysans, ils ont fait bloc ; nous autres, nous étions autre chose, et nous sommes restés entre nous.

Lorsqu'il avait dit « autre chose » son regard avait lancé un petit éclair de fierté. Dans son esprit, cet « autre chose » signifiait sans doute « beaucoup plus ».

Tout à l'heure, le maréchal viendrait le rejoindre avec Pierre et petit Jean. Le vieux retrouverait ici une forge et une enclume, Pierre aurait à faire son métier de charretier, mais Bisontin l'avait déjà un peu intéressé à la charpente. Ce garçon avait le sens du bois et l'amour de l'ouvrage bien faite. A vingt-cinq ans, on peut encore devenir charpentier. Quant à petit Jean, sans en avoir jamais sérieusement entretenu ni Pierre ni Marie, Bisontin l'avait assez observé pour savoir qu'il avait tout ce qu'il fallait pour aimer ce métier. Il avait l'intelligence et la vivacité d'esprit. Il avait une adresse manuelle naturelle et, pour être né en pleine forêt, il était profondément, de toutes ses fibres et de la manière la plus naturelle, un garçon du bois.

Bisontin pensa beaucoup à cet enfant qu'il s'était pris à aimer vraiment, il pensa à Marie aussi dont le petit avait bien des traits.

— Oui, mais plus solide que sa mère. Sensible aussi, mais sans excès... Tu seras un beau compagnon, mon petit Jean.

La voix de Bisontin emplit l'espace et il fut un instant effrayé de s'être laissé aller à parler aussi fort. Il avait dû rester un long moment à ne fixer que ce qui était en lui, car, lorsqu'il revint à ce chantier, le jour était là. Comme Bisontin s'avançait vers la partie découverte, le portail s'ouvrit et Maître Jotterand entra qui vint à lui et dit en souriant :

— Je n'ai même pas porté la main au pilier pour chercher la clef. Je savais que tu serais là avant moi.

Il montra d'un geste du menton la lanterne accrochée au pilier et il ajouta :

— Et je vois que ce matin, je n'avais vraiment aucune chance d'être le premier.

Ils se regardèrent au fond des yeux. Il n'y avait rien d'autre à dire.

40

Dès que les autres arrivèrent, Maître Jotterand conduisit le maréchal aux écuries à côté desquelles se trouvait une petite forge et un travail pour ferrer les bêtes. Le vieux regarda avec émotion et dit à Maître Jotterand :

— Il y a pas mal de temps que rien de tout cela n'a servi.

— Que croyez-vous, fit le charpentier vaudois, nous aussi nous avons subi de dures années. Je menais mes bêtes à ferrer et c'est souvent moi qui faisais le pansage. Je n'avais pas les moyens d'entretenir un maréchal. Bisontin peut vous le dire.

Et le brave homme leur parla des ennuis qui avaient suivi la conquête du Pays de Vaud par les Bernois plus d'un siècle plus tôt.

— Mon grand-père se souvenait bien de tout, dit-il. Ça n'était pas drôle et les gibets ont vu pas mal de monde les semelles à six pieds du sol. Vous savez, l'année 90, ça paraît loin à ces jeunots (il désignait Pierre et Bisontin), mais moi, j'avais quinze ans. Quand les députés du Pays de Vaud ont dû se prononcer pour savoir si l'on soutiendrait le

Genevois ou si on les laisserait défendre seuls la nouvelle foi, personne n'était d'avance certain de la réponse. Les offices papistes ont longtemps été célébrés en cachette dans les maisons. Votre Comté subit une terrible guerre, mais ne croyez pas que la Réformation ait été digérée en quelques années.

On devinait à son regard qu'il avait en lui un lot de souvenirs effrayants, mais il sourit. Son visage s'éclaira et il ajouta :

— Mais enfin, à partir de ces années-là, tout a commencé de s'éclaircir un peu. Et c'est là que je suis entré chez Maître Jean Barreau, qu'on appelait Michel. Et en 97, nous avons refait à neuf la charpente de l'ancienne église. Je me souviens du prix fait d'avance : 1 350 florins plus les vins. Du beau travail. Et qui voulait dire que, cette fois, la connaissance de la vérité évangélique avait fait son chemin. Les Morgiens ne voulaient plus assister au culte dans l'église des Cordeliers parce qu'elle se trouvait hors des murs. Et puis, elle devenait trop petite. Et je vous assure que pour des charpentiers qui auraient voulu boire, tout le temps qu'a duré ce chantier, ils n'auraient pas été privés. Car les fidèles venaient nous voir à l'œuvre, et c'était à celui qui nous laisserait la meilleure bouteille au pied des échelles.

Bisontin l'avait plusieurs fois entendu raconter, cette histoire de la foi romaine et de la nouvelle foi et parler des années de disette, de peste, de l'arrivée des réfugiés français chassés par les papistes, mais il savait écouter malgré la hâte qu'il avait de découvrir le travail qu'il aurait à faire.

Ils laissèrent le maréchal allumer sa forge et ils gagnèrent la Grand-Rue où s'éveillait la vie. C'était l'heure où les marchands sortaient leurs étals. Les odeurs se mêlaient. Saucisses bouillantes, piquette, pain chaud, châtaignes grillées, fumée montant des cendres que l'on sortait pour les entasser à côté des fumiers que grattaient les poules. Les femmes étaient nombreuses qui toutes portaient de grands vaisseaux de bois. Car il n'y avait que trois fontaines et deux puits et certaines avaient à faire bien du chemin sur les pavés. Un porteur d'eau avec sa mule criait fort. Un étameur aussi. Et Bisontin s'amusait de l'émerveillement de petit Jean.

— Tu le verras d'en haut, lui dit Maître Jotterand. C'est encore plus amusant.

Ils entrèrent dans la cour d'une forte bâtisse de trois étages qui faisait l'angle de la Grand-Rue et de la place. En face, se trouvait la Maison de Ville, et plus loin la Grenette. Dans ce quartier, chaque maison avait son rez-de-chaussée occupé par une échoppe ou une boutique. Sous les arcades, des marchands installaient leurs bancs.

Ils montèrent un large escalier de pierre à rampe forgée, puis un autre de bois dont quelques marches étaient défoncées.

— La première chose à faire, observa Bisontin, ce sera de réparer ça avant l'accident.

— Naturellement, dit Jotterand, mais tu n'es pas un débutant, je n'ai pas besoin de te le dire.

Bisontin se mit à rire et répliqua :

— Non, mais moi, je le dis à mes deux aides, parce que ce n'est pas de l'ouvrage de compagnon.

Il y avait, dans la toiture à quatre pans, un énorme trou d'où pendaient des lattes. Par terre, un amas de tuiles brisées et de morceaux de chevrons.

— Mille dieux, fit le compagnon, mais un boulet est tombé là !

Jotterand se mit à rire.

— Pas un boulet d'artillerie, fit-il, mais un gros homme tout rond... Le propriétaire. Un bourgeois riche et avare. Pour ne pas payer un charpentier, il est monté sur son toit remettre des tuiles. Mais des chevrons étaient pourris, et voilà le travail. Ça et une jambe cassée.

Bisontin examinait le reste de la charpente.

— Mais c'est pourri partout, fit-il.

— Partout... Aussi, c'est tout le toit qu'il faut refaire. Et pour ça, il me fallait un bon compagnon.

Et le travail commença, dans un grand soleil qui semblait s'être installé sur le pays. Le matin, il chassait les brouillards qu'il tirait derrière lui le soir, comme un rideau de lit, avant de plonger dans les lointains cendrés. Du haut de ce toit, le compagnon sentait vivre le lac et voyait aussi le grouillement intense de la cité. Le va-et-vient des charrois dans les rues, des barques aux larges voiles sur le lac et dans le port. Les cris, les appels, les sonneries de trompes et les claquements des fouets. Même les fumées sortant des toits témoignaient de la vie. Lorsque le vent ne soufflait pas trop, les odeurs montaient du four banal où les femmes se chamaillaient en attendant leur tour. Par-delà les murs, la cité vivait aussi, avec ses moulins sur la Morge, avec ses paysans qui s'en allaient épierrer les terres et ses vignerons occupés à la taille.

L'intensité même de cette vie était source de joie, et le fait de la dominer à longueur de journée donnait de l'orgueil. Une autre équipe de charpentiers du même atelier était sur un toit, de l'autre côté de la Grand-Rue, et, de temps en temps, les hommes se hélaient, s'adressaient des signes ou se désignaient quelque chose à regarder en bas. Et leurs voix dominaient le tumulte de la cité. Elles appartenaient davantage aux nuées du ciel qu'à la poussière des rues.

Le travail terminé, il y avait la joie d'être une grande famille. On se retrouvait devant l'âtre et autour de la longue table de frêne patiné. Avant la soupe, Bisontin trouvait toujours le temps de raconter une histoire aux enfants. Il commença également d'apprendre à lire à petit Jean. Et Pierre dit :

— Si j'apprenais aussi ?

— Je n'osais pas te l'offrir, dit le compagnon, mais c'est une chose utile. Et c'est lorsque tous les pauvres comme nous sauront lire, que le monde changera.

Marie lui demanda ce qu'il voulait changer au monde, et il la regarda en riant :

— Rien, petite Marie. Si ce n'est le pousser vers une plus grande justice.

Mais la jeune femme ne semblait pas comprendre. Elle les regardait, penchés sur leurs almanachs, et elle souriait. Elle parlait moins souvent de son pays perdu. Seul le barbier demeurait silencieux, mais le silence était dans sa nature.

Marie avait eu quelque peine à tutoyer Bisontin, et les autres avaient beaucoup ri du rouge qui lui était monté au front lorsque le maréchal avait dit un soir :

— Je ne comprends pas ces jeunes mariés qui ne couchent pas dans la même chambre. Si les gens du conseil apprenaient ça, ils se poseraient des questions.

Il y eut un petit retour de l'hiver avec des gelées blanches et des giboulées qu'on voyait courir sur la peau moirée du lac, puis ce fut le vrai printemps. Il s'annonça par une longue respiration de la terre et des eaux. Un soupir d'aise venu du sud-ouest et qui fit dire à Bisontin :

— C'est le sudois. En principe, il annonce les beaux jours, mais souvent il commence par les arroser. Dans peu de temps, Prince-Bleu-Cœur-de-Lumière va se faire si beau que toutes les montagnes vont tomber amoureuses de lui. C'est ainsi chaque année. Et chaque année, ils se marient.

Les belles journées arrivèrent en effet, avec quelques averses qui semblaient faites uniquement pour nettoyer l'air et permettre qu'on aperçoive des cimes encore jamais vues.

Un soir qu'il faisait particulièrement doux, lorsque les vieux et les enfants furent couchés, le compagnon dit :

— Moi, j'irais bien faire un tour.

Pierre se leva, puis Claudia et Marie. Ils couvrirent de cendres le feu où flambaient encore deux rondins de charme et ils sortirent avec Loyal sur les talons de Claudia.

Le crépuscule était calme. De longs nuages effilochés voilaient la lune. Une lueur de petit-lait baignait la ville et le lac. Quelques fenêtres vivaient de la clarté d'un feu ou de la flamme dansante d'une chandelle, mais la berge n'était habitée que par la respiration à peine perceptible de l'eau. Ils marchèrent sans un mot jusqu'à la grosse digue enrochée qui avançait sur le lac son long corps hérissé d'écailles noires.

— Venez, dit Bisontin, on va jusqu'au bout.

— Va si tu veux, répondit Pierre, moi, je trouve que c'est assez de faire l'acrobate toute la journée sur les toits. Si tu tiens à te rompre les os, libre à toi.

Bisontin était tout près de Marie. Il la regarda puis regarda Pierre dont le sourire lui parut un encouragement. Comme il hésitait encore, Pierre dit :

— Tiens, emmène donc ma sœur, ça lui fera du bien. Moi je vais rentrer avec Claudia. Dans son état, il ne s'agirait pas qu'elle tombe.

Les jeunes gens s'éloignèrent en direction de la maison. Ils les regardèrent s'en aller côte à côte et, comme les deux silhouettes n'étaient déjà plus qu'une vague forme d'ombre dans l'ombre de la nuit, Marie observa :

— Ils sont plus jeunes, mais ils sont plus raisonnables que nous.

Bisontin la prit par le bras pour l'entraîner en direction de la digue, mais elle résista en disant :

— Est-ce que tu crois vraiment qu'il est nécessaire de me faire casser une jambe ?

Et sans qu'il eût à l'attirer beaucoup, elle se blottit contre lui, la tête enfouie dans les plis de son gros gilet de velours. Bisontin l'obligea à lever son visage vers lui, il l'embrassa longuement, puis, d'une voix qui tremblait un peu il dit :

— Non, c'est pas la peine d'aller si loin.

Et il retint son rire qui eût réveillé les foulques jusque sur la rive de Savoie où luisaient quelques feux.

41

Cette nuit-là, sans bruit, le compagnon avait transporté sa paillasse dans la petite chambre de derrière, où l'on avait entreposé des pommes et suspendu quelques haricots secs.

Et Bisontin avait été heureux. Heureux comme avec d'autres femmes qu'il avait connues, mais heureux plus profondément peut-être. Avec quelque chose, au fond de lui, qui savait déjà que ce n'était plus là une amourette de passage. Et le lendemain, sur le chantier, il se répéta plusieurs fois : « Bisontin-la-Vertu, tu vieillis, compagnon ! Tu viens de dire adieu à la route... Mais non, tu rajeunis. Tu prends une femme plus jeune que toi, et te voilà avec de beaux enfants, qu'est-ce qu'il y a de mieux pour rajeunir un homme ? » Et il regarda petit Jean comme peut-être jamais encore il ne l'avait regardé.

Dans le cours de la journée, à un moment où ils étaient seuls tous les deux à cheval sur la faîtière neuve qu'ils venaient de poser, Pierre le fixa intensément et lui dit :

— Je suis heureux, tu sais.

Bisontin se mit à rire et répliqua :

— On est toujours heureux quand on a posé une belle poutre maîtresse.

Pierre rit aussi en disant :

— Ne fait pas la bête, pour une fois ! Tu sais bien de quoi je parle. Mais au fond, tu as raison, je crois que tu as posé une poutre solide.

Et ils échangèrent un regard qui valait toutes les accolades. Avec une grande discrétion, les autres firent comprendre que cela leur paraissait dans l'ordre des choses. Il y eut simplement un peu plus de joie dans la maison. Et lorsque Marie s'attristait en évoquant son village, Bisontin lui disait :

— Mon pays à moi, c'est la route. Et si tu parles de regagner ton village avant que cette saloperie de guerre ne se termine, moi, je parlerai de reprendre mon bagage.

Marie lui mordait les lèvres pour le faire taire.

De loin en loin, des nouvelles arrivaient apportées par des voituriers de Sainte-Croix ou de Vallorbe. Et ces gens décrivaient le pays à feu et à sang, les villes incendiées et les cultures détruites. On prétendait même que Richelieu commençait à faire brûler les forêts où se cachaient les partisans comtois. Ils parlaient aussi des contrées désertées où la friche reprenait possession des terres. Ils se souvenaient des forges et des salines éteintes, de la misère, de la famine, de la douleur et de la mort. Les vieux soupiraient en disant :

— Nous mourrons sans revoir notre pays. La guerre durera bien plus longtemps que nous.

Dans ces moments-là, Bisontin ne parlait pas, mais, lorsque Marie se retrouvait seule avec lui, il lui disait doucement :

— Je comprends ce que ça peut être pour quelqu'un qui n'avait jamais quitté sa terre. Mais j'arriverai bien à t'apprendre qu'on peut être heureux partout, à condition de s'aimer. Et je finirai bien aussi par te faire aimer le lac autant que je l'aime. Et tu verras que plus on est nombreux à s'aimer, plus l'amour grandit. Ce serait formidable, non, un amour aussi grand et aussi profond que ce sacré lac ?

— Avec toi, disait-elle, il faut toujours finir par rire de tout.

Et Bisontin était heureux, car il sentait que, peu à peu, les enfants, Pierre, Claudia et même Marie, se laissaient prendre à cette beauté du lac sans cesse changeant, sans cesse en mouvement. Tout comme lui, ils guettaient son humeur, ce grand balancement des montagnes de Savoie encore enneigées et qui semblaient approcher et s'éloigner dans un éternel mouvement.

Ils parlaient souvent de Blondel et d'Hortense, mais nulle nouvelle n'arrivait jamais. Et puis, une nuit que le brouillard épais enveloppait la cité d'un silence pesant, Loyal les réveilla en aboyant. Bisontin bondit. En bas, on secouait la porte. Il descendit à la hâte, ses vêtements à la main.

— Qu'est-ce que c'est ?

— Tu es Bisontin-la-Vertu ?

— Oui.

— Alors, ouvre. C'est de la part de Blondel.

Marie qui s'était levée aussi remonta en disant :

— Je vais m'habiller.

Le compagnon alluma une chandelle et vit paraître un homme vêtu d'une culotte bleue élimée, d'une chemise grise toute rapiécée et d'une espèce de casaque jaune dont les poches gonflées lui battaient les cuisses. Il était assez grand, et surtout large et épais, avec d'énormes mains brunes, couvertes de poil noir qui attiraient tout de suite le regard. Son visage aussi était brun avec une barbe et des cheveux noirs. D'une voix rocailleuse et épaisse à la ressemblance de son torse, il dit :

— J'espère que ce chien n'a pas réveillé toute la cité.

Bisontin écouta. Un autre chien aboyait du côté du port, mais autrement, tout était calme. Il allait refermer la porte, lorsque l'homme dit :

— Non, viens.

Cet homme avait très chaud et son souffle était court.

— Où ça ? demanda le compagnon.

— Jusqu'à la rive. J'amène des choses pour toi.

— Je vais prendre une lanterne.

— Non. Pas de lumière.

Sans réfléchir, le compagnon sortit derrière l'inconnu. Le brouillard était toujours dense, mais porteur d'une clarté laiteuse qui témoignait que la lune à son plein donnait dans les hauteurs. Ils traversèrent le quai pavé, puis descendirent sur la grève de cailloux et de sable. Sur la rive, l'homme ramassa une corde et tira. Bisontin devina la masse sombre d'une barque qui approchait lentement. Le nez grogna en montant sur la plage et, à ce moment-là, il y eut les sanglots d'un enfant qui hésita et se mit à pleurer.

— Allez, fit l'homme. Faut faire vite avant qu'ils se mettent tous à gueuler.

Bisontin n'était pas revenu de son étonnement, mais il avait cessé de réfléchir. Il prit l'enfant qui pleurait et se mit à le bercer dans ses bras.

— T'en peux prendre deux ? demanda l'homme en lui donnant un autre bébé emmailloté qui dormait profondément.

— Va devant, je te suis.

Il tira du fond du bateau une grande corbeille qu'il leva à bout de bras pour la poser sur sa tête. Il la maintint d'une main et, de l'autre, il empoigna un énorme ballot. Ils regagnèrent la maison et lorsque l'homme posa la corbeille, Bisontin vit qu'elle contenait trois bébés endormis.

— Ça roupille comme du bon pain, fit l'homme. Faut dire : pour être certain qu'ils gueuleraient pas en route, avant de partir, je leur ai foutu du lait comme il y a longtemps qu'ils en avaient pas bu, et avec une bonne dose de marc dedans.

Bisontin berçait toujours celui qui pleurait. L'homme passa son avant-bras velu sur son front ruisselant et dit encore :

— Y a pas à se faire de souci, ces cinq-là, y sont sevrés. Mais le dernier voyage, j'en avais trois tout petits. Fallait leur trouver des nourrices. C'était pas pareil, tu peux me croire. Et pourtant, le Blondel était avec moi. Il les a trouvées avant même d'arriver à Bière. C'est un malin, celui-là !

Il regarda autour de lui, un peu comme un chien qui cherche à manger en flairant partout.

— C'est pas tout ça, fit-il, mais ça fait deux heures à tirer sur les rames. Je mangerais bien un bout. Je suis pas venu les mains vides. Mais si y avait du cuit, j'aimerais mieux.

Comme Marie descendait l'escalier, l'homme dit :

— Tu es Marie. Donne-moi à manger.

Tout en parlant, il avait posé son ballot sur la table et défait la forte lanière de cuir qui l'entourait. A la lueur de la chandelle, ils virent s'ouvrir un énorme cocon de couvertures et de manteaux enveloppant une pièce de viande grosse comme la tête d'une vache.

— C'est un bout de bœuf, fit l'homme. Et du bien salé, tu peux me croire.

Bisontin regardait tour à tour cette viande et le visage lourd de l'inconnu. Marie prit l'un des petits, puis elle contempla les autres, dans leur corbeille. Le compagnon, qui s'était demandé un moment s'il ne rêvait pas, savait à présent que tout cela était naturel. Avec Blondel, on devait s'attendre à tout. Marie bégayait :

— Mais... Mais ces petits...

— Allons, dit Bisontin en posant l'enfant près des autres, fais chauffer ce que tu as. Cet homme a faim.

Comme elle continuait de regarder la corbeille et l'enfant qu'elle tenait en répétant :

— Ces petits, ces petits...

L'inconnu partit d'un rire gras et dit :

— Te fais pas de souci, y sont bien pour toi. Je vais pas te les reprendre. D'ailleurs, il y a même la façon de s'en servir.

Bisontin qui venait de remettre du bois sur le feu se retourna et prit le pli que l'homme venait de tirer tout humide de sa botte. Il attendit que Marie eût suspendu sa marmite sur le feu, et il lut à haute voix :

— « Frère comtois. Le messager se nomme Barberat. Quand il n'est pas en... »

Il se tut.

— Vas-y, fit l'autre. Je sais pas lire, mais je sais ce qu'il y a dedans. Il te dit ce que je suis... Vas-y, je sais.

Un peu gêné, Bisontin poursuivit sa lecture que Barberat ponctuait de son rire gras :

— « Quand il n'est pas en prison, il fait la contrebande, il se saoule ; il se bat au couteau et je pense qu'il serait très capable de voler. Mais il a un cœur aussi grand que son estomac d'ivrogne. La vue des enfants mourant de froid et de faim l'a bouleversé. Il les emporte à travers bois et montagnes jusque vers la terre de lumière où vous vous trouvez. Cette fois, il en a sept, fort mal en point. Il doit trouver de braves gens pour les prendre. S'il ne trouve pas tout de suite, il ira vers vous. Gardez ces enfants qui sont un don du ciel. J'arriverai avec Hortense, dans deux ou trois jours avec d'autres trésors. Et nous aviserons. Votre frère comtois, Alexandre Blondel. »

L'homme avait quitté ses bottes et s'était assis sur un escabeau. Il chauffait à la flamme de l'âtre ses pieds larges et épais, aux orteils rouges et aussi poilus sur le dessus que l'étaient ses mains.

— D'où viens-tu ? demanda Bisontin.

— Avec la barque ?

— Oui.

— Je viens de Buchillon. C'est là que j'ai laissé ma mule. Chez un ami. Il m'a dit : « A Morges, t'entreras pas avec tes lardons. Y te les foutront en quarantaine et toi avec. » Alors, comme il a une barque, j'ai dit : « On y va par le lac. » Mais lui, pas question. Alors, comme y voulait pas me prêter sa barque, j'en ai pris une autre. Je sais pas à qui. Mais je vais la rendre. C'est sûr. Ma mule est là-bas.

Il expliquait cela calmement tandis que Bisontin et Marie regardaient les enfants.

Tous pouvaient avoir entre huit et quinze mois. Ils étaient maigres, sauf un dont le visage était enflé et rouge.

— Celui-là, dit Marie, il est malade.

L'homme s'approcha.

— C'est une fille, dit-il. Elle est brûlée, comme les deux qui sont morts en route.

— Deux sont morts ?

— Oui, fit-il. Déjà l'autre fois. Et ça me retarde. Vu que je peux pas les laisser au bord du chemin à la portée des bêtes. Alors, faut les enterrer. Et quand c'est gelé, c'est un foutu travail.

— Deux ou trois jours, dit Bisontin, on peut les garder. Mais ça va se savoir. Si on nous demande d'où ils viennent...

L'homme se remit à rire en se versant un grand gobelet de piquette. Il dit :

— Tu raconteras qu'ils sont sortis du lac. Et c'est vrai.

Bisontin se mit à rire aussi et il dit :

— C'est que je connais mon Blondel. Il dit qu'il va venir, on garde les gosses, et il est bien foutu de nous les laisser.

Deux petits s'étaient éveillés. L'un pleurait, l'autre regardait avec des yeux immenses et pleins d'effroi.

— C'est le plus grand, dit Barberat. Doit bien avoir plus d'un an. Paraît qu'ils l'ont trouvé dans une grange qui avait pas voulu flamber. Sous un tas de morts, qu'il était... Alors, y dit rien. Y pleure même pas. L'est comme qui dirait muet. Si c'est pas un malheur !... Bande de salauds !

Ses gros poings se serraient, son visage s'était durci, mais il devint souriant et son regard refléta une infinie tendresse lorsqu'il se pencha vers l'enfant et se mit à lui parler doucement :

— Alors, petit Comtois. Te voilà arrivé chez les Vaudois. Mais t'as besoin de te requinquer. T'as plus que la peau et les os.

L'enfant écoutait, mais son regard restait fixe et

chargé d'épouvante. A côté de lui, l'autre pleurait toujours et Marie dit au compagnon :

— Prends-le un moment, je vais préparer de la soupe de farine. J'ai du lait, on en mettra dedans.

Barberat s'était redressé. Il revint près de la cheminée et retourna ses bottes qu'il avait couchées au bord de l'âtre. Il se laissa tomber lourdement sur le billot, et se mit à manger son écuelle de soupe aux fèves. Marie avait commencé de remuer son eau et sa farine dans un petit chaudron de cuivre. Bisontin regarda le ballot éventré sur la table et demanda :

— Cette viande, d'où elle vient ?

— C'est pour vous, dit l'homme.

— Mais d'où ça vient ?

— T'occupe pas. C'est un cadeau. Prend-la, et t'occupe pas.

— Merci, dit le compagnon.

L'autre eut un ricanement :

— Y a pas de quoi. Elle m'a rien coûté. Des fois, en route, on tombe sur des gens qui ont de trop. Et comme y en a toujours qui ont pas assez, on essaie d'arranger ça. Histoire que ceux qui ont trop se rendent pas malades à goinfrer comme dix.

Marie et Bisontin échangèrent un regard étonné. Puis, comme la farine était délayée, Marie s'approcha de l'âtre avec son chaudron et dit :

— Tire-moi de la braise sous le trépied.

Le compagnon tira la braise et Marie posa son chaudron où elle continua de tourner sa spatule. Tout en faisant, ils observaient l'homme qui mâchait, absorbé dans la contemplation du feu. Son regard paraissait perdu dans le vague. Marie demanda :

— C'est quoi, votre métier ?

L'homme émit un grognement profond, souffla fort dans sa barbe et dit calmement :

— J'achète et je vends, comme tous les commerçants. Seulement moi, j'achète d'un côté et je revends de l'autre. Par exemple (et il se mit à rire), si tu voulais du sel, j'en ai deux sacs dans le bateau. Même que c'est pour ça que je l'ai repoussé au large. C'est pour un meunier de la Morge. Y va faire une drôle de tête. Y m'attend pas par là. D'habitude, je viens par les terres, avec la mule. Mais avec les lardons, c'était trop risqué.

Il réfléchit un moment avant d'ajouter :

— S'il y avait toujours du brouillard comme ça, je viendrais par le lac. C'est pas mal du tout. Et pourtant, je suis pas batelier.

Il ouvrit ses mains dont l'intérieur saignait.

— Il faut vous soigner, dit Marie.

— Tu rigoles. Je suis pas batelier, mais je suis pas non plus une fillette.

Il regarda encore ses mains, puis il fut pris d'un gros rire qui réveilla les autres enfants. Tous se mirent à crier et ce fut dans la pièce une belle cacophonie.

— C'est bien ce que je redoutais, fit Bisontin, s'il passe des gens, ils vont comprendre tout de suite... Mais aussi, qu'est-ce que tu as à rigoler comme ça, toi !

Barberat se cura la gorge un grand coup et cracha dans le feu avant de dire, encore tout secoué par des restes de son rire :

— Je pense à Hortense... Le Blondel, elle le regarde comme elle regarderait le Bon Dieu en personne. Alors, je me dis, si elle voyait mes mains, elle se dirait, celui-là, c'est Jésus. Et elle serait amoureuse de moi !

Il se tut et devint grave. Hochant la tête, il reprit :

— Je rigole. Mais je me suis fait avoir aussi. Bien sûr, le Blondel, moi je suis pas en adoration devant. Mais tout de même, il m'a bien mis dans son sac. Il a eu qu'à me montrer des petits en train de passer. Et il m'a dit d'en prendre un dans les bras. Et il m'a regardé avec ses yeux où tu te perds. Et il a encore parlé avec sa voix que tu dirais qu'elle vient du fond de la terre. Et puis, il a dit aussi à Hortense de me causer. Et celle-là aussi, elle a su me mettre dans son sac. Et moi, pauvre niais, me voilà à passer des enfants. Tu me diras, je continue avec le sel, mais beaucoup moins. Dans l'autre sens, ça va. Je passe du blé. Parce que, tu croirais pas, mais des Comtois, y en a qui crèvent de faim sur des tas d'or. Alors le blé, ils te le payent vingt fois le prix. Il y en a même qui font le trafic avec la Bresse. Mais c'est risqué. Y a une interdiction du Cardinal. Et celui qui est pris, c'est la corde tout de suite.

Il se leva et revint s'accroupir près des enfants que Bisontin tentait vainement de calmer. Il prit celui qui braillait le plus fort et l'assit au creux de sa main pour le bercer.

— Ce fumier de Cardinal, dit-il avec colère, il a juré de les faire tous crever de faim, les Comtois. Et ce sacré Blondel s'est juré d'en sauver de la graine... Et voilà, moi, comme un con, je transporte la graine pour qu'elle se perde pas.

Il s'était mis à marcher de long en large devant l'âtre, claquant parfois le sol de pierre avec ses pieds nus comme s'il eût voulu se mettre à danser. L'enfant qu'il tenait se calmait peu à peu comme celui qu'avait pris Bisontin.

— Tout de même, soupira le contrebandier, des fois, être né d'un côté ou de l'autre d'une montagne, ça te change ta vie. On croirait pas, mais c'est quelque chose !... C'est égal, celui qui m'aurait dit que je ferais un jour de la contrebande de gosses, et pour rien encore, merde alors, j'aurais rigolé !

42

Les cris des enfants avaient réveillé les deux vieux qui descendirent timidement, le bonnet de nuit enfoncé sur les oreilles. Et Pierre arriva tout de suite après. Il fallut tout leur expliquer et le barbier dit qu'il allait examiner les enfants. Tandis qu'avec Marie il commençait de les démailloter, le forgeron regardait, comme encombré de ses grosses mains. Il répétait à mi-voix :

— Cette Hortense, tout de même. C'est quelque chose !

Lorsque la petite fille qui pleurait le plus fort fut débarrassée des morceaux de toile qui l'enveloppaient, sa poitrine et son ventre apparurent, rouges et purulents comme une seule plaie.

— Mon Dieu, fit Marie. Pauvre petite !

— C'est bien une brûlure, fit le barbier. Je connais ça. Laisse-moi faire.

Comme Barberat sortait de temps en temps pour aller voir son bateau, le compagnon lui proposa de l'aider à apporter son sel jusque-là.

— Ça, mon vieux, fit le contrebandier, c'est une chose que je ferai jamais. Je veux bien vous emmerder en vous amenant des pleins bateaux de graine de Comtois, mais le sel, si on le trouvait chez toi, ça te coûterait cher. Surtout que vous êtes des étrangers. Ce serait la prison, et pour un sacré bout de temps. C'est une règle : je prends des risques, mais j'en fais jamais prendre à ceux qui partagent pas les bénéfices.

Il parla des chemins de montagne, de sa mule et des batailles avec les gardes-frontière. Il disait tout à peu près sur le ton dont usait Bisontin pour parler d'une charpente. Il était de la montagne, tout près de la frontière, et il faisait ce métier parce qu'il était né pour le faire.

Comme il en venait à parler du Doubs, Marie lui demanda s'il était allé du côté de la forêt de Chaux.

— Bien sûr, fit-il. Je suis allé pas loin de Dole et même que j'y ai vu du pas ordinaire.

— Quoi donc ? demanda Marie suspendue à son récit.

— Le Cardinal, pour faire crever les Comtois, il fait la guerre du blé.

— Je sais, dit Bisontin, il fait brûler la moisson sur pied.

— Bien mieux que ça. L'an passé qu'il était pas certain d'être là quand elle serait mûre, il attend pas. Il prend des Bressans, il les met sous la garde de quelques soldats, et il les envoie faucher le blé en herbe, pratiquement sous les murs de Dole. C'était en juin, vers le milieu du mois. Je m'en souviens bien. Les Dolois étaient furieux. Qu'est-ce qu'ils font ? Ils font une sortie à toute vitesse avec peut-être cinquante cavaliers. On me l'a raconté. Je l'ai pas vu. J'ai vu après. Et voilà qu'ils capturent quinze faucheurs. Quinze, tu m'entends. Ils les emmènent et ils les relâchent peut-être deux heures après. Devinez ce qu'ils leur avaient fait ?

Comme nul ne soufflait mot, l'homme allongea sa main droite sur sa cuisse et, avec le tranchant de la gauche, il cogna sur son poignet.

— Un coup de hache... La main droite coupée. Quinze faucheurs, vous m'entendez ? Même qu'il y en a quatre qui sont morts d'avoir trop saigné. Mais les autres, vous pouvez croire, y faucheront plus.

Bisontin imagina ces hommes sortant de la ville et passant le pont du Doubs avec leur main coupée et le sang qui coulait.

Et il vit le forgeron qui se frottait le poignet droit avec sa main gauche tandis que Pierre disait :

— On me l'avait raconté, mais j'avais pas voulu le croire.

Barberat remit lentement ses bottes et dit :

— Je vais y aller.

— Mais comment iras-tu au moulin ? demanda Bisontin.

— T'inquiète pas. Je vais m'amarrer à l'entrée de la Morge et je monterai mes sacs à pied. Faut que j'y sois avant l'ouverture des portes. Sinon, un qui me verrait depuis le pont, il se demanderait bien ce que je fais là.

Il alla prendre une longue houppelande d'un vert délavé parmi les couvertures d'où il avait sorti la viande salée. Il déplia une espèce de bonnet informe en fourrure rousse qu'il mit sur sa tignasse noire.

— Voilà, fit-il. Les couvertures je les laisse : elles peuvent servir pour coucher les gosses.

Il donna encore une rasade de son gros rire et il ajouta :

— Je les ai trouvées dans une maison où ils en ont deux fois comme il leur en faut.

Il regarda le feu, et son regard s'adoucit tandis qu'il disait :

— Des fois, quand je m'arrête comme ça, chez des gens, j'ai plus envie de repartir. Je me dis : Un jour, tu devrais bien te ranger... Oui, mais vivre de quoi ?

— Si tu veux rester un jour ou deux, proposa Bisontin, c'est de bon cœur.

Il eut un haussement d'épaules.

— A quoi ça servirait ?

Et ce fut tout. Il ouvrit la porte. Comme il la tirait derrière lui, Bisontin la retint et sortit sur le seuil pour le regarder s'en aller. Il fut tout de suite absorbé par le brouillard, mais son pas s'entendit jusqu'à ce qu'il eût atteint la barque. Alors ce fut le silence. Un silence épais comme cette nuit. Puis le compagnon resta un moment à écouter le bruit des rames qui s'éloignaient du rivage.

— Ferme, dit Marie. Il fait froid.

Bisontin rentra, et ce fut seulement là qu'il se rendit compte vraiment de ce qu'allait représenter pour eux la présence sous leur toit de cette nichée d'enfants. Il réfléchit un moment, puis, ayant regardé sa montre, il dit :

— Il est 4 heures, Maître Jotterand est réveillé. Je vais aller le voir tout de suite. Je suis persuadé qu'il nous aidera.

Il sortit dans le brouillard où se dessinaient de longs mouvements. C'était un peu comme si une source mystérieuse de lumière eût parcouru la nuit ; cherchant son chemin dans cette épaisseur. Bisontin allongea le pas et prit au plus court par le quai, la rue de la Saunerie puis la ruelle de la Couronne. Déjà des chandelles se devinaient à l'intérieur de plusieurs écuries et le brouillard portait des odeurs chaudes. Il fut vite rendu et Maître Jotterand lui ouvrit aussitôt. Son visage tout de suite inquiet se détendit lorsque Bisontin commença de raconter la visite de Barberat.

— J'ai cru à un malheur, quand je t'ai vu à pareille heure, dit-il.

— C'en est pas un, fit le compagnon, mais tout de même, quelle histoire !

Le vieil homme versa à Bisontin un petit verre d'eau-de-vie, puis il en avala un et dit :

— Ça n'empêche pas de tuer le ver. Et après ça, on a tout de suite les idées plus nettes.

Il se gratta le crâne, puis sa main descendit à son oreille où ses doigts s'attardèrent sur son joint d'or de compagnon.

— Bon, je vais dire à ma femme de quoi il retourne, et je vais avec toi.

Bisontin vit bientôt arriver la grosse Mme Jotterand déjà habillée et qui disait :

— Tu m'embêtes. Je veux voir. J'ai tout entendu et je me suis préparée avant même que tu me dises que tu allais voir. Allons, dépêche-toi donc.

Et tandis que son époux allait se vêtir, elle se mit à questionner Bisontin sur l'âge et l'état des enfants.

— Doux Jésus, répétait-elle sans cesse, cinq petits !... Seigneur, cinq petits !...

Elle n'ajoutait pas : « C'est merveilleux », mais Bisontin comprit qu'elle retenait en elle une espèce de fièvre d'allégresse. A plusieurs reprises, elle cria à Jotterand de se hâter. Et, lorsqu'il reparut, le vieil homme dit en la désignant du menton.

— Mon pauvre Bisontin, tous les fous ne sont pas avec Blondel. Si ma femme avait vingt ans de moins, il y a belle lurette qu'elle l'aurait rejoint. Cette histoire lui a retourné la cervelle.

Dès qu'ils furent en présence des enfants, la grosse femme s'extasia, incapable de retenir ses larmes, elle dit qu'elle avait eu deux enfants et qu'ils étaient morts tous les deux.

— Si j'étais plus jeune et si mes jambes ne me faisaient pas si mal, ces petits, j'en aurais bien pris deux, moi, pour remplacer les miens, fit-elle.

Le charpentier vaudois approuva :

— Si j'étais certain de vivre assez vieux pour avoir la chance d'en faire un compagnon, je prendrais bien un garçon. Nous avons assez d'argent pour payer une femme qui s'occuperait de la maison.

— En admettant encore que vous le fassiez, dit Bisontin, reste les autres.

— Votre Blondel est un fou, dit Jotterand, mais c'est la folie de ceux qui se battent qui est cause de la sienne.

Ils réfléchirent ensemble aux moyens qui permettraient de venir en aide au médecin comtois, et Jotterand promit qu'il parlerait de cette situation au conseil.

— Seulement, fit-il, je ne dois pas dire que des enfants sont déjà dans la ville. Et surtout pas que je les ai vus. Je dirai qu'un messager est venu m'annoncer leur arrivée. Mais en attendant, il faut les installer. Tu vas te dépêcher de leur fabriquer de quoi dormir tranquille.

Bisontin et Pierre allèrent tout de suite chercher des lambourdes et de la volige. Dans la pièce où couchaient Léontine et Claudia, ils construisirent une couchette où les enfants pouvaient tenir tous les cinq. Avec deux des couvertures apportées par Barberat, Marie confectionna une paillasse, et Mme Jotterand revint avec des draps dans lesquels on pouvait découper des langes.

L'aube tira derrière elle un agréable vent d'est qui poussa le brouillard vers d'autres contrées. Des myriades de petites vagues crêtées d'écume aussi blanche que du givre venaient caqueter sur la rive. De l'autre côté, les montagnes de Savoie étaient d'émail sur un ciel vernissé d'un bleu d'été. Depuis sa toiture, Bisontin regardait souvent en direction du quai. Comme chaque fois que le temps était au beau, il y avait grande animation dans le port et le compagnon redoutait toujours qu'un pêcheur ou un commissionnaire passant devant la maison entendît brailler cinq enfants. Il imaginait Marie, Claudia et Léontine. Il leur avait recommandé de se mettre à chanter et à remuer des bassines lorsque les enfants crieraient trop fort. Elles avaient ri, mais il avait lu une grande inquiétude dans les yeux de Marie.

Sur les montagnes, on pouvait suivre le déroulement des heures dont chacune dessinait une ombre nouvelle. Mais les charpentiers voyaient depuis leur toit l'horloge de la porte du Marché et ils entendaient sa cloche que venait régler et gouverner le serrurier Siméon.

Le temps parut interminable à Bisontin qui, regardant le ciel et le lac d'un bleu limpide, se répéta cent fois qu'il n'était pas possible qu'une aussi belle journée n'amenât pas une bonne nouvelle.

La soirée s'acheva dans un bain très tendre d'orangé et de mauve et pourtant Maître Jotterand arriva avec un visage triste et un regard qu'assombrissait la colère. Dès son entrée, il enleva sa pelisse qu'il lança sur la table d'un geste sec. Son visage était tendu et son front plissé. Il avait dû marcher vite, car son souffle était court et des gouttes de sueur perlaient à la naissance de ses cheveux gris. Il alla devant le foyer, tendit ses mains à la flamme, demeura un instant ainsi, retourna vers la porte et fit quatre ou cinq aller et retour avant de se décider à dire :

— J'ai honte... Honte pour mon pays, pour ma ville... Honte pour moi surtout.

Son visage était éclairé du côté gauche par le feu qui était la seule source de lumière car Marie n'avait pas encore allumé de chandelle. Son œil luisait. D'une voix que la rage enrouait, il dit encore :

— Non seulement, il n'est pas question que la cité vienne en aide à Blondel, mais des ordres sont donnés pour lui en interdire l'entrée s'il est accompagné d'enfants.

Se tournant vers le feu qui éclaira sa face à présent ruisselante de sueur, il souffla :

— J'ai honte pour eux tous, mais je ne veux pas avoir honte pour moi. Et je veux encore croire que s'ils ont parlé ainsi, c'est parce qu'ils n'ont pas vu les petits. Je suis venu ici sans passer chez moi, mais je sais que ma femme sera d'accord... J'ai décidé de prendre un enfant.

Il leur laissa le temps de bien comprendre, puis, sur un ton différent, avec un début de sourire, il dit :

— A cause de mon âge, je vous demande le plus grand... Je voudrais tant avoir le temps d'en faire un compagnon !

Bisontin s'était levé. Il alla vers Maître Jotterand qu'il serra dans ses grands bras pour lui donner l'accolade. Alors, Marie se leva aussi et dit :

— Maître Jotterand, je voudrais vous embrasser.

Le vieux charpentier tremblait un peu tant son émotion était forte. Pour la dissimuler, il dit en riant :

— J'aimerais bien embrasser aussi mon garçon.

Pierre s'empressa d'allumer une chandelle, et ils montèrent dans la chambre où tous les petits dormaient. Sans bruit, il les regardèrent à la lueur tremblotante de cette flamme fragile comme ces vies de mal nourris et le vieux charpentier s'agenouilla pour embrasser le plus grand des garçons qui poussa un petit grognement.

Lorsque Jotterand se redressa, Bisontin le vit essuyer une larme en cachette. Il grogna, porta la main à ses reins et dit au compagnon :

— Tu aurais pu prévoir qu'un père peut être vieux et faire ce lit un peu plus haut.

Il se mit à rire et le compagnon aussi qui répliqua :

— C'est mon patron qui m'a donné le bois. Mais comme il est un peu avare, il ne m'en a pas donné assez pour que je fasse des pieds plus longs.

Le vieil homme lui assena une grand claque sur l'épaule, puis ils s'embrassèrent encore. Et Jotterand répétait :

— Je t'en foutrais, de l'avarice, moi... Je t'en foutrais... Grand vaurien...

Et le compagnon disait :

— Maître Jotterand, votre fils vous les fera valser, vos économies... Vous allez voir un peu... Vous allez voir...

Tous deux parlaient en même temps, et tous deux avaient de petits éclats de rire qui ressemblaient à des sanglots.

43

Ils avaient longuement réfléchi pour savoir si Maître Jotterand devait emporter son enfant. Finalement, ils avaient décidé d'attendre l'arrivée de Blondel.

— S'il n'est pas là à la fin de la semaine, avait conclu le charpentier vaudois, nous aviserons. Mais en attendant, ça va me permettre de faire comme vous, d'acheter une chèvre ; comme ça, il aura toujours du bon lait sans eau et du même animal. C'est important.

Une fois Jotterand sorti, Bisontin avait dit à Marie :

— En voilà au moins un qui ne manquera ni de vivres ni d'affection... Pour les autres, je suis bien persuadé que Blondel saura convaincre les conseillers et le banderet. Maître Jotterand est un brave homme, mais il n'a pas le don de la parole comme Blondel. Et surtout, il n'a pas cette espèce de je ne sais quoi qui vous coupe le souffle quand il vous regarde... Son secret, il est là. Et même celui qui se sent une bonne réplique à lui envoyer, faut pas qu'il le regarde, ce sapré médecin-là, sinon sa réplique, elle risque de lui rester en travers de la gorge comme un os de poulet.

Et, dès lors, ils vécurent dans l'attente. Les hommes continuaient d'aller à leur travail, mais Marie ne quittait plus la maison. Les Jotterand venaient chaque soir voir leur petit et le vieux charpentier disait :

— Tu vois, Bisontin, je savais bien ce que je faisais en achetant de la forêt. Les baliveaux que tu as marqués, c'est ce gaillard qui les coupera. Tu vois, nous avons préparé de la charpente pour lui.

Bisontin regardait Marie dorloter la petite brûlée. Et il se disait : « Comment est-ce qu'elle va s'y prendre pour me demander ça ? » Sans avoir l'air de comprendre, il la regarda hésiter durant trois jours. Et puis, un soir qu'ils étaient seuls dans leur chambre, elle dit :

— Si Hortense et Blondel ne viennent pas, je ne sais pas ce qu'on fera des gosses, mais en tout cas, la petite qui est brûlée... Cette petite... Ma foi... Si tu savais comme elle est mignonne... Cette pauvre petite... Ma foi, dans un pareil état...

Le compagnon feignit la colère et il dit :

— Cette petite, cette petite... Et alors ? Quoi ? Tu ne peux pas le dire plus simplement, que tu as envie de la garder ? Que tu voudrais que notre premier enfant ne soit ni de toi ni de moi ? Espèce de bourrique, tu crois donc que j'ai fait un lit pour qu'il n'y reste personne ! Ma parole ! tu te moques de moi !

Ils se mirent à rire tous les deux, et les autres avec eux dès qu'ils apprirent la nouvelle.

— Alors, dit Pierre, lorsque le Fou-Merveilleux arrivera, il ne restera que trois petits à placer...

Bisontin l'interrompit.

— Pauvre naïf, fit-il. Que crois-tu donc, que ces

deux-là vont arriver les mains vides ? Je suis tellement persuadé qu'ils en amèneront d'autres que je me demande si je ne vais pas aller tout de suite chercher du bois pour faire une deuxième couchette.

Il plaisantait, mais il redoutait cependant de voir Hortense et Blondel arriver avec d'autres enfants. Marie montrait beaucoup d'inquiétude et c'était souvent Claudia qui la rassurait en disant avec beaucoup de candeur dans le regard :

— Tu le connais mal. Il peut tout. Tout ce qu'il veut, il peut le faire.

— Moi, disait Bisontin, je le connais assez pour savoir qu'il s'arrangera pour entrer à un moment de gros passage, pour qu'on ne le remarque pas.

Le compagnon ne se trompait pas. Blondel vint cogner à la porte le lendemain matin au lever du soleil.

Et Bisontin fut effrayé lorsqu'il le vit avec un visage pareillement décharné. Cette maigreur donnait plus d'importance à ses yeux pâles et son regard était d'une terrible acuité. Levant ses mains presque transparentes, il dit :

— Mes amis ! Quelle joie de vous retrouver !

Il s'avança et demanda :

— Et les enfants ?

Marie regarda le plafond.

— Là-haut, bien au chaud.

Alors seulement il les embrassa en expliquant qu'il avait jugé prudent d'envoyer Hortense devant avec la voiture. Lorsque les gardes lui avaient refusé l'entrée à cause des neuf enfants qu'ils amenaient, elle avait fait demi-tour. Alors lui, seul et sans bagages, était entré parmi les campagnards qui venaient au marché.

Bisontin expliqua ce qui s'était passé et le médecin fut attendri en apprenant ce qu'avaient décidé Jotterand et Marie pour l'aîné des garçons et la petite brûlée. Puis, se prenant la tête à deux mains, il s'accouda à la table et se mit à réfléchir. Une grande fatigue se lisait au creux de ses rides, et ses cheveux plus longs qui se couchaient en arrière semblaient avoir encore blanchi. Immobile, il fixait le feu à travers la buée qui montait de l'assiette de bouillie que Claudia venait de poser devant lui.

— Mangez, dit Marie, ça vous fera du bien.

D'un geste machinal, il avala trois gorgées, puis, comme frappé par la foudre, il se redressa, porta ses mains à ses tempes, puis les ouvrit toutes grandes en les tendant devant lui, les paumes vers le ciel.

— J'ai trouvé, fit-il. J'ai trouvé... Vous allez m'aider, et nous réussirons.

Il enjamba le banc pour parler plus à l'aise en arpentant la salle de son pas saccadé.

— La petite brûlée est encore trop fragile et trop douloureuse pour qu'il soit question de la sortir. Elle restera là avec Claudia. Mais les autres, nous allons les mettre dans la corbeille. Et si nous pouvions trouver une charrette à bras.

— Nous avons ça sur le chantier, dit Bisontin.

— Parfait, il faut donc aller la chercher. Et j'irai moi aussi, pour voir votre ami Jotterand. Allons, ne perdons pas de temps.

Déjà il ouvrait la porte tandis que Marie disait en montrant l'écuelle pleine :

— Mais vous n'avez rien mangé !

Il eut un geste qui semblait dire que tout cela était sans importance et il sortit. Bisontin le suivit sans même avoir eu le temps de lacer ses brodequins.

— Hé, une minute ! fit-il. Où allez-vous ?

— Chez ton Jotterand, pardi !

— Mais c'est de l'autre côté. Et laissez-moi au moins attacher mes brodequins.

Il posa le pied sur une borne et, tandis qu'il accrochait ses chaussures, le médecin se tenait impatient derrière lui, expliquant ce qu'il entendait faire. L'écoutant, le compagnon se disait : « Il est fou. Tout ce qu'il veut faire est complètement dément. Et moi, je suis là, et je ne trouve même pas un mot à lui dire pour tenter de le ramener à la raison. »

Ils se mirent à marcher,, et c'était tout juste si le compagnon pouvait empêcher Blondel de courir.

— Est-ce qu'un jour vous vous accorderez le temps de respirer ? demanda-t-il au médecin.

Blondel le regarda avec étonnement.

— Respirer, fit-il. Mais qu'est-ce que ça veut dire ? Est-ce que les enfants qui m'attendent sous les ruines de leurs maisons, sous les cadavres entassés de leurs parents et des gens de tout un village vont respirer encore longtemps ? Est-ce qu'ils respirent, les milliers d'enfants que la guerre a tués depuis des années qu'elle écrase notre pays ?

Ils montèrent chez les Jotterand où Blondel parla encore avec toute sa fougue. Ils allèrent sur le chantier, puis ils revinrent en tirant derrière eux la petite charrette bringuebalante. Comme ils arrivaient sur le quai, Blondel eut un large geste circulaire pour envelopper l'immensité du ciel, du lac et du port qui s'éveillait sous les premiers rayons du soleil. D'une voix que la joie étranglait, il lança :

— Cette aube est une vision des matins sur le paradis. Le jour qui naît dans la lumière céleste ne saurait nous trahir ! Dieu est avec ceux dont il éclaire la route.

44

Marie et le compagnon étaient partis devant avec Léontine qui marchait entre eux, leur tenant la main et pliant parfois ses jambes pour se faire porter en criant :

— Maman, c'est toi la moins forte. Tu lèves moins haut !

Elle riait. Et Marie regardait Bisontin dont les yeux disaient :

— Si tu savais comme je t'aime !

Et les yeux de Marie répondaient :

— Je le sais et je t'aime aussi fort.

Il était convenu que Blondel viendrait avec sa charrette peu de temps après eux. Le père Rochat, Pierre et le petit Jean iraient passer près de la Saunerie pour arriver sur la place du Marché par un autre angle. Quant au barbier qui devait assurer son service à l'hospice, il était parti furieux de ne pouvoir se joindre à eux.

Lorsqu'ils arrivèrent sur la place, le marché était déjà fort achalandé et, malgré le froid, tous ces gens de la campagne et de la ville ne semblaient pas pressés. Ils s'attardaient devant les éventaires pour marchander ou bavarder avec des connaissances. Ici on vendait des étoffes, plus loin des fourrures, ailleurs de la volaille vive dans des cages en noisetier. Tout un côté de la place était occupé par des bouchers, des charcutiers, des fromagers et même des gens qui avaient allumé des feux de braise sur lesquels fumaient d'énormes marmites d'où montaient des odeurs de choux et de saucisses au foie. C'était là que les chalands étaient en plus grand nombre et Bisontin dit :

— C'est ici qu'il doit venir. Il y a un bel emplacement à côté de ce porche. Il pourrait monter sur la borne.

Ils étaient là depuis deux minutes à peine, lorsque Blondel arriva, tirant sa charrette qui sautait sur les pavés dans un bruit de ferraille et de bois sec. Il leur adressa un sourire à peine perceptible et, lorsque Bisontin lui désigna du regard la borne à l'angle du porche, il fit oui de la tête. Il avait repéré l'endroit. Il arrêta sa charrette devant la borne, s'épongea le front avec la longue écharpe de laine qu'il portait nouée autour de son cou maigre dont la peau semblait deux fois trop ample, puis il se donna le temps de reprendre son souffle. Rien ne remuait dans la charrette, mais, comme il soulevait la couverture, l'un des petits se mit à pleurer, puis un autre.

Alors, Blondel prit le plus âgé de tous, qui ne pleurait pas, et il se hissa sur la borne, le dos au mur, l'enfant couché contre lui, sur ses bras qu'il balançait lentement de droite à gauche. Déjà des gens s'approchaient, regardant cet homme et cette charrette. Bisontin comprit que le médecin comtois commençait de leur parler avec ses yeux. Il les accrochait, les empoignait, les tirait à lui. Il semblait leur dire avec douceur mais avec une terrible force aussi : « Venez. Vous ne risquez rien. Restez là. J'ai quelque chose à vous montrer. »

Il s'écoula ainsi au moins deux ou trois minutes, puis Blondel respira profondément et dit d'une voix qui semblait porter jusqu'à l'autre rive de la place :

— Approchez, braves gens du Pays de Vaud ! Je n'ai rien à vous vendre... Je ne veux pas d'argent. Je veux seulement vous raconter une histoire. Une histoire plus terrible que la plus terrible des légendes... L'histoire de cet enfant sans nom.

Il marqua une pause pour laisser à d'autres badauds le temps d'approcher, puis, lorsqu'il sentit que ceux des premiers rangs commençaient à remuer, il reprit :

— Non, je ne sais pas comment il s'appelle. Et personne ne le sait puisqu'il n'a plus ni parents, ni voisins, ni amis ni patrie. Rien. Il n'a plus rien que ce petit corps si faible, si longtemps privé de nourriture qu'on se demande si chaque soupir qu'il pousse n'est pas le dernier... D'où il vient ? Du Revermont. D'un village de vignoble pareil, *qui était* pareil aux vôtres avant que ne passent sur lui des hordes d'assassins.

Il s'arrêta encore, le temps que son regard d'une incroyable intensité fasse le tour des curieux. Le silence était épais autour de lui, et ceux des derniers rangs faisaient chut ! pour que toute la place se tût enfin. Lorsque Blondel reprit, sa voix était moins forte et plus grave. Elle roulait au fond de lui avant de lancer sur les têtes comme une succession de vagues lourdes et sonores. Et plus il parlait bas, plus le silence s'épaississait. Bientôt, il n'y eut plus que sa voix et les sanglots des petits qui s'étaient arrêtés de crier.

— Cet enfant, dit-il, je l'ai découvert sous un monceau de morts. Des morts parmi lesquels se trouvaient son père et sa mère, ses frères et sœurs, peut-être. Par miracle, il avait échappé aux balles des soudards, et le sang où baignaient son corps et son visage, c'était le sang des autres... Le sang des siens !

Un murmure courut sur l'assistance.

— Oui ! lança Blondel d'une voix qui s'étranglait. Là-bas, sur l'autre versant des monts Jura, depuis des années on tue, on incendie, on viole, on égorge, on affame, on pille. Et, parce que les enfants sont plus petits, parce qu'ils tombent souvent les premiers et que leur corps est recouvert par d'autres, il arrive qu'ils survivent au massacre... Alors, je vous demande une seule chose, braves gens qui avez des enfants, est-ce qu'un homme a le droit de laisser un innocent mourir sous le corps déchiqueté de sa mère ?... Je vous demande seulement de répondre à cette question.

Silence. Un silence lourd, de quelques secondes, puis Bisontin sans crier dit :

— Non !

Et Marie d'une voix étranglée dit la même chose en même temps que Pierre, et le maréchal, et petit Jean qui sont plus loin ; en même temps aussi que Maître Jotterand et sa femme qui se trouvent derrière eux. Et tout de suite, ce sont mille voix qui disent non, et qui le crient si fort que les vitres des maisons en tremblent.

Alors, tout le monde peut voir des larmes ruisseler sur les joues creuses de Blondel qui lève une de ses longues mains blanches.

Le silence revenu, dans un effort visible le médecin dit :

— Alors, il faut m'aider. Pour que je puisse aller en sauver d'autres, il faut que ceux d'entre vous qui le peuvent, se chargent de ceux-là. Il faut que vous leur donniez l'amour, tout l'amour qui est au fond de vous.

Levant l'enfant à bout de bras, il dit :

— Celui-là est le plus grand de tous, qui d'entre vous le prendra ? Qui veut lui donner...

Il ne peut en dire davantage, Maître Jotterand fend la foule de toutes ses forces. Il tire dans son sillage son épouse cramponnée à sa pelisse et il crie :

— Moi ! Moi ! J'ai perdu deux petits. Je veux celui-là. J'ai de quoi l'élever.

La stupeur, des appels, des cris. Même des rires et sans doute beaucoup plus de sanglots. Puis, comme le maître charpentier reçoit l'enfant et le serre contre lui sous sa pelisse, comme il s'engouffre sous le porche avec sa femme pour échapper à ceux qui veulent regarder le bébé de trop près, dix voix, peut-être davantage, lancent en même temps :

— Moi !

— Moi !

— Non, c'est moi ! J'ai parlé avant !

Alors, quelque chose qui a dû gonfler dans la poitrine de Marie depuis son arrivée sur la place éclate d'un coup. Lâchant le bras de Bisontin, elle veut s'approcher de cette charrette où se trouve une nichée qui lui appartient un peu. D'abord surpris, Bisontin comprend très vite ce qui se passe en elle. L'empoignant par la taille, il la soulève et l'emporte en direction du porche.

— Non ! crie-t-elle. Lâche-moi ! Ils vont les écraser... Ils vont les étouffer... Ce sont mes petits...

— Viens, dit le compagnon en la reposant par

terre et en l'entraînant de force. Viens, tu vas voir.. Tu vas voir.

Sa voix tremble. Il oblige Marie à le suivre. Ils ne mettent pas longtemps à rattraper les deux Jotterand qui s'en vont de toute la vitesse de leurs vieilles jambes.

— Ne courez pas comme ça, crie Bisontin, vous ne risquez plus rien !

Les vieux s'arrêtent, essoufflés et souriants.

— C'est vrai, dit Maître Jotterand, nous sommes fous.

— Il doit bien y avoir trente ans que je n'avais pas couru de la sorte, dit sa femme.

— Ça prouve que vous avez déjà rajeuni, fait le compagnon avec son grand rire.

Mais le maître charpentier répète en regardant l'enfant :

— Nous sommes fous !... Nous sommes fous !

— Mais non, dit Bisontin, vous n'êtes pas fous, vous êtes heureux. La folle, c'est Marie.

Se tournant vers elle, il dit :

— Tu voulais tous les enfants. Mais qu'est-ce que tu as fait de Léontine, dans cette bagarre ?

Le visage de la jeune femme se vide soudain de son sang, et le compagnon la serre dans ses bras en disant :

— Non, ma chérie, n'aie pas peur, je l'ai donnée à Pierre pour m'occuper de toi. Mais tu vois, comme tu es ! Est-ce que je n'ai pas raison de dire que tu es un peu folle ?

45

Lorsqu'ils regagnèrent la place du Marché, le tumulte était à son comble. Quatre hommes d'armes sous la conduite d'un sergent de la garde venaient d'arrêter Blondel. La foule se pressait autour d'eux, hurlant que c'était une honte et qu'on devait relâcher le médecin. D'un coup d'œil, Bisontin évalua la situation. Il dit à Marie :

— File chez Jotterand. Dis que Blondel est arrêté. Il ira tout de suite trouver le banderet.

— Et toi ? fit Marie effrayée en s'accrochant à lui... Et les enfants ?

— Pierre les a emmenés. Moi, je ne risque rien. Allons, fais vite.

Il la regarda s'éloigner, puis des genoux et des coudes, il se jeta dans la mêlée. La foule était de plus en plus houleuse entre les étals de toute sorte. Les marchands s'arc-boutaient derrière leurs bancs pour éviter que tout soit renversé. Déjà plusieurs corbeilles de pommes avaient chaviré et les fruits roulaient, s'écrasaient sous les pieds.

— Tout est perdu, hurlait une grande femme.

— Les gens sont fous.

— C'est bien d'être fou pour sauver des vies.

— Et mes pommes, qui me les paiera ?

— Je n'ai rien vendu, moi !

— Moi non plus, mais je m'en fous. Faut avoir vu ça une fois dans sa vie !

— Ce Comtois a un regard de dément.

— Non. C'est sûrement un saint homme.

— Un papiste, oui !

A part quelques marchands plus attachés à la prospérité de leur commerce qu'au reste de l'univers, les gens paraissaient prêts à soutenir Blondel. Ils s'indignaient de son arrestation et réclamaient la présence du conseil. Bisontin avait grand-peine à progresser vers l'angle de la place où les gardes maintenaient Blondel. Le médecin se trouvait prisonnier de ces hommes qui, eux-mêmes étaient coincés là par une masse de plus en plus dense et de plus en plus menaçante. Enfin, il se fit un mouvement comme si une source nouvelle se fût mise à serpenter dans ce lac en furie. Les têtes se tournèrent vers la Maison de Ville et une rumeur courut :

— Des conseillers.

— Il y a le banderet.

— C'est le charpentier qui leur parle, Maître Jotterand.

Les hurlements s'apaisèrent un peu. Se hissant en prenant appui sur ses voisins, le compagnon put apercevoir les habits noirs de plusieurs conseillers et le chapeau grenat de Maître Jotterand. Blondel profita de ce calme relatif pour grimper sur le rebord d'une fenêtre. Là, cramponné d'une main aux barreaux, il lança :

— Mes amis, écoutez-moi ! Ecoutez ce que j'ai à vous dire !

Des chut ! couvrirent la place et, une fois de plus,

le magnétisme de cette voix et de ce regard opéra. Le silence se fit.

— Puisque vous voulez m'aider, je vais seulement pour le moment vous demander de me répondre par oui ou par non... Voulez-vous que votre cité soit le havre de salut pour les enfants martyrisés ?

Un oui énorme fit trembler toutes les vitres de la place et monta vers le ciel pur. Blondel laissa mourir l'écho et demanda :

— Etes-vous d'accord pour que je puisse parler devant votre conseil des XII ?

Le même cri partit encore. Le visage de Blondel était bouleversé. Sa main levée se mit à trembler, puis son bras, puis tout son corps.

— Alors, cria-t-il d'une voix que des sanglots nouaient, laissez-moi passer ! Merci, mes amis ! vous êtes un grand peuple !

La main qui tenait le barreau s'ouvrit et son corps partit en avant, aussitôt soutenu par les gardes. A présent, ces hommes ne le retenaient plus prisonnier, ils le portaient en triomphe pour traverser cette place où l'océan de la foule s'ouvrait devant lui. Les mains battaient, des milliers de bouches criaient la joie. Après avoir tant menacé les soldats, il semblait à présent que ces gens étaient prêts à les soutenir comme ils soutenaient Blondel.

Bisontin essaya de les suivre, mais la foule qui se refermait sur leur passage l'en empêchait. Il tenta de se débattre en criant :

— Mais laissez-moi passer ! Il faut que je le suive. Faut que je lui parle.

Les gens ne l'écoutaient même pas et il eut soudain envie de rire de lui. Ce qu'il faisait était grotesque, car tout le monde ici avait envie de suivre le médecin comtois, de lui parler, de le toucher.

Alors le compagnon se mit à progresser lentement, obstinément, cherchant partout la faille plutôt que de foncer en force. Il lui fallut un temps infini pour parvenir à la Maison de Ville. Et là, les gardes l'empêchèrent d'aller plus loin. Il dut donc attendre en se battant pour ne pas être pris par le reflux et emporté vers le centre. Il dut attendre que Blondel et les conseillers apparaissent dans le vaste corridor. Dès qu'il le reconnut, Maître Jotterand s'avança et donna l'ordre aux gardes de le laisser entrer. Il y eut une forte bousculade et des cris, mais le compagnon se trouva bientôt délivré de la foule. Il respira. Maître Jotterand lui glissa au passage :

— C'est gagné !

Le vieillard semblait au comble de l'émotion. Bisontin se trouvait un peu gêné parmi tous ces conseillers en habit noir, mais Blondel vint à lui, le visage rayonnant, les yeux humides de joie.

— Tu vas aller chercher Hortense. Ne te fais pas remarquer. Les enfants de ce matin, on ne sait même pas qui les a emportés. Il ne faut pas que les gens sachent ce qu'il y a dans la voiture. Même la garde n'empêcherait pas la foule de prendre les petits.

Il se mit à rire nerveusement et de grosses larmes roulèrent sur ses joues tandis qu'il ajoutait :

— On peut tout obtenir d'une foule. Aussi bien l'amour que la haine. Seigneur !

Il ne dit rien d'autre, mais son regard s'éleva en un muet remerciement. Il serra Bisontin dans ses bras. Tout son corps tremblait. Il souffla :

— Va... Va, mon frère compagnon. Le monde se construit comme une charpente.

Maître Jotterand accompagna Bisontin jusqu'à une porte donnant sur une courette.

— Tu traverses cet immeuble et tu sors par-derrière. Personne ne te verra. Pour la voiture, la garde sera prévenue.

Bisontin partit du plus vite qu'il put, mais sans courir pour ne pas se faire remarquer. Derrière lui, les hourras de la foule lui apprirent que Blondel venait de se montrer. Le silence lui dit qu'il parlait. Puis une longue ovation. Les rues étaient presque désertes ; la porte sans factionnaire.

— Décidément, ce fou merveilleux a foutu la révolution partout.

Une fois hors des murs, il se mit à courir. Il courut jusqu'au bout de l'allée d'ormeaux. Comme son pas faisait sonner le pont de bois, Hortense apparut en haut du raidillon qu'ils avaient pris le premier soir, alors que les gardes venaient de les refouler. La jeune fille ouvrit les bras. Tandis qu'ils s'étreignaient, elle dit :

— Je sais, Bisontin. J'ai entendu les clameurs.

— C'est pire que ce que vous pouvez imaginer. Ce matin, on se demandait si on pourrait caser ces petits, à présent il va falloir les cacher pour éviter que ces braves gens ne se les arrachent.

— Ça ne me surprend pas, fit-elle. Du moment que Blondel le fait, c'est que ça doit réussir.

Bisontin était pris par ce vaste enthousiasme qui avait empoigné la cité, et pourtant il fut un instant effrayé de constater à quel point Hortense était devenue la chose de Blondel.

Ils descendirent vers la voiture du médecin qui se trouvait à l'endroit même où ils avaient dormi le soir de leur arrivée.

Un petit feu était allumé sous un chaudron de cuivre. Hortense regarda Bisontin. Elle lui sourit et dit :

— Je sais à quoi vous pensez.

— Oui, dit-il. Le premier soir, croyez-moi, je n'en menais pas large. Je me demandais bien où nous allions finir par nous retrouver.

— Et pourtant vous trouviez le moyen de rire.

Ils s'arrêtèrent près du foyer. Elle souleva le couvercle du chaudron et remua de la bouillie avec une longue spatule de bois.

— Oui, dit Bisontin, quand on sent que l'orage risque de venir, le rire, il faut savoir le fabriquer. Mais ce qui est difficile, c'est de faire en sorte qu'il ne sonne pas trop faux.

Alors, Hortense se tourna vers le lac dont on devinait le miroir de lumière entre les peupliers et les broussailles chargées de nids.

— Ce matin, fit-elle, il ne pouvait pas venir d'orage.

— C'est vrai. Jamais, en cette saison, je n'avais vu Prince-Bleu aussi resplendissant.

46

Sous la pression de la foule, les cinq membres du conseil qui avaient pu entendre Blondel avaient donné leur accord pour que les enfants qu'Hortense gardait soient provisoirement hébergés dans la maison qu'occupaient les réfugiés comtois, mais, pour l'avenir, il était nécessaire que le médecin pût s'expliquer devant le conseil régulièrement réuni en assemblée. Le banderet avait laissé entendre que le conseil ne s'opposerait pas à la venue des enfants et à leur adoption par les Morgiens, mais il ne voyait pas comment l'on pourrait les dispenser de la quarantaine, puisqu'il s'agissait d'une loi édictée par les hautes instances bernoises. Blondel avait demandé ce qu'était ce lieu de quarantaine et Bisontin lui avait décrit le village de Reverolle. De retour à la maison où les femmes s'occupaient des enfants nouvellement arrivés, le médecin s'était mis à réfléchir. Et, le soir, lorsque les hommes rentrèrent de leur chantier, ils le trouvèrent qui les attendait, tout excité, marchant de long en large dans la grande pièce et saoulant de discours les deux femmes, Claudia et même Léontine béant d'adoration. Dès leur entrée, il exulta.

— Mes amis, lança-t-il, nous sommes sur le chemin qui conduit tout droit à la grande lumière. Non point celle de l'autre monde, mais celle de notre terre. Le soleil bienfaisant de la fraternité et de la vraie charité. Le soleil qui guérit tous les maux et sèche toutes les larmes.

Bisontin comprit que cette entrée en matière déboucherait sans doute sur un long discours et il alla s'asseoir dans un angle de la pièce, de manière à laisser le champ libre aux allées et venues de Blondel. Les autres l'imitèrent tandis que le médecin poursuivait :

— Ce village mort où se situe la quarantaine, aussi paradoxal que cela puisse paraître, c'est la mort qui va le faire revivre.

Il semblait tout à fait satisfait de leur étonnement. Il alla se planter le dos à la flamme et sa chevelure transparente et tremblante lui fit une auréole. Le compagnon pensait aux propos qu'il leur avait déjà tenus dans la forêt et il se disait : « Il est en train de répéter le discours qu'il veut tenir demain soir devant le conseil des XII. Et le conseil sera comme toi. Il se dira : méfions-nous, cet homme est fou. Mais comme toi, le conseil écoutera et finira par le suivre. »

— Oui, poursuivait Blondel, avec l'aide de Dieu et de tous les gens de bonne volonté, nous ferons de ces ruines le village de l'accueil et de l'espérance. La peste l'avait réduit à néant, les enfants sans foyer et sans patrie, les enfants arrachés à la mort vont lui redonner vie.

Son regard luisait. Ce village qu'il ne connaissait pas, il le voyait déjà peuplé d'enfants heureux. Il s'approcha de Bisontin et demeura un moment devant lui, hochant la tête, puis, de sa voix la plus sourde, il dit lentement :

— Et pour que ce village revive, nous allons tous donner quelque chose. Toi, Bisontin, tu seras maître des travaux. Car il faudra de bonnes maisons solides et saines et je sais que celles qui y sont ont souffert de l'abandon.

Il alla vers Pierre qui était sur un billot avec petit Jean sur son genou.

— Toi, le maître charretier, tu monteras là-haut les matériaux. Et lorsque les enfants y seront, tu monteras la provende.

Et il parla à tous de la tâche qu'ils auraient. Car il prévoyait une œuvre qui durerait autant que le monde. Pour commencer, une seule maison de ce village serait un havre où séjourneraient les enfants en attendant que viennent les chercher ceux qui voudraient les adopter. Et puis, à mesure que d'autres hommes et d'autres femmes se joindraient à lui pour recueillir les abandonnés de cette terre, le village entier revivrait. Et le jour où ce village ne suffirait plus, on en trouverait d'autres avec d'autres cités pour les soutenir. Et il viendrait un temps où toutes les villes de ce pays auraient leur village de lumière, leur village de résurrection.

Il s'arrêta soudain, comme frappé par ce mot qu'il venait de prononcer. Ses mains montèrent comme pour empoigner et pétrir la lueur du feu. D'une voix à peine perceptible, il répéta plusieurs fois :

— Résurrection... Résurrection...

Se tournant vers Hortense qui buvait ses paroles, il dit :

— C'est curieux que je n'aie pas pensé plus tôt à ce mot. Il est le seul. Le seul qui s'impose pour le vaste mouvement que nous allons créer.

Hortense ne dit rien, mais son regard approuvait. C'était plus qu'une approbation, une espèce de ferveur, un élan de tout son être qui semblait la porter vers cet homme. Bisontin dut faire un effort pour tuer l'agacement qui le chatouillait.

Le médecin lédonien continua un moment de mûrir son projet, puis, revenant vers le compagnon, il déclara :

— Demain matin, nous monterons tous les deux voir ce qu'il y a à faire.

— Mais, observa Bisontin, j'ai mon chantier qui m'attend.

Blondel n'eut pas un instant d'hésitation. Se dirigeant vers la porte, il dit :

— Venez avec moi, Bisontin. Nous allons voir Maître Jotterand.

Le compagnon eut un long soupir qui l'aida à réprimer son envie de dire : « Foutez-nous un peu la paix et laissez mon vieux maître tranquille ; il en a assez fait pour aujourd'hui. »

Il se leva et suivit Blondel. Il essaya bien, le long du chemin, de dire que ça le gênait un peu d'aller encore déranger Jotterand, mais Blondel se montra fort surpris.

— Le déranger ? fit-il. Mais Bisontin, mon frère charpentier, voyons, c'est la lumière et la joie que nous lui apportons !

Et ils trouvèrent les Jotterand déjà illuminés par la présence de l'enfant qu'ils avaient baptisé Joseph.

— C'est à cause de la charpenterie, dit en riant Maître Jotterand. Je voudrais tellement en faire un compagnon.

Comme s'il en eût possédé l'absolue certitude, Blondel déclara, presque solennel :

— Joseph, tu seras compagnon. Tu poursuivras

l'œuvre de ton père. Tu lanceras vers le ciel des charpentes qui seront des actes de foi. De foi en l'homme. En la vie. Car c'est avec votre aide, Maître Jotterand, que nous allons réaliser Résurrection.

Et les deux Vaudois noyés sous un flot de mots lumineux et chantants hochaient la tête avec admiration. Lorsque Blondel eut tout exposé, Maître Jotterand déclara :

— Bisontin, demain matin tu monteras à Reverolle. Dis à Pierre et à petit Jean que je serai à l'aube sur le chantier. Quant aux travaux qu'il faudra entreprendre à Reverolle, j'en fais mon affaire.

Il se tourna vers le berceau où était son enfant et il dit :

— Le petit Joseph est d'accord. N'est-ce pas, mon garçon ?

Les raccompagnant à la porte, le vieil homme remercia Blondel. Des larmes dans les yeux, il dit :

— Deux nouveau-nés sont morts dans ce berceau, mais Joseph vivra. Je le sais. Il vivra pour son bonheur et pour le nôtre.

47

Hortense, Blondel et Bisontin partirent dès le petit matin dans la charrette légère du docteur. C'était lui qui tenait les guides, mais on ne saurait dire qu'il menait. Sa jument devait avoir l'habitude, qui suivait les chemins de son pas régulier, prenant le trot sur les replats, se remettant au pas dans les montées et même dans les descentes où elle sentait le danger. Lorsqu'il y avait un embranchement, la brave bête s'arrêtait et tournait la tête comme pour demander : « Alors, on va à droite ou à gauche ? »

Le médecin revenait sur terre un instant. Il interrompait son inépuisable monologue et Bisontin pouvait dire :

— C'est par là.

Blondel continuait de parler, et son propos passait du désespoir à la joie, du récit effrayant de ce qu'ils avaient vu en Comté à la description détaillée de ce qu'ils allaient réaliser. Bisontin l'écoutait sans l'entendre vraiment. A présent, il connaissait assez cet être curieux pour prévoir ce qu'il allait dire. Il regardait Hortense, toujours un peu surpris qu'elle fût si soumise. Et, lorsque le médecin lançait une idée nouvelle ou échafaudait un projet par trop saugrenu, le compagnon se répétait : « Cet homme a probablement quelque chose d'un saint, mais je me demande s'il ne finira pas dans la camisole d'un fou plutôt que sous la tunique du martyr. Et pourtant, mon pauvre Bisontin, tu marches comme les autres. Et ce vaurien de Barberat tout comme toi, et ce brave homme de Jotterand pareillement. Et Pierre, et le barbier qui viendra à Reverolle soigner les gosses, et le forgeron, tout le monde, quoi ! »

Lorsqu'ils atteignirent la descente de Bugnon, Hortense désigna les toits de Reverolle et le clocher se découpant sur un ciel parfaitement bleu.

— C'est là-haut, dit-elle.

Blondel leva les yeux et murmura :

— En plein paradis. Seul le Bon Dieu pouvait nous faire pareil cadeau. Je veux que ce village devienne le centre de l'univers. Le lieu de bonté. Je veux qu'un jour on dise : C'est là que le Bon Dieu a touché du doigt notre terre !

Et Blondel se mit à encourager sa bête tout au long de la dernière montée.

Hippolyte Fontoliet parut très ému en revoyant Hortense et Bisontin. Mais ils purent à peine échanger trois paroles. Se tournant vers le sud-est, le médecin s'extasiait :

— Seigneur, quel émerveillement !

Devant eux, le lac scintillait entre les terres, plus lumineux encore que les cimes enneigées de la Savoie.

Et Bisontin fut touché que Blondel se montrât autant que lui sensible à la grandeur du lieu.

— Tant de beauté mérite bien les yeux de la pureté. Tant de charme appelle les regards de l'innocence. A cet horizon sublime, je veux donner en permanence des âmes toutes neuves. Ici, ceux qui ont souffert de la haine, celles qui ont enduré les pires outrages, les mémoires marquées par la férocité des monstres seront lavées et purifiées. La lumière qui ruisselle de ces montagnes et brasille sur les eaux est sans souillure ! Elle sera pour leur résurrection !

Se tournant vers les autres, il ajouta :

— Merci, mes amis, vous m'avez offert l'inespéré.

Puis, s'adressant à Fontoliet, il dit encore :

— Grand-père, vous qui habitez ce point de la terre où s'est posé le doigt de Dieu, vous serez le père de milliers d'innocents. Vous serez ici le gardien de la vie. Vous serez le maître artisan de l'amour comme d'autres sont, par-delà ces monts du Jura, les artisans de la haine.

Le vieillard était figé, cassé en deux, la tête levée sur le côté ; il tentait de découvrir sur le visage de Blondel la clef de ce mystère. Il allait sans doute interroger le médecin, mais celui-ci ne lui en laissa pas le temps. Ayant précisé que, désormais, ce village se nommerait Résurrection et que les peuples de la terre en parleraient durant des siècles, Blondel les entraîna vers la moins abîmée des maisons abandonnées. Là, soudain mué en architecte, il se mit à tenir un discours dont le pauvre vieux ne dut pas comprendre un seul mot.

Au moment du départ, alors que le médecin faisait une dernière fois le tour de la maison en compagnie d'Hortense, Bisontin demeura près du vieil homme qui semblait épuisé, et lui dit simplement :

— Soyez sans inquiétude. Tout ira bien.

— Est-ce que vous allez revenir ?

— Oui, nous reviendrons. A présent, vous pouvez en être certain !

Le regard du vieux s'éclaira et sa voix trembla lorsqu'il dit :

— Alors, c'est le principal. J'ai bien cru que j'irais au bout sans revoir âme qui vive habiter ce village.

Ils reprirent la route, et Blondel parla souvent de ce vieillard qu'il appelait déjà l'archange de Résurrection.

La bise se leva vers la fin de l'après-midi, alors que l'attelage descendait de Reverolle. Elle grandit jusqu'à prendre sa voix des plus terribles colères. A la tombée de nuit, le lac écumait, poussant son eau vers l'autre rive. Les rafales se déchiraient à l'angle des toits avec des hurlements de bêtes. La cheminée miaulait en tirant comme un diable sur le feu où il fallait sans cesse remettre du bois. Bisontin était allé chercher au bûcher deux rondins de chêne noueux et il les avait posés sur les braises en disant :

— Ils feront la veillée. Ceux-là, il faut un temps pareil pour en venir à bout.

Et tous s'installèrent en demi-cercle devant l'âtre. Marie coucha les enfants et berça un moment la petite Julie dont la brûlure guérissait. C'était un bébé doux et qui ne pleurait que rarement, malgré ses blessures.

Puis ils se mirent à attendre sans parler, guettant les bruits de la nuit en folie. Avec pareil vent, ils n'avaient aucun espoir d'entendre des pas, mais la lourde porte était sans cesse secouée et les obligeait à se retourner. Lorsque Hortense s'impatientait, Bisontin disait :

— Calmez-vous. Ça ne peut pas être déjà fini. Vous ne savez pas ce que c'est qu'une séance du conseil... La prière, les remontrances à ceux qui arrivent après l'heure, les politesses et tout. Je sais ça. Maître Jotterand me l'a raconté. Même que nous devrions toujours lui dire : « Très Honoré Seigneur du Conseil ». Seulement lui, il préfère qu'on l'appelle Maître Jotterand, parce que ça fait penser à son métier.

Hortense se levait pourtant et les autres la suivaient des yeux. Elle allait jusqu'à la porte au pied de laquelle on avait roulé un sac vide à cause du vent. Elle écoutait. Et s'il n'y avait eu cette bise qui vous gelait la salle en un rien de temps, elle eût ouvert toutes les cinq minutes.

Elle revenait s'asseoir sur le banc, le dos appuyé à la table, à côté de Marie qui lui prenait la main. Elles échangeaient un sourire, elles soupiraient toutes les deux, et l'attente se prolongeait.

Bisontin les observait en revivant leur journée à Reverolle. De retour, le médecin avait dit :

— Si ce projet se réalise, je repartirai seul car il faudra qu'Hortense soit là-haut pour la création de Résurrection.

Hortense n'avait rien répondu, mais son visage s'était assombri et Bisontin se demandait si elle n'était pas en train de prier pour que le projet fût refusé. Car, de toute manière, les enfants seraient accueillis, et il était visible qu'Hortense brûlait d'envie de repartir avec Blondel.

Enfin, alors qu'il était plus de 9 heures à la montre de Bisontin, la porte fut secouée plus fort. Le charpentier se précipita pour tirer le sac et Maître Jotterand entra le premier dans son grand manteau noir à broderies d'argent qui était la tenue exigée par le conseil. Son visage était rouge, et ses petits yeux qu'éblouissait le feu pétillaient de joie. Blondel qui le suivait avait lui aussi un visage rayonnant.

— Venez... Venez vite vous chauffer, dit le compagnon.

Ils s'avancèrent et Maître Jotterand dit :

— Nous en avons besoin, car cette salle de conseil est si grande que seuls ceux qui ont le dos au feu le sentent un peu. Et, bien entendu, nous avions le dos à la porte.

Il rit et s'assit entre le forgeron et Bisontin. Blondel prit place en face de lui, entre Claudia et Hortense. Le médecin avait son attitude toute de raideur et d'absence. Son regard voilé de brume translucide s'en allait se perdre bien au delà des flammes. Le maître charpentier reprenait son souffle et ce fut lui qui finit par dire en donnant une grande claque sur les genoux de Bisontin :

— Eh bien, mon gaillard, te voilà avec de l'ouvrage sur les bras ! Et toi qui sais si bien faire du neuf avec du vieux, crois-moi, tu vas t'en donner à cœur joie !

Il les laissa attendre encore quelques instants avant de reprendre :

— C'est accepté... Et moi, je peux dire que je viens de vivre un grand moment de ma vie. Voir le banderet et tous les conseillers la larme à l'œil, croyez-moi, ça n'était jamais arrivé à personne... Sacrebleu, je ne suis pas à la veille de l'oublier !

Blondel continuait de contempler un autre univers. De grosses larmes ruisselaient sur son visage de pierre. Un léger tremblement l'agitait qui faisait vivre sa chevelure où les fils blancs étaient de plus en plus nombreux.

— Non seulement le conseil a accepté, reprit Maître Jotterand, mais à l'unanimité et dans un grand transport de générosité. Chacun des membres s'est engagé à contribuer à cette œuvre à titre personnel. Et le conseil souhaite un concours de toute la population de la cité. Voilà... Et le docteur Blondel est autorisé à parler aux gens avant son départ, demain vers la fin de la matinée. Car le conseil a déclaré que nul ne saurait comme lui émouvoir les cœurs.

Le charpentier se tut, et la bise reprit possession de la nuit.

48

Ce matin-là, Pierre et le forgeron étaient partis de bonne heure avec la jument de Blondel. Lorsqu'ils revinrent, la bête était ferrée de neuf. Son poil bien étrillé luisait. Ses harnais avaient été graissés et les boucles de cuivre étaient comme de l'or.

Blondel rayonnait.

— C'est bien dommage que vous ayez cette bise noire pour partir, dit Hortense dont le regard était voilé d'une grande tristesse.

— Dommage ? lança-t-il. Vous voulez dire que c'est une chance. Le ciel est avec nous, même lorsqu'il se montre le plus sombre.

La bise s'était muée en bise noire au cours de la nuit. Elle courait moins vite sur la cité et le lac, mais le ciel roulait d'épaisses nuées de suie. Blondel les regarda comme s'il eût espéré les attirer à lui, et il ajouta :

— Ces nuées sont une manifestation du Tout-Puissant. Ce ciel tourmenté est le décor qu'il faut à une grande aventure. Et celle que nous entreprenons est la plus noble qui soit. Elle débute sous ces grisailles en furie, à nous de faire qu'elle débouche bientôt sur de vastes horizons de lumière et de paix.

Bisontin regarda Hortense qui faisait un effort considérable pour refouler son émotion. « Toi, se dit le compagnon, tu es de celles qui ravalent leurs larmes pour en nourrir leur amour. »

A la fin de la matinée, petit Jean, que Blondel avait envoyé dans la Grand-Rue, revint en disant :

— Il y a autant de monde que pour le marché.

— Le crieur de la cité a bien fait son travail, observa Bisontin.

Les débardeurs du port, des mariniers, des charretiers et des pêcheurs avaient reconnu Blondel et s'étaient approchés. Mais ils restaient à quelques pas de la charrette, intimidés et silencieux. Enfin arrivèrent les hommes d'armes que le banderet avait promis et qui devaient ouvrir la route à Blondel dans la foule. Ils étaient vingt, et tous en tenue de parade avec leur habit bleu à revers jaune, leur chapeau à plumes et leur baudrier doré. Blondel se tourna vers les Comtois et dit :

— Mes amis, nous allons nous dire adieu ici, car nous serons peut-être séparés par la foule.

Il les embrassa. Marie pleurait. Hortense avait le visage dur et le regard fixe, mais aucune larme. Claudia était un peu plus pâle que d'habitude, mais elle ne pleurait pas et il eût été bien difficile de dire ce qui se passait en elle. Loyal tournait autour de la voiture et Pierre dut l'emmener pour l'enfermer dans l'écurie. Le barbier dit à Blondel :

— Saluez pour nous notre pauvre Comté.

Le médecin les remercia tous et monta sur le siège de sa voiture. Les hommes d'armes se placèrent autour et l'attelage démarra. Ils le suivirent sur le quai puis dans la rue Publique. Lorsque les premiers hommes d'escorte arrivèrent à quelques pas de la

Grand-Rue, la foule qui s'y tenait massée s'ouvrit devant eux. Il y eut une rumeur qui courut de part et d'autre, puis une clameur que domina bientôt le roulement des tambours et le son aigre des fifres. Les cent vingt hommes de la compagnie d'honneur qui se tenaient en attente au milieu de la rue s'ébranlèrent derrière les drapeaux.

Bisontin avait pris Léontine sur ses épaules et Pierre portait petit Jean. Les femmes accrochées à leurs vêtements et les deux vieux en arrière-garde, ils réussirent à se maintenir dans le remous des derniers gardes. Aux fenêtres, les gens agitaient des oriflammes. Certains avaient sorti de longues bannières rouges et blanches, blanches et vertes, jaunes et rouges, que la bise soulevait pour les laisser retomber. Derrière la musique, marchait un homme qui lançait très haut un drapeau à courte hampe, que l'on voyait monter comme une flèche, hésiter, se déployer et redescendre en flottant.

Le cortège gagna ainsi la Porte de la Tour où une estrade avait été montée. Sous un large dais de toile bleue à franges d'argent se tenaient le banderet et le conseil des XII au grand complet. Lorsque le cortège s'arrêta devant cette tribune, lorsque la musique se tut, il y eut une hésitation que suivit bientôt un cri énorme, jailli de toutes les poitrines. Un cri qui vous serrait le cœur. Cette clameur déferla, se heurta aux façades des maisons et aux murailles d'enceinte, elle souleva la bise pour s'élever jusqu'aux nuées et il sembla un instant qu'elle fût partie pour noyer tout le pays et courir sur le lac jusqu'aux monts de Savoie. Puis le banderet, qui était un homme aussi long et encore plus maigre que Bisontin, s'avança d'un pas et leva ses grands bras. Alors, le silence s'établit.

— Bonnes gens de notre cité, lança-t-il d'une voix caverneuse mais qui devait porter loin, le docteur Blondel va vous parler. Ecoutez-le en silence. Et si la bise noire empêche ceux qui sont loin d'entendre ce qu'il va dire, qu'ils se taisent en attendant la fin. Ceux des premiers rangs leur rapporteront alors les propos de notre ami... Pour ma part, je ne vous ferai pas de discours, je vous dirai simplement que je suis fier, très fier, d'être le banderet d'une cité tout entière peuplée de braves gens.

Il y eut une autre rumeur qu'il apaisa d'un geste tandis que Blondel montait le rejoindre à la tribune. Les deux hommes se donnèrent l'accolade. La rumeur devint murmure, puis, à mesure que le regard de Blondel courait sur ces milliers de têtes d'où émergeaient des enfants et des drapeaux, le silence se fit. Blondel dévisagea encore ces gens assemblés, tournant lentement la tête comme s'il eût voulu planter son regard dans chaque regard. Un temps passa, puis il leva les yeux vers le ciel. Sa main monta, blanche et légère dans ce matin sombre. Et même le grondement de ce ciel s'apaisa un peu. Alors, de sa voix qu'il ne semblait nullement forcer et qui pourtant devait s'entendre au bout de la rue, il dit lentement :

— Mes amis. Un grand ciel de suie nous menace... Il vient ce matin pour nous rappeler que par-delà les montagnes du Jura l'orage le plus effroyable, celui que déclenchent les hommes en folie, fait rage depuis des années...

Il se donna le temps de baisser son bras et de dévisager encore ses auditeurs, puis il reprit :

— Vous avez vu, braves gens du Pays de Vaud, ce que deviennent les enfants qui, par miracle, survivent au massacre. Vos cœurs se sont émus, vos larmes ont coulé et vous avez décidé de les sauver tous. Votre œuvre magnifique étonnera le monde pour les siècles des siècles. Les nations émerveillées se répéteront de génération en génération que c'est ici, dans cette cité de paix, au bord des eaux pures de votre lac, qu'est né le plus vaste chant d'amour qu'aient jamais entonné les foules depuis que Jésus a regagné le royaume de son père.

Il avait parlé plus vite et plus haut. Il s'arrêta. La foule était toujours muette, tendue, prisonnière de son regard. Et il la tint captive de longues minutes encore, évoquant la Comté dévastée, parlant de Reverolle qui allait devenir le village de la vie après avoir été le village de la mort. Il dit qu'il allait regagner les monts Jura pour s'en aller à la recherche d'autres enfants perdus, il dit aussi que ses amis prendraient bientôt le chemin de Reverolle pour y commencer les travaux auxquels chacun pourrait, en espèces ou en nature, apporter sa contribution. Et comme des gens brandissaient des vêtements, des vivres qu'ils avaient apportés, il dit que tout devait être déposé à la Maison de Ville pour être mis à l'abri des rats en attendant que Reverolle soit en état de recevoir les premiers enfants sauvés.

Il parla aussi de Maître Jotterand qui allait donner le bois pour le travail à faire là-haut, il parla des membres du conseil qui, tous, s'étaient engagés à contribuer à cette œuvre.

Lorsqu'il avait commencé de regarder la foule, Bisontin s'était dit : « Tout de même, cet homme a un foutu sens du spectacle ! » A présent, comme des milliers de gens, le compagnon ne voyait plus Blondel qu'à travers la brume de ses larmes.

Enfin, lorsque le médecin soudain sans voix s'arrêta, lorsque, visiblement vidé de toute force, il descendit de la tribune et remonta sur sa voiture avec l'aide des gardes, une clameur plus forte que les autres, plus forte que la colère du ciel, emplit l'espace. Elle grandit encore lorsque l'attelage cahotant du médecin passa sous la porte et s'engagea sur le pont de bois. Cette clameur était faite de la joie et des pleurs de toute une cité débordante d'amour.

CINQUIÈME PARTIE

DEUX PATRIES

49

Le départ de Blondel avait creusé un grand vide, mais la fièvre qui les tenait tous faisait bouillonner le temps. Et les heures coulèrent très vite durant les deux journées qu'ils passèrent encore tous ensemble dans la maison des bords du lac. La cité n'était plus la même. Il semblait que la population du voisinage eût soudain augmenté car bien des gens venaient offrir leurs services, prendre des nouvelles de la petite brûlée. Quant aux neuf autres enfants, comme il n'était pas question de les loger dès à présent à Reverolle, on avait porté une petite entorse à la loi en les admettant, pour leur quarantaine, à l'hôpital Saint-Roch qui se trouvait hors les murs. Hortense accompagnait chaque matin le barbier qui veillait sur eux. Mais Hortense ne passait pas tout son temps près des enfants. Elle avait à voir des gens de l'administration pour que soit mis au point une espèce de règlement en vue des adoptions. Car Blondel l'avait longuement entretenue de tout cela avant de s'en aller, disant que ce qui devait être la condition essentielle, c'était que les gens adoptent les enfants pour les sauver, davantage que pour se donner de la joie. L'idéal, pour lui, c'était de confier des petits aux mamans qui avaient perdu leur propre enfant. Car il y avait chez elles un capital d'amour qui ne demandait qu'à s'employer. Et c'était, à coup sûr, faire deux bonheurs.

Bisontin, Pierre et petit Jean travaillèrent une journée encore sur leur chantier en compagnie de Maître Jotterand et de deux autres charpentiers qui achèveraient la couverture. Le compagnon était ennuyé à l'idée de ne pas terminer une tâche.

— Ne sois pas ainsi, lui dit Jotterand, tu vas contribuer à construire le paradis dont nous a parlé Blondel ; alors, que peux-tu rêver de plus beau comme chantier ?

Et le vieil homme riait. Vingt fois au cours de la journée, il parla de son petit Joseph en répétant que cet enfant illuminerait ses vieux jours, qu'il donnait enfin un vrai sens à sa vie.

Quelques rumeurs couraient de-ci de-là portant l'écho de manifestations de mauvaise humeur. Certains, paraît-il, se plaignaient que la cité s'engageât dans une aventure qui allait coûter cher. Déjà ceux-là se voyaient avec une augmentation des taxes et des péages, mais, sans doute parce qu'ils se sentaient en minorité, ils n'osaient pas parler haut.

Le soir, le père Rochat rentra en disant :

— Voilà que toute la ville me connaît. Si ça continue, je finirai bourgeois de la cité et il faudra que Marie me couse un manteau noir. Et vous me direz : Très Honoré Seigneur du Conseil.

Ils se mirent tous à rire, puis le barbier donna des nouvelles des enfants dont plusieurs étaient dans un état de maigreur effrayant.

Le dernier jour, Bisontin prépara le chargement des bois, des outils et du matériel qu'ils devaient emporter. Un maçon vint le voir. Il s'appelait Nicolas Dogny et se trouvait au service de Maître Genaz qui était du conseil. Il dit qu'il était heureux de monter travailler avec Bisontin. C'était un grand gaillard large et épais, légèrement ventru, avec un bon visage plein et un beau regard brun qui respirait la franchise. Le compagnon fut satisfait de cette rencontre qui lui paraissait un présage de bon travail.

Cette nuit-là, Marie pleura un peu, et l'idée de la quitter fut assez douloureuse à Bisontin pour qu'il comprît qu'il l'aimait vraiment.

— Mon envie que tu viennes me rejoindre sera si forte, dit-il, que je vais abattre le travail de quatre hommes au moins.

Elle se serra contre lui et dit :

— Tous les soirs, au coucher du soleil, tu regarderas le lac et je le regarderai aussi.

Il promit, puis elle dit encore avec tristesse :

— Et certains soirs où il y aura de la brume, tu ne pourras pas le voir.

— Mais je regarderai la brume, et je penserai à toi encore plus fort.

Le compagnon avait souvent quitté d'autres femmes pour d'autres voyages beaucoup plus longs, mais cette fois, quelque chose allait se déchirer au moment du départ, quelque chose de nouveau, qu'il devrait à tout prix cacher derrière son rire.

Il sut le faire et, sans doute à cause des enfants, Marie sut retenir ses larmes. Le matin était de ceux que Bisontin préférait, avec le ruissellement lent du jour qui suintait du pied des monts à peine visibles, comme si une source claire se fût ouvert un passage au flanc de la roche. Le port était déjà éveillé. Des mariniers accrochant leurs voiles crièrent :

— Bon voyage ! Et si vous avez besoin de nous, on est tous là !

Des rouliers qu'ils connaissaient vinrent leur serrer les mains et dire qu'ils passeraient par Reverolle dès qu'ils auraient à livrer dans l'arrière-pays. Les gardes aussi les saluèrent à la poterne, puis les meuniers de la Morge. Et, chaque fois, ils répondaient du geste et de la voix. Dans la montée, ils eurent aussi des bonjours de quelques paysans épierrant et piochant leurs champs. Un vigneron de Monnaz, qui les reconnut pour les avoir vus avec Blondel, quitta sa vigne, courut à sa cave et en revint avec quatre bouteilles de vieux vin qu'il leur donna en disant :

— Quand j'aurai fini la taille, je monterai vous voir et vous en porterai d'autres.

La première journée coula en un clin d'œil avec l'installation, les questions cent fois répétées du vieux Fontoliet heureux de les revoir mais que la vision du fou merveilleux empêchait de dormir depuis leur visite.

Dès l'aube du lendemain, le chantier s'ouvrait. Blondel avait donné ses directives. Il voulait deux vastes pièces. Dans la première, on ferait la cuisine et on donnerait les repas aux enfants, dans la seconde les enfants dormiraient. A l'étage, il y aurait à aménager une pièce plus petite que l'on réserverait aux plus fatigués. Blondel voulait aussi des dalles sur le sol et que tout soit crépi et passé à la chaux ; il disait que trop d'enfants mouraient de vivre dans des maisons sales. Tout cela apparaissait comme du grand luxe au vieux Fontoliet qui hochait la tête en disant :

— Sapré bougre ! Celui qui m'aurait dit que je verrais un jour un hospice de luxe dans mon village, je lui aurais rigolé au nez !

Mais on sentait bien que ce remue-ménage le comblait d'aise. Il venait vingt fois le jour, offrait ses services aussi bien aux hommes qu'à Hortense qui, pour se débarrasser de lui, lui demandait quelque chose pour la cuisine. Bien entendu, le vieillard partageait leurs repas, ce qui faisait dire à Bisontin :

— Sapré bougre ! Celui qui m'aurait dit que le premier enfant que nous recevrions ici aurait quatre-vingts ans, je lui aurais rigolé au nez !

Tout se passait dans la joie, même pour Hortense qui, la cuisine faite, grimpait aux échelles avec les charpentiers ou maniait la pelle avec le maçon. Comme ce dernier était un homme posé, aux gestes mesurés et au pas d'une belle lenteur grave, Bisontin entendait souvent Hortense lui dire :

— Dépêchons-nous, Nicolas, je n'ai pas envie de passer ma vie ici. Dès que c'est fini, je dois rejoindre le docteur. Allons, pressons !

Et le grand gaillard riait sans bruit. Il faisait trois pas plus rapides, renversait un seau d'eau, laissait tomber sa truelle et reprenait bientôt son rythme naturel. Bisontin soufflait à Hortense :

— C'est un géant, mais timide comme une pucelle de campagne. Si vous le brusquez, il ne fera rien de bon.

La jeune fille haussait les épaules et s'en allait besogner ailleurs.

Presque chaque jour, des gens de Morges ou des villages voisins venaient proposer leurs services. On les occupait à des tâches de manœuvre, mais, bien souvent, cela faisait perdre du temps au maçon ou à Bisontin. Alors, Pierre eut une excellente idée. Une idée de charretier.

— Tous ces gens, dit-il calmement, on va leur faire retourner les champs, et en sortir les pierres pour refaire les chemins. Ça permettra de semer, de rouler plus facilement et de travailler en paix. Ils en ont pour des mois.

Comme on cherchait aussi à éloigner du chantier Hippolyte Fontoliet, on le chargea de surveiller ces gens. Heureux de se rendre utile, le vieux, qui se croyait déjà voué à l'inaction, devint un chef de travaux actif et sévère. Et ce qui le rendait le plus heureux, c'était d'entendre Bisontin dire aux gens :

— Vous allez vous mettre à la disposition de Maître Fontoliet.

Le vieux relevait la tête sur le côté, plein d'importance. Le soir, lorsque tous ces gens avaient regagné leur village ou la cité des bords du lac, il disait parfois :

— Ils ont complètement oublié que ce village était celui de la peste. On dirait que ce Blondel a tout purifié sur son passage. Autrefois, pas un d'entre eux ne serait entré dans cette maison pour une voiture de bon froment. Comme le monde change, tout de même !

Et c'était surtout le village qui changeait. Il devenait vivant. Ses terres retournées de frais prenaient une autre allure. Des forestiers y amenaient du bois de chauffage qu'ils empilaient sous les avant-toits. Les chemins cessaient peu à peu d'être des cloaques, les clôtures se redressaient, les haies étaient élaguées.

Lorsque la nuit tombait, avant de descendre de la toiture, Bisontin regardait toujours le lac. Certains soirs, la brume que travaillaient les feux du couchant semblait une forêt plantée là pour soutenir le ciel. La nuit, lorsque le temps était clair, on distinguait des lueurs clignotant sur l'autre rive. Bisontin imaginait Marie les observant de la chambre où dormaient Léontine, Claudia et la petite Julie. Il pensait aux Comtois partis pour la Savoie, aux villages et aux villes qu'il avait traversés jadis, et il se disait : « C'est foutu, Bisontin. Tu as bien fait d'en profiter. En fait de route, tu ne feras plus que celle qui te ramènera en Comté. Et encore, à condition que finisse avant toi cette foutue saloperie de guerre ! »

Mais la vie intense a le pouvoir de chasser loin l'image même du malheur, et le souvenir de la guerre s'estompait à mesure que le village renaissait. Il revint pourtant la deuxième semaine d'avril, lorsque Barberat et un autre contrebandier plus jeune que lui arrivèrent avec quatorze enfants. Barberat avait sa mule et son camarade une charrette que tirait un petit cheval maigre et nerveux à l'image de son maître. Cet événement fut à la fois une grande douleur et un émerveillement. Les enfants arrivaient au moment précis où la maison devenait habitable, mais la plupart d'entre eux se trouvaient dans un état pitoyable. Amaigris, brûlés, estropiés, le regard perdu. Et tous n'étaient pas des bébés. Le plus grand d'entre eux avait sept ans. Il était en mesure de raconter et, pour commencer, de dire que c'était Blondel qui l'avait amputé d'une jambe après l'avoir dégagé de dessous une maison écroulée. Une fillette de cinq ans avait perdu un œil. Tout semblait l'épouvanter. Elle ne parlait qu'en bégayant et portait à tout instant ses mains devant son visage dans un geste de défense. Lorsqu'elle était saisie par la peur, le regard de son œil unique devenait insoutenable.

Hortense les installa dans la maison où les couchettes fleurant le bois neuf étaient tout juste terminées. Il y eut un moment de fièvre, mais ni Hortense ni Bisontin n'étaient gens à se laisser gagner par l'affolement. Ils décidèrent tout de suite qu'il fallait descendre à Morges et en remonter le barbier et Marie, avec des vivres et aussi des couvertures.

Et ce fut seulement lorsque Pierre fut parti, qu'Hortense trouva le temps d'ouvrir le pli que Blondel avait confié à Barberat. Son visage commença par s'éclairer pour se durcir jusqu'à devenir sombre. Un moment, Bisontin crut qu'elle allait être dominée par la colère que l'on sentait monter en elle, mais non, trouvant la force d'un sourire, elle dit :

— Il a un jeune homme pour le seconder. Il dit que je dois rester ici pour diriger la maison et veiller sur les enfants. Il prévoit que d'autres arriveront bientôt.

Bisontin eût préféré la voir fondre en larmes. Il se disait : « Consoler une femme, c'est toujours facile. Et pas tellement désagréable. Mais va donc faire quelque chose avec celle-là dont la force se nourrit de larmes rentrées ! » Il se contenta de dire :

— Il a raison. Si vous partiez à présent, nous serions un peu désemparés.

Elle le regarda d'un drôle d'œil pour répondre :

— Je sais. Il a *toujours* raison.

Et la façon qu'elle eut d'appuyer sur ce « toujours » disait assez que, de plus en plus, le médecin comtois prenait pour elle l'envergure d'un dieu.

50

Pierre arriva dans le milieu de l'après-midi. Il amenait Marie, le barbier, Claudia et les deux petites ; et aussi une nouvelle qui les réjouit tous et éclaira d'une joie profonde les yeux d'Hortense. Il dit :

— Maître Jotterand montera demain pour voir comment vont les travaux, il vous confirmera la nouvelle, mais je peux vous le dire tout de suite : nous allons avoir beaucoup d'argent.

Il les laissa se regarder tous et montrer quelques signes d'impatience, puis il reprit :

— En mai, dans ce pays, il y a une fête qu'on appelle les trois papegais.

— Je connais, dit Bisontin, ce sont les sociétés de tir qui l'organisent. Je l'ai vue chaque année.

— Alors, tu dois savoir qu'elle donne lieu à pas mal de commerce de toute sorte. Eh bien, cette année, le mai sera dédié à Résurrection. Tout l'argent des bénéfices sera employé pour les enfants et pour remettre debout ce village.

Il y eut un silence, comme si personne n'eût osé croire ce que disait le charretier. Bisontin portait

Julie sur son bras gauche ; son autre main posée sur l'épaule de Marie serra fort. Ils se regardèrent gravement avant de rire.

— Ça, fit Barberat, quand Blondel va le savoir, il va encore en pleurer de joie. Il va encore dire que ce pays est la lumière de l'univers, l'âme sensible du monde et je ne sais trop quoi !

— Justement, dit Pierre, s'ils m'ont donné la nouvelle aujourd'hui, c'est parce que j'ai dit que tu repartais cette nuit. Il faut que tu préviennes le docteur : le conseil veut qu'il soit là pour présider le papegai.

— Mais jamais il voudra venir à une fête pendant que des enfants meurent, dit Hortense.

— Il faudrait, dit Pierre. Il paraît que s'il vient, ça fera deux fois plus d'argent.

Ils déchargèrent la voiture et rentrèrent. Le soir était frais. Les cimes de Savoie portaient encore de la neige et celles du Jura gardaient quelques traces blanches entre les sapins. Bisontin ressortit avec Marie qui l'entraîna sur le chemin, plus loin que la haie qui cachait un peu le lac. L'eau était mauve avec de longs filets d'un orangé très pâle qui se déplaçaient lentement avant de s'éteindre dans l'ombre des montagnes.

— Tu l'as regardé tous les soirs ? demanda-t-elle.

— Oui.

— Tu le jures ?

— Je le jure. Et à présent, tu sais, j'ai pu mesurer à quel point je t'aime.

Ils s'embrassèrent longuement et regagnèrent la maison qui débordait de vie. Car les enfants nouvellement arrivés avaient déjà fait connaissance avec petit Jean, avec Léontine et même Claudia. Et cette présence semblait les avoir un peu tirés de leur tristesse. Certes, les plus grands surtout demeuraient sur le qui-vive, prêts à fuir ou à se cacher dès que s'ouvrait une porte, mais on sentait déjà qu'ils avaient commencé de marcher vers la vie.

Barberat et son camarade s'en allèrent dans la nuit, porteurs d'une longue missive qu'Hortense avait rédigée et fait lire au compagnon. Elle y parlait des travaux, de ce qu'il restait à faire. Elle annonçait aussi cette fête en disant que si Blondel n'y venait pas, elle reprendrait seule la route de la Comté. Bisontin eut envie de lui dire qu'il n'aimait guère ce chantage, mais le regard d'Hortense l'en empêcha. Il lui semblait sentir de plus en plus, chez cette fille, le désir de se dépenser pour les autres, mais de se dépenser autrement qu'en soignant des enfants estropiés. Comme les neuf petits du premier voyage de Barberat avaient tous trouvé des parents, il fallait à présent faire en sorte que ceux qui venaient d'arriver soient, eux aussi, adoptés par des gens capables de les rendre heureux. Pour les plus âgés, la tâche serait délicate. Hortense s'en ouvrit un jour en disant :

— Je recevrai tous les gens qui se présenteront. Je prendrai des notes sur eux, et nous garderons les petits jusqu'à la venue de Blondel. C'est lui qui décidera.

Fort heureusement, le travail ne manquait pas sur la toiture de la maison voisine que l'on avait décidé de remettre en état pour que puissent vivre plus à l'aise ceux qui s'occuperaient des terres, des bêtes, et aussi des enfants sans être contraints de vivre en permanence avec eux.

Le temps passa avec une troisième visite de Barberat qui amena encore cinq petits, et la mi-mai arriva avec un temps radieux. Le printemps chantait dans toutes les haies. Le lac miroitait. Certains jours, les monts de Savoie étaient si proches qu'on s'attendait à chaque instant à y voir évoluer des gens. Seuls, des sommets plus lointains demeuraient blancs, d'un éclat insolite sur le ciel trop bleu.

Et Blondel arriva un soir, quatre jours avant le dimanche fixé pour le couronnement des rois du papegai. Il amenait quatre tout-petits et une fille de neuf ans qui avait failli périr dans l'incendie de sa maison. Son visage était une masse de chairs rouges et informes où les yeux n'étaient que deux trous noirs sans paupières. Ils furent tous un moment sans voix, frappés de stupeur par cette apparition. Dès que la petite se fut éloignée, Blondel dit :

— Je sais ce que tout le monde pense en la voyant. Mais elle est en vie. Ne soyez ni tristes ni effrayés en sa présence, car elle n'est pas triste. son sourire ressemble à une grimace. Mais c'est tout de même un sourire. Il faut lui donner autant d'amour que vous en donnez aux autres, mais pas davantage, car elle s'en apercevrait, et il est absolument indispensable qu'elle vive exactement comme les autres.

Bisontin se demanda tout de suite qui pourrait adopter cette enfant, qui oserait l'approcher, la caresser, l'embrasser. Et le médecin dut deviner se pensée, car il dit :

— Voilà deux mois que je l'ai trouvée. Deux mois que je la soigne. Elle est guérie (il soupira), enfin, si l'on peut dire. A présent, il ne reste plus qu'à trouver des gens qui soient prêts à l'aimer... Et nous les trouverons.

Ce soir-là, lorsque tous les enfants furent couchés, les adultes se retrouvèrent autour de la longue table que Bisontin avait fabriquée et qui occupait le centre de la plus grande pièce, celle où les petits passaient les journées lorsqu'ils n'étaient pas dehors. Deux chandelles brûlaient. Dans l'âtre, des bûches achevaient de se consumer. Il y eut un silence qui parut étonnamment compact, après les cris des petits. Puis Blondel demanda :

— Alors, dites-moi comment se présentent les choses. Et pour commencer, qu'est-ce que c'est que cette fête ?

— Bisontin va vous expliquer, dit Hortense, il en a déjà vu plusieurs.

Le compagnon expliqua que le papegai était un oiseau empaillé ou fabriqué qui était censé représenter un perroquet. On le fixait en haut d'un mât, et celui qui le faisait tomber était couronné roi.

— Il y en a trois, dit-il. Un pour le tir à l'arc, un pour l'arbalète et un pour l'arquebuse. Cette année...

Bisontin ne put en dire davantage. Le visage soudain bouleversé, Blondel venait de se lever en hurlant :

— Non !... Taisez-vous ! Ces jeux sont des simulacres de meurtre ! Ils sont la glorification de la violence ! Ils sont le simulacre des gestes dont vous voyez le résultat sur les corps meurtris de nos enfants ! Et vous voudriez que je cautionne une chose pareille ? Vous voudriez que je regarde des gens faire le geste de tuer, moi qui ai voué ma vie aux gestes qui sauvent ? Vous voudriez que j'applaudisse au geste qui a tué mon petit David et qui le tue encore chaque jour de l'autre côté des monts du Jura ?

Sa voix s'étrangla soudain. Dans un silence effrayant où semblait gronder encore l'écho de sa colère, il se mit à marcher. Et ses talons claquant sur les dalles toutes neuves étaient comme des détonations dérisoires. Comme une pâle imitation de ces tirs qu'il venait de condamner. Ils le laissèrent aller et venir un long moment, puis, avec une douceur que nul ne lui connaissait, ce fut Hortense qui se mit à parler.

Elle parla d'abord des enfants. Elle dit toute la joie qu'ils donnaient. Toute la vie que leur présence mettait dans ce village. A mesure qu'elle allait, sa voix s'affermissait, retrouvant peu à peu son accent habituel tout plein d'autorité. Lorsqu'elle eut bien expliqué tout ce qui s'était passé en l'absence de Blondel, elle demanda d'un ton presque dur :

— Savez-vous ce qu'il nous reste de froment ?

Blondel la regarda et fit non de la tête.

— Quatre jours.

Il s'arrêta devant elle et dit :

— Nous en trouverons.

— Bien sûr. Mais savez-vous combien il nous reste d'argent ?

— Non. Et il a été convenu que les finances seraient votre domaine.

— C'est bien pourquoi je vous en parle. Je sais tenir les comptes, mais je n'ai pas le pouvoir de multiplier la monnaie.

Se levant à son tour, elle se planta devant Blondel qu'elle dominait d'une demi-tête. Elle le fixa un instant sans mot dire, puis elle lança :

— Docteur Blondel, il nous reste exactement 30 florins et 8 sols. Car nous vivons de la charité de quelques personnes, telles que Maître Jotterand et trois ou quatre de ses amis.

Blondel s'emporta soudain. Levant les bras au ciel, il cria :

— Mais alors, c'est que vous avez tué cette

merveilleuse ferveur de toute une cité ! C'est que...

Hortense l'interrompit :

— Nous n'avons rien tué, mais vous savez bien que les fagots brûlent vite. Ils font de belles flambées, mais si on ne met pas du bois sur le feu, aussi beau que soit le foyer, il s'éteint. Nous sommes loin de la cité. Les gens ont leurs problèmes. La vie n'est pas facile. Je ne dis pas qu'ils nous oublient, puisqu'ils viennent nous aider. Mais si nous voulons de l'argent, si vous voulez redonner vie à cette ferveur dont vous parlez, il faut que vous soyez prêts à accepter les gens de ce pays avec leurs idées et leurs coutumes.

La fureur qui avait un moment soulevé Blondel sembla tomber soudain pour faire place à un terrible abattement. Il les regarda tous, puis il revint s'asseoir. Les deux coudes sur la table, les mains serrant ses tempes, il parut se résigner. Hortense l'observa un moment, puis elle dit d'une voix redevenue calme :

— Allons, Bisontin, expliquez-lui ce que sera cette fête.

Le compagnon parla. Et, sans lever les yeux, Blondel l'écouta. Simplement, de temps à autre, il soupirait profondément en haussant ses épaules maigres. Sans la retirer de ses mains, il faisait parfois aller sa tête de droite à gauche comme s'il eût dit non malgré lui. A la fin, il se contenta de murmurer :

— Seigneur, vous ne m'épargnerez donc aucune douleur !

51

Le lendemain fut une journée partagée entre le soleil et la grisaille, car Blondel allait de découverte en découverte, s'émerveillant des progrès faits par certains enfants comme des travaux effectués en son absence. Cependant, entre deux éclats de joie, il replongeait dans son humeur noire et ne cessait de répéter :

— Est-ce que ces gens ne sauraient pas fêter le mai autrement qu'avec des armes ? Est-ce qu'il ne suffirait pas que je vienne lorsque leurs concours seront finis ?

Personne ne prenait la peine de lui répondre, et Bisontin se disait que les autres, tout comme lui, ne comprenaient rien à son attitude. Sans doute s'en rendait-il compte, car, à plusieurs reprises, il éleva le ton pour dire :

— Vous ne comprenez donc pas que le simulacre de la guerre est déjà le commencement du crime !

Hortense leur adressait à tous des clins d'œil qui signifiaient : « Laissez-le dire. Il ira. C'est l'essentiel. »

C'était la journée du samedi que l'on avait prévue pour la rencontre avec les candidats à l'adoption.

Les premiers arrivèrent très tôt. Certains venaient de Morges, d'autres des villages voisins. Blondel les sondait de son regard inquisiteur. Il les interrogeait d'une voix où perçait un peu de hargne. On le sentait prêt à s'enflammer au moindre choc.

Comme il faisait un beau soleil, Marie, Claudia et Pierre étaient sortis avec les enfants en âge de marcher. Les autres demeuraient sous la surveillance du barbier. Seule la petite Odette au visage brûlé était assise à côté de Blondel qui voulait lire dans le regard des futurs parents ce qu'ils éprouvaient à sa vue. Bisontin n'avait pas osé s'opposer à cette exhibition mais il l'admettait mal. Blondel lui avait demandé de rester avec Hortense, car, en dehors de lui, ils étaient les seuls à savoir lire et écrire. Ils s'étaient donc installés au bout de la table dont le docteur et la petite occupaient le centre, tournant tous deux le dos à la cheminée. La lumière de la fenêtre et de la porte restée ouverte éclairait de profil les gens qui, intimidés et maladroits, venaient s'asseoir sur des escabeaux que l'on avait disposés en face de Blondel.

Chaque fois qu'il en arrivait de nouveaux, Hortense lisait à haute voix les notes les concernant puis Blondel demandait :

— Pourquoi voulez-vous un enfant ?

— Parce que nous n'en avons pas.

— Que pensez-vous pouvoir lui donner ?

— Nous avons de l'argent...

— Je sais, mais ce n'est pas l'essentiel.

Et les questions fusaient, claquaient parfois à la manière de coups de fouet. Et c'était toujours au moment où les gens s'y attendaient le moins que le médecin se tournait vers la petite Odette, posait doucement sa main sur son épaule et disait :

— Voyez-vous cette enfant ? C'est peut-être elle que nous vous proposerons d'adopter.

Et, au grand étonnement de Bisontin, tous ces hommes et toutes ces femmes, même si leur visage pâlissait un peu, faisaient oui de la tête après s'être regardés l'un l'autre. Seule une jeune femme se leva en disant : « Mon Dieu ! » et partit en courant suivie par son époux, un grand paysan maladroit qui ne savait quoi dire pour s'excuser et faillit s'étaler en passant le seuil.

A un certain moment, un homme s'écria :

— Oui, donnez-la-nous ! Et demain, tout le pays la verra. Et les gens donneront cent fois ce qu'ils comptaient donner.

Bisontin eut très peur. Blondel avait enjambé le banc et contournait la table. L'homme se leva et son épouse l'imita. C'était un bourgeois d'une trentaine d'années, vêtu de beau velours passementé d'argent. Il était de forte stature et le médecin dut lever la tête pour le fixer aux yeux. Il y eut un moment d'extrême tension, puis, d'une voix à peine audible, Blondel dit :

— Pardonnez-moi. Mon premier mouvement a été de colère. Car je ne veux pas que cette enfant soit considérée autrement que les autres.

Il se tourna vers elle et lui dit doucement :

— Ma petite Odette, va rejoindre Marie et les autres. Tu reviendras avec eux.

L'enfant se leva et sortit. Il y eut encore un silence, comme si son départ eût vidé la pièce de quelque chose d'énorme. Puis Blondel reprit :

— Mais moi-même, je l'ai utilisée, ce matin. Et j'en ai très mal.

— Je suis persuadé, dit le bourgeois, que tous les gens étaient bouleversés.

— Attention, dit Blondel. Demain, elle sera peut-être votre fille. Accepterez-vous encore de la montrer ainsi ?

L'homme regarda sa femme, puis revint au médecin pour dire :

— Si c'est pour contribuer à en sauver des milliers d'autres, oui. Je le ferai.

Blondel se mit à marcher, s'arrêtant parfois à hauteur de Bisontin et d'Hortense pour leur lancer un regard interrogateur. Mais ni l'un ni l'autre ne soufflait mot. Il réfléchit ainsi un long moment. Dehors, des voitures arrivaient. Petit Jean que l'on avait chargé de garder la porte disait aux gens :

— Vous pouvez dételer et mettre vos bêtes dans l'embouche, là en face. Ensuite, faudra attendre votre tour.

Il y avait le pas des chevaux, des mots que l'on ne saisissait pas, puis de nouveau le silence qui semblait entrer avec le soleil.

Blondel réfléchit longtemps, puis, comme il le faisait souvent, il se prit soudain la tête à deux mains et se mit à crier :

— Mais non ! C'est impossible ! Impossible ! Et c'est une chose à laquelle je n'avais pas pensé. On ne peut pas laisser un seul de ces enfants que la guerre a si profondément marqués assister à cette fête où l'on entendra la détonation des armes. Mais vous ne savez pas !... Vous ne pouvez pas savoir ce qu'est pour ces enfants le bruit d'un coup de feu ou la seule vue d'un mousquet.

Il se tourna vers Hortense et Bisontin.

— Vous m'entendez, fit-il. Pas un seul enfant ne sortira d'ici avant que les tirs ne soient terminés.

Je ne veux pas courir le risque d'en voir un seul sur cette place où crépiteront les armes.

Il semblait avoir oublié le couple qui demeurait debout, un peu embarrassé. Il y revint pourtant et demanda encore :

— C'est vrai, vous prendriez cette enfant ?

Une fois de plus l'homme regarda sa femme qui avait un visage rond et bien lisse, avec de grands yeux bruns et des cheveux très noirs sous un châle de lin. Et ce fut la femme qui répondit d'une belle voix chaude et assurée :

— Si c'est elle qui a le plus souffert, si c'est elle qui réclame le plus grand amour, c'est elle que nous vous demandons.

Blondel regarda Bisontin et dit :

— Voudriez-vous aller la chercher.

Bisontin se leva et sortit. Au passage, il caressa les cheveux de petit Jean qui se tenait adossé au mur, à côté de la porte. Sur le chemin, des gens faisaient les cent pas et bavardaient entre eux. Par-dessus la haie, ils regardaient les enfants qui jouaient dans le pré. La petite Odette était avec un garçon dont la jambe était coupée au-dessus du genou et qui s'appuyait sur deux béquilles. Un autre, plus loin, avait perdu son bras droit et Marie lui apprenait à tenir une serpe de sa main gauche. Il faisait sur le lac un temps d'été, avec une brume transparente qui éloignait les monts de Savoie et atténuait l'éclat de l'eau.

Bisontin s'approcha d'Odette et dit :

— Viens, mon petit. On a un peu besoin de toi, mais tu reviendras tout de suite.

Le garçon aux béquilles sourit et dit :

— Tu sais compagnon, elles sont très bien faites. Et légères comme tout. Si je m'en vais, je les emporterai.

— Mais bien sûr, dit Bisontin.

Il revint avec l'enfant dont il observait à la dérobée le visage rouge, violacé, à la peau tendue par endroits comme si elle eût été sur le point d'éclater. Le nez avait fondu. Les lèvres fermaient mal et le trou rond des yeux faisait peur à voir. Bisontin pensait à ce couple et se disait que, peut-être, ils avaient mal regardé cette fillette.

Ils entrèrent. Blondel avait regagné sa place. Comme la petite Odette allait le rejoindre, il l'arrêta du geste et dit :

— Odette, est-ce que tu aimerais vivre avec cette dame et ce monsieur ?

Les trous noirs se tournèrent vers ces gens, puis vers Blondel qui dit encore :

— Tu sais bien que je vais repartir. Je ne peux pas t'emmener. Et ici, tu ne peux pas rester car il doit venir d'autres enfants.

La femme s'était approchée très lentement de la petite fille. Avec des gestes d'une infinie douceur et un bon sourire, elle la prit par les épaules en demandant :

— Me voudrais-tu pour maman ?

La petite fille fit oui de la tête, et la femme murmura :

— Merci, ma chérie. Merci.

Elle serra l'enfant contre elle et l'embrassa, puis, se redressant, elle dit :

— Va embrasser ton papa, mon petit.

L'enfant marqua un temps, puis, tendant les bras, elle fit trois pas vers l'homme qui l'enleva de terre et l'embrassa. L'enfant enfouit son visage meurtri entre l'épaule et la joue de l'homme qui ferma les paupières sans pouvoir retenir ses larmes.

52

Blondel n'avait pas eu le courage de séparer ces gens de leur enfant, mais tous avaient compris qu'ils s'en iraient cacher leur bonheur tout neuf dans leur maison, loin des foules et loin du bruit des arquebuses. Lorsqu'ils avaient regagné leur voiture, l'homme portait fièrement sur son bras l'enfant sans visage. Ni lui ni sa femme ne riaient, mais leur regard exprimait une de ces joies exceptionnelles, profondes, chaudes au cœur et qui entrent dans l'homme pour y creuser un nid douillet que seule la mort pourrait détruire. Sur le chemin, les autres regardaient, silencieux, avec respect, et peut-être, pour quelques-uns, avec envie. Très ému, Bisontin les regarda s'éloigner dans le soleil avec, au fond de lui, un sentiment de soulagement dont il avait un peu honte. Avant de les quitter, la petite était allée embrasser Blondel qui lui avait dit :

— Et Hortense ?

La petite avait embrassé Hortense et Blondel avait dit :

— Et Bisontin ?

Le compagnon avait dû faire un effort considérable pour sourire à l'enfant, lui tendre les bras et la lever jusqu'à hauteur de son visage. Le contact de cette peau lui avait semblé brûlant. Il s'était imposé de la garder contre lui plus longtemps que ne l'avaient fait les autres. Il sentait sur lui le regard de Blondel pareil à une pointe de stylet, et qui semblait dire : « Pas facile, n'est-ce pas ? » Et lorsque l'enfant était sortie, avant que son nouveau père ne la reprenne dans ses bras, petit Jean s'était précipité pour l'embrasser lui aussi. Et la honte du compagnon lui avait un instant brisé le cœur.

Pour les autres couples, Blondel n'avait admis aucune exception et tous ces gens avaient accepté de venir chercher leur enfant le dimanche soir ou le lundi, la plupart disant qu'ils se moquaient du papegai et viendraient passer ici la journée du dimanche.

Car c'était un peu comme si les nouveaux parents avaient attendu des années un enfant absent. Avant même de connaître vraiment celui qu'on leur donnait, ils l'aimaient déjà de tout leur être.

Et le dimanche arriva, tirant de derrière les montagnes une aube transparente où le bleu des lointains se mêlait à la blondeur du ciel et des eaux. Pierre avait étrillé Bovard, briqué les harnais et nettoyé le char qui semblait neuf. Comme bien des gens devaient venir, on avait décidé de laisser les enfants à la garde du barbier. Seul petit Jean qui faisait partie des hommes prit place sur le char débâché. Il y avait de l'allégresse dans l'air sonore du matin, mais nul n'osait ni rire ni chanter à cause de Blondel dont le front plissé et la mine renfrognée assombrissaient le moment.

Dès qu'ils eurent coupé le chemin qui vient de Clarmont et tire sur Bussy, ils trouvèrent d'autres chars où des familles joyeuses plaisantaient en brandissant des drapeaux. Ils croisèrent aussi quelques voitures où ils reconnurent des gens qui montaient à Reverolle passer la journée avec les enfants qu'ils emmèneraient le soir, comme un trésor. Répondant à leur salut, Blondel dont le visage s'éclairait à chaque rencontre finit par dire :

— Il y aura peut-être trois rois de votre foutu papegai, mais ce soir, les vrais rois seront ces gens-là. Eux et leurs enfants.

Plus ils avançaient, plus les gens étaient nombreux sur la route, qui à pied, qui en voiture. A plusieurs reprises, des cavaliers isolés ou par groupes les dépassèrent au galop, soulevant dans le soleil des nuages de poussière. Les bannières de toutes couleurs flottaient au vent de la course, l'acier des lames et des épées luisait. Parfois, la sonnerie d'une trompette faisait broncher Bovard dont les oreilles se couchaient.

— Quand je vous disais que le port des armes rend fou, grognait Blondel. Ces gens-là vous jetteraient au fossé avec femmes et enfants pour être rendus plus vite sur le lieu de leurs tristes exploits.

Et Bisontin se répétait sans cesse : « Mon Dieu, pourvu qu'il tienne jusqu'à ce soir sans faire d'éclat ! »

Bien avant la cité, dans la dernière descente qui serpentait entre bois et vignes, une troupe de vingt cavaliers en grande tenue, casqués et cuirassés, les attendait. Le visage de Blondel se contracta tandis que les hommes en armes s'alignaient devant et derrière la voiture. Des trompettes sonnèrent pour annoncer leur venue, et, sur leur passage, les gens se découvraient, saluaient, applaudissaient ou agitaient des drapeaux. Par-delà les toits bruns et rouges de la cité, le lac était un miroir étincelant. Des voiles gonflées d'un joli vent convergeaient vers le port de Morges. Et comme, de tous les chemins, des voitures, des piétons et des cavaliers se dirigeaient aussi vers la cité, on eût dit, ce matin-là, qu'elle était le cœur d'une belle fleur aux pétales sans cesse en mouvement.

Au lieu de les conduire vers la porte, la troupe leur fit prendre le sentier longeant la rive droite de la Morge. Car c'était là, au bord du lac, dans une immense prairie que devaient se dérouler les jeux. Et déjà cette prairie semblait un étang vert aux rives multicolores. Et si l'étang demeurait insensible au vent, les rives étaient comme prises de folie. D'une grande folie de bruit et de couleur qui s'accentua encore dès qu'ils apparurent. Car la troupe les fit traverser la prairie pour gagner une estrade où, déjà, avaient pris place les conseillers un peu austères dans leurs longs manteaux noirs.

Le banderet donna l'accolade à Blondel qu'il fit asseoir au premier rang, entre lui et Maître Jotterand. Pour les autres, on avait réservé des places tout au bout de cette tribune. Pierre alla garer le char et dételer, et Bisontin put le voir qui attachait Bovard à une longue main courante de bois où se trouvaient déjà plusieurs centaines de bêtes. Quelques minutes coulèrent durant lesquelles le banderet s'entretint avec Blondel, puis, sur un signe de lui, une fanfare éclata qui les fit sursauter. Aussitôt, débouchant du pont couvert de la Morge, le défilé arriva. Tambours et fifres sonnants, il s'étira dans la prairie où avaient été dressés les mâts portant à leur sommet les papegais verts et rouges. Chaque groupe, avant d'aller prendre place, s'en venait jusque devant la tribune où il marquait le pas quelques instants. Il y eut ainsi, outre les tireurs, des bergers porteurs de longues trompes de bois, des lanceurs de drapeaux, des vignerons la hotte au dos, des mariniers la rame sur l'épaule, des jeunes filles chargées de branchages enrubannés, des musiciens jouant des instruments les plus divers, des cavaliers aux chevaux enjuponnés et coiffés. Il y eut aussi des artilleurs dont les montures tiraient une pièce de forte taille, au fût serti de cuivre et que l'on mit en batterie face au lac. L'un des servants brandissait une torche, et, sur un signe du banderet, il mit le feu à la poudre et la pièce bondit en arrière, lâchant vers le lac un nuage de fumée noire que le vent d'est rabattit sur la rive. La terre en trembla, et l'écho de cette énorme détonation fut repris et roulé par les monts de Savoie qui n'en finissaient plus de le refouler jusqu'au bout du lac. Bisontin se leva pour voir le visage de Blondel, et Hortense qui cherchait à voir elle aussi lui demanda :

— Alors ?

— Il n'a pas bronché.

— Je crois qu'il est absent, fit-elle. Il est entré en lui. Je prie pour qu'il tienne jusqu'au bout, mais j'aurais donné cher pour être à côté de lui.

Bientôt s'ouvrit le concours, avec les tirs des armes à flèche d'abord, puis ceux des arquebuses ensuite. A chaque détonation, le visage de Blondel se contractait, mais il demeurait immobile. D'où il se trouvait, Bisontin ne pouvait voir le regard du médecin comtois, mais il l'imaginait perdu dans les lointains bleus du lac, et bien plus loin encore, vers cette Comté où les armes ne tiraient pas sur des oiseaux empaillés mais sur des enfants vivants. Et le compagnon l'entendit répéter ces mots qu'il leur avait lancés le premier soir :

— Qu'un peuple aussi bon et aussi généreux en soit encore à ces jeux imbéciles, quelle misère ! Je vois en cela une preuve de plus qu'il y a toujours en chaque homme le meilleur et le pire. Faisons en sorte de ne jamais ouvrir la voie au pire.

A mesure que les tireurs étaient couronnés, ils venaient présenter leur arme aux gens de la tribune d'honneur. Et, en même temps, ils versaient leur obole dans une grande corbeille que leur présentaient deux jeunes filles vêtues de blanc. Après eux, tous les groupes défilèrent de nouveau et de chacun se détachait un émissaire qui venait vider un chapeau dans la corbeille. Lorsque la musique de tête se retrouva devant la tribune après avoir effectué le tour de la prairie, le banderet se leva et invita Blondel à le suivre. Ils descendirent de la tribune et tout le conseil derrière eux. Bisontin et les autres suivirent également et s'intégrèrent au défilé. C'est ainsi qu'ils entrèrent dans la cité dont les cloches carillonnaient. Au moment où ils s'engageaient sur le pont de bois, Bisontin prit la main de Marie qu'il serra fort. Se penchant vers son oreille, il dit :

— Tu te souviens, le premier soir ?

Marie le regarda, puis, ensemble, ils tournèrent la tête en direction de la rive où ils avaient campé alors qu'ils n'avaient plus ni vivres ni fourrage, alors qu'ils ne savaient même pas si le Pays de Vaud n'allait pas les refouler vers la frontière.

Le reste de cette journée s'écoula pareil à un fleuve de soleil dans la cité pavoisée. Le vent d'est, qui avait pris de la gueule avec midi, faisait flotter bannières et drapeaux, il emportait vers le couchant les rumeurs de la fête. Les collations servies en plein air ou sous des toiles de couleur, les vins du pays et les musiques saoulaient un peu. Des gens dansaient sur le port où des tables dressées portaient des victuailles.

— Mon Dieu, répétait Blondel chaque fois qu'il se trouvait seul avec ses amis, tant de choses gaspillées alors que, tout près d'ici, des gens meurent de faim ! Heureux le peuple que le ciel préserve de la guerre !

Mais il savait que chaque saucisse, chaque miche de pain, chaque gâteau, chaque verre de vin vendu l'était au bénéfice de Résurrection, et il finissait toujours par sourire. Les Morgiens avaient inventé cent manières nouvelles de gagner de l'argent, à commencer par le péage aux portes et au débarcadère pour tous les étrangers à la cité. Comme les gens étaient venus par centaines de Lausanne et d'ailleurs, comme certains arrivaient par bateaux entiers des villes de Savoie, on savait déjà que la recette serait d'importance. Des cavaliers louaient leurs chevaux à qui voulait monter, des mariniers proposaient des promenades sur le lac, des pêcheurs faisaient griller leur poisson qu'ils vendaient tout chaud, des paysans offraient leurs dernières pommes et des pots de miel. Il fallait une cocarde de deux sols pour avoir le droit de danser, on donnait également deux sols pour voir les jongleurs et le renard savant. Un ours gris vous tendait la patte pour quatre sols, et un théâtre de marionnettes dressé sous la halle offrait son spectacle pour un demi-florin. Et Blondel fut ému aux larmes, lorsqu'ils passèrent devant un petit étal où Guillaume Rochat, le vieux maréchal-ferrant, proposait des chenets et des pelles à braise qu'il avait passé des soirées à forger avec beaucoup de soin. Le vieil homme les embrassa tous et dit :

— Il faut faire vivre très vite ce village, que je puisse y ouvrir une forge.

Ils comprirent qu'il devait se sentir seul à Morges.

— Nous l'avons un peu oublié parce que nous avons beaucoup de joie à nous partager, dit Hortense, mais il faudra faire l'impossible pour qu'il monte nous rejoindre bientôt.

Sans doute la fête se prolongea-t-elle fort avant dans la nuit, mais Blondel avait hâte d'échapper à la foule. Ils prirent donc le chemin de retour au moment où le soleil disparaissait. Ils le virent depuis les hautes terres de Morges, embraser le lac et les brumes déferlant sur l'eau. Le pied des montagnes s'estompa tandis que les cimes devenaient dures et tranchantes sur un ciel de sang. Pierre arrêta un moment l'attelage pour leur laisser le temps de contempler en silence. Après tant de bruit et de frénésie, après ce combat de couleurs trop vives, le calme et la beauté pure de l'instant les saisirent. La cité était en contrebas. Sa rumeur leur parvenait encore et les multiples lueurs de ses feux irisaient la brume mêlée de fumée qui montait des rues. Mais ce n'était plus vers elle qu'ils regardaient, c'était vers le lac aux couleurs de ciel. Bisontin éprouva une étrange impression de puissance à l'idée que des milliers de gens vivaient un autre spectacle alors qu'ils étaient là, et qu'ils avaient pour eux seuls cette féerie de lumière. Blondel murmura :

— Seigneur, donnez à tous les hommes le pouvoir de s'émerveiller, et vous leur donnerez en même temps le désir d'être en paix.

Pierre travailla les guides d'un mouvement imperceptible de la main, et Bovard prit le pas, lentement, comme s'il eût redouté de rompre le charme.

53

Avant de les quitter de nouveau. Blondel qui repartait seul vers la Comté les réunit en l'absence de Claudia et leur dit :

— Il y a une chose qui m'inquiète un peu. A part des gens très sûrs comme Maître Jotterand et son épouse, personne ici ne sait rien de Claudia. Or, son ventre commence à se voir. Les gens vont se poser des questions et peut-être lui en poser à elle aussi. Alors ? La vérité ? Non. J'ai peur des imbéciles. Un mot peut blesser cette enfant.

Comme personne n'intervenait, il soupira profondément et ajouta simplement :

— Il faut y réfléchir... Je vous le demande.

Et il s'en alla. Comme chaque fois, son départ les laissa désemparés. Cependant, Hortense semblait s'être reprise. Toujours éblouie par Blondel, elle réagissait davantage. Comme si le fait de s'être adressée à lui durement le soir de son arrivée l'eût libérée d'une contrainte. Elle parlait encore de lui avec une admiration excessive, mais elle semblait prête à discuter ses décisions. Elle critiqua même sa réaction face au papegai et dit :

— Son attitude est trop faite de soumission. Sauver les enfants est une grande tâche, mais chasser les Français en est une également.

Elle montra le garçon à la jambe coupée qui gambillait à la poursuite des autres et elle ajouta :

— L'avoir recueilli et soigné, c'est très beau, mais s'il avait encore ses deux jambes, ce serait encore mieux.

Bisontin l'écoutait avec inquiétude. Il la sentait travaillée par le désir de davantage d'action. Son envie de rejoindre Blondel était-elle uniquement dictée par la volonté de l'aider dans sa tâche ? Le compagnon s'interrogeait souvent à ce propos, mais jamais il n'osa ni interroger Hortense ni s'ouvrir aux autres de son inquiétude. Lui, il était ici à la fois le maître d'œuvre et le maître de joie. Lorsqu'il n'était pas sur le toit de la maison voisine, il passait son temps avec les enfants. Et son rire d'oiseau faisait naître d'autres rires.

Une semaine coula durant laquelle Hortense sembla se consacrer uniquement à son travail, passant de la cuisine à son livre de comptes, des soins aux enfants à l'organisation de leur vie et au dialogue avec les futurs parents. Car il en restait sept que l'on confierait à des couples dès qu'ils auraient achevé leur quarantaine et seraient en bonne santé. Tout allait dans le calme sous le soleil chaque jour plus chaud, et puis, un soir qu'il remontait de Morges avec un chargement de chevrons, Pierre arriva suivi d'un autre char. Dès que son attelage fut arrêté, le charretier cria :

— Faites entrer ces gens ! Ils ont un blessé. On va dételer.

Une femme d'une trentaine d'années, grande et mince aidait un homme qui s'appuyait sur une espèce de béquille. De la longue capote brune qui enveloppait cet homme cassé en avant, ne sortait qu'un seul pied empaqueté de linges crasseux et effrangés. L'homme portait un large chapeau dont le rebord rabattu lui cachait le visage.

— Entrez, dit Hortense... Asseyez-vous...

Avec un gémissement, le blessé se laissa tomber sur un escabeau. S'adossant à la table, il étendit sa jambe. Les haillons qui enveloppaient son pied étaient tout autant tachés de sang que de boue. Hortense appela le barbier qui vint aussitôt défaire le pansement. Hortense l'aidait. Elle lança :

— Allons, Marie, de l'eau tiède ! Ce n'est pas le moment de dormir. Et toi, Claudia, mets sur le feu ce qui reste de soupe.

Bisontin jeta un demi-fagot sur les braises et fit pivoter la crémaillère où Claudia suspendit le chaudron. Déjà la flamme montait.

L'homme avait enlevé son chapeau, et ils purent voir un long visage d'une extrême pâleur sous la barbe noire qui envahissait les joues maigres. Le regard sombre était noyé au fond de deux larges trous d'ombre.

Bisontin se dit : « Cet homme a déjà la tête d'un mort. »

Marie apporta deux seilles d'eau et dit à l'homme :

— Si vous voulez vous allonger, vous serez mieux.

Il fit non de la tête avec une espèce de grimace qui découvrit ses dents jaunes. C'est à ce moment que Pierre entra, suivi d'un homme beaucoup plus âgé et qui s'approcha du blessé en demandant :

— Alors, tu te sens mieux ?

— Oui, père... Ça va aller.

La femme maigre venait de puiser un gobelet d'eau à la seille, mais les mains du blessé tremblaient tellement qu'elle dut le faire boire. Le vieil homme avait le même visage que son fils, mais moins pâle et avec des yeux moins enfoncés.

— Il faudrait le coucher. Il serait mieux, fit Hortense.

— Non. Pas maintenant. Je veux me réchauffer.

— La soupe vous fera du bien, dit Marie en tisonnant le feu sous le chaudron pendu à la crémaillère.

Une gerbe d'étincelles monta en tourbillonnant et le vieil homme, qui tendait ses mains à la chaleur, dit à Pierre :

— Quelle chance de t'avoir rencontré. Je ne savais pas te trouver là.

Pierre expliqua que les Brailot étaient des forestiers d'Etrepigney qui fournissaient du bois pour la verrerie. Il avait souvent travaillé avec eux.

— Mon Dieu ! fit Marie, mais c'est tout près de la forêt de Chaux, du côté du Doubs... J'y suis allée avec le père.

— Oui, c'est ça, dit Pierre.

— Et vous venez de là-bas ?

Elle porta ses mains à sa poitrine en les interrogeant du regard. Le vieil homme dit avec un pauvre sourire :

— Bien sûr que non. Etrepigney est comme La Vieille Loye, il n'en reste rien. La peste ne nous avait pas épargnés, mais depuis 35, ça allait mieux. Et puis, l'été dernier, quand ils sont venus démolir le pont d'Orchamps et brûler tous les villages alentour, les Français ne nous ont pas oubliés. Ce qui nous a sauvés, c'est la forêt. Quand on a vu que tout flambait, on n'a pas attendu d'y passer.

Le blessé demanda :

— Et vous autres, il y a longtemps que vous êtes là ?

Pierre raconta comment ils étaient venus. La femme s'était assise sur le bord de l'âtre, devant le blessé. Lorsque Pierre eut terminé, la femme dit :

— Tu vois, si nous avions fait comme eux, tu aurais encore tes deux jambes.

L'homme se souleva sur les coudes en s'appuyant à la table et d'une voix fragile mais soutenue par la colère, il cria :

— Tais-toi ! Si tout le monde se sauve, si personne ne se bat, il n'y aura plus de Comté ! Ces salauds de Français auront beau jeu de tout nous prendre. Si je n'avais pas été blessé, tu sais très bien que nous serions encore là-bas.

Il retomba le dos à la table. Cet effort semblait l'avoir épuisé. La sueur ruisselait sur son front où son chapeau avait laissé un sillon profond et collé des mèches de ses cheveux bruns. Personne ne dit mot et Marie retira le chaudron qu'elle posa devant l'âtre. Elle prit son pochon et emplit trois écuelles de soupe fumante.

— Ça sent bigrement bon, fit le vieux Brailot.

Ils mangèrent trois écuellées chacun avec du pain. Le blessé, dont le visage avait légèrement repris couleur, demanda s'il pouvait se coucher et les autres l'aidèrent à gagner la pièce voisine où il s'allongea sur une paillasse. Sa femme le couvrit et ils le laissèrent. De retour, la femme dit :

— Il s'est fâché, mais faut comprendre. Depuis qu'il a perdu son pied, il n'est plus le même.

— Vous savez, dit le vieux, nous autres, nous ne sommes partis rejoindre les Cuanais de Lacuzon qu'une fois notre maison détruite. Avant, nous pensions toujours que ça ne viendrait jamais chez nous.

Il se tut et s'assit sur l'escabeau qu'avait occupé son garçon. Son visage semblait aussi marqué de tristesse que de fatigue. Il laissa passer un temps, puis il dit à Pierre :

— Tu te souviens de mon frère, petit ? Tu as aussi charrié du bois de ses coupes.

— Bien sûr, je m'en souviens, vous pensez !

— Eh bien, lui, il a fait comme vous. Et c'est chez lui que nous allons. Il est à Lutry. Plus loin que Lausanne. Nous avons pu avoir de ses nouvelles. Il est très bien.

Le vieil homme eut un regard vers la porte puis vers sa bru, avant de dire d'une voix sourde :

— Nous serions partis avec lui, mon fils ne serait pas estropié, et la Comté serait dans le même état. C'est vrai, nous avons tué quelques Français et quelques Suédois, mais plus on en tue, plus il en revient. Seulement, pour certains, la guerre est un foutu poison. Et comme tu vois mon garçon, petit, toi qui l'as connu autrefois, eh bien il n'est plus le même... Je ne sais pas comment t'expliquer ça, mais depuis que la guerre lui a pris sa jambe, il y est attaché comme de braves garçons peuvent être attachés à des garces qui leur en font voir de toutes les couleurs. Quand tu penses que dans l'état où il est, nous avons presque dû l'embarquer de force !

Tandis qu'il parlait, la femme s'était mise à pleurer en silence.

Le forestier s'aperçut que sa bru pleurait. Sa grosse main maladroite se posa sur l'épaule de la femme qui portait un châle noir sous lequel les os saillaient.

— Ne pleure pas, fit le vieux. Il se remettra. Et il t'aimera encore... Tu sais, pour un bûcheron, un pied, c'est moins grave qu'une main. Je l'ai déjà vu, moi, des forestiers avec un seul pied.

Le vieux parlait lentement, avec de longues pauses entre les phrases. Le chien boiteux entra, surpris de voir des inconnus. Il alla les flairer longuement avant de battre du fouet.

— Lui aussi, il a fait la guerre ? demanda le vieux.

— Oui, dit Bisontin. Contre les loups.

Le bûcheron haussa les épaules et grogna :

— Il y a des moments où on se demande qui est le plus sauvage, les hommes ou les loups...

Les Brailot s'en allèrent vers Lutry dès le lendemain matin, mais leur passage laissa un malaise. Hortense avait très peu parlé avec ces gens, mais Bisontin l'avait observée au moment où le jeune forestier leur reprochait leur fuite devant l'envahisseur. Il avait senti passer dans ses yeux un éclat qui l'inquiétait. Dans les jours qui suivirent, à plusieurs reprises il surprit Hortense seule, derrière la maison, le regard fixé vers les cimes noires des monts du Jura.

54

Deux semaines passèrent, de gros soleil. Parfois, sur le soir, un orage au ventre noir tout lardé de feu s'en venait raboter le flanc des montagnes où il déversait son eau et laissait éclater sa colère. La foudre résonnait dans la vallée où elle semblait se heurter de tous les côtés à la fois comme ces monstres à plusieurs têtes dont parlent les légendes. Tout le monde se réfugiait alors dans la grande pièce. La lueur des éclairs pénétrait par la fenêtre. L'averse faisait un bruit terrible sur le feu d'où montaient des tourbillons de vapeur. Marie, Léontine et Claudia s'agenouillaient pour prier.

Les autres enfants se réunissaient autour de Bisontin et d'Hortense qui les faisaient chanter. Parfois, Pierre devait gagner l'écurie pour tenter de calmer les chevaux dont les hennissements s'entendaient jusque-là. Des coups de sabot sonnaient sourd et ébranlaient le mur de refend. Loyal restait blotti près de Claudia et poussait de petits gémissements.

A plusieurs reprises, le barbier emmena quelques enfants ramasser des champignons dont ils mangèrent de gros plats. Comme il y en avait de grandes quantités, Marie en fit sécher pour l'hiver.

Les femmes passaient aussi des heures à tresser des paniers en bel osier bien jaune et en noisetier refendu.

— Nous les vendrons à Morges, disait Marie. J'en ai vu vendre sur le marché. C'est très cher.

Elle faisait également sécher des herbes pour soigner tous les maux de la création.

— Tu n'as rien trouvé pour redresser la patte de Maupatu ? demandait en riant le compagnon. Et rien non plus pour que Léontine ne dise plus de mensonges ?

Un soir que les hommes venaient de rentrer et que les enfants se trouvaient encore dehors avec Hortense et le barbier, Bisontin montra des feuilles finement hachées et étendues sur une claie.

— Qu'est-ce que c'est ? demanda-t-il.

— De la ronce.

— Et qu'est-ce que ça soigne, les yeux, les pieds ou le derrière ?

Marie se mit à rire et haussa les épaules.

— Tu n'y connaîtras jamais rien. C'est pour les maux de gorge !

— Et le frêne, demanda-t-il, tu en as récolté ?

— Bien entendu, et en bourgeon encore !

Elle expliqua tout ce que l'on pouvait tirer du frêne depuis les soins à ceux qui ont été mordus par un serpent jusqu'aux guérisons des douleurs d'articulation et du ventre.

— Les bourgeons, les feuilles, l'écorce, fit-elle, on peut tirer parti de tout.

— Et le bois, lança Bisontin, qu'est-ce que tu en fais ?

— Du feu, dit-elle en riant.

Il la prit dans ses grands bras et la souleva de terre en criant :

— Petite malheureuse ! Mais c'est un des plus beaux bois de travail ! Tu ne sais donc pas que, selon les Germains qui sont peut-être des barbares mais qui s'y connaissent en forestage, ce sont des frênes géants qui sont les colonnes du ciel. Ce sont eux qui portent le toit du monde.

A son tour, il chanta les vertus du bois de frêne, et Marie continua de rire dans ses bras. Il aimait la voir rire ainsi, mais il avait quelque chose à lui dire, et il hésita un moment devant le risque de ternir sa joie.

Il regarda vers la porte où Pierre, adossé au chambranle, était occupé à morfiler une plane. Bisontin respira profondément, éloigna un peu Marie sans lui lâcher la taille et demanda :

— Toi qui connais si bien les herbes, tu dois savoir quelles sont celles qui font... (il hésita) qui peuvent faire... pour qu'une femme n'aille pas au bout de sa grossesse...

Pierre se retourna d'un bloc, s'avança, posa son outil et sa pierre douce sur la table et dit d'une voix sèche :

— Tu voudrais faire ça pour Claudia ?

— Ce serait lui rendre service, dit posément le charpentier. A son âge, c'est dangereux, un accouchement. Et puis, sans époux...

Il ne put achever. Pierre toujours si calme était devenu livide. Il empoigna Bisontin par sa casaque et le secoua avec force en criant :

— Tu es fou ! Complètement fou ! Tu risquerais de la tuer ! Et tu voudrais lui tuer son petit ?... Vous m'avez empêché de partir avec Blondel, mais vous pouvez pas m'empêcher de penser à ce qu'il disait... C'est ici ! Ça me pèse ! Des fois, ça me brûle que vous pouvez pas savoir !

Il avait lâché Bisontin et se frappait la poitrine en les regardant tour à tour. Dans ses yeux, le compagnon crut lire presque de la haine. D'une voix déjà moins vibrante de colère, Pierre reprit :

— Quand il nous a laissé cette gamine, tu te souviens pas de ce qu'il a dit ? « En la sauvant, c'est deux enfants que vous sauvez, elle et celui qu'elle porte. Et lorsque celui qu'elle porte ouvrira ses yeux sur vous, c'est tout votre univers qui sera illuminé. » Il l'a dit. Je m'en souviens comme s'il venait de le dire à présent.

Se tournant vers Marie, il lui demanda :

— Tu le ferais, toi ?... Tu lui tuerais son petit ?

Marie baissa les yeux et fit non de la tête tandis que Bisontin disait :

— C'est à elle que je pensais, ce n'est pas à nous. Elever un enfant de plus, ça me fait pas peur. Mais elle, qu'est-ce qu'elle dira aux gens quand ils lui demanderont qui est le père ? Qu'est-ce qu'elle lui répondra, à ce petit, le jour où il demandera son père ?

Pierre respira deux ou trois fois profondément et, le rouge au front, d'une voix qui venait de loin, il dit :

— Si elle veut... on dira que c'est moi.

Il se raidit. Sa rougeur se dissipa comme s'il eût dominé une honte, et, les ayant fixés tous les deux de son beau regard redevenu limpide, il sortit sans hésiter.

Bisontin regarda Marie et dit :

— J'ai fait une connerie. Il va m'en vouloir.

— Non. Je le connais bien, tu sais. Il ne s'emporte pas souvent, mais quand ça lui arrive, il le regrette toujours. Ne lui en parle pas. Fais comme s'il ne s'était pas mis en colère. Et puis, tu sais bien qu'avec toi, tout finit toujours à la rigolade.

Lorsque Pierre rentra avec Claudia qu'il tenait par la main, il y eut un moment de gêne. Claudia les fixait de ses yeux noirs où se lisait une certaine inquiétude. Pierre ne savait plus qui regarder. Il était là, planté à côté d'elle à lui tenir gauchement la main. Son regard lançait des appels de détresse à Marie. Mais Marie, aussi embarrassée que lui, les regardait tous deux, puis regardait le compagnon qui avait du mal à réprimer son rire.

Jean entra et demanda :

— Qu'est-ce que vous lui voulez, à Claudia ? On a besoin d'elle. On creuse une rivière et on va faire un lac près de la fontaine.

— Laisse-nous une minute, dit Bisontin, et nous irons tous vous aider.

Jean sortit en criant pour annoncer la venue de Bisontin. Ils laissèrent s'éloigner les cris. L'air était moins épais. Pierre les regarda encore, puis, comme nul ne soufflait mot, il se décida à dire :

— Marie, explique-lui.

Marie sembla désemparée. Elle supplia des yeux le compagnon qui vint à son aide :

— Il n'y a rien à expliquer. Ce qu'il faut, c'est lui demander si elle veut. Mais Pierre a raison. Vaut mieux que ce soit toi.

La jeune femme hésita longtemps en les regardant tour à tour, puis elle finit par dire :

— Claudia, tu sais que tu vas avoir un bébé. Tu le sais, hein ? Il est dans ton ventre. Tu le sens déjà, tu me l'as dit, n'est-ce pas ?

Claudia fit oui de la tête plusieurs fois.

— Alors, poursuivit Marie, est-ce que tu aimerais que ce soit Pierre le papa de ce bébé ?... Est-ce que tu veux qu'il soit ton mari ? Tu comprends, tu serais avec lui comme moi avec Bisontin ?

Claudia regarda Pierre d'un œil d'abord sombre mais qui s'éclaira assez vite. Elle répondit au sourire du garçon, puis, toujours en souriant, elle regarda Marie et dit :

— Oh, oui ! Moi, je veux bien.

— Tu es contente ? demanda Marie.

— Oh, oui ! fit-elle.

Et elle retira soudain sa main que Pierre tenait toujours pour venir embrasser Marie, qui lui dit :

— Tu es gentille, mais c'est Pierre qu'il faut embrasser.

La petite alla embrasser Pierre, puis elle dit :

— Et Bisontin aussi.

Tout se passa simplement, comme s'il eût été naurel que Pierre épousât cette enfant. Et le compagnon le prit par l'épaule et lui dit :

— Je suis un con. Mais tu le savais déjà.

Ils se mirent à rire, tandis que Marie disait à Claudia :

— Tu vois, comme ça, tu seras vraiment ma petite sœur.

Et ce fut à ce moment-là que Jean revint les chercher. Il demanda :

— Qu'est-ce que vous avez à rigoler ?

Les autres se regardèrent en riant de plus belle, puis Bisontin dit :

— On est contents, parce que Pierre et Claudia viennent de nous annoncer qu'ils vont se marier.

Avec son sérieux de petit homme, le garçon haussa les épaules et déclara :

— Ben alors, si c'est ça, moi, il y a belle lurette que je m'en doutais !

Et cette fois, il les entraîna tous. Le barbier reçut

la nouvelle sans émotion apparente, mais Bisontin qui commençait à bien le connaître, comprit au plissement de son menton que le vieil homme éprouvait une grande joie. Hortense embrassa Claudia, puis, allant embrasser Pierre, elle lui dit gravement :

— Lorsque Blondel saura ça, il pleurera de joie.

La vie continua, dans la lourde chaleur du début d'été qui faisait monter du lac des vapeurs sans cesse en mouvement.

Chaque fois que Marie trouvait un beau fruit, elle en caressait le ventre de Claudia et disait :

— Tu feras un bel enfant. Un enfant aussi beau et aussi sain que ce fruit.

Pierre paraissait heureux et sans aucune arrière-pensée. Lui aussi regardait s'arrondir le ventre de Claudia avec, dans les yeux, un sourire d'espérance. Une seule fois, Marie lui demanda :

— Ça ne te fait rien de même pas savoir de qui est ce petit que tu vas prendre comme tien ?

Le visage de Pierre se rembrunit et il dit :

— Tu ne te souviens donc pas de ce que disait Blondel ? « Chaque être envoyé sur la terre appartient à ceux qui sauront accomplir le geste qui le sauvera s'il se trouve en péril. » Souviens-toi, il disait encore : « Le péril, c'est aussi bien la honte que la mort. » Moi, je n'ai rien oublié de ce qu'il a dit. J'ai tout bien compris. Cet enfant est le mien. Tu entends ? Le mien et celui de Claudia. Il n'y a personne d'autre. Il n'y a jamais eu personne d'autre pour faire cet enfant ! (Sa voix montait, toute secouée de colère.) Tu étais bien d'accord avec Bisontin, pour m'empêcher de partir sauver d'autres enfants ? Alors, celui-là, celui qui va venir... Innocent comme tous les enfants...

Il cherchait des mots pareils à ceux qu'eût prononcés Blondel en de telles circonstances. Mais il ne trouvait pas, on le sentait tendu et malheureux. Bisontin eût aimé l'aider, mais lui non plus ne pouvait rien trouver. Pierre s'énerva et finit par lancer :

— Ce petit, ce sera au moins un que j'aurai sauvé !

Le compagnon hésita. Il sentait qu'il risquait de le blesser à nouveau, et pourtant, presque malgré sa volonté, il demanda :

— C'est tout de même pas uniquement pour ça que tu veux prendre Claudia ?

— Non. C'est pas uniquement pour ça, mais c'est *aussi* pour ça.

Il avait prononcé cette phrase en martelant ses mots, mais son visage se mit à hésiter entre la moue et le sourire. Et ce fut le sourire qui l'emporta. Alors, Marie alla vers lui, posa ses mains sur ses épaules et demanda :

— Dis-moi, ce petit qui sera à toi, tu me le prêteras bien un peu ?... Un tout petit peu, comme je te prête les miens ?

Et ils retrouvèrent le rire.

Pierre était tout tendresse avec Claudia, mais à la manière d'un grand frère intimidé par trop de fragilité. Il lui arrivait souvent de s'asseoir à côté d'elle pour la prendre par l'épaule et lui parler comme il l'avait entendu faire par Blondel. De sa voix la plus douce, il cherchait à retrouver le langage du médecin lédonien. Et comme Léontine montrait un peu de jalousie, il les prenait toutes deux dans ses bras pour les bercer doucement.

Et lorsqu'elle les voyait ainsi, Hortense murmurait:

— Mon Dieu, faites que Blondel puisse un jour découvrir cette image d'un bonheur qui est son œuvre.

55

Les jours passaient dans le silence d'un été un peu lourd. La chaleur écrasait le lac et les montagnes. De larges plaies rousses se dessinaient aux flancs des coteaux exposés au plein sud et les bêtes à l'embouche cherchaient l'ombre à la lisière des bois. Souvent, au gros du soleil, les chevaux qu'on laissait libres dans le pré entouré de haies, rentraient seuls à l'écurie. Marie faisait sa cuisine très tôt le matin. Ensuite, on laissait tomber le feu pour que les enfants puissent se tenir dans la grande salle.

Au début de juillet, Maître Jotterand était monté avec un couple de jeunes paysans qui avaient décidé d'adopter un enfant et de s'installer dans une des maisons abandonnées pour y cultiver les terres de Reverolle.

— Ce n'est plus seulement la résurrection des enfants, c'est aussi celle de la terre, avait dit Hortense.

Un autre couple avait suivi cet exemple, et, comme aucune maladie épidémique ne semblait à craindre, le conseil de Morges avait donné son accord. Et le jour où ces deux couples étaient arrivés, Bisontin et les siens avaient eu une belle surprise. Car ils ne virent pas monter deux voitures, mais trois. Et ce fut petit Jean qui cria le premier :

— C'est le maréchal !... C'est lui ! Il roule en tête. Je reconnais son cheval. Et aussi son grand chapeau tout déchiré.

— Puisque le village renaît, avait dit le vieil homme, il y faut bien un forgeron. C'est Maître Jotterand qui l'a dit.

Et brandissant fièrement un papier qu'il ne pouvait pas lire, il avait ajouté :

— Même que j'ai un acte du conseil !

Et depuis ce jour-là, on entendait souvent sonner l'enclume. Et le vieux Fontoliet avait passé des journées entières à regarder travailler Rochat. C'est même lui qui, le premier, lui avait donné de l'ouvrage en lui faisant réparer un araire dont il ne se servirait jamais.

Une fois la semaine, un homme descendait à Morges. C'était soit Bisontin, soit Pierre, soit le maréchal. Souvent, Hortense ou Marie l'accompagnait. Lorsque Bisontin et Marie descendaient seuls, ils allaient toujours jusque sur le port pour le plaisir de regarder le lac et de bavarder avec des pêcheurs ou des mariniers. Et ils s'émerveillaient de tant de vie. Car c'était là un trafic continu, avec ces bateaux venant du large, leurs belles voiles rousses ou blanches gonflées de vent, leur pont encombré de pierre, de bois, de blé, des mille choses qui font la vie d'un pays.

C'était là aussi, dans les tavernes proches du débarcadère, que l'on avait quelques chances de rencontrer des gens qui apportaient des nouvelles de la Comté. C'étaient généralement des mercenaires suisses ou vaudois qui avaient combattu au service des Français. Ces gens dont la guerre était le métier, n'avaient pas de haine. Leur travail était de tuer pour le compte de qui les payait. Et, lorsqu'on cessait de les payer, ils cessaient de tuer et rentraient chez eux. Ils s'accordaient à dire que tout allait mal dans cette guerre parce que l'argent commençait à manquer. Du côté des Comtois, ce n'était pas grave puisque les gens se battaient sans solde, mais chez les Français, c'était autre chose. Les Suisses, les Allemands et les Suédois, il fallait bien trouver de quoi les entretenir. Eux, s'ils étaient de retour, c'est qu'on avait cessé de leur compter leur solde. On leur avait dit de vivre sur le pays, mais cette foutue Bourgogne était vide, pillée, rasée, brûlée aux trois quarts. Allez donc vous nourrir sur un désert !

Le soir, lorsque celui qui les avait rencontrés rapportait leur récit, on s'étonnait toujours que de pareils hommes puissent exister. Les poings se serraient, les visages se tendaient, la colère durcissait les regards. Le forgeron disait :

— Quand on pense que nous parlons avec des gens qui s'en reviennent de massacrer les nôtres et de griller nos maisons ! Quand on pense qu'il faut les entendre sans les étrangler !

— Et bien heureux encore qu'ils donnent des nouvelles ! disait Pierre.

Le barbier écoutait en silence parce que le silence était son domaine. Et puis, un soir, de sa voix fatiguée, il dit :

— Nous n'avons plus de chez nous. Notre pays n'existe plus.

Son visage tout en rides et piqueté de poils blancs que le feu de l'âtre faisait luire comme du givre se plissa encore. Bisontin se demanda s'il n'allait pas se mettre à pleurer, mais non, il se reprit et son visage redevint comme toujours. Pour parler, il s'était avancé du buste et son corps retrouva lentement sa place, tassé, recroquevillé dans son silence, comme enveloppant le reste de vie qui se consumait en lui. Il n'ajouta qu'un long soupir puis, se levant lentement, il dit bonsoir et s'en fut se coucher.

Après son départ, le silence persista. C'était un soir calme chargé encore de la moiteur du jour qui étouffait les bruits. On entendait seulement, de temps en temps, des coups sourds qui semblaient venir du centre de la terre. Un cheval piaffait dans l'écurie, et c'était un bruit qui n'éloignait pas le silence du crépuscule.

Le lendemain, le vieil homme se leva comme d'habitude. Il mangea sa soupe et s'en alla vers les enfants dont plusieurs étaient dans un état qui réclamait ses soins. Bisontin gagna la maison de ferme où ils avaient entrepris des travaux. Il venait à peine d'y arriver qu'un des enfants valides le rejoignit et dit tout essoufflé :

— Venez vite. Le barbier est tombé.

Ils coururent tous et trouvèrent Marie, Hortense et Claudia penchées vers une couchette où elles avaient allongé le vieillard. Le père Rochat, que petit Jean était allé chercher, arriva lui aussi, le visage ruisselant et le souffle pareil à celui de sa forge. Et ce fut lui surtout et Hortense que le malade regarda pour dire :

— C'est mon tour...

La voix lui manqua. Il était sur le dos, bien droit, le visage reposé, ses paupières se fermèrent. Seule sa poitrine étroite témoignait qu'il vivait. Elle se soulevait à une cadence accélérée, et un curieux petit sifflement sortait de sa bouche aux gencives édentées. Bisontin l'observa un moment, puis, s'avisant que tous les enfants étaient autour, à essayer de voir entre les grandes personnes, il les fit sortir et dit à Claudia de rester avec eux. Lorsqu'il revint vers la couchette, Hortense était accroupie et parlait doucement à l'oreille du vieil homme :

— Père Simon, on va vous soigner. Vous êtes solide, vous...

Le vieux fit non de la tête. On sentait qu'il rassemblait ses forces pour parler. Hortense se tut. Le barbier respira profondément et fit un gros effort pour avaler sa salive. Hortense lui prit la main. Il resta un moment ainsi, à la recherche de son souffle. Un rictus tira sa bouche. Il rouvrit les yeux, et, d'une voix qui montait de loin en remuant des glaires, il parvint à dire :

— Nous n'avons plus de pays. Plus de...

Sa tête roula de droite à gauche plusieurs fois comme s'il eût dit non à ce qu'il voyait derrière ses paupières retombées, puis elle s'immobilisa. Un long soupir fila entre ses lèvres, et ce fut le silence.

Ils restèrent un moment immobiles, puis Hortense lui croisa les mains et se releva. Comme elle se signait, ils en firent autant et se mirent à prier ensemble.

56

Le barbier fut enterré dans le petit cimetière qui entourait l'église. Bisontin fit une belle croix de chêne pour sa tombe et le maréchal y cloua un visage du Christ qu'il avait martelé à chaud et qui paraissait bleu sous le soleil.

— Dire qu'il n'est même pas enterré près de cette pauvre Benoîte, fit le vieux. Et Benoîte qui n'est même pas avec son homme. Et moi, où est-ce que je vais bien laisser mes os ? Pauvre de nous ! C'est bien vrai que cette guerre nous poursuit jusque dans la mort.

Mais la vie était trop intense dans la maison et même dans le reste du village pour que puisse s'y installer la tristesse. Il y avait les enfants, comme Léontine, la petite Julie et petit Jean qui demeuraient là en permanence, et puis il y avait le passage des autres, ceux auxquels on s'attachait et qui s'en allaient après quelques semaines, dès qu'ils avaient retrouvé la santé et de nouveaux parents. Car Barberat continuait de venir, et, chaque fois, c'était avec de nouvelles preuves vivantes de la la cruauté des hommes.

Il y avait aussi la vie qui poussait dans le ventre de Claudia, et lorsque, la nuit, il arrivait à Marie d'évoquer tristement son pays c'était en lui parlant de cette vie que Bisontin essayait de lui remettre un peu de baume au cœur. Il disait par exemple :

— Ne pense plus à ce que tu as laissé là-bas où il n'y a que cendres et ruines. Je sais, il y a des tombes aussi, mais il viendra bien un jour où nous pourrons aller y prier. Mais la vie, Marie, il faut essayer qu'elle soit avec nous partout où nous pousse la volonté du grand compagnon qui nous gouverne. S'il a charpenté l'univers tel que tu le vois, avec des rivières et des montagnes pour séparer les pays, c'est sans doute qu'il a voulu que ceux qui parviennent à échapper à la folie, puissent faire leur vie en un lieu resté calme. Tu vois, la terre est comme ce lac. Lorsqu'elle se met en colère, il n'y a que dans les ports que l'eau demeure calme. La montagne que nous avons franchie pour venir ici, c'est une digue comme celle où je t'ai emmenée, le premier soir. Et toi, tu es un bateau derrière la digue. Et comme tu as peur de l'eau, tu dois rester sagement ici à attendre la fin de la tempête. Pense à Claudia. Tu ne voudrais tout de même pas qu'elle mette son enfant au monde en plein orage ! Regarde comme ton frère est heureux.

Et c'était vrai. Le bonheur se lisait sur le visage du garçon lorsqu'il contemplait Claudia. Il la regardait un peu comme un objet précieux. Le soir, il la prenait dans son bras et restait toute la veillée ainsi. Et puis, le moment venu de dormir, il l'embrassait tendrement et chacun d'eux gagnait son lit. Un jour que Marie s'était étonnée de les voir ainsi et qu'elle s'en était ouverte à Bisontin, le compagnon avait répondu :

— Moi je trouve ça très beau. Je n'aurais même jamais cru que ce soit possible. Un amour si pur rachète toutes les laideurs du monde. Pierre a raison. Le jour où cette petite deviendra réellement sa femme, elle aura été lavée de tout par sa maternité. Et lorsqu'il la prendra, ce sera pour qu'elle porte un beau fruit.

— Mais il faut que le premier soit beau également.

— Il le sera, Marie. Par une volonté qui nous domine...

Les déserteurs continuaient d'apporter de la Comté des nouvelles qui n'étaient pas bonnes et que Barberat confirmait à chacun de ses passages. Avec la grosse chaleur, on redoutait les épidémies. Les incendies de moissons allumés par les Français gagnaient parfois les forêts, trouvaient un aliment de choix dans les friches et ravageaient des étendues considérables.

Durant tout septembre, on resta sans visite de Barberat, si bien que, vers la fin du mois, les derniers enfants adoptés s'en allèrent. Depuis que les Comtois avaient pris possession du village, c'était la première fois qu'ils se retrouvaient ainsi entre eux, et le vaste silence de ce pays immense où se levaient les premiers vents d'octobre, était angoissant. Hortense parlait souvent de Blondel. Un jour, elle alla jusqu'à dire :

— Si je savais où le trouver, j'irais le rejoindre. Ici, je suis inutile.

Elle poursuivait pourtant sa tâche en allant rendre visite aux enfants adoptés pour s'assurer qu'ils étaient heureux. De retour, elle racontait ce qu'elle avait vu. Elle parlait de l'amour entre parents et enfants et de la fraternité qui naissait dans les familles où ces enfants venus d'ailleurs en avaient rejoints qui étaient nés ici.

— Lorsque Blondel viendra, disait-elle, je veux qu'il puisse voir ce bonheur qu'il a fabriqué de ses mains.

Souvent, des gens de Morges venaient aux nouvelles. C'était, la plupart du temps, ceux qui s'étaient fait inscrire pour adopter un enfant et qui, déjà, commençaient à l'aimer avant même d'être certains qu'il arriverait. C'était aussi ceux qui avaient donné des matériaux, de l'argent ou des journées de travail pour Reverolle et qui voulaient savoir si d'autres enfants viendraient bientôt.

Et chaque fois, après leur départ, Hortense se lamentait. On sentait que l'envie de partir se faisait chaque jour plus forte en elle.

Et pourtant, en dehors même de cette absence de nouvelles et du vide de la maison, la vie du village reprenait. Une troisième famille avait obtenu d'occuper une ferme, et la besogne ne manquait pas à Bisontin et à son équipe. Pierre s'était bien mis à la charpente, et petit Jean était déjà un excellent apprenti. C'était pour le compagnon une grande raison d'être heureux. Il savait à présent que son savoir passerait à cet enfant studieux, adroit et courageux. Et il lui semblait parfois qu'il avait toujours vécu dans ce village, avec cette même famille, ces mêmes voisins, ce même paysage merveilleux de lac et de montagnes sans cesse renouvelé. Même si Marie parlait encore trop souvent de la Comté, même si Pierre laissait deviner qu'il y pensait, Bisontin avait au moins la satisfaction d'être parvenu à faire aimer ce lac aux deux enfants et à Claudia qui disait :

— Mon petit sera de ce pays. Il aura les yeux bleus comme ce lac.

Un dimanche, Maître Jotterand et son épouse vinrent passer la journée avec eux. Les deux vieux étaient fiers de leur petit Joseph qui faisait ses premiers pas et commençait à parler. Comme l'enfant se traînait en direction d'un tas de bûches, Bisontin s'écria :

— Regardez, il a déjà la passion du bois !

Et comme Joseph braillait parce qu'on le remettait sur pied, Pierre lança :

— Et il a déjà l'accent vaudois !

Maître Jotterand avait un sourire curieux. Le compagnon se disait : « Mon Jotterand, je le connais comme une charpente que j'aurais faite de mes mains. Rien qu'à voir son œil, je jurerais qu'il a quelque chose à nous annoncer. »

Ils allèrent d'abord voir le chantier et saluer les deux couples déjà installés ainsi que le vieux Fontoliet, puis ils revinrent s'asseoir devant la maison sous un tilleul dont le feuillage commençait à jaunir.

— L'automne sera précoce, dit Maître Jotterand, et je parierais que nous allons avoir un rude hiver.

Bisontin ne put retenir son rire.

— Et moi, fit-il, je parierais gros que vous n'êtes pas monté uniquement pour nous parler du temps.

Maître Jotterand feignit la colère pour lancer :

— Bien sûr, toi, grand brigand, tu as déjà tout deviné ! Plus malin que les autres, comme toujours !

Le rire du compagnon cascada.

— Rien du tout, fit-il. Simplement que vous avez quelque chose d'important à nous dire.

Alors, dès que le rire fut calmé, Maître Jotterand leur offrit de demander au conseil qui devait tenir séance prochainement, leur admission en qualité d'habitants.

Ils s'entre-regardèrent dans un long silence. Enfin, d'une voix mal assurée, le forgeron demanda :

— Ça voudrait dire qu'on ne serait plus de chez nous ?

— Absolument pas ! se récria Maître Jotterand. Le jour où vous aurez envie de partir, personne ne pourra vous retenir. Ce pays n'est pas une prison. Ça veut seulement dire que vous seriez à jouir des mêmes droits que les Vaudois. Par exemple, le droit de vous établir à Morges pour travailler à votre compte.

Comme le forgeron s'apprêtait à répondre, Maître Jotterand se hâta d'ajouter à l'intention de tout le monde :

— Si par malheur vous ne pouviez jamais regagner votre pays, ce serait un grand avantage pour vos enfants.

— Moi, répliqua le forgeron, je me sens bien dans ma peau de Comtois. Je veux bien être mis au trou dans votre terre, mais pas dans la peau d'un Vaudois.

— Mais encore une fois, dit Maître Jotterand...

Guillaume Rochat l'interrompit. Montrant les autres d'un geste de la main, il dit :

— Ça, c'est de la jeunesse. Qu'ils acceptent, je le comprendrais... Tout naturel... Mais moi, à mon âge, je ne veux plus de tracasseries. Maître Jotterand soyez remercié de toutes vos bontés. Vous êtes un homme de cœur. Je vous le dis tout net : si je supporte cet exil, c'est grâce à vous qui m'avez donné du travail.

Il y avait une grande émotion dans sa voix et ses yeux brillaient. Sans doute par discrétion, il s'en fut après avoir encore incité ses amis à suivre les conseils du charpentier de Morges qu'il tenait pour un sage.

Hortense demanda :

— Pensez-vous que cette qualité d'habitants nous aiderait pour l'œuvre de Blondel ?

— Bien entendu, puisqu'elle vous donnerait le droit de vous adresser aux autorités comme peut le faire tout habitant. Vous ne seriez plus des étrangers amenant ici, avec notre accord, des enfants de leur pays. Vous deviendriez des gens d'ici accueillant des enfants.

Hortense se tourna vers Bisontin pour dire :

— Dans ce cas, j'ai envie d'accepter. Je pense que Blondel le ferait.

Le compagnon hocha la tête longuement. Il fit préciser certains détails, puis il dit avec beaucoup de gravité :

— Moi aussi, je pense que nous devons accepter.

Tous approuvèrent. Et, comme soulagé, sur un ton plus léger, Bisontin lança :

— Sacrebleu ! il faut bien un Samuel Jotterand pour me jouer des tours pareils ! Moi qui ne voulais m'attacher nulle part, me voilà à la fois comtois et vaudois !

— Dis donc, lui lança Maître Jotterand sans lui laisser le temps d'amorcer son rire, le premier fil à la patte, ce n'est tout de même pas moi qui te l'ai attaché !

Ce fut un grand rire. Bisontin embrassa Marie, puis tous se levèrent pour s'embrasser. Et Pierre dit à Claudia :

— Tu vois, c'est toi qui avais raison, notre petit va vraiment naître vaudois.

57

Les hommes se hâtèrent d'achever la couverture de la ferme avant les pluies et les femmes rentrèrent tout ce qui était à récolter dans les terres cultivées autour de la maison. Des potirons, des haricots secs, des carottes et des raves. On sentait l'automne arriver avec les grands vents d'ouest porteurs de pluie. Durant quatre jours, de lourds nuages roulèrent en s'effilochant au sommet des monts de Savoie et des monts du Jura. Le lac était toujours visible, mais d'un gris lourd où tombait parfois une brisure de métal d'un éclat qui blessait la vue. Le vent arrachait aux arbres d'énormes poignées de feuilles rousses qu'il emportait dans les hauteurs de sa colère pour mieux les éparpiller sur les terres et les eaux.

— Hâtez-vous, criait sans cesse Bisontin, je n'ai pas envie qu'on fasse prendre l'eau à toute cette baraque, sacré nom !

Le maçon et le forgeron étaient venus les aider à monter les tuiles et la chaîne se faisait, talant le dos sur les barreaux de l'échelle, nouant les muscles du ventre et des bras dans ce mouvement de balance régulier et épuisant :

— La cadence ! Tenons la cadence ! criait le compagnon.

— Tu nous feras crever, grognait le vieux à bout de souffle.

Le travail alla bon train durant trois jours de la petite aube à la nuit tombée, et la dernière tuile n'était pas en place depuis une heure que l'averse creva. C'était une fin de matinée où il semblait que le jour ne se déciderait jamais à percer tout à fait. Les nuées plus basses que d'habitude traînaient leurs guenilles de deuil jusque sur le lac dont on devinait par moments les eaux hérissées de colère. D'un coup, ce fut presque la nuit. Le bruit de l'eau fut partout, sur les chemins, sur les terres et dans les haies. Et Bisontin éprouva une grande joie parce que, cette fois encore, il avait été plus rapide que le vent.

— Tu vois, dit-il à petit Jean, la charpenterie, c'est ça. Aller plus vite que les nuages. Toujours gagner la pluie de vitesse.

Ils étaient tous dans la grange où ils venaient de rentrer leurs outils. Ils regardaient le rideau gris et serré qui claquait, se soulevait, se nouait comme une étoffe habitée de rafales. Ils avaient peut-être cent pas à faire pour gagner la maison où devait les attendre la soupe, mais ils hésitaient.

— Toi qui es assez petit pour passer entre les gouttes, dit le compagnon, si tu allais nous chercher notre soupe.

— Certainement pas, rétorqua petit Jean, tu serais capable de me dire que j'y ai ajouté de l'eau !

Ils se mirent à rire tous les quatre. Bisontin, qui avait passé sa vie à déplorer la tristesse des hommes, aimait que cet enfant eût le sens de l'humour..

A cause de ce chantier terminé, ils mangèrent dans

la joie. Le repas achevé, Pierre bâcha une voiture, attela Bovard et partit avec petit Jean et Léontine chez un vigneron de Bussy qui leur avait promis un fût de vin. Le maréchal regagna sa forge, courbant le dos sous l'averse que le vent continuait de malmener. Bisontin le regarda s'éloigner et disparaître, effacé par la grisaille, puis il quitta le seuil pour se rendre à l'écurie où il avait à bâtir un enclos pour les chèvres qu'on rentrerait bientôt. Il avait à peine fait quatre pas que Loyal se précipita vers la porte en aboyant. Bisontin se retourna pour le rappeler, mais, sautant dans les flaques sur ses trois pattes valides, le chien n'aboyait plus. Et son fouet disait qu'il avait reconnu un ami.

Tête nue, sa casaque de cuir largement ouverte sur sa poitrine, Barberat tirait sa mule qui semblait lourdement chargée. On eût dit qu'ils sortaient du lac tant ils étaient trempés. Bisontin se précipita pour ouvrir la porte de la grange et il cria :

— Hortense, Marie, venez vite ! C'est Barberat !

Il avait à peine fait entrer le contrebandier et sa bête qu'il entendit saboter et patauger dans la cour. Les deux jeunes femmes arrivaient. Il comprit qu'Hortense faisait un grand effort pour ne pas crier tout de suite : « Et Blondel ? » Ce fut d'ailleurs Barberat qui parla le premier pour dire :

— Je sentais venir la pluie. J'aurais voulu arriver avant. Je marche depuis le milieu de la nuit. Et j'avais même plus un quignon.

— Tu vas manger, dit Bisontin.

— Avant, faut sortir les moucherons. Y en a cinq, et pas épais, bon Dieu !

Sa mule était bâtée de deux énormes paniers dont les couvercles abattants étaient doublés d'une pièce de bâche. Malgré cela, l'eau avait pénétré à l'intérieur et les enfants enveloppés de langes étaient trempés. Tous se mirent à pleurer dès qu'ils les empoignèrent, sauf un qu'Hortense approcha de la porte pour le regarder dans la lumière grise du jour.

— Celui-là est mort, dit-elle.

Barberat s'avança.

— C'est une fille, fit-il. Elle toussait à s'arracher les tripes.

Hortense posa le petit corps sur un lit de paille et tous se signèrent.

Barberat parut hésiter. Son lourd visage ruisselait. Ses cheveux collaient sur son front bas et sur ses joues barbues. Il eut un mouvement de tête et un regard triste pour dire :

— Ça fait trois. J'ai déjà fait deux trous en route. Bon Dieu, j'ai pas encore fait un voyage sans m'arrêter au moins une fois pour creuser !

Les deux femmes et le contrebandier gagnèrent la grande salle tandis que Bisontin débâtait la mule et la bouchonnait avant de la conduire à l'écurie où il lui donna deux fourchées de foin. Cette bête si vive d'habitude et que le compagnon redoutait un peu, semblait exténuée.

Lorsqu'il gagna la salle, Bisontin s'approcha tout de suite de la table où les femmes étaient occupées à délanger les bébés.

— Ceux-là ne sont pas gras, dit Marie, mais assez vigoureux.

Déjà elle avait posé sa casserole sur le trépied et mis de l'eau à chauffer pour la bouillie. Bisontin alla remettre du bois au feu. Barberat s'était assis sur un billot et offrait à la flamme ses pieds violacés et luisants.

— J'ai pourtant l'habitude de temps plus froids que

ça, grogna-t-il, mais mes bottes sont percées, et j'ai les pieds trempés.

Bisontin observait Hortense. La jeune fille accomplissait tout avec des gestes précis et doux à la fois, mais, à chaque instant, son regard se posait sur la nuque du contrebandier. Dès que les enfants furent au sec, ils cessèrent de crier. L'un d'eux pleurait encore, mais Marie le berçait en chantonnant doucement et en allant de long en large. Hortense s'approcha du foyer et demanda :

— Et Blondel ? Où est-il ?

L'homme allait peut-être répondre, lorsque Claudia entra, venant de la chambre où elle avait dû dormir un moment. Elle tenait son gros ventre comme si elle eût redouté qu'il tombât.

— C'est pour quand ? demanda Barberat.

— Bientôt, fit Bisontin. Vers la fin de ce mois.

Le contrebandier hocha la tête, et Bisontin eut l'impression qu'il n'avait même pas écouté la réponse. Et cette absence visible avait quelque chose d'inquiétant chez cet être habitué à vivre constamment dans le présent.

Claudia vint s'asseoir au coin de l'âtre, sur l'escabeau où elle passait une grande partie de ses journées depuis que Marie lui avait conseillé de ne pas trop marcher.

Il y eut encore un quartier de silence, puis, d'une voix où perçait l'inquiétude, Hortense répéta sa question :

— Blondel, où est-il ?

Les lourdes épaules du contrebandier se soulevèrent comme s'il eût remonté une charge. Ses énormes pattes velues se mirent à frotter l'un de ses pieds où le sang avait du mal à circuler. Durant un temps interminable, le montagnon chercha ses mots. Puis, ayant craché dans le feu, il dit d'une traite :

— Près de Moirans, on était. Ça va pas bien... Autant dire que ça va même très mal. Il y a une épidémie qu'on sait même pas si c'est la peste, mais on expédie les malades dans la grotte des Jargillards... Dans les villages tout autour, il y a des gens de Lacuzon et de La Plaque qui se cachent entre les courses qu'ils mènent vers le bas pays. La guerre a toujours le dessus. Alors, il y a des gosses à secourir. Et Blondel descend souvent... Des gosses, on en a laissé à Moirans. Blondel a trouvé des volontaires pour les soigner.

Il s'arrêta et son regard qui faisait penser à celui d'une bête traquée, vola de l'un à l'autre avant de retourner se poser sur le pied que ses mains pétrissaient toujours. Sa voix s'embruma, et, comme s'il eût souhaité que personne ne comprît ce qu'il disait, sans articuler, il grogna :

— Enfin, Blondel, il allait vers le bas chercher des gosses... A présent, il ira plus... Il a reçu son compte.

Le silence se fit. Personne n'osait bouger. Même pas Marie pour retirer du feu la marmite d'où la buée filait sous le couvercle. Le visage d'Hortense s'était soudain vidé de son sang, mais elle n'avait pas cillé. Elle se tenait raide, d'une manière qui rappelait un peu l'attitude de Blondel.

La petite Claudia demeurait impassible, comme si elle n'eût pas compris.

Après un long moment, Bisontin dit à mi-voix :

— Bonsoir, c'est pas possible !

— Si, répondit Barberat, il a reçu son compte. Puis, se levant lentement, le montagnon vint s'asseoir à table en disant à Marie :

— Si ta soupe est chaude, tu peux la donner.

58

Tandis que les deux femmes nourrissaient les enfants et s'en allaient les coucher près de la petite Julie, Bisontin servit la soupe à Barberat qui s'était accoudé à la table, le regard perdu vers des horizons qu'il était seul à pouvoir contempler. L'écuelle pleine, il se mit à manger, soufflant, aspirant à grand bruit, mâchant longuement les quartiers de rave et le chou qu'il tirait du bouillon de ses gros doigts rouges. Dès que l'écuelle fut vide, il grogna :

— Encore.

Les femmes étaient revenues. Marie le servit et il recommença de manger avec la même application lente et le même regard perdu. Installé sous le roulement continu de l'averse, le silence de la maison était meublé par les seuls bruits que faisait Barberat. Bisontin éprouvait l'impression de se trouver en présence d'un énorme animal dont seul le regard était humain. Plus humain peut-être, dans son absence, qu'il ne l'avait jamais été.

Lorsqu'il eut terminé sa soupe, il leva les yeux vers Hortense, et Bisontin vit passer dans ce regard une lueur à la fois douloureuse et sauvage, presque inquiétante.

Marie lui donna du pain et du fromage. Il mangea sans mot dire, essuya sur la paume de sa main la lame de son grand couteau qu'il remit à sa ceinture. Il but coup sur coup deux gobelets de vin, puis il se leva avec un grognement. Sans un mot, sans un regard, il se dirigea vers la porte basse qui donnait accès direct à l'écurie où il avait l'habitude de dormir.

Silence. Le feu sur le déclin. La lumière grise qui pénétrait par la fenêtre était plus vive à présent que celle du foyer. Elle semblait pousser devant elle jusqu'au cœur de la maison le bruit mouillé et froid de la pluie. Il n'y avait ici que ce bruit qui rencontrait une douleur épaisse, encore inerte, née des quelques mots prononcés par Barberat. Le compagnon la sentait parfaitement. Elle était pareille à un fauve embusqué et qui peut demeurer des heures à dissimuler ses forces terribles. Il savait que, déjà, la douleur avait atteint Hortense, mais la jeune fille demeurait de marbre. Il était visible qu'elle ne verserait pas une larme, qu'elle n'émettrait pas la moindre plainte.

Bisontin finit par se lever. Il prit sans bruit deux bûches qu'il posa sur la braise. Comme l'écorce moussue charbonnait en fumant gris, il glissa une poignée de brindilles entre le brasier et le bois. Il souffla et aussitôt trois flammes vives se coulèrent entre les deux rondins, chassant la fumée et redonnant vie à la pièce. Bisontin regarda Claudia dont il avait un peu oublié la présence. Le visage de la jeune fille n'exprimait rien. Les mains croisées sur son ventre rebondi, l'échine voûtée, recroquevillée comme si elle eût enveloppé son enfant pour le protéger, elle paraissait fermée à tout ce qui se passait autour d'elle.

Bisontin se redressa et marcha sans bruit jusqu'à la porte. Là, son regard tomba sur les deux seaux vides. Il pensa que Marie aurait à laver les langes souillés, il prit les deux seaux et sortit sous l'averse. Le froid de l'eau sur son visage et ses mains, l'effort qu'il fit pour tourner la manivelle, le bruit de la chaîne et la lumière grise entrèrent en lui. Et ce fut une sensation agréable que de sentir s'éloigner ce silence terrible de la pièce. Lorsqu'il eut posé ses seaux, il alla faire ses besoins à l'écurie. Le ronflement de Barberat montait d'un tas de paille qui se trouvait au fond, contre la cloison de la grange. La chaleur des bêtes et leur odeur étaient agréables. Bisontin regarda les planches qu'il avait apportées pour faire son parc. Il pensa qu'il lui faudrait peut-être consolider la cloison de bois par-derrière, depuis la grange. A l'idée de la grange, il se souvint soudain de l'enfant mort et se dit qu'il fallait lui faire un cercueil.

Il gagna la grange. Dans un angle se trouvait l'établi qu'il avait installé sous une lucarne. Plus loin, était un tas de voliges et de lattes. Il mesura du regard le petit corps recouvert d'un linge, puis il se mit au travail. Et ce fut là, seulement, qu'il *vit* réellement Blondel. Et il le vit tout de suite devant la porte de Morges, au moment où il s'adressait à la foule.

Tout fut soudain plus présent que ce qui l'entourait : le silence des gens assemblés, le silence du vent, la main blanche du médecin levée vers le ciel. Et cette lumière rayonnant de lui.

— Est-ce que vraiment cet homme irradiait ? Ce

matin-là, est-ce qu'il a vraiment fait taire la bise noire ? Tu trouverais tout de suite cent personnes à Morges pour le jurer... Cent personnes pour penser aussi qu'il était davantage qu'un homme.

Bisontin haussa les épaules et émit un petit ricanement. L'adoration de certains pour Blondel l'avait toujours un peu agacé, et pourtant, à présent, il se sentait troublé. Il demeura ainsi un moment, avec ce trouble qui l'habitait malgré lui, puis, mécontent, il s'ébroua et se mit à raboter ses bois avec une espèce de rage qu'il connaissait rarement lorsqu'il était au travail.

Il termina le cercueil, fabriqua aussi une petite croix, puis, au moment de coucher l'enfant dans cette caisse qui sentait bon le bois neuf, il se ravisa et regagna la grande salle. Claudia qui n'avait pas bougé d'un pouce lui dit que les femmes étaient près des enfants. Il entra sans bruit. Marie regardait les quatre nouveaux venus qui se trouvaient côte à côte sur la même couchette. Un peu plus loin, Hortense était debout, immobile, un peu raide et contemplant Julie qui dormait en souriant. La jeune fille se tourna vers lui et murmura :

— Le bonheur, ça peut être aussi la vue d'un seul enfant heureux... L'enfant sauvé.

Ils regagnèrent tous trois la grande salle et Bisontin demanda :

— Est-ce que vous voulez venir, pour ensevelir cette petite ?

Les deux femmes le suivirent et ce fut Hortense qui posa le petit corps dans le cercueil. Ensuite, ils prièrent tous trois dans cette grange où la bourrasque poussait des gifles froides. Et le compagnon ne parvenait pas à considérer vraiment qu'il priait pour une morte. Il cloua le couvercle et c'était un peu comme s'il eût fermé une caisse contenant une poupée.

— Ça peut attendre à demain pour creuser, fit-il. Si des fois la pluie voulait s'arrêter un peu.

De retour dans la salle, Marie se mit à laver le linge tandis que Bisontin et Hortense s'occupaient du repas. La nuit tomba tôt en raison du ciel bas, et le crépuscule était déjà fort avancé lorsqu'ils entendirent l'attelage et les cris des deux enfants. Bisontin sortit. Il fit entrer tout de suite Léontine et Jean, puis il aida Pierre à dételer. Pierre parla du vigneron qui lui avait donné le vin et deux corbeilles de belles pommes. Bisontin eût aimé lui dire tout de suite que Barberat était là et que Blondel était mort. Mais il ne put se décider à le faire. Dans la pénombre de l'écurie, Pierre ne remarqua pas le contrebandier qui ne ronflait plus. Lorsque les deux hommes entrèrent dans la cuisine, Claudia qui était restée sans réaction jusque-là, se précipita dans les bras de Pierre en criant d'une voix distordue qui faisait mal à entendre :

— Il est mort... Il est mort... Ils l'ont tué aussi... Ils l'ont tué...

Puis elle éclata en sanglots.

Effrayé, Pierre la serrait contre lui en demandant :

— Mais qu'est-ce qu'il y a donc ? De quoi elle parle ?

Bisontin s'approcha et dit doucement :

— Les Français ont tué Blondel.

— Blondel ? Bon Dieu !

— Oui, c'est Barberat qui nous l'a appris.

— Barberat, et où il est ?

Bisontin eut un geste en direction de l'écurie.

Pierre entraîna Claudia vers un banc où il s'assit en l'attirant sur ses genoux. Puis, tout doucement, comme il eût fait avec une fillette malade, il la berça en essayant de la consoler. Il retrouvait le ton et les mots de Blondel lorsqu'il dorlotait un bébé. Après quelques minutes, Claudia cessa de pleurer. Elle fut encore secouée par de gros sanglots, puis, le visage enfoui au creux de l'épaule du garçon, elle s'immobilisa, reniflant simplement de temps à autre.

Sans gestes brusques, Marie posa les écuelles sur la table où la lueur du feu ne rencontrait plus celle du jour. Léontine et Jean semblaient impressionnés par le chagrin de Claudia. Jean s'était approché du compagnon qui lui avait posé la main sur la tête, et Léontine suivait sa mère pas à pas sans lâcher un seul instant le pan de sa robe. Quand tout fut prêt, Marie interrogea Bisontin et Hortense du regard, puis elle regarda la porte de l'écurie. Le compagnon eut un geste évasif et dit :

— Que veux-tu, faut le laisser dormir. Tu lui donneras quand il se réveillera. Nous autres, on mangera quand le maréchal sera là.

Claudia était toujours contre l'épaule de Pierre. D'un coup, elle se dégagea pour crier :

— Marie, tu sais quel jour il est mort ?

— Mais non. Tu as entendu Barberat comme moi.

Claudia avait son regard d'oiseau effrayé. Pierre lui dit :

— Qu'est-ce que tu as ? Calme-toi.

D'une voix étranglée par l'émotion, elle dit :

— Moi, je sais. C'est le jour qu'Hortense est descendue à Morges avec les hommes. Tu te souviens, Marie. Loyal s'est mis à gueuler, sur les midi.

Même que tu as dit : « Il hurle à la mort. J'aime pas ça. » Tu l'as dit. Et tu l'as fait taire.

Tous interrogèrent des yeux Marie qui finit par dire :

— C'est vrai, ce jour-là, il a hurlé à la mort longtemps. Et comme jamais il n'avait fait.

59

Ils mangèrent sans un mot jusqu'au moment où Barberat apparut, péta fort en s'étirant puis se dirigea vers la pierre d'évier. Il empoigna une seille d'eau qu'il posa sur le banc. Il y plongea la tête en soufflant et émit un gargouillis qui fit rire les enfants. Les cheveux et le visage dégoulinants, il se redressa pour s'ébrouer comme font les chiens, puis il s'approcha du feu en disant :

— S'il reste quelque chose de chaud, ce serait pas de refus.

— Je vais réchauffer les fèves, dit Marie.

Barberat se gratta le ventre, puis, quittant sa grosse chemise brune, il dit :

— Je vais en profiter pour me laver mieux que ça.

Son dos, sa poitrine et ses bras étaient entièrement recouverts d'une épaisse toison noire sous laquelle roulaient des muscles énormes.

Barberat avait pris une poignée de cendres et, avec la brosse dont Marie se servait pour récurer les dalles, il se frottait énergiquement. Il grognait comme un ours, crachait et répétait sans cesse :

— Bon Dieu, ça fait du bien !

Il se lava également les pieds et Bisontin lui demanda s'il avait encore mal.

— J'en ai vu de plus dures.

— Tu vas repartir quand ?

— Cette nuit. J'ai à transporter des choses qu'il vaut mieux passer de nuit. Sans compter qu'avec la pluie, ça aide aussi.

— Ne fais pas de bêtises, va !

Le contrebandier eut un rire qui fit danser les muscles de sa poitrine et de son dos.

— C'est pas des bêtises, fit-il, c'est mon métier. Depuis le temps que je le fais, je le connais comme tu connais la charpenterie, mon gars. (Il hésita.) Les bêtises, ce serait plutôt ce sapré Blondel qui me les aurait fait faire.

Bisontin observa Hortense dont le visage était impassible. Il hésita un peu et finit par poser la question qui le tenaillait depuis l'arrivée de Barberat.

— Tu nous as seulement pas dit comment il a été tué ?

Pierre et Marie intervinrent en même temps pour emmener Claudia se coucher, mais la petite refusa avec fermeté.

— Non, fit-elle, je veux savoir !

— Moi, j'y étais pas, fit Barberat. Il avait avec lui ce jeune vannier de Foucherans, un nommé Têtu qui était réfugié dans le haut depuis l'année 35. Un bon gars, mais pas bien solide. Ce sapré Blondel l'avait entortillé pour qu'il lui donne la main... C'est ce Têtu qui m'a tout raconté.

En parlant, Barberat s'était installé à table. Il regarda Marie et dit :

— Donne tes fèves, c'est assez chaud.

Marie emplit une écuelle qu'elle posa devant lui, et l'homme continua de raconter à mots hachés, sans perdre une bouchée.

— Avec le flair qu'il avait, le Blondel, ils sont arrivés vers le bas, à côté d'un village que le vannier a pas pu me dire le nom tellement qu'il a eu la trouille. Bon, peu importe. Les Français y étaient. Et ça grillait sec. Avec le gueulement des gens enfermés dans l'église. Toute la population, à ce qu'il paraît... Bon, les soldats s'en vont avec le butin. Alors, mon Blondel laisse le gars de Foucherans avec la charrette dans le bois, et il descend à pied pour essayer de sauver des gens. C'était trop tôt, quoi. Ceux de l'arrière-garde l'ont vu. Des cavaliers sont revenus et l'ont piqué froidement. Cloué contre un arbre avec une lance... Paraît que le manche s'est cassé et qu'ils l'ont laissé comme ça. Le petit gars avait tellement la trouille qu'il a attendu la nuit pour bouger... Quand il s'est décidé, paraît que le Blondel était pas encore mort.

Il se tut, regarda autour de lui sans vraiment lever la tête, puis, d'une voix qui semblait moins neutre, il ajouta lentement :

— Paraît qu'il a juste dit : Résurrection... C'est tout... Résurrection, il a dit. Et puis plus rien. Il est mort.

L'homme hochait sa tête pesante. Il répéta encore ce mot plusieurs fois, comme pour lui seul, puis, ayant haussé les épaules, il se remit à manger.

Un temps de silence passa, et Claudia laissa crever un énorme sanglot qui secoua son ventre qu'elle retint à deux mains en grimaçant.

— Faut te coucher, lui dit Marie.

Mais la petite semblait butée. Elle fit non de la

tête. Elle fixait Barberat comme si elle eût encore espéré d'autres nouvelles. Hortense demanda :

— Etes-vous certain qu'il est mort ?

Le contrebandier n'avait pas dû se poser la question, car il parut quelque peu étonné. Il fit la moue et se contenta de dire :

— Ma foi, j'y étais pas. Mais planté pareillement contre un arbre !...

Hortense se leva, fit deux pas en direction de la chambre, puis, se ravisant, elle s'arrêta et se retourna pour dire :

— Au Royaume du Père, il a enfin retrouvé David... Son petit roi David. L'enfant centre de l'univers.

Son visage jusqu'alors sombre et fermé s'était illuminé comme si on lui eût soudain lancé une merveilleuse nouvelle. Elle les regarda un moment avec l'air de voir à travers eux un univers lointain et tout constellé d'astres joyeux. Enfin, elle cessa vraiment d'être avec eux et Bisontin comprit qu'elle sortait sans même s'apercevoir qu'elle gagnait une autre pièce.

Le silence revint et occupa l'espace durant tout le temps que Barberat mit pour achever ses fèves. L'averse et le vent menaient toujours le branle, mais ce bruit ne faisait pas partie de la vie qui se tenait là, tapie dans l'attente d'un autre drame que l'on sentait venir. Les gouttes tombant sur le foyer chuintaient. De temps à autre, la porte battait sourdement.

Barberat se leva et alla vers le feu où il empoigna ses bottes. Bisontin s'approcha :

— Si elles sont percées, c'est pas la graisse qui va les empêcher de faire de l'eau.

Le contrebandier appuyait du pouce sur le milieu d'une semelle où l'usure avait dessiné un œil. Bisontin alla sous l'escalier et revint avec une paire de brodequins qu'il lui tendit en disant :

— Essaie toujours ça.

L'autre enfila les chaussures, les boucla, se leva et fit un aller-retour de la cheminée à la porte avant de déclarer :

— Comme faits pour moi, sacrebleu !

— Laisse tes bottes, je les ferai ressemeler. Au prochain voyage, tu me rendras mes souliers.

Bisontin dit cela, et, en même temps qu'il parlait, une voix grondait en lui : « Il n'y aura pas d'autre voyage. » En même temps, se dressait devant lui la vision de Blondel arrêtant d'un geste la bise noire, imposant silence à la colère du ciel pour parler aux Morgiens. « Transfiguré, avec un visage et des vêtements de lumière. » Bisontin s'en voulait de se laisser aller à penser des choses semblables. Il se disait : « Bisontin, tu te comportes comme un enfant. Jamais Blondel n'a arrêté la bise noire et tu es le seul à l'avoir vu avec des vêtements de lumière. » Il se tenait ce langage avec force ; mais le médecin comtois était toujours là, plus lumineux peut-être que jamais. Il coula encore une large tranche de nuit mouillée, puis, d'une voix qui tremblait beaucoup, Marie demanda où avait été inhumé le médecin.

— Le vannier a eu trop peur, dit l'homme. Dès qu'il s'est vu seul, il a foutu le camp. Il est monté dans les bois en courant, il a repris l'attelage et il a fouetté comme un fou. Alors, le Blondel...

Il eut un geste comme pour dire que la dépouille d'un malheureux n'avait guère d'importance en pareille époque.

Marie demanda encore :

— C'était quand ?

L'autre se gratta la tête, réfléchit, compta sur ses

gros doigts et dit une date. A son tour, Marie compta, puis, avec un regard à Claudia elle dit :

— C'est bien le jour où le chien a hurlé à la mort.

Barberat allait et venait en regardant ses pieds avec un sourire d'aise. Lui seul semblait continuer de vivre vraiment dans cette pièce où les autres se tenaient immobiles. Après un long moment, le maréchal qui n'avait encore rien dit, demanda :

— Qu'est-ce qu'elle fait donc, Hortense ?

— Laissez-la, dit Marie. Vous savez bien qu'elle ne veut pas montrer son chagrin.

— Il y a peut-être ça, observa Pierre, mais il y a sûrement autre chose. Je me demande ce qu'elle a dans la tête.

— Je n'en sais rien, grommela le forgeron, mais ça ne me dit rien de bon. Voilà trop longtemps que je connais cette petite pour ne pas me faire du souci. Ce Blondel lui a complètement tourné le ciboulot.

— Bien entendu, dit Bisontin, elle a dans l'idée de continuer l'œuvre de Blondel. C'est pas sorcier à deviner.

— Continuer ? Mais qui est-ce qui ira chercher les enfants ? Pas elle, tout de même ! lança Marie.

Tous les regards tombèrent vers la table. Il y eut un moment de gêne et ce fut encore le forgeron qui dit :

— Comme je la connais, ça ne m'étonnerait pas... Si personne ne le fait, elle a sûrement dans l'idée d'y aller...

Le vieil homme regarda Pierre et Bisontin avec insistance et le compagnon comprit qu'il n'osait pas aller au bout de sa pensée. Comme les autres demeuraient muets, le maréchal reprit :

— Elle est bien foutue d'y aller toute seule... avec Barberat. Une demoiselle ! Une fille qui aurait dû faire un grand mariage que le charron aurait été obligé de repeindre toutes les voitures du village !

Il avait repoussé son assiette à moitié pleine et s'était pris la tête entre les mains. Les yeux baissés, il fixait le bois luisant de la table.

— Bon Dieu, grogna-t-il, je vais rester le seul du village... La vieille bête oubliée...

Sa poitrine se gonfla pour un soupir qui disait tout le poids de sa peine. Il hésita encore, puis, sans regarder les autres, il dit :

— J'aurais seulement quinze ans de moins, je la laisserais pas partir seule... Je ferais tout pour lui faire entendre raison, pour la retenir ici. Mais, si je n'y parvenais pas, sûr que j'irais avec elle.

Il y eut un instant de silence épais, puis, d'une voix que la colère et peut-être aussi des sanglots métamorphosaient, le forgeron se mit à crier :

— Mais aussi, cet autre, avec sa façon de vous entortiller !... Lui, ils lui avaient tué son petit, on comprend, mais Hortense !... Et puis quoi, c'est une femme !... Qu'est-ce que c'était donc, ce Blondel ? Peut-être un envoyé du diable !

Bisontin eut envie de crier : « Vous ne l'avez pas vu, transfiguré, arrêtant la bise noire, et le visage plus lumineux que le soleil ! » Mais les mots ne venaient pas. Il fixait la place vide d'Hortense. Il crut l'entendre parler du pays en disant qu'il vaut mieux mourir avec sa terre que de la quitter.

Le vieux répétait obstinément :

— Bon Dieu, j'aurais quinze ans de moins !...

Bisontin sentait peser sur lui le regard de Marie, mais la présence de Blondel et la vision d'Hortense partant seule avec Barberat durent être plus fortes, car malgré lui, il finit par dire :

— Bien sûr qu'il faut tout faire pour la retenir,

mais si elle doit partir, on ne peut pas la laisser y aller seule.

— Tu as raison, dit Pierre. Faut aller avec elle.

Le cri de Claudia fut celui d'un animal blessé.

— Non ! Non ! hurla-t-elle en se levant comme une folle et en venant s'accrocher à Pierre qui n'eut que le temps de se tourner sur son escabeau et de la serrer contre lui au moment où elle tombait à genoux.

— Non, je ne veux pas que tu partes... Je ne veux pas.

Elle porta de nouveau ses mains à son ventre avec une grimace de douleur.

Comme Bisontin se levait, Marie en fit autant et marcha vers lui. Les bras en avant, elle l'empêcha de la serrer contre lui pour pouvoir le regarder tout au fond de cette partie de son cœur sur quoi ouvrait son regard. D'une voix dure, elle lança :

— Si tu t'en vas, tu ne me trouveras pas à ton retour. Ni moi, ni les enfants.

— Tais-toi, dit Bisontin... Tu t'effraies pour rien...

Marie se tourna vers le père Rochat toujours accoudé à la table et qui, timidement, levait vers eux ses yeux injectés de sang.

— Et vous, cria Marie, si vous avez envie de partir, allez donc ! Mais moi je ne veux pas les perdre, vous m'entendez ! Je ne veux pas ! Mon frère et mon homme... Non. Je ne veux pas... J'ai déjà eu trop de malheur dans ma vie.

Un sanglot venu de loin lui coupa la parole. Se jetant contre la poitrine de Bisontin, elle ne chercha plus à se retenir. Sa peine et sa peur étaient plus fortes que sa colère.

Sans bouger, d'une pauvre voix qui faisait pitié, le forgeron bredouilla :

— Mais je n'ai jamais voulu qu'ils partent. Je disais : moi, parce que, moi, j'ai rien à perdre... Mais eux, avec des charges... Quand on a des petits, on s'en va pas prendre pareils risques. c'est bien certain... Tu m'engueules, Marie, mais j'y suis pour rien... J'ai parlé comme ça.

Bisontin comprit que Marie regrettait déjà de s'être emportée, mais il n'osa pas lui demander d'aller embrasser le vieux. Et ce fut lui qui dit :

— Mais non, père Rochat, on ne croit pas ça. On vous connaît. Marie a eu peur, c'est tout. Et quand on a peur, la langue va chercher des mots qui ne viennent pas du cœur. Vous le savez bien !

Et, laissant partir son rire, il ajouta :

— D'ailleurs, nous sommes tous un peu fous. Hortense n'a même pas parlé de partir et nous faisons comme si elle était déjà en route !

Le rire de Bisontin resta sans écho. A présent, il semblait bien que plus personne ne doutât qu'Hortense allait s'en aller. Et nul ne fut surpris de la voir revenir chaussée de ses bottes, sa robe relevée avec des épingles, sa grosse cape brune sur un bras et un baluchon à la main. Et pourtant, Marie se précipita vers elle en criant :

— Non ! Non ! C'est de la folie !

La jeune fille posa calmement ses affaires sur le bout de la table, et, prenant Marie par les épaules, elle la regarda en souriant. Et il sembla à Bisontin que son sourire était le reflet du sourire de Blondel lorsqu'il voyait un enfant heureux.

— Non, supplia encore Marie dont la voix passa à peine les lèvres.

Le sourire de la jeune fille s'accentua. Ses yeux s'illuminèrent, tandis qu'elle disait calmement :

— Je ne veux pas que ma vie soit perdue.

— Mais c'est là-bas que vous risquez de la perdre ! Comme Blondel...

Elle l'interrompit :

— Voyons, Marie, souvenons-nous des paroles de Jésus : « Car celui qui veut sauver sa vie la perdra, mais celui qui perdra sa vie à cause de moi la sauvera. »

Elle se tourna lentement et, allongeant son bras droit sur les épaules de Marie, elle l'entraîna devant Bisontin et Barberat. Après un temps de silence, elle leur dit :

— Si nul ne va là-bas, l'œuvre de Blondel s'arrêtera. Souvenez-vous : Résurrection ! Tout est dit dans ce mot. Sa mort nous apporte la vie. Vous avez bien compris comme moi qu'il était un envoyé du Ciel. Il avait engagé le combat pour la lumière. Avons-nous le droit, nous qui l'aimons, de laisser revenir les ténèbres ? Il n'a prononcé qu'un seul mot avant de nous quitter, et ce mot exprime sa seule volonté : Résurrection.... Résurrection pour ceux que menace la folie des hommes.

Elle avait trouvé, pour s'adresser à eux, les mêmes accents que trouvait le médecin comtois. Elle les regarda tour à tour intensément, et, l'un après l'autre, ils murmurèrent quelque chose qui était sans doute une approbation. Alors, Hortense eut un petit rire de gorge et déclara :

— Je sais où je vais...

Bisontin l'interrompit pour dire d'une voix mal assurée :

— Mais toute seule...

— Toute seule ! se récria-t-elle. Et Barberat, qu'est-ce que vous en faites ? Il faudrait aller loin pour trouver aussi solide que lui !

Tandis qu'Hortense parlait ainsi, Marie enfonçait

ses ongles de toutes ses forces dans le bras de Bisontin.

Le contrebandier dit :

— Faut nous donner du pain pour cette nuit.

Marie partagea une grosse miche et dépendit le lard pour en couper une large tranche. Le contrebandier lui prit le couteau et partagea encore en deux ce beau pain gris à la croûte épaisse.

— Pas la peine d'en avoir tant, fit-il. Demain, on aura de quoi s'emplir l'estomac. (Il eut son gros rire gras.) Si je trouve pas, c'est que je suis trop vieux pour faire la route !

Il se dirigea vers l'écurie. Bisontin prit une lanterne et l'accompagna tandis que Pierre entraînait Claudia vers la chambre. Lorsque les deux hommes furent seuls près des bêtes, le compagnon dit :

— Tu sais, j'aimerais partir avec vous, mais...

L'autre l'interrompit.

— T'es maboul ! C'est pas une besogne pour toi. Faut être illuminé comme Blondel ou l'Hortense, pour faire ça. (Il hésita.) Moi, je serais même pas foutu de dire pourquoi je les aide.

Il regarda vers la porte, parut réfléchir et, baissant le ton, il dit :

— Moi, c'est pas pareil... Au fond, ça me fait plaisir... Comme ça... Je saurais pas dire.

Il semblait vraiment chercher en vain au fond de lui une réponse à sa propre interrogation.

— Tu sais, soupira Bisontin, je pense que tant que le monde sera monde, y aura des chefs de guerre et des rois sanguinaires, mais il y aura toujours des Blondel et des gars comme toi.

A la lueur de la lanterne que tenait le compagnon, l'autre bâtait tranquillement sa mule. Bisontin l'observait. Ce colosse avait des gestes d'amitié pour sa bête. Il avait des regards parfois inquiétants, parfois pareils à ceux d'un enfant étonné. Lorsqu'il eut terminé, il prit sa bête par la bride et se dirigea vers la porte de derrière. Les chevaux remuèrent, sans doute fouettés par la gifle d'air mouillé qui entrait. L'averse était toujours aussi nerveuse et Bisontin dit :

— Tu es fou de partir à présent, tu n'y verras rien. Surtout sans lanterne.

Le contrebandier riait. Il sembla un instant qu'il était une grosse bête de nuit heureuse de se trouver sous la tempête. Ils contournèrent la maison et s'arrêtèrent devant le seuil où les attendaient les autres. Hortense les embrassa tous, tandis que Barberat disait :

— Te fais pas de souci pour tes godasses. Je les graisserai.

Puis, s'adressant à Hortense :

— Vous n'avez qu'à suivre. Et si vous voyez pas, tenez-vous au panier de bât. Salut !

Et ils furent tout de suite absorbés par la nuit en folie qui emporta le bruit des pas sur le chemin détrempé.

Les autres rentrèrent. Une fois la porte refermée, Marie alla s'agenouiller devant la petite niche où se trouvait la statue de la Vierge qui protège les voyageurs.

60

Ce soir-là, Bisontin eut beaucoup de mal à trouver le sommeil. Marie s'était blottie contre lui. Elle avait simplement murmuré :

— Tu es là... Tu es là. Je veux pas que tu partes. Jamais, tu entends. Jamais.

Il l'avait embrassée longuement, et, à présent, il écoutait le bruit d'eau de la nuit et le souffle régulier de Marie. Un rideau les séparait du lit où couchait Pierre qui devait s'être endormi lui aussi. Plus loin, c'étaient les couchettes des enfants. En face, le lit vide d'Hortense entouré de rideaux, puis celui de petit Jean et celui du maréchal dont le ronflement emplissait la pièce. L'averse lardée de vent enveloppait la grosse maison, et la vision de cette averse se refermant sur la croupe de la mule et sur la cape d'Hortense était là. Elle se mêlait au visage de Blondel. A son sourire. A ses vêtements de lumière. A son geste vers le ciel et aussi à son corps cloué à l'arbre par cette lance au manche brisé. « Presque crucifié ! se répétait Bisontin. Et Hortense qui croit peut-être le retrouver vivant ! »

La jeune fille pensait-elle donc réellement qu'il

était une espèce de dieu invulnérable ? Et pourquoi Barberat avait-il si volontiers accepté de l'emmener ? Après tout, que savait-on de ce contrebandier ? Rien. Un homme qui se battait au couteau. Qui se saoulait, qui peut-être espérait qu'Hortense...

Bisontin serra contre lui Marie qui poussa un petit gémissement de bonheur. Il resta un moment avec simplement, au fond de lui, l'idée et le bruit de la pluie, puis il essaya de suivre par la pensée Hortense et le contrebandier en route pour la Comté. Pourquoi Barberat avait-il voulu partir de nuit ? Qu'avait-il donc à transporter, puisque les deux couffes bâtant sa mule avaient paru vides lorsque Bisontin y avait enfoui le ballot de linge préparé par Hortense et le torchon où Marie avait enveloppé le lard, le pain et une petite bouteille de marc ? Cet homme avait-il réellement l'habitude de se nourrir de vol et de rapines ? Allait-il agir ainsi avec Hortense ? Où et quand dormiraient-ils ?

Bisontin revit les chemins par où ils étaient venus, mais ce n'était pas encore le temps de la neige et rien n'était comparable.

Il ne devait pas y avoir longtemps qu'il s'était endormi lorsqu'il fut réveillé par un cri terrible. Marie bondit en disant :

— C'est Claudia. De la lumière, vite !

Bisontin tâtonnant battit le fusil et alluma une chandelle. Pierre aussi s'était levé et ils se retrouvèrent tous les trois près du lit de Claudia qui gémissait en se tordant de douleur, les deux mains à son ventre et le front ruisselant :

— J'ai mal... Mon Dieu que j'ai mal !

Marie lui posa la main sur le front. Pierre qui lui avait pris le bras demanda :

— Tu crois que c'est ça ?

— J'en ai bien peur, dit Marie. Mais c'est au moins un demi-mois trop tôt. Ça risque de ne pas aller bien.

— Et alors ? interrogea Pierre la voix serrée par l'angoisse.

Marie se redressa. Son visage était inquiet. Elle dit :

— C'est sûrement l'émotion de la mort de Blondel. Je serais plus tranquille si on pouvait trouver une accoucheuse.

— Je vais y aller, dit Pierre.

Claudia s'accrocha à lui en suppliant :

— Non ! Pas toi ! Je veux pas que tu me laisses.

— Bien entendu, dit Bisontin. Il ne va pas te laisser. Je vais descendre, moi. (Regardant Marie.) Explique-moi où elle habite.

Tandis que Bisontin s'habillait, Marie alluma une lanterne puis elle l'accompagna à l'écurie. Elle dit que l'accoucheuse habitait sur le port, pas loin de la maison où les avait logés Maître Jotterand.

— Tu sais, fit-elle, il faut faire vite. J'ai peur pour elle. La mort de Blondel l'a trop secouée. Pauvre gosse !

Comme il allait à la grange chercher la plus forte lanterne de voiture, elle le suivit et, dirigeant le faisceau vers le petit cercueil, elle dit :

— Et celle-là qui est encore ici... Je n'aime pas ça. Un enfant mort dans la maison d'un enfant qui va naître.

Bisontin la serra fort et l'embrassa en disant :

— N'y pense pas. Je vais faire vite.

— Sois prudent tout de même, dit Marie.

Il attela Lisa, la plus rapide des juments à la moins lourde des charrettes bâchées, il fixa la grosse lanterne, grimpa et fit claquer le fouet. Dès qu'il fut dehors, il lui sembla que la nuit tout entière se ruait sur son attelage et s'en prenait à lui de toute sa colère. Et pourtant, la pluie tombait moins fort. Mais le vent avait pris le dessus et le compagnon le sentait s'engouffrer sous la bâche et freiner la voiture. Il alla ainsi jusqu'au milieu de la première descente, puis, arrêtant la jument et sortant son couteau, il trancha les liens retenant la toile raidie et alourdie par l'eau froide. Il la roula comme il put, et la tassa dans le fossé. Il arracha ensuite les cintres de noisetier qu'il lança sur la bâche. Comme le dernier, gonflé par l'humidité, refusait de quitter sa gâche, il le cassa d'un geste brutal.

Une force qu'il ne commandait pas était en lui. Il avait cessé de penser. Il était habité par des images de mort et par la peur que cette mort si présente ne s'en vînt, une fois de plus, frapper auprès de lui. La nuit continuait de se démener, charriant des vagues glacées, respirant comme une bête démesurée, roulant des flots obscurs en travers de cette route où la lueur du fanal portait à peine jusqu'aux naseaux de la jument. Mais Bisontin avait tout de même mis sa bête au trot. Il sentait la route beaucoup plus qu'il ne la voyait. Il faisait confiance à l'instinct de Lisa qui avait si souvent fait ce chemin. Pourtant, à plusieurs reprises, les roues montèrent sur le talus à droite ou à gauche et la voiture fut à deux doigts de verser. Mais Bisontin redressait, fouettait, criait comme un fou et poussait la jument de l'avant. La nuit de folie était contre lui, et malgré tout, il la sentait l'envelopper. Elle semblait prête à le soulever et il éprouvait par moments le sentiment qu'elle était là pour le protéger. Comme il atteignait la Vuachère où le chemin était particulièrement mauvais, une bourrasque terrible passa, prit appui de toutes ses forces sur les coteaux détrempés et s'enleva d'un grand élan qui la porta jusqu'aux nuées. Là, pareille au sanglier traqué qui fouit la haie du groin et force le passage en poussant de tout son corps épais, elle bouscula tout, creusa une large brèche qu'elle déchira ensuite jusqu'à découvrir la lune. Une lumière glaciale jaillit, si brutale que Bisontin en fut presque ébloui. Les fermes apparurent entre les arbres qui lâchaient au vent leurs dernières brassées de feuilles. Les ornières du chemin brillaient, les buissons étiraient des ombres qui se développaient comme pour s'arracher à la terre. Bisontin cria :

— Hue ! Ma belle. Ça va peut-être pas durer ! Hue donc !

Comme excitée par la lumière, la jument reprit le trot malgré la déclivité assez forte et les ornières où les roues cahotaient.

En haut, ce fut l'éblouissement. Le lac écumant était d'une beauté rude et sauvage qui fit passer un frisson sur le dos du compagnon.

— Hue ! ma Lisa. Hue donc !

Sur le replat, la jument prit le galop. Tout luisait, tout dansait agité par le vent et par les embardées effrayantes que faisait le char. Les tours de Vufflens se détachaient noires sur le métal en fusion du lac. Même les monts de Savoie apparaissaient par places, pareils à des roches suspendues dans le vide. Aucun feu ne luisait ni sur l'autre rive ni dans les fermes d'alentour, et Bisontin se sentit un moment le seul vivant de ce monde inondé soudain d'une lueur glacée qui venait le tirer de l'obscurité.

A la porte de la cité, l'homme de faction sur la muraille d'enceinte devait bien connaître son monde Bisontin cria :

— Ouvre-moi, ami ! Je suis le charpentier de Résurrection. Je viens chercher l'accoucheuse, c'est pressé. Très pressé !

L'homme dont le casque et l'armure luisaient descendit en grande hâte. Un autre le rejoignit. Ils parlèrent entre eux quelques instants puis la lourde porte se souleva et bascula dans un vacarme de chaînes et de poulies. Bisontin fit avancer son attelage et s'arrêta à la hauteur des hommes.

— File donc ! lui cria l'un d'eux, on laisse ouvert.

— Merci les amis ! cria-t-il en fouettant.

Les roues ferrées et les sabots battirent le pavé. Plusieurs chiens se mirent à aboyer. Le compagnon se dit qu'il allait réveiller toute la cité, et il en éprouva une espèce de joie brûlante qui lui donna envie de rire. Il se contint, mais la mort s'éloigna de lui. Blondel était toujours présent, mais le compagnon sentait qu'autre chose venait d'entrer en lui. Et lorsqu'il déboucha sur le quai, l'immensité du lac dont les vagues énormes se brisaient sur les roches, lui souffla au visage une large bouffée de lumière mouillée qui sentait bon la vie.

61

L'accoucheuse s'appelait Joséphine Goy, et Bisontin se souvint de l'avoir rencontrée sur le port où elle allait souvent acheter du poisson. C'était une grande femme solide d'une quarantaine d'années, au visage taillé à la hache et ombré d'un duvet noir. Elle reçut le compagnon en criant de sa fenêtre :

— Naturellement ! En pleine nuit ! Et avec un temps à pas foutre un gendarme dehors ! Saloperie !

— Vite ! supplia Bisontin, ça se présente mal.

La fenêtre se referma et le compagnon se retourna pour regarder le lac. D'énormes paquets d'eau se ruaient sur la digue, jaillissaient en gerbes de lumière, franchissaient l'obstacle et venaient s'abattre avec un bruit de tonneau sur le pont de planches des bateaux. Les coques se heurtaient, montaient, redescendaient, balançant les mâts sur ce fond de lumière.

— Jamais je ne l'avais vu aussi beau ! dit le compagnon.

Sur la droite, quatre hommes étaient occupés à resserrer les amarres d'une barque. Bisontin ne les vit qu'au moment où la porte s'ouvrait. La sage-femme sortit, enveloppée d'une longue cape à capuchon.

— Bien sûr, fit-elle, une voiture qui n'est même pas bâchée.

Bisontin expliqua pourquoi il avait débâché, mais la femme ne l'écoutait pas. Elle ronchonnait contre le mauvais état du chemin. Criait qu'il allait les jeter au fossé en roulant comme un fou, puis, lorsque le cheval prenait le pas dans les montées, elle lançait :

— Alors, charretier de malheur, tu t'endors ! Est-ce que tu crois que ce gosse va t'attendre !

A présent, le compagnon avait compris qu'il était dans la nature de cette femme de toujours se plaindre de tout et il avait envie de rire. Il se contenait pourtant, de crainte de l'irriter davantage. Mais tout, en cette nuit, lui apparaissait soudain comme signe de joie. La mort était loin. C'était la vie qu'annonçait le vent, que versaient sur la terre la lune et les étoiles. Car le ciel continuait de se dégager. La femme grognait toujours, mais, plus forte que sa voix, celle de Blondel disait : « Et cet enfant viendra pour illuminer votre nuit. Il sera la pureté qui vous aidera à vous purifier. »

Parmi ces étoiles, peut-être y avait-il déjà l'âme du médecin comtois. N'était-ce pas lui qui avait aidé le vent à déchirer les nuées ? N'était-ce pas lui qui avait ordonné aux gardes d'ouvrir la porte sans palabres interminables ? N'était-ce pas lui qui avait fait que l'accoucheuse se trouvait chez elle ? Bisontin entendait sans cesse la voix de Blondel et, à plusieurs reprises, il entendit aussi Hortense qui disait :

— Le bonheur, ça peut être la vue d'un seul enfant heureux.

Combien y avait-il d'enfants assassinés parmi les

astres dont le ciel était tout vibrant ? Y avait-il, là-haut, pour l'aider en cette nuit, tous les morts que Bisontin avait connus ?

Assise à côté de lui sur la planche, secouée, geignant aux plus forts cahots, s'interrompant pour lui crier : « Attention ! » lorsqu'il roulait au galop, la femme s'était mise à raconter des histoires d'accouchements difficiles. Bisontin l'avait écoutée un moment, puis il avait été repris par ce bouillonnement d'images et de mots qui était en lui. Les morts et les vivants de son existence revenaient pêle-mêle. Tous ces gens qu'il avait connus au long de sa route, ces femmes avec lesquelles il avait vécu, étaient-ils encore vivants ? Combien le voyaient, en ce moment, depuis ce ciel constellé où miaulait à présent un vent plus régulier et qui attisait les étoiles ? Il lui sembla soudain que des milliers de regards étaient fixés sur lui, exactement comme si son attelage eût été le seul objet vivant sur cette terre. La seule chose en mouvement et qui pût attirer l'attention.

Il connaissait assez la route pour savoir de quel endroit on découvrait le lac. Ainsi, lorsque la voiture atteignit les trois quarts de la dernière montée, il se retourna pour embrasser du regard cette eau brasillante et ces montagnes vernies de lune. La voix de Blondel revint : « Cet enfant venu de l'inconnu naîtra pour vous apporter la lumière. Il viendra illuminer votre univers de grisaille. »

A bout de souffle, la jument avait repris le pas. Bisontin regarda vers l'est et il lui sembla que les étoiles pâlissaient, que le bas du ciel s'éclairait légèrement d'une lueur qui montait de derrière les cimes que la tempête avait blanchies. « Est-ce que Barberat et Hortense auront la première neige dans le haut Jura ? » Il se posa cette question, mais il lui sembla que ces deux-là ne comptaient guère en cette fin de nuit où tant d'autres absents revenaient.

Dès que l'attelage entra sur l'aire devant la maison, Marie parut à la porte, et l'accoucheuse lui cria :

— Alors, où ça en est ?

— Elle souffre toujours. Elle a commencé de faire les eaux.

La femme descendit de voiture en grommelant :

— Ce foutu charpentier a failli cent fois nous jeter au fossé. C'était pas la peine de rouler comme un fou !

Les deux femmes disparurent et Bisontin dételа, conduisit à l'écurie la jument dont les flancs ruisselaient en fumant. Il prit de la paille à grosses poignées et se mit à la bouchonner vigoureusement en lui parlant :

— Ma belle. Tu as donné tout ce que tu pouvais. Et c'est bien, tu vois. Nous arrivons à temps.

Il s'avisa soudain que, durant tout ce trajet, pas un instant il n'avait redouté d'arriver trop tard. Dans cette maison où tant d'enfants venaient retrouver la vie, un enfant allait naître, et il semblait vraiment que c'était le moment le plus important. Souvent, sans oser jamais en parler à personne, le compagnon s'était dit : « Mon Dieu, si seulement nous pouvions savoir de quel pays était son père ? » Mais à présent, cette question ne lui venait pas. C'était vraiment l'enfant de Pierre et de Claudia qu'ils attendaient. C'était leur enfant à tous.

Bisontin avait travaillé à cette maison avec beaucoup de soin. C'était son naturel de bon compagnon, et pourtant il lui était arrivé de se dire qu'il mettait à sa tâche quelque chose de plus. Comme de l'amour. Comme une joie profonde, et il s'était demandé si c'était vraiment parce que c'était la première fois de sa vie qu'il bâtissait pour lui et pour les siens. A présent, parce que cet enfant allait naître là, le compagnon découvrait les raisons profondes de cette joie qui l'avait porté durant tous les travaux.

Il venait d'attacher Lisa et de lui donner une mesure d'avoine et un seau d'eau lorsque Marie entra :

— Alors ? demanda-t-il.

— Rien. L'accoucheuse dit que ce n'est pas encore pour tout de suite.

Marie hésita et ajouta :

— Je voudrais que tu enterres ce petit mort.

— A présent ?

— Oui. Avant que l'autre arrive... Je te le demande.

Il y avait quelque chose dans sa voix qui témoignait d'une grande peur. Un autre jour, Bisontin eût tenté de la raisonner, de lui dire qu'il n'aimait pas la superstition, mais le mot même lui parut incongru. Les absents qui l'avaient accompagné tout au long de sa course demeuraient là, occupant l'espace autour de lui et le poussant à se taire.

— C'est bien, fit-il. Je vais y aller.

Marie s'éloigna. Il prit une pelle et une pioche puis il gagna la grange. Il eut un instant d'hésitation lorsque le faisceau de sa lanterne se posa sur le petit cercueil et la croix. Il alla ouvrir la porte. Le jour n'était pas encore là, mais déjà le combat commençait entre sa lueur naissante et la clarté qui coulait de la lune et des étoiles. Bisontin éteignit sa lanterne qu'il posa sur l'établi. Il jeta sur son épaule gauche les outils et la croix, puis, sous son bras droit, il empoigna le cercueil.

Il sortit, et la voix de Blondel fut là une fois de plus. Blondel parlant du poids de la mort, du poids terrible de son petit David. Et Bisontin répondit :

— Celle-là, elle n'est pas lourde. Pauvre gamine.

Le sentier conduisant à l'église, était boueux avec de larges flaques où le vent éparpillait des reflets d'étoiles. A mesure que Bisontin approchait du cimetière, quelque chose grandissait en lui qu'il ne parvenait pas à définir. Il y avait en même temps cette idée du poids de la mort des innocents et une espèce de lueur chaude qui grandissait.

Il se mit à creuser du côté de la tombe du barbier. Et le vieillard silencieux fut soudain bien vivant devant lui.

— Bisontin, voilà que tu te mets à vivre parmi les morts ! Qu'est-ce que ces manières pour un homme tellement attaché à la vie !

Etait-ce bien le vieux barbier qui parlait ainsi ?

Lorsque la tombe fut prête, le jour était là, mais le soleil n'était pas encore sorti de terre. Bisontin avait chaud. Il avait soif aussi. Il hésita, puis descendit le petit cercueil dans la fosse et murmura :

— Pauvre gosse, c'est un peu comme si tu t'en allais pour laisser la place à un autre.

Machinalement, il récita un Pater, puis il s'éloigna en disant :

— Je vais te laisser voir le soleil encore une fois. Je reviendrai fermer tout à l'heure. Je m'en vais boire un coup et manger une écuelle de soupe.

Et il lui parut tout naturel de bavarder ainsi avec cette petite morte inconnue, une morte bien sage dont le départ n'attristait pas du tout ce matin prometteur de lumière.

62

Lorsque Bisontin regagna la grande salle, le maréchal était avec Marie. Ils avaient apporté le berceau de la petite Julie qui pleurait. Deux autres enfants criaient aussi, que Marie délangeait sur la table.

— Bien entendu, dit-elle. Ils se sont réveillés.

Le maréchal tirait des braises sous la marmite à eau. Il sortit en disant :

— Je vais chercher des fagots.

— La soupe est chaude, dit Marie.

Joséphine Goy arrivait de la chambre. Elle dit :

— Tout ira bien, j'ai grand-faim. Je vais manger. Et après, je retournerai vers cette petite qui est très courageuse. Et le mari viendra prendre quelque chose de chaud. Il en a besoin, il est pâle comme un navet épluché.

Bisontin s'était servi une écuelle de soupe.

— Alors, fit-il, je vous sers ?

— Bien entendu. Qu'est-ce que vous croyez ? Que je travaille le ventre vide ? Est-ce que vous faites de la charpente sans manger ?

Elle pouvait crier, Bisontin s'en moquait. Il était à la fois présent et absent. Il était là où allait arriver la vie, et il était aussi de l'autre côté des monts, avec Hortense, avec Barberat, avec le souvenir de Blondel.

En lui, une voix mal définie parlait de tout cela : « Hortense et Barberat sont là-bas qui sauvent les enfants de la guerre, et ici, il va en naître un qui est le fruit de cette guerre. Et cet enfant d'inconnu, nous sommes là à l'attendre, nous qui l'aimons déjà. »

Ayant mangé sa soupe, le compagnon sortit et s'en alla refermer la tombe. Le soleil était encore derrière les monts. Mais on le sentait tout près de jaillir. Bisontin revint, et il était dans la grange à nettoyer sa pelle lorsqu'il entendit un grand cri de douleur. Il se précipita. Dans la première pièce, il n'y avait que le maréchal qui surveillait les petits que Marie avait laissés sur la table.

— Va voir, dit le vieux. Je crois bien que ça y est.

Bisontin entra dans la chambre où la sage-femme tenait par les pieds un petit corps tout luisant qu'elle giflait à tour de bras. L'enfant se mit à piailler et Joséphine Goy dit en riant :

— Ça va. Il a le fil bougrement délié. Il risque bien d'avoir autant de gueule que son oncle le charpentier !

C'était la première fois que Bisontin entendait rire cette femme. Il se mit à rire lui aussi.

Pierre souriait à Claudia dont il caressait le front ruisselant. Bisontin vit un instant, confondus en une seule image, l'enfant de Blondel et celui qu'il venait d'enterrer, mais il fit effort pour revenir au présent et chasser tout ce qui risquait d'assombrir le moment.

— Laissez cette femme se reposer, dit l'accoucheuse. Je vais lui donner les soins, et elle dormira.

Marie prit l'enfant qu'elle lui tendait tout emmailloté de linge tiède et se dirigea vers la porte. Pierre et Bisontin la suivirent. Comme elle le posait sur la table à côté des autres, le maréchal s'avança, tenant une chandelle dont il protégeait la flamme de sa grosse main qui tremblait. Ils restèrent un moment silencieux, à regarder ce nouveau-né qui semblait dormir. Puis d'une voix douce qui cherchait les accents de Blondel, Pierre dit lentement :

— Il sera le sel de la terre et la lumière du monde. Il sera votre joie et votre soleil.

Comme l'enfant se mettait à pleurer, Marie le reprit et se mit à le bercer en fredonnant :

Dormez mon enfant
N'écoutez pas le vent
La nuit vous console
Maman vous gaïole
Dormez mon joli
Dormez mon petit.

Elle marcha un moment de long en large, puis elle tendit l'enfant à Pierre qui le prit avec mille précautions. Il regarda Bisontin qui se souvint un instant du jour où il avait évoqué la possibilité de faire prendre à Claudia une infusion de plantes abortives. Et il comprit que Pierre venait également de penser à cela, mais sans lui en vouloir le moins du monde. Il s'approcha et dit :

— Claudia avait raison, il a les yeux de la couleur du lac les jours de grand soleil.

— C'est un petit Vaudois, fit Pierre en riant. Mais c'est aussi un petit Comtois.

— Je le vois déjà debout sur une faîtière, dit le compagnon.

— Toi, tu as toujours été un peu fou.

Ils s'étaient mis à rire très fort. En cet instant, rien ne pouvait plus ternir leur joie. Bisontin poussa Pierre devant la fenêtre. Par-delà le chemin et la haie, entre les branches des pommiers tordus et moussus, le métal du lac martelé par le vent venait de s'enflammer. Et c'était un beau métal lumineux, un or qui virait lentement à l'argent à mesure que le soleil montait. Le vent miaulait à l'angle du toit, mais sa voix n'avait plus rien d'effrayant.

Ils restèrent ainsi, à montrer cet enfant à la belle lumière du jour tout neuf jusqu'au moment où la voix de Joséphine Goy les fit sursauter :

— Amenez-moi cet animal, cria-t-elle. Sa mère le réclame.

Ils regagnèrent la pièce. Au passage, Marie donna un enfant à Bisontin, elle en apporta un autre et ils les posèrent sur leurs couchettes. Claudia avait repris son petit qu'elle serrait fort contre sa poitrine tandis que Loyal lui léchait la main en gémissant de plaisir. Pierre tout ému les regardait.

— Au fait, demanda la sage-femme, est-ce que vous lui avez prévu un nom, à ce gaillard ?

Ils se regardèrent, et Marie bredouilla :

— Ma foi, c'est venu tellement vite...

— Il faut lui donner un nom qui soit bien de chez nous, dit le maréchal.

Ils parlèrent tous en même temps durant quelques instants, et il fallut que Pierre élève le ton pour les faire taire. Alors seulement, ils entendirent Claudia qui répétait d'une petite voix fatiguée et émue :

— Je voudrais l'appeler Alexandre... Alexandre.

Et le visage de Blondel apparut soudain. Bisontin le vit, lumineux et serein, et il sut de façon absolument certaine que les autres le voyaient aussi.

Il y eut un long silence avec juste la chanson du

vent et les bruits qui venaient de l'écurie. Et ces bruits-là étaient les bruits de la paix et de la vie.

Immobiles autour de la couchette, ils se regardaient sans se voir vraiment. Ainsi furent-ils absents un long moment, appelés en un univers inconnu par cet homme qui leur avait si souvent parlé de la vie et de la mort. Pensant un instant au bébé qu'il avait enterré, Bisontin entendit une fois de plus la voix d'Alexandre Blondel parlant du poids terrible de son enfant mort et du poids merveilleux des enfants rendus à la vie.

Et c'est alors qu'entrèrent le vieux Fontoliet et les paysans voisins. Ils avaient entendu la voiture dans la nuit. Ils se penchèrent vers l'enfant pour dire qu'il était beau et demander son nom. Et, d'une voix que devaient étrangler à la fois la douleur et la joie, Claudia répétait :

— Alexandre... Il s'appelle Alexandre.

Reverolle, 8 décembre 1975
Villeneuve, 27 décembre 1976

Je tiens à remercier ici de leur accueil si sympathique le Syndic de la ville de Morges, M. Xavier Salina, et son archiviste, M. Benjamin Jotteran, qui ont mis à ma disposition et dépouillé pour moi les archives de leur cité.

C'est à Morges, à l'occasion des Fêtes du Rhône, en 1957, que j'ai obtenu mon premier prix littéraire. Depuis, j'ai noué avec le Pays de Vaud de solides affections. Bien que je ne sois pas né sur cette terre, je m'y sens chez moi. Cette rive du Léman et son arrière-pays font partie de ma géographie sentimentale.

B.C.

TABLE DES MATIÈRES

ŒUVRES DE BERNARD CLAVEL

Chez Robert Laffont

PIRATES DU RHONE
L'OUVRIER DE LA NUIT
QUI M'EMPORTE
L'ESPAGNOL
MALATAVERNE
LE VOYAGE DU PÈRE
L'HERCULE SUR LA PLACE
L'ESPION AUX YEUX VERTS
LE TAMBOUR DU BIEF
LE MASSACRE DES INNOCENTS
LE SEIGNEUR DU FLEUVE
LE SILENCE DES ARMES
LETTRE A UN KÉPI BLANC

La grande patience :

1) LA MAISON DES AUTRES
2) CELUI QUI VOULAIT VOIR LA MER
3) LE CŒUR DES VIVANTS
4) LES FRUITS DE L'HIVER
(Prix Goncourt 1968)

Les colonnes du ciel :

1) LA SAISON DES LOUPS
2) LA LUMIÈRE DU LAC
3) LA FEMME DE GUERRE
4) MARIE BON PAIN
5) COMPAGNONS DU NOUVEAU-MONDE

dans la collection « Plein Vent » :

VICTOIRE AU MANS
MALATAVERNE

dans la collection « Dauphin Bleu » :

LE VOYAGE DE LA BOULE DE NEIGE

ACHEVÉ D'IMPRIMER
LE 17 FÉVRIER 1982
SUR LES PRESSES DE
L'IMPRIMERIE HÉRISSEY
A ÉVREUX (EURE)
POUR LES ÉDITIONS
ROBERT LAFFONT

Nº d'Éditeur : M 627
Nº d'Imprimeur : 29488
Dépôt légal : 2e trimestre 1977
Imprimé en France